立春秋

刘建华◎著

作家出版社

中国作家·江西原创

总　策　划／何建明

总　协　调／汪天行　刘　华

　　　　　　叶　青　黄宾堂

评委会委员／张　陵　张水舟

　　　　　　包明德　张亚丽

统　　　筹／江　子　秦　悦

作 者 简 介

刘 建 华

女，1966年出生于江西宜丰，现供职于宜丰县市场和质量监督管理局，中国作家协会会员。2006年开始文学创作，已在《北京文学》《长城》《星火》《作品》等文学刊物发表中、短篇小说数十部，散文上百篇。创作长篇小说四部，其中长篇小说《天宝往事》在2013年江西省委宣传部、省文联联合举办的征文活动中获"优秀长篇小说奖"。2014年由江西人民出版社出版，并被评为当年"十大赣版好书"之一。长篇小说《风流九岭》在"上海云文学网"连载，深受读者追捧，点击量上百万，常年高居点击榜首。

目 录

第一章　一个鸡蛋

1

清光绪二十九年（公元1903年）冬日，天气阴沉寒冻，欲雨未雨。一大清早，赣西北九岭大山腹地，宜丰县城南蔡家大屋"轩窗第"里炊烟方起，大院门外灰蒙蒙、湿漉漉雾霭之中，忽然钻出一个探头探脑的小官差。

小官差头一回去到蔡家跑腿，跨进门楼，穿过宽阔麻石场地，拐进一条石板长巷。行至巷尾，蓦现一座白墙黑瓦大院，西墙探出几棵枣树，一蓬枝丫掩蔽半边屋宇。恰逢屋里老厨子早起如厕，院门虚掩，小官差一溜小跑进去，仰望大屋门楣上的黑漆横匾，虽不认得上面三个金字，却晓得这便是名门大户"轩窗第"。

小官差抻抻衣襟，踏上台阶，迈进门槛，远远望见一位五旬年纪男子清着嗓子，从两进大厅之间敞口天井上方的西横厅里走出来。只见他中等个头，身板壮实，步履稳健，穿一袭半旧深蓝土布长袄，并无罩衣。这要换了别人，八成就是仆佣；可他却像县太爷一样，穿着粗衣也是一副老爷派头。小官差断定他便是这"轩窗第"主人——蔡家族长、秀才老爷蔡纪高，赶忙跑上前去见礼，躬身作个大揖，朗声道："蔡老爷安好——，县太爷有请蔡老爷去县衙议事。"蔡纪高止住步子，点头"嗯"一声，也不留小官差吃茶，径自转身折回西横厅去了。

宜丰县城方圆五六里，百姓六七万。城内熊、胡、蔡、漆四大望族，县人为之仰慕，称为"四家"。"四家"世代联姻，血脉亲缘盘根错节，好比屋墙上的爬山虎，扯动哪根细枝末节，满墙藤蔓都要受到碍动牵连。

咸丰年间，太平军造反，从广西一路打到赣西北。朝廷派兵征剿，两厢酣战多年，难分胜负。其间"四家"出私财设团练局，招兵买马，辅助官军作战，银钱花得比泼水还厉害。好容易内战平息，不料外辱又至，一茬一茬的兵徭粮饷接踵而来，"四家"也吃不消，自此都走了衰运，往日峥嵘早已十去六七。

小官差初次去到"四家"跑腿，不懂行情，依着在别家小门户里受过的礼遇，传完话便垂手侍立，等候请茶——请茶只是客套，一般是赏给茶钱。不料蔡老爷连一句客套话也没有，小官差讪着脸转身而去，心里禁不住抱怨：真是店大欺客，连个不看僧面看佛面的礼数都没有，害我白作一个大揖。

蔡纪高从容用过早膳，又吃了茶，抽了烟，方才更衣出门。一盅茶工夫，到达县衙。眼前这座雄踞城中，屋宇连片，铺陈百亩的巍巍县衙，说来还是蔡家祖产。早在宋朝年间，蔡家祖先上书朝廷，奏请宜丰易镇设县，并把自家府第献为衙署。此后千年，县衙屡经修葺，不断增删，但是直至如今，它的地契、房契却还紧锁在蔡家祠堂的紫铜钱柜里。因此渊源，蔡家族人出入县衙便多少还带些闲庭信步气派，而县衙主仆也对他们格外高看一筹，礼遇三分。

蔡纪高跨进衙门，衙役领进捕厅右侧的钱粮厅。厅内增设了临时座席，济济坐满一屋子人。不单城内"四家"族长、绅士，全县八乡四十一都乡约、秀才也都在座。这些人蔡纪高大都相识，也多半沾亲带故。寒暄之余，打探得知，县太爷兴师动众召请乡贤绅士，专为商议筹集庚子赔款。

赔款之事早在县内传得沸沸扬扬，县人都晓得事起义和团拳徒打杀洋人。县衙替朝廷筹集赔款也不是头一回，以往都是加派在丁漕上，叫做"加漕"；或者平摊到人头，叫做"人头捐"。百姓虽不情愿，到头来官差上门，一威逼、一恐吓，胆小的便赶紧翻箱倒柜找银子；有那强蛮些的，傲然对抗，最终也经不住乡贤绅士们穿梭般上门，好说苦劝："只有蛮官府，没有蛮百姓，我俚平头百姓还蛮得过县太爷吗？"于是也骂骂咧咧地掏腰包。

无奈这些年水旱交加，县人越发贫穷。典当逃荒之事，日日有之。况且这回银子又赔得忒多，据说要见人一两。县人都为此愤愤不平："拳徒打杀洋人关我俚良善百姓什么事？我俚又没有打杀洋人，天主堂里传教士那么强蛮，我俚没弹一个手指头；西娥西媛二位修女，我俚待如乡亲。凭什么要我俚赔款？这叫黄狗吃屎，乌狗担赃，简直毫无道理！"不过乡贤绅士们倒不追究什么道理，他们只为此发愁："县太爷要人头好说，若要男丁妇孺见人一两银子，只怕比向兔子要角、向老虎要翼膀还难！"

蔡纪高刚寻个空位落座，忽听得身后棠浦乡乡约一声哂笑："我看这事不用商议，索性再闹一回拳，打杀百姓，或许能把银子征上来。"话音未落，早有人阴阳怪气插嘴："闹拳还不行，还得刀枪不入。不然犯了众怒，百姓把你打杀了，你去阴间征银子？"众人听了这话都嬉笑起来，仿佛大家不是来议事，倒是来等着看县太爷笑话的。

忽然一阵靴鞋作响，一干县丞、主簿、书吏、税课司大使簇拥着新任县令杨国璋入场。杨令自去桌案主位上落座，随从分坐两翼。县丞客气问候诸位乡贤，杨令也点头致意。随即话入正题，县丞通报省府下派银两数额，吞吞吐吐道："父台大人体恤子民贫苦，不忍、不忍再兴人头捐……"话未说完，满座惊然："不兴人头捐，钱从何来？"县丞东张西望，缓缓道："父台大人打算把派款平摊到田亩，兴纳亩捐：每亩正银一两，加收钱三百文；正米一石，加收钱二百文……"众人都听得一头雾水。一片瞠目结舌喧嚷声中，一位须发花白老乡约站起身来，拱手陈词："父台大人，我俚宜丰山区县份，气候寒凉，田地瘦薄，稻田亩产只得四石。田租种肥、耕牛犁耙、家什农具去一石，粮税兵徭、摊捐派款又去一石……"不待杨令回话，那个年轻黑脸张飞模样的棠浦乡约早跳起来叫嚷："把刀架在佃农脖子上，也征不来这般亩捐咧！"

县令正襟危坐，面无异色，县丞只得硬着头皮分辩："父台大人

3

明察秋毫，岂有不知佃农苦楚？父台大人的意思是，先由田主东家代纳亩捐，等日后局势太平、天下富裕，再分期向佃农索还……"偌大粮厅顿时陷入一片死寂，所有人都目瞪口呆。蔡纪高身子一紧，顿时周身血脉凝冻，一根根汗毛直竖起来，渐次变成一根根冰凌。愣怔半日，惊然记起春天接到京师发来长子亡故电报之时，自己也是这般血液凝冻，通身冰冷。

蔡纪高育有两子一女，长子立德，次子立春，闺女立秋。立德自幼读书天分不高，年过二十，连个秀才都屡试不中。蔡纪高料定长子在科场上难有出路，恰逢那年天宝乡刘氏族家派遣子弟出洋留学，他觉得这倒是个机会，便让长子辍学，搭伴刘家子弟一道留学东洋。这步棋原本走对了，前些年立德学成归国，正赶上朝廷推行新政，设立督办政务处，经由同窗中皇家贵人举荐，得以高就司员，这不也算做了京官吗？不料立德有运无命，今年二月初九日，出门下馆子归宿，从马背上跳下来栽到地上竟一命呜呼。京城郎中勘验尸体，给了个"饱食断肠"说法。后来灵柩送回家，却惹出好些鬼鬼魅魅的流言。

春天的时候，蔡纪高已经跟着长子死过一回。如今惨痛记忆又袭起身上一阵痉挛，耳朵里哪里听得清县丞说些什么？早在蔡纪高祖父当家时候，眼见米价日贵，银价日贱，精明的老太爷便预知了盈虚消息，当机立断把家中现银和资产都兑成粮田。随着蔡家粮田收益日显，熊、胡、漆三家瞧出门道，争相效仿，甚至把钱庄、当铺、商号也典卖兑田。经由两三代人盘弄，"四家"公私产业，大都变成城外乡村大片大片的好水肥田。倘若"亩捐"一兴，先辈们的慧眼独具，两三代人的苦心经营，锱铢计较，仿佛只为留待今日，以供县太爷瓮中捉鳖，一网打尽！

忽然"啪"的一声，有人在座前几案上猛拍一掌："岂有此理！这是要打劫田主东家咧！"蔡纪高扭头一望，拍案而起的正是自己太太胡碧玺娘家族长老爷胡劲松。胡劲松敢跟县令叫板，只因胡家出了一位进士，名叫胡思敬，现在朝中吏部考功司担任主事。吏部是管官机关，考功司主事是管官之官，大清一国，大小命官勤廉优劣都由考功司掌控。

蔡纪高缓缓坐正身子，脸上泛起活色，目不转睛盯着县令。此令四十出头年纪，未着官服，一袭立领乌黑暗花缎面对襟长袄把身躯和脖颈都包裹得严严实实，映衬得一张方脸白亮如玉；大鼻两翼，散布些绿豆大小黑斑，坏了白玉品相，却叫人对这张方脸过目不忘。只见杨令轻轻嘘口气，直面拍案而起的胡劲松，操着浓重的广东梅州口音，赔笑道："不怪胡老爷生气，县衙出此下策，也是不得已而为之。倘若别有法子，本官断不敢冒天下之大不韪……"之后说教一通"国家有难，匹夫有责"大道理，忽然使个眼色，粮厅侧面书房里便有衙役抱出一摞刊印表册，逐一分发给在座众人。

静候表册分发到人手一份，杨国璋轻轻咳嗽，挺胸正坐，一字一句吐出话来："值此国难当头，县衙兴纳亩捐，只为分忧君父，报效朝廷。诸位乡贤明察，所摊亩捐，悉数为省府分派银款，本官并未增益分毫……"说话间，一双微微吊睛双眼放出两道雪亮寒光，仿佛两把御赐宝剑，直直刺向胡劲松脸面，冷笑道："胡老爷若不情愿，只管向你家主事大人告状去吧！"

胡劲松浓眉紧蹙，画饼般圆脸上，一双金刚怒目，咄咄逼视县令眼中锋芒。众人都凝神屏气，不敢吱声，仿佛一场好戏演到紧要关头，生怕走眼错过。胡劲松浓须包裹之中的嘴唇嗫嚅半天，却说不出一句话来。盛怒之下，猛然把手中表册往地上一摔，脚下一掼，"嘭"的一声踢翻座前茶几，愤愤然冲出厅门去了。

满堂众人，除去"四家"族长自不用说，其余乡约、秀才、绅士也都是家中置有田产的。眼见胡老爷领头发难，大家都跟着起座离席，争先恐后挤出粮厅，冲出县衙。仿佛跑得飞快就能逃脱厄运；延俄片刻，那巨石一般的"亩捐"便要落到头上，把自己砸得粉身碎骨。

2

一餐饭工夫，天色竟越发阴沉。这个日子仿佛没经起承转合，径直从早晨坠入黄昏。灰蒙蒙湿润晨雾，水汽蒸发，变成暮霭般黑云，弥漫在半空。

世上人事，与天之垂象吻合。方才进去县衙，一班乡贤绅士还是光鲜、体面上宾，被县令礼请去商议全县百姓之事——当然也是县衙和国家大事。岂料出得衙来，他们就变身为苦主、冤大头和瓮中之鳖——全县百姓之事、县衙和家国大事，瞬间变成他们自己的飞来横祸。

拥挤出县衙，大家聚成一团，驻足在衙前水池边上。所有人都像被揭去了面皮，顷刻之间变得五官模糊，面目全非。平日里的谦谦君子，一个个挥拳顿脚，龇牙咧嘴叫嚷起来："岂有此理！岂有此理！凭什么全县派款都落到我俚田主东家头上！"又说："这般老虎借猪之事，亘古未有，绝非家国祥瑞！"

突如其来的喧嚣，惊起水池中央假山石上一只缩着脖子似睡非睡的寒鸦，"呱儿——"一声，振翅飞去了。

蔡纪高倚靠着冰冷的水池石栏，并不附和大家叫嚷议论。他从小受到佛徒母亲影响，养成一种思维惯性——相信凡事都有因果。不管遇上什么好歹事情，他总要追寻出个中因果，而后才能做出判断和处置。

蔡纪高先父是个举人，年轻时做过九江县令。但他只做一年便上折朝廷，自请辞官改任教谕。辞官的原因，据说只因俸禄太少，身为县令之人，若不从经手官司捞取不义之财，庞大的公私花费便要仰仗治下店铺、商家孝敬的年敬、节敬等陋规费银子开销。蔡令出身富家，自小养尊处优，从没为钱财操过心，贪腐谋财之事，自然是棉花店失火——免（弹）谈。不单如此，他还从娘胎里带来一股子心软面薄性情，实在伸不出手去从老迈的店家掌柜、失色的妓院鸨母手中接过一块两块大洋，只好辞官不做。

彼时同寅僚属纷纷哂笑，都说蔡某人真是个书呆子。陋规费乃千年传统，又为朝廷默许，哪个县令不要伸手的？偏你蔡某人的手是金手银手吗？谁知九江城内有位终生不仕的状元公，听说有此一人，喜得击掌大呼："不意天壤间，乃有蔡郎！"又访察得蔡郎而立年纪，未得子嗣先丧妻室，二话不说，赶紧聘媒说项，厚备妆奁，把个青春已老却待字闺中的女儿嫁给他做填房。

这女儿便是蔡纪高母亲张氏，青春未嫁，只因学问太大，曲高和寡。状元公常对人说："倘若我与闺女一同下场，状元非她莫属，我只好屈居榜眼。"张氏自幼学佛，尤喜六祖新创禅宗之法。得知爹爹做主要把她嫁往宜丰，便说："好！宜丰是曹洞、临济祖庭，佛性氤氲、钟灵毓秀之地。爹爹你说，耶律楚材何等人？连他还要拜身在曹洞行秀禅师门下为徒呢！"状元公一听这话，叫苦不迭："女儿如此推崇耶律楚材，只怕蔡郎不是你配偶。耶律出仕，人家蔡郎可是辞官的。"谁知张氏莞尔一笑："爹爹岂有不知？出仕有出仕胸襟，辞官有辞官情怀，貌似两途，实则一路。"状元公忙问："此话怎讲？"张氏回道："倘若心无苍生社稷，出仕只为求取富贵，辞官实因不堪烦剧，二者都无足矜夸；反之，出仕为苍生社稷故，辞官为苍生社稷故，岂有不同？"状元公"哟"一声，惊诧道："这里头学问老大，女儿何时懂得这般道理？"张氏浅笑："我见王维所作《能禅师碑》中，有'永惟浮图之法，实助王皇之化'之句，就明白了这般道理。你看明朝姚广孝其人，一个禅僧，天命年纪，却要入世助燕王举兵夺位；事成之后，却又退居山寺，清净自修，丝毫不贪享荣华富贵。爹爹你说，此般入世出世，可有分别？"状元公这才点头，心下大慰。

蔡纪高少年时，见母亲日日吃斋拜佛，曾问："姆妈如此虔诚礼佛，莫非求佛祖赐你富贵寿考吗？"张氏笑说："高儿，佛祖早已在经卷里开示求取富贵寿考法子，世人只要依法修行，种富贵寿考之因，自然得富贵寿考之果。倘若不事修行，只求直接恩赐，佛祖也帮不上忙咧。"蔡纪高纳闷："那世人为何还要吃斋拜佛？"张氏叹道："若能依法修行，便不吃斋拜佛也是一样。礼佛只是一种规仪，只为管束身

7

心意识，勿使偏离佛法，懈怠修行而已。"

蔡纪高常见乡村男妇对佛法一无所知，却争相以贿赂之法烧香拜泥偶，大献牺牲玉帛。仿佛菩萨便是贪官，得人钱财，替人消灾，心里大不以为然。听得母亲教诲，颇有感悟。成年后攻读孔孟之书，渐觉圣人所教修齐之道、平治之策，乃至王皇之化，如"出门如见大宾，使民如承大祭。在邦无怨，在家无怨"之类，其实不出因果范式，并不与母教浮图之法相悖。惟有不同，母亲所说因果，纵贯前世今生，累世累生，无量世生；蔡纪高觉得颇有些虚无缥缈，擅自把它替换为历代祖先，自己本人和子孙后代。

稍稍寻思，蔡纪高便晓得眼下"亩捐"来历。全县三十万百姓，如今都已成为夏日里黄瓜藤蔓上开出的一朵朵谎花，惟有工商户和田主东家还算是霜降后油茶树上高挂的桃实。工商户饱受厘金、盐税之苦，早已闹得鸡飞狗跳。你说县太爷除了拿田主东家开刀，还有别的法子吗？向来寻出因果，蔡纪高便能从容处事。然而这回不同，虽寻出"因果"，他也一筹莫展。暗自叹口气，不觉挪动步子，慢慢转悠到大街上去了。熙攘的街市给他一种莫名的迷离之感，抬眼眺望，只见满目乌云低垂，城外远山已不在视野。恍惚之中，不禁有些疑心，莫非外面的世界早已坍塌，天壤间只剩下这方鸡蛋大小的城池，杌陧遗世？

"蔡老爷——"忽然一声叫喊。转身一看，只见那个黑脸棠浦乡约站在眼前，喘着粗气叫嚷："蔡老爷，大家都说，这'亩捐'绝对不能给咧！管他灭门知府、破门知县，这钱绝不给他！"黑脸乡约握着拳头冲他叫嚷，仿佛他就是那灭门知府、破门知县。蔡纪高仿佛受到威胁，诺诺道："哦，是是，不给不给，绝对不给！"黑脸乡约对他并不放心，反复叮嘱："可别受县太爷哄骗，千万别带头交钱！"蔡纪高此刻脑子完全清醒，忙说："放心放心，我绝不带头！"

3

回到蔡家屋场，蔡纪高方才觉得心里稳妥一些，脚下也恢复了四平八稳步态。家族之中男男女女，一见族长老爷，争相叫喊"高爷高叔"。不知为何，这声声叫唤，却又让他莫名心慌，不由自主把眸光凝聚到人家脸上。仿佛那一张张脸面便是什么珍贵文物，正临毁坏之虞。

忽然，经过一个石砌四方凹形垃圾坑时，蔡纪高瞥见坑里一团白亮，惊然止住步子，仿佛意识到那是一个元宝。而那不过是一个完整的鸡蛋壳而已，蛋尖一头被敲开一个小口，里面蛋瓤早已被人挖食。

蔡纪高仿佛受到那蛋壳刺激，伸手捡起来，放声大嚷："不得了！不得了！我俚蔡家要败家了！"场地上的人迅速围拢来，族长老爷如此大叫大嚷可是鲜有之事，更何况嚷出这种让人心惊肉跳的咒语。蔡纪高凝神盯着那个蛋壳，里外察看，宛若鉴赏一件古董，并要从中洞悉惊天玄机。慢慢把一双眼睛慢慢瞪成两个半圆，才把眸光移离蛋壳，咄咄逼视众人："你俚说说看，啊？这是谁啊？一个人独吃一个鸡蛋？啊？有这样饕餮大吃的吗？一人一个蛋！啊？大吃如小赌，大瞓如小死！家规都废了，家风松懈，这不是现出败象了吗？这不是要败家了吗？"

围观族人总算明白族长为何发威动怒。九岭山脉一带，民众自古深信"富不过三代"谶语，认为这是天咒，灵验无比。那些富家大族为了与之抗衡，都制定了严格的家风家规，以期通过自律幸免于难。大到安身立命，小到饮食起居，都有条条框框绳墨于人。比如饮食起居方面，除了"大吃如小赌，大瞓如小死""家有千万，餐粥餐饭"之类耳提面命告诫，连每餐吃饭碗数、每碗菜准许下搛次数，事无巨细，都有定数。吃饭是"男不过三（碗），女不过二（碗）"，搛菜是"荤不过三（下），素不过五（下）"。诸如此类，男丁妇女从小耳熟能详，并被要求身体力行。此等规矩，仿佛上天也为之肃然起敬，不得不对它礼让三分。你看"四家"不都抗过天咒，富贵传家数十代吗？不过如今世风日下，家国纲纪废弛，人们自律早不如先辈之严。况且"四家"也都落到强弩之末境地，家族尊长们为挽救族运颓势处心积虑，百般营谋，也无暇顾及这些细枝末节琐事。不过这并不等同他们放弃管束之权，只要乐意，他们随时可以小题大做追究某个犯规的男丁妇孺，严加训斥，甚至诉诸族规家法。

族人都认可族长发怒理由，一个个耷拉着脑袋受训，并无异议。忽然一个身材瘦长、高高鼻梁上挂一副铜边眼镜的老夫子挤进人群，忍不住替那蛋壳开脱："不见得是一个人独吃，或许挖出蛋瓤来大家分吃了也未可知？"谁知蔡纪高却像被人踩着尾巴，越发厉声大喝："挖出蛋瓤分吃？啊？有这样的吃法吗？我倒不晓得，我俚几百年旧家，如今竟兴出这种吃相来了！"

蔡纪高驳斥的理由照样充分。千年世家大族，讲究的是站有站相、坐有坐相、吃有吃相、喝有喝相。比如这种熟鸡蛋吃法，便要快刀竖切，一分为二，再切，二分为四，勿使破碎，勿使切面粗糙，使呈莲花瓣状；之后一瓣一瓣装入洁净瓷碟，层层摆起，使呈圆形；再在圆心处扣入半只横切鸡蛋，使呈一朵盛开之莲，方可端上桌去，是为珍馐。怎能像小门户里无教无学粗俗男女，随便抓起一个鸡蛋挖而分食？老辈子自古有真知灼见传承下来：人世绝大学问，尽在家庭日用之间！这般烦琐规仪，最能使人精神凝聚，百事可成；反之，行为举止懈怠则致人精神松弛，礼仪荒疏，一无所用。

"你俚莫要小瞧一个鸡蛋！鸡蛋里本是孕育盘古的，早在太古之初……"蔡纪高抑扬顿挫叫嚷起来，四周围观族人忍不住哄堂大笑，显见族长老爷失态了。这时屋场巷子里走出一位身穿深蓝制服、方脸尖下巴的英武男子。此人正是蔡纪高堂兄之子，名唤蔡立功，如今正在省城南昌就读武备学堂，恰逢归省母病，尚未返校，闻知堂叔发威动怒跑来探个究竟。蔡立功向老夫子问知缘由，眼见堂叔失态，赶忙上前劝慰："高叔，一个鸡蛋而已，你老人家生气也够了。我正要去

10

看望婶娘，不如我侍候叔父回屋歇息。"

谁知不劝还好，经他一劝，蔡纪高仿佛发起人来疯，越发把那个蛋壳高高举起，跟跄地迈着步子，一个劲地高声叫嚷："莫要小瞧一个鸡蛋！鸡蛋里本是孕育盘古的。'早在太古之初，天地混沌如鸡子，盘古生其中。万八千岁，天地开辟，阳清为天，阴浊为地。盘古在其中，一日九变，神于天，圣于地……'"

蔡立功劝不住叔父，退回到老夫子身边，急问："我高叔这是怎么了？"老夫子小声嘟囔："只怕是中了邪咧。"蔡立功蹙眉："好好的，怎会中邪？"老夫子摇头叹息："你高叔晚年丧子，心气衰了，阳火降了，自然容易中邪。"

这时候，大家还不能预知蔡纪高家中即将闹出一条人命来。时过三天，当蔡家"轩窗第"里命案突发，老夫子禁不住改口："原来高爷不是中邪，而是预先感知了噩耗，所以才失形失态。"族人疑惑不已，一齐愕问："人怎能事先感知噩耗？"老夫子镜片之下双眸一转，蓦然现出两只白瞳："你俚晓得什么？世上万物皆有灵感。春至草木争荣，秋去百花凋落；潮润础湿，洪来蚁迁。人为天地主宰，万物灵长，岂有不知福去祸来？"

第二章　一条人命

1

时过三日，便是冬至。宜丰的冬至，每年都起于"当当当……"的锣声，仿佛被人鸣锣开道簇拥而来。原来宜丰百姓作兴冬令进补，认准最佳补品莫过驴胶。因而每年冬至来临，便有北方煎胶客赶着驴群，驾着驴车，拉着铜锅、瓷缸家什前来现场煎胶。胶客入城，便去西门内柴市场荒地上安营扎寨，一面起架搭棚，砌炉打灶，沿着城墙一溜排开浸泡驴皮的瓷缸；一面派出小伙计牵着驴，敲着铜锣去大街小巷巡游，"煎胶啊、煎驴胶——"地叫喊，把冬至的消息传遍全城。

一两天内，柴市场便会形成热闹的胶驴集。先前富裕年景，采茶戏班子也会来搭台唱戏，一直要唱到来年元宵。这些年戏班子不来了，但是来演皮影戏、蚌壳戏、唱道情的人却不少。那些卖狗皮膏药的江湖郎中、演武耍杂戏的艺人、卖叮当糖的郎货、打卦算命的瞎子，也会赶来摆摊设点。于是，柴市场内不单响起煎胶客"当当锵锵"的锣声，还有道情老人"咿咿呀呀"的胡琴声、卖糖货郎"卟咚卟咚"的拨浪鼓声也会一阵阵传开；间或，远处樟树林里拴着的驴群里传来一两声让人听了茫然不解其意的嘶鸣，却被看杂耍人群里爆出的一阵叫好声吞没。

宜丰百姓向来把上街赶集叫做"当圩"，惟有赶胶驴集却叫"看驴"。人人都说上街去"看驴"——意思是看中一头驴，买下来现场煎胶。然而真看得起一头驴的人家不多，几家合起来看一头驴，平分驴胶的也不多，一般都是花上百十吊钱，去胶棚里称几两现货驴胶，就算看了一回驴。

县人看完驴，还要绕着圩场巡游两三遍，东看看西瞧瞧，货比三家，把痛风膏药、鸡眼贴或是虎骨酒买下。当然，他们还要驻足看看那个金鸡独立在爹爹头上顶碗的小姑娘，不管她的碗有没有掉下来砸碎，总要给她请赏的铜钵里丢几个铜钱，"叮当"作响；他们还会去唱道情的老人面前站一会儿，尽管老人拉着胡琴拖着哭腔唱出来的凄惨身世大同小异，早已熟知其详，他们依然会给他请赏的铁碗里丢几个铜钱，也是"叮当"作响；有些家运不顺之人，踱来踱去，忍不住朝算命摊踱去，在那放言"指点迷途君子，解脱久困英雄"的布幡前徘徊良久，没准就报上生辰八字，请瞎子师傅算一回命。转眼时至晌午，大家都会去到胶棚里坐下来，袖着手冲伙计吆喊一声：来一碗驴肉汤咧！

冬至那天，蔡家"轩窗第"里照例听到胶客锣声。往年看驴之事，都由蔡纪高承当。不料那天早膳一过，胡家族长胡劲松便打发人来请蔡老爷去"盈科泉"茶馆吃茶。蔡纪高心知肚明，一定是为着商议亩捐之事，便向管家蔡显忠问道："你今天有事没有？没事便跟我出门。"

蔡显忠是蔡纪高家族远房侄子，家贫至极。有一年除夕，家中无钱买肉，爹爹打发长子去肉市转悠，谋求赊欠。显忠袖着手去到肉市，恰逢一家肉摊剩得二斤肥肉未能售罄，伙计急着收摊回家过年，便叫显忠赊欠而去。不一会儿，摊主前来收款，笑问："二斤肥肉售罄了么？"伙计回道："我让蔡显忠赊欠去了。"谁知摊主勃然大怒："你真慒懂！蔡家父老子幼，一大家子老小，光屁股坐光板凳，嘴巴接起来箩绳长，哪个猴年马月还得上二斤肉钱？你不去把肉追回来，我便要扣你工钱。"伙计无奈，只得讪脸去到显忠家中，从砧板上拎回二斤肥肉。显忠想来人生绝望，悄悄拿根绳子溜进菜地茅厕，悬梁自尽。恰巧蔡纪高收租回府，路过菜地，内急如厕，赶忙解下。问明缘故，怜惜他实诚懂事，早年又读过私塾，当即雇到家中打理田租、

13

账房事务。四五年历练下来，已是一个能干管家，与主人叔侄相称，情同骨肉。

听到老爷问话，显忠含笑不言，眯缝着一双几乎看不见瞳仁的小眼在老爷和太太脸上扫来扫去。太太胡碧玺忙问丈夫："你怎的有空去吃茶？你不要去看驴吗？去晚了好驴都被人看去了。"原来夫妻早有商议，冬至日要去看下一头好驴煎胶，拿去酬谢天宝刘家少爷那一份天大人情。

县城西北四十里地天宝乡内，居住着刘家大姓望族。刘家有位进士，名叫刘家玉，现在湖南为官，担任岳州知府，家眷并没随任。刘家玉长子昆泰，年纪和蔡纪高长子蔡立德相仿。刘家玉太太胡翡翠和蔡纪高太太胡碧玺原是嫡堂姐妹，两家也算是连襟亲戚。七八年前，胡家私塾请到几个学问一流先生，刘家玉便把大少爷昆泰送去外祖家里寄居读书。恰好蔡家两位少爷也在胡家私塾寄读，刘昆泰得以和蔡家兄弟做了同窗。又因那刘昆泰虽是刘家玉长子，却不是他太太胡翡翠所出，而是一个名叫简玳妮的姨太太生养。庶子寄居嫡母娘家，毕竟隔着一层皮肉。不多久，经不住蔡家贤昆仲再三相邀，昆泰便搬到"轩窗第"去吃住，时间长达两年之久。后来昆泰和立德一道留学东洋，归国又一同在京城就事，相处投契，情同手足，越发把刘、蔡两家联络得紧密亲热。

今年春天蔡立德亡故，刘昆泰告假护送灵柩回籍。滞留原籍期间，他家族一位开纸号的叔父打算筹办一所不考科举的新式职业学校，昆泰觉得此事大有可为，倒比去京城就事更能舒展自己抱负，便和爹爹商量，索性辞去京城职业，留在家乡办学。不料后来族人商议来商议去，觉得此举有悖朝廷科举取士国策，生怕涉嫌"动摇国本"招致罪责，因而打了退堂鼓。昆泰计划落空，白白耗费一年时光，只好等待过年后再去京城另谋职业。

蔡纪高夫妇一直惦记着要酬谢刘家少爷大情，打算冬至日看一头好驴煎胶馈赠，早已把话对昆泰说过，只待胶客来到便要实施。可如今蔡纪高当务之急是要应对亩捐大事，便随口吩咐太太："要不你去看驴，我要去和胡老爷商议大事咧。"这时，蔡显忠早已支使女佣去房里替老爷拿出礼帽来了，二人便一道出门。

蔡纪高夫妻谈话时，闺女蔡立秋不知为着什么事情风风火火跳进横厅，嘴里大喊大叫："姆妈、姆妈——"立秋已是一个二十岁的大姑娘，一般女子这个年纪早已出嫁，只因先前祖母张氏临终时嘱咐过儿子媳妇：立秋的婚事要等她成年方可决定，且不必拘泥门第富贵，只要男女两厢情愿便是姻缘。谁知立秋成年后，婚事高不成低不就，至今待字闺中，成为爹娘一块心病。好在她自己倒不以为意，整天嚷着要做中国的修女，一辈子不嫁人。蔡纪高生气地骂她："中国没有修女，只有尼姑，你还是做尼姑为好！"立秋却又一本正经理论："我倒不明白，这修行又不是什么见不得人的事，为何我俚中国人一说到修行便要剃了光头躲到寺庙里去咧？你看天主堂西娥西媛两位嬷嬷，人家不但没有躲进小楼成一统，人家还从法兰西跑到中国来传教咧！哪天我要修行，定要效法西娥西媛，才不做那种光头尼姑！"蔡纪高夫妇拿女儿煮不熟蒸不烂，只好时常为她叹气。

胡碧玺目送丈夫出门而去，转脸面向女儿，眸光射到她一双天足之上。凝神片刻，心里禁不住埋怨先前婆母：好好的女子，偏不许给她缠脚，还说什么连梁启超梁公都主张妇女天足，我俚中国人眼界见识有几个高过梁公去？现在可好，我俚女子找不着婆家，上哪去找那梁公讲理？她叹了口气，抬头瞪女儿一眼，数落道："你这是火烧眉毛吗？妹子家的，火急火燎地追进追出，人还在屋外，声音倒先进门了！说吧，你有什么事咧？"

立秋进到屋里，正听见爹娘聊着看驴之事，不觉触动心怀。想起自从大哥亡故母亲便没出过大门，天天闷在家里伤心，眼见浑圆的身板只剩得一个芯子，一张满月面孔瘦成一副嶙峋骨架，荡两只瓠瓜般眼袋，心头一酸，早把自己急匆匆跑来要说的事情撂下，有心要促成母亲出去散散心。定定站立一会儿，收窄步子走到母亲身边巧笑："姆妈，要不我陪你去看驴吧？胶棚掌柜是老主顾，不会让我俚吃亏的。"听到这话，家中两位女仆宋大嫂和龙妈，仿佛闻到驴肉香味，眉开眼笑附和道："是哩是哩，太太去看驴也是一样，没准太太眼力还好过老爷咧！"

胡碧玺受了女儿和仆佣怂恿恭维，心下一动，笑对立秋说道："那你快去更衣，我就成全你吃一碗驴肉汤去。"立秋转身去了，一个身高腰壮、眉粗如墨、眼大如珠的丫鬟急急忙忙跑进屋来找她，刚喊出一声："秋姑娘——"见立秋一阵风似的旋出门去，只得又转身跟在她屁股后跑去了。

宋大嫂和龙妈服侍胡碧玺换好衣服，立秋也带着那个被她命名为"侍剑"的丫鬟回到西横厅来了。主仆五人正要出门，胡碧玺忽又想起寡媳龚素裹来。昨天晚膳席上，素裹指着幼子晖哥张口向老爷请求增添零钱花销，受了老爷训斥，今日推说头痛，没有出房用早膳，只打发乳母陈妈和丫鬟饱饭出来侍候公婆。胡碧玺明知媳妇赌气，心想自己带着女儿去看驴，单把她冷落在家里也不好，少不得吩咐女儿："横竖你脚大，劳你把嫂嫂喊来一同去吃碗驴肉汤。"立秋掉头而去，片刻又跑进来，回道："嫂嫂身上不舒服，嘱咐我好生侍候姆妈出门。"胡碧玺只得又吩咐宋大嫂带上个铜钵子，到时端碗滚烫的驴肉汤回来给素裹发汗。

一干主仆热热闹闹看驴去了，偌大的"轩窗第"里便只剩下龚素裹孤儿寡母带着娘家陪嫁来的乳母陈妈和丫鬟饱饭主仆四人留守。哦，不，不对，蔡家还有一个正经主人在家呢。那便是蔡纪高夫妇的次子、蔡立秋的二哥蔡立春。

说起这位蔡二少爷，怨不得他爹娘咬牙切齿怨恨。自从前年闹了秀才考场之后，这人就变成了一匹野马，常常一大早等不及在家中用早膳就要出门，然后便整日难见人影，不是泡在团练局跟着那些打师、武师们练武、练打、学习骑射，便是去到茶馆里找人闲谈说笑取乐。有时候掌灯时分，赶上回家用晚膳，家中仆佣便要打趣："恭喜二少爷，今天得空回家吃饭咧？"

说来不知是何缘故，偏偏这天蔡立春在家用过早膳却没有出门，而是去到他居住的东横厅书房里翻箱倒柜，整理那些书籍字画，也不知他要做什么。后来，一段孽缘明朗，族里人都忍不住嘘唏感慨："二少爷这倒像专门留在家中等候着承当一桩命案咧。"

2

"轩窗第"是一栋两进一寝带后阁厅的房子，可是屋内祖寝堂里并没有安放祖先的香火牌位。先前建造这栋房子时，蔡纪高祖父还有一位兄长，家中祖先牌位都安在兄长家中的，后来这屋里有老人去世，灵位也都被端到长房屋里和上代考妣团圆去了，所以如今这房子祖寝后面的阁厅里便可住人。阁厅两旁也是东西小横厅，一厅四房，城里虽无内天井，却有架空的天窗可供透气采光。那年蔡立德成亲，看中这里清静雅致，既与前面大屋相对独立，又与屋后花园相通，便选做了婚房，不料如今竟成为龚素裹居丧守寡之地。

龚素裹是距县城往东四五十里棠浦乡龚家大族女儿，前年丈夫学成归国就职京师，她正好生下儿子晖哥。去年蔡立德在京城租下公馆，曾回籍来接她母子随任。只因胡碧玺怜惜孙儿太小，舍不得他离开自己，强蛮留下，说是等他长大些再放他母子进京。谁承想蔡立德竟等不得孩子长大便伸腿去了，刘昆泰把灵柩送回来治丧期间，县里传出流言，说什么蔡家大少爷在京城租住的公馆原是妓院改建，多有走投无路妓女在院里上吊投井，后来那院子里就经常闹鬼，住进单身房客便有女鬼纠缠，蔡少爷八成是被女鬼纠缠而死。

刘昆泰多次驳斥这种流言，又开导龚素裹说："嫂嫂别去理会那些鬼话，我和立德同住一个院子，我也是单身房客，怎不见女鬼纠缠我咧？"龚素裹却淌着泪说："叔叔还是个闺崽，玉洁冰清的身子，女鬼自然不敢纠缠。比不得立德成了亲却还形影单吊，女鬼能不欺负他吗？"胡碧玺闻此弦歌，晓得媳妇埋怨自己，心里也觉得对不住儿子媳妇。且不说那些鬼话，倘或去年放素裹进京去了，立德有了家室自然不会出去吃馆子，那便没有"饱食断肠"这码子事。

早在丈夫留洋期间，龚素裹独守空闺，闲得无聊，经常带丫鬟饱饭出去听戏、吃茶。一来二去，竟和天主教堂里西嫒西娥两位修女好上了，并且信了洋教。而她的公爹蔡纪高向来最反感中国人信洋教，他常说：我俚中国人，孔孟之道还信不过来，哪里用得着去信什么洋教！无奈这些年，县内教民越来越多，蔡纪高也不好对儿媳妇信教横加干涉，但他从此对这房儿媳妇就不大满意。

蔡立德亡故后，龚素裹伤心过度，落下胃痛毛病。多方医治，总不见好。后来有人教她吃些鸦片烟，说是治疗胃病有一无二地好。龚素裹试过几回，不料从此竟离不开那阿物。一天深夜，蔡纪高正在书房秉烛夜读，忽然鼻子里钻入一股子幽灵般气味，深吸两口，身子一颤，如临大敌般地冲出书房，叫嚷着立马便要搜寻。胡碧玺早已睡下，赶忙起床把丈夫拉进房里规劝："这事嚷出去对老爷名声有碍，往后老爷如何拘束族人？"蔡纪高一想大有道理，只得暂且隐忍，暗中却吩咐把大少奶花销严加限制。

不料昨日晚膳席上，龚素裹突然指着孩子向公爹要钱："晖哥身子生得孱弱，花钱处多，我每月一点零花钱哪够开销？请爹爹看孙子面上，多给些零花钱咧。"蔡纪高正因"亩捐"之事心绪坏透，一听这话，勾起新仇旧恨，立马敲着桌子斥骂："我没追究你不成器，你倒有脸问我要钱？好！省得你说钱不够花，我索性把你的零花钱蠲了，往后你房里主仆日用开销，只管吩咐显忠支付，要什么买什么，断不亏待你俚！"龚素裹不承想公爹这般决断，也不敢回话，只低头坠泪。

当胡碧玺带着女儿仆佣出门看驴之时，后阁厅内龚素裹正困在房里坐卧不宁。大半年来，她断断续续在鸦片烟馆赊吃烟膏，欠下五十两银子。原打算把几件首饰典当还债，不想如今年景，一个大丫鬟不值五两银子，家常首饰自然也当不出什么好价钱。烟馆伙计多次催账未果，前日掌柜已对她发出狠话：再不还钱，便要上门索债。

龚素裹又急又怕，心烦气躁，不觉迁怒于人。听得儿子晖哥有些哭闹，不由得竖起眼睛大骂丫鬟饱饭："你是死人？外边太阳炉火一样，你不晓得把孩子抱出去晒晒太阳；成心叫他在屋里烦我吗？"饱饭抱着晖哥出去了，她忽感腹中饥饿，想起自己没用早膳，便去打开装黑芝麻粉的白瓷罐子，想用滚水冲碗黑芝麻糊充饥。不料罐子里空空如也，她又冲着乳母陈妈哭嚷起来："这日子我过不下去了，我要寻了短见，你可别怪我不给你养老送终。"陈妈原是一个无依无靠的孤寡老妇，服侍龚素裹几十年从没拿过工钱，只说好让乳女儿给她养老送终的。这会儿听到命根子一般的人说出"寻短见"的话来，急忙分辩道："我一早就把芝麻炒好了，只因出去服侍太太用膳，还没来得及去碾……"说着就去橱柜里取出一只黄铜碾槽，抱到后花园太阳底下碾芝麻去了。

龚素裹发脾气把仆佣都骂出去了，自己颓然瘫坐在黑漆座椅上坠泪，心里渐渐万念俱灰。两盅茶工夫，屋外大厅里突然响起一阵脚步声，她身子一紧，一颗心仿佛被人捏住，随即便听烟馆伙计高声喊话："屋里有人吗？大少奶在家吗？"

伙计一声声叫喊，没有喊出龚素裹，倒把二少爷蔡立春从东横厅书房里喊出来。立春遗传了爹爹的壮实身躯，个子却比爹爹高出半个头。爹爹那一双半圆眼睛传到他脸上，仿佛被抻大了，变成一对炯炯龙睛。尤其奇特，这般伟岸男子，嘴角时常挂一抹坏笑，仿佛刚刚开过有趣的玩笑，或者即将从恶作剧中得益。

蔡立春阔步跨出横厅，眼见天井里站着一个伙计，声声叫喊大少奶。他倒不愿多事问话，只去祖寝堂后阁厅隔断墙上敲门，喊道："嫂嫂，有人找你。"待了半天，雕花木门"吱呀"一响，龚素裹蓬头闪出来。那伙计一溜小跑迎上去，从衣袋里掏出一张账单，却犹豫着不知交给谁好。龚素裹赶忙抬起头，兀然道："叔叔，你欠下人家钱账，赶紧付给人家咧。爹爹晓得，不是玩的。"蔡立春眼一睁："嫂嫂何出此言，我何曾欠过人家钱账？"龚素裹朝伙计使个眼色："叔叔自己看账单吧。"那伙计硬着头皮把账单递给立春，果真白纸黑字签着"蔡立春"大名。立春一看是烟馆账单，立马明白怎么回事。但他却不想当着外人和嫂嫂吵架，只得蹙眉吩咐伙计暂且回去，"轩窗第"

断不至于赖账。

打发伙计出门去了，一对叔嫂不免大吵起来。一个说："嫂嫂抽烟便罢，为何签我名字欠账？"一个却说："原是叔叔欠账，见我孤儿寡母软弱可欺，诬赖于我。"两人吵得不可开交，后花园碾黑芝麻的陈妈听见，忙喊饱饭："死丫头，也不晓得进去劝劝？"这个名叫"饱饭"的丫鬟，年方十六，不知何方人氏。十年前，一个大风雪天，天地昏暗，苍茫一色。棠浦乡龚家村里，素裹娘家大门紧闭，屋里烧一团旺火，一家主仆围坐取暖。忽然一个半大孩子开门看雪，叫道："快来看啊，两只野兽跑到对面水塘边来了。"一家人争相出屋看视，只见大屋对面水塘岸上果真游走着两团黑影。待到黑影渐行渐近，大家才看真切，原来是一老一小两个女人，径直朝屋里走来。好心的龚家太太连忙吩咐施舍饭食，不料那老乞丐进屋便双膝下跪，"嘣嘣嘣"地给她连磕三个响头，哀求道："太太，我要死了。这个妹子求府上收留，不拘做牛做马，只求太太每天赏给一餐饱饭……"霍地站起来，反身冲出屋去，一头栽入水塘。龚家只得把那小妹子收留，因她娘的临终遗言，给她取了那个现成名字，让她服侍闺女素裹。

如今饱饭已出落成个美人，腰身窈窕，杏脸俊俏，一双桃花带露秀目，终日水波潋滟；又跟着素裹识了些字，养就一颗七孔玲珑之心，看人一个眼色，便晓得人心底唱哪出戏文。听到陈妈叫她进屋劝架，噘嘴回道："家里大人们拌嘴，我一个小人家的，晓得劝什么？陈妈年长老成，吃的盐比我吃的米多，过的桥比我走的路多，不如辛苦陈妈去劝吧。"陈妈碰了个软钉子，气不打一处来，"呸"一口骂道："小婊子！你倒晓得尊我年长老成？得了什么好差事，你眼里可有人吗？"饱饭假装没听见，抱起晖哥飞快走向花园后门。

陈妈本是个昏头昏脑蠢妇，觉得这个哑巴亏吃得不合算，急忙撂下碾槽起身去追饱饭。追到后门口一把揪住，小婊子小娼妇地破口大骂。饱饭寻思，耽搁了劝架，大少奶自然责骂陈妈，不是派我的不是。恰好陈妈一个暴栗敲到头上，痛得"哎哟"大叫，索性奋力挣脱揪扯，抱着晖哥，一溜烟似的跑出去了。

陈妈一双小脚追不上饱饭,又惦记着屋里大少奶受委屈,只得骂骂咧咧回去劝架。饱饭也不敢跑出多远,见陈妈进屋去了,立马转身回来,尾随在后,打算待在屋檐下见机行事。不料屋里顷刻传来陈妈哭喊:"不好了,不好了——,杀人了!杀人了!二、二、二少爷杀人了——"

3

胡家族长请蔡纪高去"盈科泉"茶馆吃茶,果然是商议抵制"亩捐"。熊、胡、蔡、漆四家族长商议半天,提议要查一查《大清律例》,蔡纪高便吩咐显忠回家去取。蔡显忠走到屋场门楼处,正遇见蔡立春急匆匆往外冲,脸上招牌似的坏笑霎然不见,黑着脸从偏门一闪,不见了踪影。蔡显忠禁不住纳闷,老爷不在家,这是谁惹二少爷生气?不料跨进"轩窗第"大院,便听到陈妈哭喊呼号。

蔡显忠自然不信二少爷杀人,但他走到槽门口,却远远看见大少奶直挺挺躺在祖寝堂地上,陈妈正瘫在她身边捶胸号哭。虽说不明就里,显忠还是当即转身去把大门关上,好歹不让家丑外扬。关上大门,一气冲去祖寝堂,只见大少奶无声无息躺在地上,两眼翻白,面目狰狞,不由得吓了一跳。壮着胆子伸手去她鼻孔处探了探,顿时大惊失色,猛然大喊大叫:"天啊!天啊!"

陈妈一见显忠,愣怔片刻,少不得一五一十哭诉。怎的家中主仆都去看驴,怎的自己在后院碾芝麻,忽听得烟馆伙计来家讨账,怎的二少爷出来应对……絮叨一通,蓦地跳起来大嚷:"后来我听见叔嫂吵嘴,赶紧撂下碾槽进来劝架。走进祖寝,只、只见二少爷推、推倒大少奶……呜呜呜,可怜大少奶'轰'的一声倒在地上……"显忠心里恍然大悟,怪不得方才二少爷黑着脸急急冲出屋场去了,原来他竟闯下弥天大祸。

寻思片刻,显忠抬头质问陈妈:"既如此,你为何不揪住二少爷?"陈妈身子一颤，东张西望，苦着脸道："我、我正要去揪他，奈何他早冲到槽门口，跑得无影无踪……"扭头看见饱饭牵着晖哥石人一般站在身后，仿佛仇人相见，忍不住一把拽着厮打起来，"都怪你小婊子不肯进来劝架！如今大少奶死了，我一生心血都白费了！呜呜呜……我先结果你小婊子性命！"饱饭如遭五雷轰顶，任凭陈妈拳打脚踢，一动不动。蔡显忠身子筛糠似打抖，战战兢兢倚靠在身后一根屋柱上，定住"怦怦"乱跳之心，举目环顾满屋画栋雕梁，叹道："这倒不用抵制亩捐了，有这条人命就足够败家咧。"饱饭听到这话，猛然双膝瘫跪在地上，"哇"的一声，放声痛哭。

延俄半日，显忠心中一动，扭身冲着陈妈大喝："蠢老婆子胡说八道！不过是大少奶自己走路崴脚，跌倒毙命……"话音未落，两步冲过去，挥拳相向，"你再敢胡说八道，我先结果你老命！"陈妈受到威吓，一张布满皱纹的扁嘴抽搐不止。蔡显忠心中暗喜，赶忙放缓语气晓谕："陈妈，求你帮老爷太太一个大忙咧。只要你保全了二少爷，老爷太太还能亏待你吗？不愁没人给你养老送终！你要只管嚷出来，让二少爷给大少奶偿命，蔡家自然就容不下你了……"

陈妈听着这话，愣愣不语，不住拿眼斜视饱饭。不料饱饭忽然腰身一挺，一双水波潋滟眸子炯炯射向陈妈，怯声道："陈妈，显忠说得在理！大少奶人死不能复生，我俚可要自寻活路……"陈妈扭头望望地上大少奶尸体，想起姑爷已死，自己连个守寡的乳女儿都招不住，何等命苦？正要伤心痛哭，忽一转念，倘若做了蔡家恩人，说不定还可以享一段老来福咧……

三人商议妥当，蔡显忠便打发饱饭从后门出去给老爷报信，千叮万嘱别惊着老爷，只说家中来客。饱饭依言从后花园出去，不要命地往"盈科泉"茶馆飞跑。一盅茶工夫，蔡纪高被叫回家来，见到活生生的儿媳妇变成一具尸体横陈在地，顿时惊得丧魂失魄，两条腿止不住摇晃着软瘫下去。蔡显忠赶紧搀扶老爷去板凳上坐下，先让陈妈把事情如实禀告。

蔡纪高僵僵坐在板凳上，眼泪顷刻在老脸上滂沱开来。面对这种莫逆之来，他一时也寻不出什么因果，只得一声长喟："天啊！我这是造的什么孽啊！这、这、这……这该如何向亲家老爷太太交代啊！"蔡显忠连忙安慰："好在两位女佣忠心护主，允诺保全二少爷……"附嘴在蔡纪高耳边嘀咕半日，又道："大少奶自己失足跌死，亲家老爷太太有什么话好说？"蔡纪高痛楚地摇头，声随泪下："纸包不住火咧！这么一桩惊天命案，岂能瞒天过海？"缄默片刻，抬手轻轻一挥，"去吧，先送陈妈、饱饭去报官，再打发人去亲家府上报丧。"

屋里三人听到这话，面面相觑。蔡显忠愣怔着，脸上浮上一丝茫然傻笑："高叔，你莫是气蒙了心吗？这种女人的人命官司，比老虎还猛、比瘟疫还可怕，高叔如何承当得起？不说这个家要闹到片瓦不留，只怕二少爷性命也怕难保咧。"他本来还想说，高叔已经没了大少爷，还能再没二少爷吗？蔡纪高蹙眉沉吟，呼出一口恶气，痛切道："这是天数咧，哪里躲得过！君子之泽，五世而斩！我蔡家历代以降，男子不嫁不穑、妇女不纺不织；家中老小都靠着盘剥祖业田庄，安坐取租，白白地衣锦食禄、使婢差奴，这才招致今日之祸咧！"

这些话在蔡显忠听来，俨然是虎狼屯于阶前尚谈因果，心下大不以为然，嘴里连声嘟囔："这种女人的人命官司，如何当得起！"蔡纪高却一个劲地摇头晃脑，悲泣道："凡夫畏果，菩萨畏因，如今因果报应出来了，还说什么当得起当不起的话？无非是尽我所有，任由天罚，该当何罪便当何罪。"说着，转眼望着愣愣坐在地上的晖哥，泪如泉涌，"好在我还有一个幼孙，祖父一脉，总算没断香火……"蔡显忠尚要分辩，蔡纪高却抬手止住："显忠，什么都不要说了。我蔡纪高今日此报应，绝不造恶业叫子孙后代再陷因果……"

蔡显忠实在心有不甘，弓着身子，搓手沉吟："要不请族里尊长们过来商议商议？或者等太太回家再行定夺？"蔡纪高挣扎着站起身来："我是一家之主，也是一族之长，我的家事，还要跟谁商议？佛祖说得好，初心便是正觉。此刻我心灯尚明，倒不要别人风言雨语来灭我心灯才好！"说着，毅然迈步往外走去，一边吩咐蔡显忠，"你赶紧带陈妈、饱饭去报官，我去喊人来张罗给素裹入殓。"他本来还想说，命案告发，延迟报官，便要承担放任嫌犯远走逃逸罪名，可是话到嘴边，还是咽回去了。

蔡显忠心里千般不忍、万般不甘，但是眼睁睁望着主人走出槽门，只得吩咐陈妈、饱饭出门报官。这对女佣倒被弄糊涂了，事情原本来得突然，顷刻之间竟又急转两个大弯，哪里应付得过来？饱饭心中大惊，没照顾好大少奶已是大罪，倘若机密泄露，让龚家晓得自己企图保全二少爷，岂不罪加一等？陈妈正憧憬着享福，仿佛自己已是老封君，忽又听说要去报官，岂不终究白服侍一场？心中复又大悲，喉管里止不住拉风箱似的呜咽起来："呜呜呜……都怪小婊子不肯进屋劝架……"饱饭身子猛然打个寒战，仿佛龚家老爷的马鞭就抽到身上来了……

报官路上，二人哭声招引得族人纷纷问讯。陈妈逢人便哭诉其详，凶讯瞬间传遍屋场。大家顿时唏嘘感慨，替族长老爷伤心难受，只道是祸从天降。蔡显忠心里却越发忍不住埋怨高叔：也才一个秀才，就把书读死了……慢慢行至城中，眼见县衙在望，忽又联想到朝廷以科举取士，倘若国家大事落到这种人手里，十有八九都要办坏的，怪不得我俚大清国运一天比一天衰颓咧！

4

当时蔡立春一脸怒容从"轩窗第"里冲出去，心中恼怒不已：可恨嫂嫂竟以我名义去烟馆赊欠！我若告诉爹娘呢，显见是告了嫂嫂刁状，嫂嫂抽烟密事也会因我而败露。如今嫂嫂寡居，小叔和嫂嫂发生矛盾纠纷，自然担着欺负排挤寡嫂嫌疑。传扬出去，谁知别人要编派出什么话来？说来不知什么缘故，从小到大，蔡立春隔三岔五就要遇上一件无厘头事件，而他的人生也会因此掀起轩然大波。

立春与兄长迥异，从小读书极有悟性，一点即通。他四岁入学，十二岁便能过目成诵，到十五岁，文章早已做得有板有眼。有位教了一辈子私塾的老夫子，据说也仰天长叹了一辈子，只恨自己从没遇到过一位真有读书天赋的弟子。人家与他辩论：先生弟子中举、中进士的大有人在，还能没有天赋吗？老夫子却说："梅花香自苦寒来，宝剑锋从磨砺出。那是人力强取的功名，算不得天赋。"那年他被胡家私塾延请，只教了寄读的蔡立春三天功课，第四天圈点他的文章，却惊喜得拍案叫好："我总算遇到一颗天生的读书种子了！"察看一段时日，越发喜不自胜，忍不住跑去给蔡纪高道喜："令公子正是那种举一隅而能以三隅反的孺子，可教可教！"蔡纪高心下大慰，从此一心一意把科举希望寄托在次子身上。

不料时过一年，家族有位中榜后指省直隶的进士，候补知县多年，忽然上吊寻了短见。灵柩运回之日，寡妇携幼子来到"轩窗第"向族长老爷禀告请安。蔡立春见那个五六岁孩子额上现一个乌珠梅般大包，血迹斑斑，一条新棉裤在膝盖处破两个大洞，洞口也有血污，便好奇地坐在横厅门槛上倾听大人谈话。见礼安坐之后，蔡纪高向那妇人问道："中秋节前接到你家进士书信说有望补缺，族里公账上立马给他汇去一千两银子作花费，为何后来那缺竟又没补上咧？"妇人回道："老爷有所不知，这些年到省候补官塞满大街，一个缺出来，少说也有三四百人竞争，一个个都削尖脑袋走门路贿赂上宪……"

蔡纪高叹气打断道："便没补上缺，也不该寻短，如今丢下你俚孤儿寡母怎么办咧？"妇人抽泣道："孩子爹实在是走投无路，为着要补那个缺，他跑烂了几双鞋。好容易得了上宪准信，才敢写信问族里要钱，又去钱庄借了三千两官债，勉强凑齐四千两孝敬上去。原指望有了出头之日，不料半途杀出个名叫卜耀琏的山东人。据说那人候补了十五年，天天上衙门站班，竟连临时差使都没得过一回，穷得吃尽当光。连他太太生下四五个孩子，都被他暗中卖掉了。可是不知怎的他忽然姘上个妓院鸨母，把家中太太逼得服毒自尽，硬生生娶那鸨母做了正房，那鸨母便给他一票银子把孩子爹挤对出局了。可怜孩子爹白白欠下三千两官债，钱庄伙计天天来会馆辱骂，催逼还钱，他受辱不过，才愤然寻短……"

蔡纪高忍不住切齿咒骂："不想我俚大清朝竟腐败到这地步了！"见那妇人哭泣，倒怕勾起她伤心，一声叹息，转而感慨道："多亏你一个女人，倒有能耐把灵柩盘运回来。"那妇人掏出帕子拭泪道："孩子爹留下遗书，把回家路线都标注好了，又写下沿途同乡同榜同年的姓名官职，嘱咐我一路找他俚化缘……"哭泣半日，哽咽又道："可怜孩子爹死前给我一块现洋，让我给孩子买一条厚厚棉裤……"听到这话，蔡立春忍不住问道："婶娘，既然上宪没给叔父实缺，为何不找他要回银子？"不待妇人回话，蔡纪高没好气骂道："小人家的，你晓得什么？送进老虎嘴里的猪头，还要得回来吗！"

说话间厨房里开出午膳来，蔡纪高挽留母子用餐。那妇人却讪着脸道："不瞒高爷，我还欠着两位车夫二两车资和一两房饭钱；他俚尚在城门外等候，连灵柩都还在他俚手里扣押着。"蔡纪高二话不说，忙喊蔡显忠拿银子去和车夫交结。可怜那孩子睁大眼睛听得这话，倒不用母亲吩咐，自己"扑通"跪下去，"嘣嘣嘣"在地上鸡啄米似的磕着响头，额头上的"乌珠梅"越发鲜血直流。

蔡立春当即一跳老高，"咚"地一拳击在腰门上，怒吼道："这辈子，我绝不考他娘的科举！免得跟那些卑污苟贱之人同朝为官！"蔡纪高瞪他一眼，倒没理会。不料从当天下午起，立春便不肯再去上学，后来竟犟了两三年不肯参加秀才考试。直到前年，他年满十九岁，蔡纪高心里着急，苦口婆心劝说："立春，如今你是大人了，可要懂事。就算不考科举，秀才你总得给我考一个回来。如今你哥出洋留学，已经绝了科途。嗯？不承到了你俚这一代，连个秀才都没了？"

到了院试那天，蔡立春总算勉强答应爹爹去考个秀才回来支撑门面。蔡纪高长舒一口大气，赶忙吩咐蔡显忠送他赶考。二人到达院场，立春自己提着考篮进去，显忠等候在门外。只待一会儿，院场内便传来喧嚣，只见官差把好些应试童生驱赶出来，随后竟把考篮也扔出来，纸砚笔墨撒满一地。原来县太爷有令，凡童生家中有拖欠官府丁漕税赋、兵徭捐款的，一律逐出院场，不许应试。

蔡显忠打听得事不关己，方才放心。不料院内突然传来蔡立春怒吼："岂有此理！一个七品县令，竟敢私设门槛禁止童生应试！这还有没有王法？"显忠听见二爷替别人打抱不平，生怕节外生枝，急忙冲到院场门口，却见两位官差扭着蔡立春胳膊往外推搡出来，唱曲一般高声叫嚷：取闹咆哮考场者，一律驱逐——蔡显忠赶忙大喝："休得无理！这位是蔡家少爷！"一边就要冲进里面去与官爷理论。那些被驱逐出来的童生和场外送考亲属，也纷纷跟着蔡显忠往里冲去，

正闹得不可开交，里面走出一位训导，高声喊话："因刁民蛮抗，丁漕税赋征收艰难，县太爷不得以才出此下策，以儆效尤。"众人高喊不服，扬言告状。那训导"哧"的一声冷笑："私设门槛也不是我俚宜丰起头，早有为之，早有告状！谁要胡闹，悉听尊便！"说罢，转身面向蔡立春，"蔡少爷，县太爷挺给蔡家面子。你若安分守纪，便可进场考试。"

蔡立春龙睛怒目，"呸！"地吐出一口浓痰，挣脱官差扭扯，愤然骂道："这等考试，蔡爷我不稀罕！"训导立马转身进去，院场大门随即"吱呀"关上。蔡立春几步冲下台阶，弯腰拾起地上一只砚台，狠狠朝那厚重的朱漆大门砸去，"嘣"的一声，碎末四溅，仿佛院场为之哭泣，墨泪纷飞。

回到"轩窗第"家中，蔡纪高气得直骂"孽障！"怒吼道："你家又没有拖欠官粮税赋，这是他人之事，凭什么你去出头！"蔡立春上下打量着爹爹，愕然道："记得先前祖母在世，常说天下事就是自家事，他人事就是自己事，怎么爹爹倒说我不能出头？"蔡纪高顿时语塞，仰天长叹："这真是天要绝我蔡家文脉啊！"

此刻蔡立春和嫂嫂大吵一场，从"轩窗第"里冲出来，急匆匆走出蔡家屋场。眼前蓦然呈现一片收割后的禾田，四野苍茫，稻秆垛垛，星罗棋布一般，直向天边碧痕似的远山铺陈。天空高远空旷，冬阳朗照，流光溢彩，远处田野旋起一阵冰凉的小寒风，裹挟着太阳芳香和泥土气息扑面而来，轻拂两颊。立春深吸两口气，顿觉胸腔舒畅，一腔愤怨随风而散，洒脱心性复又占据身心，不觉袖着手，顺着一条小径快步向团练局走去。

团练局创设于咸丰年间，城内熊、胡、蔡、漆四家出私财招兵买马，抵抗太平军攻城略地，鼎盛时曾有兵马数千。后来战事平息，兵马解散，这个机构没却没完全废弃。如今"四家"仍然按年划拨银两，收养些落魄武士和流浪打师，太平岁日作为公共家丁驱遣使用；逢着需要之时，兼而辅佐县衙绥靖地方，救灾抢险，捕盗安民。蔡立春自打放言"不考科举"，便成为这里常客，石础从小号举到大号，梅花桩一站半天，嬉笑玩闹着练就一身武艺。每逢兴起时候，还把天足妹妹蔡立秋带来，跟着师傅们学几招花拳绣腿，以免将来出阁，受老公欺负。

走到院外，便听到里面传来"嘿嘿"的练武打斗声。立春蹀进去，倚门而立，斜眼眄着几对武士较量拳腿。忽然远处堂屋里走出一位胖大打师，热络叫喊"蔡二爷！"那几对打斗武士闻声，顿时止住拳腿，争相跑来问好说笑：蔡二爷好些天不来……那胖打师抢过话头，笑嘻嘻道："是啊是啊，二爷这些天上哪发财？"一边携起他的手，一同向堂屋走去。立春没好气瞪他一眼，嗔道："说起发财，我倒晓得你又偷跑出去帮人押运货物了。你不请我吃驴肉汤，我便嚷出去，年底你去'四家'关领养银，只怕就不顺手咧！"

说笑着，大家一齐进到堂屋下厅。刚一落座，早有人泡上茶来。那胖打师正有心要请客，又晓得蔡二爷素喜玩闹取乐，眼珠子一转，凑趣道："得嘞，二爷应我一个条件，我便请客。"蔡立春道："请客还讲条件？可见不是诚心。"呷口茶，又道："得嘞，你说，什么条件？"胖打师笑眯眯环顾众人，一边说道："二爷是耍人取乐高手，只要二爷有本事把我俚这些人都从下厅耍到上厅去，我便请客。"蔡立春见一大帮人坐的坐、站的站，个个一脸坏笑，脸一沉道："果真不是诚心请客！我有天大本事，也不能把你俚从下厅耍到上厅去咧！"大家听得这话，一齐嘻嘻哈哈笑起来。蔡立春手里端着茶盅，摩挲片刻，忽又向胖打师说道："我虽没本事把你俚从下厅耍到上厅去，却能把你俚从上厅耍到下厅来，你请客否？"胖打师心想，这不一样吗？一叠声叫道："好好好，二爷能把我俚从上厅耍到下厅来，我也请客。"

于是，众人不用招呼，一个个屁颠屁颠跑去上厅。大家一齐傲然站定，心里都盘算着我自岿然不动，看你有啥本事把我要到下厅。不料蔡立春却施施然站起来，"哈哈哈……"地笑得前仰后合，一边跳脚大叫："请客、请客……"众人都还不明就里，满脸茫然。蔡立春却摇头晃脑笑指胖打师："你看你看，我已应了你的条件，把你俚这些人都从下厅要到上厅去了，你还不请客吗？"大家这才恍然大悟，人人叹服，个个点头：蔡二爷真是世间少有的机智人物。

一班人正闹得乐不可支，争相撺掇胖打师请客。忽然门外呐喊声起，一伙官差"呼啦啦"冲进门来，直奔蔡立春。随着一声"拿下！"断喝，一拥而上，不由分说绑缚结实，捉拿归案。

5

宜丰的富贵人家，最怕的不是豺狼虎豹，而是蔡显忠嘴里所说那种"女人的人命官事"。因为女人两栖的缘故，相对娘家和婆家来说，都算是"客人"。一个女子在娘家做姑娘，多少总会受到礼遇。即便犯下什么过错，家人也要说：担待些咧，她在家里做客咧，不几年就出要阁的。但是，如果某个女人非正常地死亡于婆家，她相对于婆家的"客人"身份却又凸显了，她顿时就成为娘家的人。依着"打狗欺主"的逻辑，她的娘家就受到损害、欺辱和挑衅。而女子对于娘家来说，又不单属于她的小家庭，还属于整个家族。因而整个家族就要为她出头打人命官司，而且绝不会善罢甘休——绝不能让人家以为我俚女子好欺负咧！

宜丰的丧葬风俗，头一桩是"人死饭甑开"。传说凡是奔丧人客，如果不在丧事人家吃饭，就会触怒一种叫做"空腹煞"的神煞，后果很严重。那天蔡显忠带着陈妈、饱饭去到棠浦龚家报丧，龚家族长听到凶讯，顿时大惊失色。原来女子娘家也畏惧这种官司，因为这往往意味着要举全族之力去和女子婆家"掰手腕"。无奈人在家中坐，祸从天上来，只能硬着头皮挺起胸膛承当。稍后一通祠堂鼓响，老族长把凶讯一传，整个家族瞬间沸腾。大家不待吩咐，不管亲疏辈分，不分男女老少，套车的套车，骑马的骑马，"呼啦啦"地都往县城直奔。

如响斯应，县城"轩窗第"里早已拉开了应战架势。屋里上下两进大厅各摆出六张大方桌，板凳座椅俨然；槽门口左右外厅大厨房大锅灶里都架进干柴，生起旺火，屋顶上顿时炊烟滚滚；一担担、一袋袋大米面粉、鱼肉菜肴、水酒、清油、木柴、盐晶、调味品……接连不断地采买进来；一大群男女老少忙着扫地、劈柴、煮饭、洗菜、切菜、烹饪……一栋大屋里外，只见人来人往，穿梭一般，寻张找李，叫喊不迭。

午后时分，龚家奔丧亲属驾到，院外轰然响起一阵嘈杂的啼哭：哎呀咧——，我俚姑娘（姐姐、妹子）咧——，你死得好惨咧……随着槽门口迎客爆竹燃响，一大群男女老少一窝蜂拥进大门，跟跟跄跄，直奔祖寝灵堂。

灵堂里布幡高悬，香火灯烛、荤素供品早已打理妥当。一大群人"呜呜咽咽"地哭号着，争相拥挤到灵前，下跪的下跪，作揖的作揖。十分伤心的，早扑过去抚棺大恸。一个以擅长哭丧闻名乡里的婆婆，嗓音格外嘹亮高亢，一把鼻涕一把眼泪地如诉如泣："哎呀咧——，我俚姑娘咧，可怜你从小到大手勤脚快、乖巧懂事，从没骂过一回鸡，更没打过一下狗，见了石头喊一句石公公，遇上大树尊一声树婆婆，十个人里头倒有十二个人要疼你咧；哎呀咧——，我俚姑娘咧，可怜你刚长成个人样，就出落得赛过七仙女，远近媒婆都为你忙得脚不沾地，四方男子都为你争得打架结冤咧；哎呀咧——，我俚姑娘咧，不知你嫁到婆家触犯了什么天条咧，怎的就为婆家不容咧？哎呀咧——，我俚姑娘你死得好惨咧……"

婆婆哭得上气不接下气，只得告一段落。一手掏出帕子拭泪，一手捏着鼻子"嗤"的一声，一把鼻涕就甩到灵前的供桌腿上去了，蜗牛般的银光闪闪。行将冷场之际，早有一个黑巾包头妇女挺身而出，当仁不让地张嘴开腔："哎呀咧——，我俚苦命妹子咧，你这是嫁到怎样的婆家咧？你到底犯下什么王法，为啥要结果你性命咧？哎呀咧——，我俚苦命妹子咧，你纵有千般不好，也是三寸金莲的脚，十指纤纤的手咧！你纵有千般不好，也是樱桃樊素的口，杨柳小蛮的腰咧！你纵有千般不好，也为婆家生崽赡女咧！你纵有千般不好，也为公婆晨昏省定咧！你纵有千般不好，也为丈夫披麻戴孝咧……哎呀咧——，我俚妹子你死得好惨咧……"

蔡纪高早已挣扎出来，拱肩缩背恭候在一旁。等到哭声渐止，连忙鞠躬赔罪，把事由经过禀明，分辩道："原是叔嫂争执，有所推搡，孽障不知轻重，失手误伤嫂嫂性命，断不是蓄意谋害……"一边泪下数行，拱手又说："我俚做爹娘的并没包庇袒护，报官报丧都没耽搁，孽障也被县衙捉拿归案，要杀要剐，都由王法处置，亲戚们体谅些个。"蔡纪高此般大义灭亲姿态，龚家亲戚想要撒野打人、砸东西也找不出由头，情绪逐渐平复。

蔡家主事尊长们见龚家亲戚发泄将尽，赶忙招呼大家入席吃丧饭。大家自不客气，"呼啦啦"朝大厅拥去，傲傲然坐满桌席，不动声色地大吃大嚼，一桌桌酒菜很快就被一扫而光。酒足饭饱之余，大家腆着肚子，打着饱嗝，脸上神色早已平和。仿佛这一餐丧饭，便叫人们对一个女子的突然暴亡变得可堪承受。

好歹把客人打发出门了，蔡家人并不敢稍有松懈。大家都心知肚明，日后几天前来吃丧饭的人还会有增无减。龚家族人、远近亲戚、左邻右居，凡有沾带，谁肯放过白吃一餐饱饭？如今兵荒马乱年头，遇上这种吃得起的财主东家，可是十年难逢金满斗好事！黄昏时分，一张分派差事的绿纸横单便贴到槽门口屋墙上去了。几人打爆竹迎客、几人筛茶敬烟、几人籴米、几人买菜、几人打酒、几人烧火、几人挑水、几人煮饭、几人切菜、几人掌厨、几人上菜、几人洗碗、几人抹桌扫地、几人照管灵前香火、几人举哀回礼……

一切分派妥当，"轩窗第"里的忙碌方才渐渐退潮。可是族人刚刚散去，忽然槽门口"咴——"的一声骏马嘶鸣，屋里又冲进一个人来。侍剑正从西横厅出来，去往东横厅卧房，迎面撞上，急忙反身回去通报："刘家少爷来了——"

6

这天午后，刘昆泰歪在天宝乡"宰相第"家中书房里看书，突感身子疲乏，扔下书本慢慢出门踱到大街上去了。不想却在大街上遇见上城归来之人，听到蔡家二少爷杀嫂凶讯。昆泰顿时惊得魂飞天外，当即回家打马进城。

太太胡翡翠惊闻堂妹家中凶讯，急得不知如何是好。昆泰连忙安慰："大姆妈别急，我先进城去看看，得了准信立马打发人回来禀报。"姨太太简玳妮见儿子急要进城，忙道："天大的事，也得明天一早赶去才好。今天这么晚了，你赶去关了城门怎么办？"可她话音未落，刘昆泰早已冲到院里去了。

简玳妮心里并不愿意儿子跟蔡家兄弟要好，奈何崽大不由娘，她早已无力扳住儿子。见儿子不管不顾冲出门去，只得回房向丫鬟、仆妇抱怨："莫非昆泰前世欠了蔡家什么债？眼睁睁为蔡家老大耽搁一年，如今蔡家老二又闹出命案来！我看昆泰不必出门就事，只去蔡家受雇便好！"房中老妈子翻个白眼，接口道："最可恶那蔡家没点人情味，大少爷帮了他家大忙，也不见有半吊钱礼物酬谢咧！"简玳妮正要附和，一个尖瘦脸面，名叫亨香的中年仆妇一手叉腰，冷笑道："蔡家是城里大户人家，怎见得没有人情味？只怕酬谢送给别人去了也未可知。"说着，努起两片淡淡薄唇，朝大厅对面太太厢房使了个眼色。

简玳妮虽说是个小妾，却比正房太太早生大少爷。先前婆母在世时，把她抬举得跟胡翡翠平起平坐。又因她长得绝色，丈夫刘家玉也对她宠爱有加。不料三五年后，胡翡翠一气生下两个儿子，她的大少爷就不金贵了。老太太一过世胡翡翠的太太地位凸显出来，家中日常事务都得由她做主。简玳妮心里不免积攒一腔怨气，仿佛一堆陈年干

32

柴，遇上点火星，便要蹿起熊熊烈焰。此刻一听亨香之言，眼里闪出两道银鞭似的光芒，咬牙切齿道："不承竟有如此厚颜之人，把人家儿子赚来的酬谢昧下？"亨香见姨太太动气，赶忙又把话说回来："我也只是猜测而已。请太太暂且忍耐，日后打听到真凭实据，才好说话。"

但是简玳妮心里却放不下这事了，左思右想都觉得自己母子吃亏。晚餐和太太同桌用膳，特地说起蔡家命案，没好气道："这真叫城门失火，殃及池鱼。昆泰已被蔡家老大耽搁一年，京城好好的公职也辞掉了。如今蔡二爷又闹出人命来，想必又有差事用得着昆泰跑腿。我看昆泰索性去蔡家受雇帮佣，好歹赚几两工钱银子回来过活。"胡翡翠停住手里夹菜的筷子："你说话最好一码归一码，昆泰为留在家中办学校，才辞去京城职务咧！"简玳妮眼角两道银光鞭子一般掠过胡翡翠面孔："不为给蔡立德护送灵柩，昆泰不会回来，自然不办那什么子虚乌有学校……"胡翡翠不想跟她斗嘴，赶忙止住："你不用操心，老爷寄来书信，让我俚都去他任上过年。等昆泰回来，我便让他送去你。大年一过，昆泰直接从湖南进京，岂不便宜？"玳妮忽然听说要去老爷任上过年，不觉收敛一脸怒容，讪笑道："太太说的什么话？怎的是让昆泰送我去咧，难道太太不去吗？"胡翡翠为着出嫁的长女分娩在即，心中挂念，不想离开家乡，嘴里却道："你到底小我几岁年纪，往后这种奔波跑路差事，我都派给你。"简玳妮更加喜出望外，一双秀目光彩熠熠，眼角两道银鞭忽闪忽闪，仿佛月圆之夜，树枝在微风中摇曳。

经过一番周折，这一栋暗流汹涌大屋，竟然波澜不兴地融入漆黑一团夜幕。约莫戌末时分，刘昆泰快马加鞭，一路狂奔，总算赶在城门关闭之前冲进县城。

城内大小商铺早已打烊，居民人家也都已关门闭户。喧哗古城已然安睡，头枕夜色。老马识途，跑进"轩窗第"大院，戛然而止。昆泰翻身下马，来不及系好缰绳，三步并作两步冲进大门。猛然看见祖寝安放着灵位，烛火摇曳，香烟袅袅，脱口叫声"天啊！"仿佛遭了当头一棒。待到侍剑通报，厢房里有人出来迎接，方才回过神来，去到灵前行礼。跪拜焚香已毕，转身进去西横厅，扭头瞥见棺椁旁跪着答礼之人，蓦又止住步子。正要作揖施礼，只见一身素白的蔡立秋早已站起身来，拖着哭腔叫喊："泰哥哥——"

昆泰僵着身子，好一会儿才木然抬起头来和她直面相对。早年他曾在"轩窗第"寄住，历时两年之久。对这个立秋姑娘，他早已熟视无睹，无非是一个扎着羊角辫子、可供作弄逗乐的小玩偶而已。谁知猝不及防，她竟摇身一变，变成一个梨花带雨天人，长身玉立站在眼前。蓦地，他感觉自己全身袭上一阵潮热，心下没来由慌乱，仿佛因她恶作剧般的瞬间巨变惊呆了，竟不晓得答应她的呼喊。

好在愣怔并没持续太久，昆泰一双眸子率先活泛。虽不敢直视立秋面容，可稍一抬眼，便把她浑身缟素的美妙身姿吸入眼底，印上心扉。随即，整个人醒过神来，心头涨潮般漫上两行诗句：除却君身三重雪，天下何人配白衣？嘴里却暗暗地吞口气，伸出舌尖舔舔干热双唇，嗫嚅着喊出一声："秋妹妹——"

屋里太太听说刘家少爷来了，延俄许久不见进屋，忙喊侍剑："还不快请刘少爷进来吃茶！"昆泰闻声，赶忙撂下立秋，快步跨进西横厅去。走到蔡纪高夫妇跟前，未及见礼请安，早被胡碧玺一把拉住哭诉："我的崽啊——，你姨娘的命生得苦咧！呜呜呜，可怜你姨娘这一条老命，就要断送在这个冤家手里……"

昆泰只得把话劝慰，待到宋大嫂泡上茶来，蔡显忠才趁机请他安坐，一边把命案详情叙说。昆泰睁着眼睛凝神倾听，越听越狐疑，忍不住问道："依你俚所言，立春打杀嫂嫂，夺门逃跑。可是立春并非三岁小孩，他跑到团练局去做什么？莫非等着官府捉拿归案？他便要跑，也该一鼓作气跑到他乡外府去咧！"蔡纪高神情怏怏歪在座椅上，叹气道："想必孽障推倒嫂嫂，并不晓得毙命，盛怒之下，赌气跑出去也是有的。"昆泰双眉紧蹙："姨爹姨娘，我和立春相知多年，情同手足。如我所知，立春便是武松般的赤子好汉，即便杀人，也要留下'杀人者，武松也'字迹，哪里竟会逃跑？就算他失手推倒嫂嫂，不知毙命，眼见嫂嫂倒地，他也绝不会撂下不管的！"

一屋子人听到这话，一齐把眸光射到昆泰脸上。昆泰长相随母，身材窈窕，面容清秀，肌肤白净，可拟霜雪。细皮润肉面孔上，嵌一双深潭般漆黑的双眸，透着两股清冷、明亮、犀利光芒，仿佛能在黑暗中辨析芥籽微尘。

　　蔡纪高一向痛恨儿子叛逆不成器，常常预言他要杀父弑君。如今他失手误伤嫂嫂性命，简直就是顺理成章之事，哪能想到他竟是什么赤子好汉？不过经昆泰这么一说，回神一想：那孽障虽不成器，心地却真是不坏。不待他开口说话，哭得奄奄一息的胡碧玺身子一挺，哑着嗓子，泪如雨下道："我看昆泰说得有理！老爷别怪我护短，我的崽虽说顽劣，良心却是不坏。平日里叫花子上门乞讨，他都要格外施舍照料。倘若失手推倒嫂嫂，怎会撂下不管？"

　　一听这话，家中主仆异口同声嚷开了："是哩是哩，二少爷可不是这种人！"大家不约而同想起立春种种好处，坚信他绝不会推倒嫂嫂撂下不管。蔡纪高"嘿"声气道："事到如今，素裹都躺到棺材里去了，还由得我俚替他开脱？况且这事陈妈、饱饭亲眼目睹，怎会有假？"昆泰越发把双眉蹙得老高，沉吟道："陈妈、饱饭都是大少奶娘家带来的人，她俚的话未必可靠……"大家都听得一怔，当时倒没考量这一层。一个坐在通往厨房夹巷过道门槛上打盹的老厨子突然站起来，挥手骂道："陈妈蠢老婆子，说话东拉西扯、颠三倒四，她的话哪里听得？"龙妈、宋大嫂回过神来，赶忙点头附和："听信陈妈的话，裤子都没得穿咧！"

　　立秋的丫鬟侍剑从小起是个大大咧咧、多嘴多舌的姑娘。可这会儿大家七嘴八舌，她却低头倚在立秋座椅后背，一声不吭。待到议论止息，方才站直身子，瞪一双夜明珠般凸眼，忸怩道："不是我说……"话到嘴边，却又吐吐舌头吞回去了。蔡显忠望她一眼，心如明镜，晓得侍剑想要编派饱饭的闲话，却又碍于姐妹交情，不好开口。

　　显忠怀春年纪，尚未娶亲。家中两个大丫鬟，一个长相俊俏，赏心悦目；一个虽略输相貌，却也是妙龄女子。在他的痴迷念头里，自己把侍剑娶了，那就算是"保本"；倘若能和饱饭成为一对，那可就真是"赚发"了。只因饱饭是大少爷房中人，大少奶一向不提她的婚事，明摆着要留给大少爷收房。所以他不敢多去做那"赚发"的美梦，倒是把心思花在"保本"上头多一些。不料春天大少爷突然亡故，他心里顿时一亮，这不是"赚发"的机会来了吗？从此撂下"保本"，全心全意营谋"赚发"好事，明里暗里，他已施了好些小恩小惠在饱饭身上。不料就在他美梦正酣之时，家中忽然闹出来一桩命案。

昆泰细细寻思，心里越发有数，缓缓说道："姨爹姨娘先别伤心，我看这事大有蹊跷……"蔡立秋仿佛抓住救命稻草，霍地站起来，喊一声："泰哥哥——"却又猛然羞赧，愣怔无语。昆泰"啊"一声，愕然望着她，只见一团火焰般的红云迅疾从嘴角蹿到面颊，脱口叫了声："秋妹妹——"

两人就这样在众目睽睽之下面红耳赤愣头愣脑地站着，四目相对，不知所措。一屋子人顿时面面相觑，尴尬不已。好一会儿，胡碧玺才回过神来，没好气向两人横一眼，嗔骂道："你俚兄妹有什么话，坐下来说不好吗？"

7

果然不出所料，从第二天起，前来"轩窗第"吃丧饭的人更加络绎不绝。槽门口迎亲送客爆竹声此伏彼起，"噼里啪啦"地炸得院子里硝烟弥漫。祖寝灵前"哎呀咧——哎呀咧——"的哭声一阵接着一阵，首尾相连，环环相扣。屋里的流水宴席每天一早就开出来，一拨人吃罢下席，另一拨人便争先恐后抢座。

足足闹到第四天，前来吃丧饭之人才告罄尽。蔡家尊长们商议着先把灵柩暂厝到城外家庙里去，等日后官司了结，再请风水先生择地下葬。不料午膳时分，槽门口突然又拥进来一大群男女老少，"哎呀咧、哎呀咧——"哭天抹泪地直奔灵堂。昆泰急忙冲出去，厉声喝道："你俚是大少奶什么亲戚？"一个绰号叫做"王二溜"的尖嘴猴腮汉子跳出来,"嘿嘿"干笑两声,阴阳怪气道:"我俚都是大少奶教友!嘿嘿!教友,你懂么?教内之人,都是兄弟姐妹!"他身后一干人壮声附和:"对对对!我俚都是大少奶兄弟姐妹,理当祭奠大少奶!"

昆泰喊一声"显忠",壮声大喝:"从没听说过教友是亲戚的,还不快打出去!"蔡显忠听到这话,心中大骇。俗话说,人怕出名猪怕壮。蔡家素有富名,如今事穷势蹙,正是"王二溜"这些无赖流氓眼里的肥猪,还能跟他俚硬碰硬对抗吗?好在他急中生智,赶忙满脸堆下笑来,上前求饶:"溜哥,担待些咧。府里开了好几天饭瓺,实在招待不起了……"王二溜倒像被人踩着尾巴,越发尖声大叫:"你这是什么话?都是亲戚,府里饭瓺对别人开得,对我俚便开不得吗?"

正在这时,两位身材高大、白肤金发碧眼西洋女子急急走进门来。两人都穿着一身素色大袄,面色凝重,分开人群,站到天井中间,同声喝问:"干什么干什么?你俚这是干什么?"没错!来人正是西娥西媛两位修女。原来一群人拥进门来之时,立秋早盼咐侍剑从后门悄悄溜出去,找两位修女求助。

西娥西媛姐妹俩原是一对孤儿,七八岁上离开祖国,跟随传教士来到中国,辗转大江南北,早已成为中国通。自从十多年前来到宜丰,她们就再也没有离开。如今除了天生异相,两人饮食起居、说话穿衣都已和宜丰百姓没有区别,看去不是修女模样,倒像是宜丰男子迎娶了一对西洋媳妇。

一群教民见到两位修女,争相讨好叫喊"嬷嬷",众口一词道:"我俚来祭奠素裹姐妹咧。"姐妹俩相互对望一眼,西娥沉吟道:"好,祭奠姐妹应该的,兄弟们请跟我来吧。"说着,两人迈步走向灵堂。教民只得跟随她们,稀稀拉拉地去到灵前站定。西娥西媛招呼大伙排好队伍,一齐向灵柩鞠躬行礼,同声唱起圣歌:

亲爱的朋友:

天主使你生活在我们之中,现在收回你的灵魂。盼你早安息,恳求圣父无限仁慈,赐你永远欣悦,在精神上我们依旧与你时时不离。

　　绝非永别，只是暂别，再会天父膝前。再见朋友，我的朋友，我们定要再见。你已离开痛苦人间及早到达天乡，弃绝世俗，远离凶恶，永生泉水安尝。

　　恳求至圣仁慈之父，因耶稣功绩和诸圣人在父怀中，欢乐共聚一堂。绝非永别，只是暂别，再会天父膝前。

　　再见朋友，我的朋友，我们定要再见。

　　当你到达天父膝前，求你照顾我们，保佑我们生活在世，坚强勇敢忠诚。我们也愿遵守诫命，善尽教友本分。今生易过来世无穷，重会日快来临。绝非永别，只是暂别，再会天父膝前。

　　再见朋友，我的朋友，我们定要再见。

　　一曲终了，两位修女面向众人抬手吩咐："好了，我俚可以回去了。""王二溜"心有不甘，"嘿嘿"干笑，躬身回话："嬷嬷们有所不知，我俚宜丰自古流传下来风俗，奔丧吊孝之人，一定要在丧事人家吃饭，不然就会冲犯神煞……"西娥抬手道："这种风俗不好，需得改良。"西媛也赶忙点头开导："仁慈的天主不会悦纳这等风俗，教徒成千上万，倘若都来吃饭，岂不要把人家吃得片瓦不留？"一干教民七嘴八舌叫嚷："历来风气如此，怎可破坏？"西娥昂首道："诸位既入了教会，便要遵从天主圣训，断不可再依地方风俗行事。"无奈大家都不甘心白白放过一顿美餐，双脚都像钉在地上，哪里迈得开去？僵持良久，西娥只得板起脸来训斥："我是嬷嬷，你俚不遵教导，我便回禀主教，把你俚逐出教会。"好些流氓无赖入会信教，原本指望依仗洋人势力，横行乡里，捞些好处。听说要被逐出教会，自不敢蛮抗，早有人唱曲一般高声叫道："嬷嬷见教得是！"转身溜之大吉。

　　拥挤到槽门口，好些人闻到两旁大厨房里鱼肉香味，趁乱冲进去。见有剩下馒头熟肉，伸手就抓，一手塞进嘴里，狼吞虎咽；一手塞进衣兜，只恨兜小。稍后冲进之人，已无食物可抓，不禁恼羞成怒，却又冲出来，指着满嘴吃嚼之人，状告修女："嬷嬷看咧，他俚抢劫咧！嬷嬷回禀主教，把他俚赶出教会才好！"

8

闹腾多日，总算把灵柩抬出暂厝到城外家庙里去了。"轩窗第"恢复往日秩序，却平添一股叫人触目伤怀的凄凉气息。喘息初定，压在蔡纪高心底"事有蹊跷"的疑团水落石出般地冒出来，迫不及待打发蔡显忠把胡家族长胡劲松请来商议。两厢礼毕，请进屋里，胡碧玺亲自奉茶，稍坐谈话片刻，蔡纪高再请进入东横厅小暖阁安坐。显忠、昆泰跟随进入，执小辈之礼，侍候茶烟。一番客套已毕，显忠把命案详情禀明，昆泰趁便把种种疑团陈述，蔡纪高也一口咬定："事有蹊跷。"胡劲松顷听半日，沉吟道："事到如今，什么'蹊跷'不'蹊跷'的话，得县太爷金口说了才算咧！"三人点头如捣蒜："正是这话。"昆泰又道："眼下正要设法让县太爷赶紧过一回堂，听听二少爷自己供述怎么回事，我俚就心中有数了。"

胡劲松噘嘴，叹道："自古以来，八字衙门朝南开，有理无钱莫进来。我俚从兴纳'亩捐'看去，杨国璋其人，断不是什么狗屁清官！你想让他赶紧过一回堂？只怕不破费些银两，他便不替你推磨咧！"显忠、昆泰深以为然，一齐把眸光射向蔡纪高。蔡纪高顿时面露难色，厚厚眼皮耷拉下来，仿佛人家教唆他去妓寨嫖娼。胡劲松摇头叹气，画饼般圆脸浮上汕笑："按理说，我俚书香门第，清白人家，孔孟之徒，断不能从恶如流，去干彼等污浊苟且之事！奈何、奈何……怎么说呢？话又说回来，崽俚也是门户里的男丁、先辈血脉、祖德流芳，倘若真有冤情，白白让他担着冤枉，顶着罪名，那也是羞辱门第、玷污祖先……"蔡纪高爱子心切，听到这话，仿佛九天仙道得了下凡天梯，瞬时便把孔孟之道、圣人之言都抛到脑后，急忙睁开半圆双眼道："老爷说得在理，事到如今，还由得我端什么清高架子？正是老爷方才的话，该怎么办就怎办咧！"

打定主意，四人一齐商议行贿金额。胡劲松道："如今非比从前，一百两银子就算大钱。再说要打赢这场官司，只怕不是一锤子买卖。头一回出手，不必太阔，一百两即可。"可怜蔡显忠听到这话，惊得心下一跳：天啊，一百两还说不阔？倘若给我一百两，少说能娶二十房媳妇，怪不得读书人都要拼着老命去中举做官！蔡纪高却连眼皮都不眨一下，连忙老着脸说："好、好，就是一百两。"胡劲松当即从衣兜里掏出一张名刺，交给蔡显忠道："这事老爷不便出头，你替他办去。县衙刑房书吏彭学武先生是县太爷心腹，素来与我相厚，你只管拿我名刺去找他……"

大事议定，大家脸上神色松动。昆泰见胡老爷杯中茶水喝浅，赶忙端去暖壶里续上新水。胡劲松欠身伸手，交接之际，凝眸浅笑："崽俚，不想你出洋几年，没沾染一丁半点尘埃俗气……"说着，扭头望望蔡纪高，点头赞叹，"我说大少爷啊，莫非你真是'非梧桐不止，非练实不食，非醴泉不饮'么？这世间烟火茶饭，哪能养出这般干净清秀的男子汉来？"刘昆泰侧脸微笑，两腮涨红，嗔道："这都啥时候，老爷还有心打趣小辈？"闲话一会儿，胡劲松告辞而去。蔡纪高亲去内室，翻箱倒柜，摸索许久，拿出一百两银票，交给显忠。又另给他一块现洋，用作结交彭学武花费，吩咐立刻出门办差。

等到晌午时分，不见显忠回家。蔡纪高便推测显忠与彭学武结交投契，没准正在推杯换盏，心下略宽。午膳之后，一家人坐定，吃茶闲话。忽然一个穿红着绿名叫李干娘的媒婆一步三摇走进屋里，只说来给老爷太太请安。蔡纪高寻思：去年立春和城北醋铺子里"醋西施"定下亲事，正是李干娘跑腿说媒，莫不是亲家那边听说姑爷犯事，不好亲来打探，托请李干娘上门问候？忙问："李干娘，亲家铺子里老小都安好吗？"李干娘听到这话，面容一敛，哭丧着脸道："老爷别提那醋铺子才好！只恨老身有眼无珠！这该去给猪狗鸡鸭说亲，也不该替那铺子里做媒咧！"蔡纪高扭头睃一眼太太胡碧玺，惊道："李干娘，你、你这话什么意思？莫不是亲家那边要、要悔婚吗？"

40

李干娘颠三倒四、絮絮叨叨："满宜丰城里，谁个不知蔡家'轩窗第'是福德人家？谁个不晓得府里摊上点芝麻绿豆小事，转眼就要逢凶化吉、遇难呈祥？嘿！可恨醋铺子里老男女一颗富贵心，两只势利眼……依老身眼睛看去，只怕那'醋西施'没有偌大福分，看她那削肩拱背寒碜模样，就不像做少奶奶的人……"蔡纪高听着这话不受用，转念一想，儿子正当牢狱之灾，生死不明，人家悔婚也在情理之中。况且这门亲事，他原本极不满意，只因拗不过儿子纠缠才定下。略略定神，抬手打断李干娘絮叨："你不必说了，不就是退亲吗？要退就退，只管退！"说着，扭头吩咐立秋去立春房里把婚书找出来。

　　蔡立秋怒冲冲转身出去，不一会儿便拿着大红婚书回来。胡碧玺原本比老爷更不满意这门亲事，忽然听说退婚，简直是意外之喜。只是喜事来得不是时候，便不叫她高兴，不由得切齿骂道："岂有此理，真是虎落平阳被犬欺咧！"话音未落，霍地挺身而起，一把从立秋手中夺过婚书，冷笑道，"李干娘，你是老媒妁，你不知道退婚规矩，先要把往来财礼交割清楚吗？"李干娘手一摊道："什么财礼？府上还没下聘，哪来财礼交割咧？"胡碧玺怒目道："当日定亲，我家大摆酒宴，也送了姑娘衣裳首饰，你可是原媒，不会健忘到这地步吧？"李干娘抬手一拍脑门，复又满脸堆下笑来，鸡啄米似的点头："太太不说，我真忘了。"说着，脸一板，恶狠狠道："太太放心，我拼着老命，一头撞死在那铺子里，也要替太太把衣裳首饰索讨回来。"胡碧玺又道："自古的规矩，女方悔婚，定亲酒宴也要折变银子赔偿男家。"李干娘立马换一张哭丧脸，趋前两步，一把拉着胡碧玺衣袖哀求："太太开恩，醋铺子里老男女，一对抠鼻屎煎盐汤货色。若要他俚赔钱，只怕比割肉还难！"蔡纪高不胜其烦，挥手喝道："罢罢！跟她争什么长短？把婚书给她，让她去咧！"李干娘仿佛囚犯得赦，一把从胡碧玺手中夺过婚书，一步一跳，头也不回去了。

　　刘昆泰看得目瞪口呆，赶忙问道："姨爹，立春什么时候订婚了？怎会定下这么一门亲事？"蔡纪高苦着脸摆手道："别提别提，都是那孽障胡闹。去年七月十五灯节，孽障出门去耶溪河畔看放河灯，不知

41

怎的遇见城北醋铺子里'醋西施'，只在黄昏时分远远瞥见一眼，回家就丧魂落魄，死皮赖脸闹着要托媒提亲……"胡碧玺愤然插嘴道："你说醋铺子那等门第，我俚怎能答应？可恨孽障不依不饶大闹，倒说我俚做爹娘的嫌贫爱富。"

说话间，龙妈、宋大嫂收拾好碗碟从厨房来到横厅。听说悔婚退亲之事，宋大嫂义愤填膺，大骂醋铺子里狗男女落井下石，欺人太甚。谁知龙妈却拍手叫道："好好好，这婚退得好咧！那'醋西施'真是个丧门星，虽长得绝色，却生了一双'四白眼'，一看就是个克夫女子，谁家沾上都要倒霉。如今退了她，二少爷就脱了霉运。显忠去跟县太爷疏通疏通，一定大事化小，小事化了。"

9

这天夜里，刘昆泰躺在东横厅蔡立春卧房雕花大床上辗转反侧，久久不能入眠。午夜时分，暗暗寻思，早年自己留洋，归国又在京城就事，东奔西跑，漂泊日久，不想连立春小弟都订婚了，更不想他的婚事未成正果已成泡影。一会儿翻身一会儿叹气，慢慢竟从立春婚事联想到自己姻缘。

早在十多年前，昆泰才十四五岁时，简玳妮便急急地替儿子定下一门亲事，对象就是儿子亲舅家表妹。昆泰长大后，明白姆妈用心。身为偏房小妾之人，一生抱怨自己在夫家势单力薄，没个依傍，指望将来娘家侄女做了儿媳妇，平添同心合胆的左膀右臂，说话也可以高声，行路也可以快步了。只可惜那姑娘没等到婚嫁年纪，却在十三四岁时得场急病，不治身亡。

表妹亡故之后，昆泰出洋留学，婚事便耽搁下来。这些年他年龄渐长，可是不知为何，一听人家提起婚事，无论说的哪家姑娘，心里都没来由地排斥。仿佛他自有一双千里眼，早在人家说亲之前，就把那个从未谋面的姑娘仔细审视过了，早已确认她不合自己心意。一来二去，人家便说他大城大府里名媛闺秀见多了，心大眼高，看不上山区小县土头土脑妹子。

其实自打情窦初开，每当夜深人静，长夜无眠之时，他都会在脑中勾勒自己寤寐求之的倩影。只可惜无论怎的着力使劲，那影像却一直模模糊糊的，混沌一团，连他自己都看不清眉眼，辨不出良莠。爹娘见他婚事东不成西不就，生气问他：我的大少爷，你到底想要怎样的女子？他却又难说出个子丑寅卯来。奇怪的是，他倒是非常清楚自己不想要怎样的女子——反正是人家给他介绍什么样的女子，都是他不想要的。这些年，随着爹娘不断在耳边聒噪，他心里也暗暗生出忧愁，隐隐担心自己这一辈子或要旷身以终。

没想到，那天黄昏在素裹灵堂见到一身缟素的立秋表妹，脑中忽然"啪"的一声，仿佛打开天窗。向来模模糊糊、混沌一团的影像，猛然在眼前呈现，清晰如画。这是怎么回事？自己脑中天马行空的遐想，可从来没把扎着两只羊角小辫的立秋妹妹当过摹本啊。莫非是立秋妹妹善解人意，乖巧地长成那个影像模样，严丝合缝地嵌入自己的想象吗？

昆泰躺在床上胡思乱想，皎洁的月光云霞般从横厅天井倾泻而下。月色透过厢房的雕花窗棂，把屋子渲染得银华满地，宛若人间仙境。稍一闭眼，不想寤寐以求的妙人竟然身披月色，长风如衣，款款走到面前来了。昆泰惺忪着双眼脉脉端详打量，心头慌乱不已：立秋妹妹真是长得与俗鲜随啊，这般长身长颈，长手长脚，玉盘大脸上般配着长眉大目，高鼻阔嘴，跟寺庙里黄钟大吕的观音娘娘也好有一比……

不知过了多久，昆泰缓缓坐起身来，兴奋着、羞赧着、试探着、一步一步迈向表妹。谁知触手可及之际，表妹轻盈转身，回眸一笑，翩跹起舞，舞动身上一袭月色衣袂般飘飞。昆泰情难自禁，轻摆细腰，广舒长臂，追随而去。两人成双成对，如影随形，行云流水般时而飞跑、时而旋转、时而流连，不觉舞出内室，舞向树影婆娑月地，慢慢地舞成一对银色的蝴蝶，一处一处掠过青葱草坪、潺潺溪流、阡陌小径、七彩花坛……

忽然"叽喳"一声，镂空的雕花窗棂上停落一只燕雀。昆泰惊然睁开双眼，只见灿烂冬阳早已替换月色涌进屋来。"哎哟"一声，霍然坐起，麻利地穿好衣服，略事梳洗，汕脸去到东横厅。当头看见胡碧玺，不及请安，含羞浅笑道："姨娘，看我睡过头了。"胡碧玺心疼道："这些天你操心劳累，正该多歇一会儿。"话音一落，赶忙吩咐宋大嫂把锅里温着的早膳端上来。

昆泰正要道谢，横厅内天井对面厢房里忽然走出一个方脸尖下巴英武男子，满面春风地抱拳问好："刘少爷，早安。"抬头一看，正是蔡纪高堂侄，早年也和自己一道在胡家私塾里寄读过的同窗蔡立功，不由得横眼嗔道："在省城上武备学堂、西装革履新派人物，开口闭口还是'老爷少爷'，你就不会时髦些吗？"蔡立功拍着脑袋大呼"该死！"昆泰直呼"立功"其名，笑问："早听说你归家省亲，怎的这些天都没见你过来？"立功回道："我来过两回，只因家母病重，没敢耽搁在这边帮忙。难得今天老太太病有起色，我一早就过来，这会儿正帮着叔父和显忠整理账目咧。"昆泰自然问候老伯母疾病，一叠声道改日登门探望。

说话间，龙妈和宋大嫂已把早点开到横厅方桌上，热气腾腾。胡碧玺走到桌旁，接过龙妈手中长柄铜勺和玲珑青花小碗，亲自给昆泰舀一碗米粥。昆泰急忙伸手抢夺勺子："让我自己来，怎好劳驾姨娘？"胡碧玺没好气剜他一眼，扬起勺子在他手腕上敲一下，虎脸道："怎了？姨娘给你盛碗稀粥，莫非就折减你齐天洪福？"昆泰只得道谢，坐下来受用，一边抬头喊道："立功，你也来吃点？"蔡立功瞧着娘俩热络，想起前天显忠私下里对自己嘀咕之言，忍不住叫嚷："果真是丈母娘见郎，好似蜜蜂酿糖咧！"

两人听到这话，同时一愣。胡碧玺瞪一眼侄子，倒不知说什么好。昆泰羞得满脸通红，"呸"一口骂道："你枉入了新学，别的本事没学会，只学会了没规矩！"蔡立功朝他挤眉弄眼做个鬼脸，把一方尖下巴拉成个楔子一般，笑道："怎了？莫非喊我一声'大舅哥'，倒会玷辱你吗?"胡碧玺踮起脚跟抬手伸到他头上,做敲暴栗状:"你敢胡说八道,我敲破你狗头!"

蔡立功打住玩笑,走过去歪下身子,一手伸到碟子里擎起一只大麻圆塞进嘴里,嚼得满嘴喷香。昆泰为遮掩窘态,向他询问些武备学堂里新闻。蔡立功一一回答,两人不觉顺着武备学堂聊到新政上去了。

蔡立功情绪勃然激动:"依我看,这新政就好比高丽参汤。奈何我俚大清国病入膏肓,只怕参汤也不管用咧。"昆泰小口吃着米粥,一边心下寻思,如今省城风气大开,诸如此类言语,只怕大家都是公开议论的。蔡立功见他并不附和,手一挥道:"别的不说,单说我俚大清举国上下大小衙门里都充塞着贪官污吏,一个个尸位素餐,只想捞钱肥私,谁个真心理会什么新政旧政?即便嘴里说着新政,行事办差还是外甥打灯笼——照舅(旧)!"昆泰曾和亡故的蔡立德一道在朝中督办政务处就事,正对新政抱着一腔理想,恨不能一天之内举国推行到位,自不赞同把新政说成无用之物,笑道:"话不能这么说,新政还是卓有成效的。你看各省、府新学不是办得红红火火吗?"

两人正聊得起劲,忽然来了两个官差,径自进到东横厅。立功、昆泰连忙起身迎客,蔡纪高和显忠在账房里听见声音,立马冲出来。一番客套已毕,一位年长官差掏出一个信套交给蔡纪高,说道:"府上重礼,县太爷不敢贪昧……"蔡纪高一张老脸顿时涨成猪肝颜色,结巴道:"些小薄礼,不成敬意,怎的不予笑纳?打、打老夫脸吗?"官差把信套放去桌上,宽慰道:"老爷放心,令公子命案,县太爷不敢怠慢,三日后定当过堂审断。"蔡纪高嘴里千恩万谢,一边抓起信套直往官差怀里塞回去:"些小薄礼,取不伤廉,务请县太爷笑纳。"一边给显忠使个眼色,示意赏给茶钱。显忠进去账房取出两块现洋,用大拇指揑在手心,把手背对着官差,暗暗露给蔡纪高看见。蔡纪高额首,显忠便躬身给官差奉上,每人一块,笑道:"孝敬差爷吃茶。"

两位官差一见大洋,脸上堆下笑来,不客气受了,道谢而去。蔡纪高追逐着送到横厅门内,复又强把信套塞回。那老官差断然道:

"使不得、使不得，老爷体谅些个，休要成全我俚挨打。"蔡纪高不好相强，双手握着信套，预然站在门槛内，呆若木鸡。

蔡显忠趁着官差脚步声尚在大厅，赶紧高声叫嚷："我俚县太爷真是个清官咧！"蔡立功支棱着耳朵，待到步声消失，方才冷笑道："马屁休要拍得太早！我俚大清国找得出三只脚的蛤蟆、四只脚的公鸡，哪里找得出一个清官来！"蔡纪高沮丧返回落座，瞥见昆泰脸色微红，赶忙数落侄子："你说话不要一竹竿打翻一船人！你说昆泰爹爹刘大人，莫非还不是个清官吗？当年大人在知县任上遭人陷害，朝廷派钦差查抄半年，何曾查出大人一分一厘贪腐来？"蔡立功连忙自打嘴巴："该死该死，我怎的就忘了刘大人咧！"昆泰讪脸，笑而不言。

怔怔坐在椅上，蔡纪高随手取出信套内银票，不由得惊嚷："怪事！怎的只退回八十两？"蔡显忠接过一看，果真只有八十两，愕然道："真是怪事，县太爷退回银票，为何却昧下二十两？"蔡纪高寻思片刻，一声叹息："对了，银票过了彭学武之手，或是他雁过拔毛也未可知。"立功蹙眉骂一声："这些猾吏尤其可恶！"蔡显忠却闪烁着一双小眼惊慌失措，讷讷道："这、这、这……银票也过了我的手咧。"蔡纪高没好气瞪他一眼，嗔骂道："你犯得着伸出头来自扣屎盆子吗？你若是疑人，我也不用你！"昆泰、立功赶忙安慰显忠休要多心，大家便把话说到三日后过堂审案事上去了。

10

时过三日，蔡立功一大早便赶到"轩窗第"。草草用些早膳，一干人迫不及待去县衙旁听堂审。临行前，昆泰犹豫着劝阻蔡纪高："姨爹还是别去，这头一回过堂，难保县太爷不用点刑。姨爹有了年纪，看着难受。"蔡纪高放心不下，忙说："没事没事，我受得住咧。"禁不住三位后生一齐阻止，只得作罢。

立秋听见爹爹不能去，叫嚷道："要不我去！"蔡纪高正急得难受，沉脸骂道："姑娘家的，跑去公堂上抛头露面成何体统？这会儿不用你代父从军咧！"立秋赌气走到门边，噘嘴道："人家不过去趟县衙，为何就不成体统？"昆泰心里也不赞同立秋去，见她生气，不忍违拗，忙打圆场："姨爹别太古板，如今风气大开，女子出洋留学大有人在。秋妹妹关切哥哥，姨爹就让她去咧，免得她在家里着急。"谁知立秋并不领情，横眼道："脚长在我自己身上，县衙也没藏在深山老林。我要去就去，用得着什么让不让的？"辫子一甩，自顾转身扬长而去。

四位晚辈出门而去，偌大"轩窗第"瞬间清冷下来。二位女佣不住安慰胡碧玺：太太不用担心，当年老太太吃斋念佛一辈子，菩萨一定会保佑二爷平安的。蔡纪高坐立不安，忽听得女佣劝慰太太，猛然想起自己先母张氏，心头一动，不觉便起身出屋，急往城南广福寺奔去。

先前张氏在世，常被广福寺老住持礼请去讲经说法，开示众僧。如今寺庙住持智鞡法师，年轻时尊张氏为俗家师父，恭谦执弟子之礼。张氏晚年曾嘱咐儿子："为娘死后，家中遭逢大事，不明因果；或遇心途梗阻淤塞，不得通畅，可向智鞡求教。"

春天蔡纪高痛失长子，无计可消悲痛，急难中想起先母遗言，曾去拜谒智鞡。智鞡见他踏入禅房，翩然起身进去内室，翻箱倒柜找出一封密札，说是先前张氏师父所留遗书。蔡纪高急忙撕开札口，取出笺纸一看，果真是先母娟秀字迹书写的一首小诗：

> 天送麒麟子，
> 生在福人家；
> 短长皆有数，
> 命好不须夸。

念罢诗句，蔡纪高潸然泪下："娘亲既有先知，为何却要留下反话刺痛儿子？"智鞡取过信笺，蹙眉道："师父不打诳语，你看仔细，这是一首藏头诗咧。"蔡纪高探头横眼一看，果然看出"天生短命"四字隐语，顿时仰天长叹，放声悲泣。智鞴趁机把因果宿命的话劝慰一番，他倒觉得心头拔去一把尖刀似的，从此剧痛一日轻似一日，渐渐伤口结痂愈合，一条老命方得劫后余生。

不想一年之内，他竟要再访智鞴。两盅茶工夫，急匆匆奔到广福寺门前，跨进门槛，不觉悲从中来，双腿一软，跌倒在地。小和尚赶忙搀进僧寮去见住持，智鞴闻声从禅房迎出来，蔡纪高一把拉住，跪在膝前，泣泪道："法师可知蔡某人到底造了什么孽吗？为何好好的福德诗礼人家，传到我手上竟然一败涂地？"智鞴对蔡家祸事早有耳闻，苦于再无密札给他，只得拉起来，双手合十念一声："阿弥陀佛！"请坐看茶已毕，手捻佛珠，好言安慰，"施主不必自责，世上因果错综复杂，诡异难辨。小小蝼蚁可溃千里长堤，你说长堤何罪之有？"

蔡纪高双眸愣愣直射法师，见他慈眉善目老脸上祥云弥漫，佛光熠熠，心里倒觉安妥些许。沉吟片刻，又道："话虽如此，怎奈横遭莫逆，六神无主，法师教我，奈之如何？"智鞴止住捻珠之手，抬眼道："施主何必多此一问？千年万载，世人早已从荆棘丛中踩踏出来一条金光大道，无非上下使钱，打点买通而已。"蔡纪高愕然，结巴道："这、这、这……"智鞴复又捻珠："这原是不二法门，莫非施主却能另辟蹊径？"蔡纪高一时无语，心中略有所悟。

两盅茶尽，日已中天。智鞴殷勤留膳，蔡纪高放心不下县衙堂上之事，料想子侄或已归家，急忙婉谢告辞出来。智鞴送到寺门外，目睹老施主狼奔豕突而去，一声叹息而已。

蔡纪高喘气跑回"轩窗第"，正赶上子侄从县衙归来。蔡立秋大喊大叫道："冤枉冤枉！爹爹，二哥果真是冤枉咧！"胡碧玺正在后阁厅原先张氏祖母房中跪拜观音，急忙从蒲团上挺身而起，一阵风似的冲进西横厅，恰逢昆泰一脚跨进门槛，一把拉住，泣泪相问："你告诉姨娘，立春到底有没有救咧？"昆泰忙道："姨娘放心，立春在堂上呼天抢地直喊'冤枉'，信誓旦旦说并没碰过嫂嫂一个手指头，更不曾把嫂嫂推到地上……"立秋也忙抢话:"二哥还说,他和大嫂争执之时,陈妈、饱饭并不在场,可见两个贱人做下谎证!"随后蔡显忠跟脚进门,一屁股坐在椅上,含泪向蔡纪高回道:"高叔,县太爷发怒责打二十大板,可怜二少爷咬着牙一声不吭承受,只说'不怕县太爷打死,绝不枉招杀嫂'!"蔡纪高听得心如刀割,急问:"陈妈、饭饭怎么说咧?"显忠咬牙道:"她俚还能有什么好话说吗?"蔡纪高颤抖着身子,又问:"县太爷怎么说?"显忠道:"县太爷没说什么,只让官差录了嫌犯和见证双方口供,吩咐下回再审。"

蔡立功双手叉腰站在天井石栏旁边,喘气半天,愤然道:"我看县太爷八成收受了龚家贿赂!他对立春大刑侍候,毫不留情。对陈妈、饱饭却只虚张声势,嘴上叫喊着用刑,哪里动过一个手指头?"昆泰瞪一眼,驳斥道:"龚家犯得着贿赂吗?不承他俚想叫县太爷断个'蓄意谋杀'?"显忠也忙点头:"县太爷不打陈妈、饱饭,无非怕妇人家吃不起棍棒。倘若打死证人,案子不更无头绪吗?"

仔细辨析堂审情形,大家都疑惑不解:陈妈、饱饭一对老妇弱女,无缘无故,怎至于冤枉陷害主家少爷?昆泰凝神道:"我看今日公堂上,饱饭姑娘低头跪在地上缩成一团,并没多话。只有陈妈复述口供之后,县太爷喝问,她才抬起头来怯怯回一声'是、是咧。'"说着,侧身面向蔡纪高,计上心来,"不如去把饱饭姑娘接回家来住着,慢慢地没准能问出些话来。"显忠听到这话,心头一亮,忙道:"是哩是哩,饱饭真没说什么,倘若能把她接回来……"蔡纪高摇头打断:"如今立春抵赖推倒嫂嫂,龚家岂不生气?只怕不放饱饭回来咧。"

大家叽叽喳喳商议到下午,忽然屋外巷子里传来"当当当……"的锣声。侧耳倾听,县衙税课司大使竟领着一伙官差把锣声敲进院里来了,一边高声喊话:"亩捐、亩捐,兴纳亩捐——为筹集庚子赔款,县太爷有令,兴纳亩捐了——每亩正银一两,加收钱三百文;正米一石,加收钱二百文……"

蔡纪高赶紧迎出去,税课司大使把一张单子递给主人,高声喊道:"蔡老爷,兴纳亩捐了——"蔡纪高接过单子,拿眼一扫,只见上面朱笔填写着自家亩捐金额："白银一千一百二十两。"不由得双腿发软，强撑着才没瘫倒。税课司大使拱手笑道："国家有难，匹夫有责。蔡老爷是秀才乡绅，县太爷有令，请蔡老爷为县人垂范，带头交缴亩捐。"蔡纪高哪里答得上话来？愕然一双半圆眼睛，讷讷道："这、这、这……"税课司大使见他支吾，直话直说："蔡老爷是明白人，令公子摊上命案，正陷在牢里受苦。老爷带头交纳亩捐，县太爷自不会让你吃亏。"说罢，手一招，带领一伙人敲锣而去。

事情来得突然，蔡纪高一时不得主意，急忙去把另外三家族长都请到团练局商议。那三家族长都已听到催收亩捐锣声，大家主意已定：随他把铜锣敲烂，我俚只捂紧钱袋便罢！蔡纪高把税课司大使的话回明，道出自己难处："崽俚性命要紧，我只怕不好跟县太爷对抗咧。"胡劲松"嗤"的一声，圆睁豹眼："我看你是急昏了头！没凭没据的，你竟想翻案？你以为带头交纳亩捐，杨国璋便能私放立春？他纵有这般情谊，龚家能答应吗？"漆家族长也摇头晃脑，气咻咻道："他当能想得美，到头来，蔡、龚两家'掰手腕'，鹬蚌相争，他才好坐收渔翁之利咧！"蔡纪高听着二人并无破绽的言语，心里却咀嚼出来薄凉况味：他们一心只要抵制亩捐，哪里把立春死活真正放在心上？忽然一声悲叹，只差没要掉下泪来。

商议无果，沮丧走回家去。走进大厅，便听到几个后生正在横厅里骂骂咧咧。蔡立功声如洪钟嚷道："我早说马屁休要拍得太早咧！先前我俚武备学堂有位学长，名叫李烈钧，九江府武宁县人氏，爹爹原本是个富商，经营车马行当，武宁一县客货运输，多半都是他家生意。不料一场官司打下来，家中就败倒得落花流水，钱财都被贪官污吏搜刮去了，连李烈钧到南昌上学路费都筹不出来。多亏烈钧长得英俊潇洒，养人眼目，好些太太、小姐争相捐款助他成行！"

11

来日，刘昆泰又没和大家一道共用早膳。胡碧玺以为他又睡过头，依旧吩咐厨子给他温着稀粥点心。不料正午时分，他却一脸兴奋地领着饱饭回来了。

原来天刚放亮他便起床，也没跟人交代，径去马厩牵马，直奔棠浦龚家。刘家和龚家原是老亲，昆泰以世侄身份登门拜访，谎称晖哥自丧了娘亲，火烫高烧一直不退；这两天越发水米不进，一张小嘴不喊娘亲，只喊"饱饭姑"。龚家老爷太太听说小外孙病危，又寻思陈妈、饱饭的口供已被县太爷记录在案，忍不住开恩打发饱饭回蔡家照顾外孙。

饱饭回到"轩窗第"，别人倒罢，蔡显忠却像中了头彩似的。一边围着她点头哈腰，问寒问暖；一边扯长嗓子请胡碧玺示下："饱饭姑娘胆小，一个人住在后阁厅里害怕，要不把她挪到东横厅书房隔壁小暖阁里去住？"胡碧玺点头依允，他便吩咐龙妈打扫房间，又喊宋大嫂搬挪铺盖，把两个女佣支使得团团转。

侍剑站在一旁看着，脸上淡淡微笑。原先显忠向她献殷勤，她自来者不拒，照单全收，只在心里窃笑：不收白不收，收了也白收！显忠家中一屋子老小，穷得锅碗瓢盆"叮当"作响。侍剑长一双如珠如电大眼，哪会看上他呢？后来大少爷亡故，显忠移情饱饭，侍剑面子上佯装吃醋，不时挖苦他一两句："你真是良禽，倒晓得择木而栖咧！"心里却饶有兴趣地等着要看笑话。倘若饱饭不买显忠的账，那是癞蛤蟆想吃天鹅肉的笑话！万一瞎眼天鹅让癞蛤蟆得手，那便是一朵鲜花插在牛屎上的笑话！横竖总有笑话可看！

先前家运平顺之时，"轩窗第"里主人、仆佣，个个都像受了饱饭贿赂，隔三岔五便要夸她一两句："看咧，这妹子出落得越发客气了。"侍剑心里为此不爽，嘴里却无话可说。转念一想，横竖人人都要夸她，哪里多我一张嘴咧？索性也掺和着大夸特夸饱饭长得客气。不想人家除了夸赞饱饭长得客气，还说她寡言少语，是个有城府、有心计的妹子。这有城府、有心计可不见得是什么好话，但是，无论好坏，侍剑心里都对此都嗤之以鼻。相反她倒觉得，一个人轻易就让别人看出有城府、有心计，那便是鸡犬过霜桥，印出梅花竹叶——露出痕迹。

侍剑当然是不露痕迹的，见大家都在为饱饭忙活，自不袖手旁观。走到阁厅门口，恰好显忠拎两只火笼出来。他倒是有心关照侍剑，只道火笼轻巧，要成全她做个惠而不费的顺手人情，笑道："来来，侍剑，把这两只火笼拎过去。"不料侍剑却把手一缩，瞪眼道："你胡乱支使人，打算给多少赏钱？"身子一侧，抬脚跨进阁厅去，大喊大叫，"饱饭饱饭，还有什么东西要搬？大力士来啦！"

谁知只过两三天，侍剑觉察到不单显忠，竟连昆泰也见缝插针地巴结饱饭。开口闭口姑娘长姑娘短的，不知道的，还以为她是这屋里正经主子姑娘。那天早上，饱饭倒垃圾回屋，头上落了片枣树叶，彼时昆泰正在吃茶，竟然赶紧撂下茶盅，亲去给她摘下来。还说这叶子落在姑娘头上，像朵头花一般好看。侍剑一时不明就里，只好把疑团收敛在肚里。

午后，不知何人打开后阁厅隔门忘记关上，晖哥趁机跑进后花园玩耍。饱饭跟进去照看，不想昆泰见她进去，随即也闪身进去。不一会儿，晖哥跑出来，两个大人却不见回屋。侍剑心里一动，一把抱起晖哥去到槽门口院里，恰好有个邻家妹子进来院里捡拾枣叶，侍剑便把晖哥交给她，让她带出去玩耍。

转眼太阳西斜，胡碧玺从房里拿出一件大袄来要给晖哥添上，叫喊两声"晖儿晖儿"。侍剑从东横厅走出来，向后花园努努嘴道："在里面玩咧，我去捉他……"接过袄子转身去了。走出阁厅，悄无声息进到花园，脸上却挂着一个调皮的坏笑，以防一旦被人发现，才好顺势做个骇人一跳的恶作剧。来到那一丛高大密实的美人蕉旁，听到花丛那边一对男女正在嘀嘀咕咕聊话，猝然身上皮肉一紧，心里骂道：

"世上竟有如此不要脸男女！"脸一红，心"怦怦"狂跳不已。

偷听片刻，侍剑鼓着脸转身蹑手蹑脚走回屋里。不料刚进到阁厅，放开步子没走两步，忽然一只老黑猫钻到脚下，几乎绊她摔一跤。侍剑顿时无名火起，仿佛那猫坏了她什么好事，猛然抬脚狠狠一踢。老黑猫痛得"喵儿——"一声大叫，纵身一蹿，箭一般直往美人蕉丛中射去，只差没把花丛后私语的两个人吓死。

不料来日上午，昆泰便把饱饭的新口供交到蔡纪高手里，握拳嚷道："姨爹，我有证据，案子翻定了！"蔡纪高接过纸笺，两眼一扫，望着跟在昆泰身后的饱饭，颤音道："饱饭姑娘，真、真的是这样吗？"饱饭涨着脸，点头道："那天陈妈进屋劝架，我随后跟进，清楚看见陈妈还在阁厅，前面祖寝里便传来'轰'的一声巨响。现在想来，那正是大少奶倒地声响，陈妈一定没有亲眼看见……"说着，低头哭泣，"当时我被吓蒙了，顾不上分辨陈妈的话，她说什么就信什么。后来定心回忆起来，觉得事有蹊跷。可我又不明白，倘若不是二少爷推搡，大少奶怎会倒在地上？直到那天回来，打开柜子看见罐子里鸦片烟膏少了一大半，心中一跳，这才敢疑心大少奶和二少爷吵架之前，或已生吞烟膏也未可知……"

听到这话，胡碧玺忍不住叫嚷起来："是这样、是这样，一定是这样咧！"蔡纪高却仍有疑虑，寻思道："既然素裹自尽，为何还要诬陷立春？"昆泰忙道："想必大少奶生吞烟膏，一时身体并无大碍。人家女流之辈，也没有自尽过来。只当不致毙命，自然还得面对债务，情急之下，诬赖小叔也是有的。"

一番辩论，蔡纪高疑虑全消。考虑到家中现银已不多，立刻吩咐太太："你去把古董首饰都找出来，我俚砸锅卖铁也要把亩捐交上去。只要县太爷主张开棺验尸，立春就能赚得清白之身回家。"昆泰受到鼓舞，赶紧带着饱饭去书房拟写申冤诉状。

随后立秋进来，叫叫嚷嚷着问明原委，当即跑回自己房里挑拣首饰古董。侍剑跟随立秋回到东横厅，特地趸去书房晃悠一回。眼睁睁看见饱饭站在昆泰面前，满面红光，心里顿时像插入一根鱼刺，隐隐作痛。

　　大家正在忙碌，槽门口突然闪现一道红光。恰好侍剑从东横厅出来，只见门外碎步走进一个身穿紫红哔叽大袄的姑娘。心里叫嚷一声"怪事！"转身进房，踮起脚跟把嘴贴在立秋耳畔，悄声道："秋姑娘，醋铺子里'醋西施'来了！"立秋喝问："她来做什么？她还有脸来啊？"

　　两人赶忙往西横厅去，只见那"醋西施"正向蔡纪高夫妇行礼。夫妇愕然不知来意，因她姓白，本名叫做"白银"，忙道："白姑娘休要多礼。"白银羞赧低下头，摸索着从衣袖里掏出大红婚书，恭恭敬敬送到胡碧玺手中："太太，这婚我不退咧！"胡碧玺不由得把手缩到身后，举目张望丈夫，惊慌道："这、这、这……"蔡纪高蹙眉道："白姑娘，你爹娘已替你做主退婚，你怎能忤逆不从？"白银眼里顿时流下泪来："自古以来，只有遵从父母之命、媒妁之言定亲的，哪有听凭父母媒妁退婚的道理？白银虽是小门户里女子，却不是势利之徒。爹娘做主退亲，我到前天方才得知。三天两夜拼死抗争，讲定婚后与娘家一刀两断，这才争得把婚书送回来。"

　　胡碧玺听着这话虽觉舒爽，心里却想起退婚那日龙妈、宋大嫂编派她的克夫之言。暗暗凝神打量她一双又大又圆、黑白分明秀目，只见眼光清澈，神藏不露，心想这分明是一双鹤眼，哪里是什么"四白眼"咧？先前张氏老太太曾经说过，女子最难得长一双鹤眼。遇见鹤眼女子，用不着算命查八字，便晓得她荣华有准，富贵无疑。胡碧玺心下正要欢喜，不料白银忽一睁眼，秋波一转，硬生生把两颗黑瞳转至眶中。只见上下四维一片雪白，好好的鹤眼，蓦地变成"四白"。胡碧玺心头一颤，立马涨着脸道："婚姻大事，岂能儿戏？既已退婚，那便两不相干。"白银流泪走到桌前，把婚书放上去，泣泪道："我生是蔡家人，死是蔡家鬼。老爷太太嫌弃，我宁可一头碰死在这屋里。"

　　蔡纪高听到这话，心想如何再当得起一条人命？忙道："白姑娘休要着急……"转头瞪太太一眼，脸上挤出笑来，"白姑娘不嫌弃寒舍大祸临头，正是家门有幸。"白银破涕为笑，"扑通"跪下，立马改口称呼"爹爹姆妈",磕头道:"谢爹爹姆妈不弃之恩,白银此生做牛做马报答,无悔无怨。"蔡纪高忙道:"贤媳快快请起,还没到行大礼时候。"白银依言站起来,掀起大袄衣襟,从内衣里掏出一个小布包放去桌上,说道:"这是定亲时府上馈赠的金珠首饰,如今家中有难,爹爹姆妈只管拿去典当,也好派上用场。"又给蔡纪高夫妇作了个揖,不待回话,满脸羞红转身而去。

12

春节前夕,请求开棺验尸申冤诉状,连同饱饭的新口供和一千多两亩捐银票一股脑交到县衙,蔡家上下大舒一口气,指望立春尽快沉冤大白。恰在此时,天宝刘家托人带来口信,催促昆泰回家过年。刘昆泰"哟"一声,笑道:"不知不觉,盘桓近月。"胡碧玺落泪道:"崽俚,不亏你帮忙,立春只怕难见天日。"一边吩咐宋大嫂替刘少爷收拾衣裳行李,打发回府,免得家中姆妈惦记,一边又扯着昆泰衣袖,把他拉进自己卧房。

昆泰以为姨娘有什么私房话要对自己说,瞬时心下慌乱。胡碧玺领他进到房里,打开墙角一顶朱砂红漆大橱,手指套在里面一顶精巧的同色五层小橱,说道:"崽俚,替我把这顶胶橱搬出来。"昆泰晓得这是富贵人家专门用来按年份贮藏驴胶的橱柜,依言搬出来放在窗下方桌上。胡碧玺打开胶橱最上一层,取出搁在里面的几个油纸包裹,说道:"这是五年陈胶,滋阴补血不上火,烦你替我带回去给姨太太滋补身子。"昆泰家中嫡、庶母亲冬季也要食用驴胶,但都是现买现吃,哪能如此讲究,贮藏五年再吃?他早听说过五年陈胶最为珍贵,价钱数倍于当年新胶,忙道:"姨娘给些现煎的便是重礼,这个留着姨爹姨娘自己滋补咧。"胡碧玺道:"人们食用驴胶,无非取它滋阴润燥之性。殊不知驴胶是水火之物,现煎新胶自带燥热之气,岂有以燥热之物润燥之理?所以胶必五年方可食用……"说着,找出一只大布袋，一包一包把几包五年陈胶装进去。昆泰忙道："姨娘留下些自己享用才好，都让我拿走，岂不姨娘今年无胶可吃？"胡碧玺瞪一眼道："男子汉家的，怎的啰嗦不止？我没了五年胶，不会吃些四年胶、三年胶吗？这又不是账房对账，哪里要掐得这般精确？"昆泰不好再推辞，只得道谢："那我就恭敬不如从命。"胡碧玺忙道："这就对了。"

打发昆泰出门，一家主仆都送到院里。蔡纪高嘱咐："年后进京之前，请务必再来寒舍小坐两日。"昆泰笑道："姨爹说这话，我便该打，莫非我不要来给姨爹姨娘拜年吗？"纵身骑跨到马背上，握着缰绳，张眼瞥见立秋愣愣站在马后，顽皮地用手指拂着马尾鬃毛，心里顿时涌起千言万语要和她诉说。可不知为何，却又赶紧把头一低，扭身拉扯缰绳，径自催马启程。胡碧玺追上两步，小声叮嘱："驴胶是专送姨太太的，不必让太太晓得。"昆泰含糊着"嗯"一声，头也不回，策马前行，马蹄"嘚嘚"地跑出院门。

过两天便是小年，胡碧玺打理出三个包裹，把龙妈、宋大嫂和一个老年厨子都聚到西横厅，落泪道："家门不幸，落到这田地，哪里还雇得起用人？劳烦你俚辛苦服侍多年，我也拿不出大钱来放赏，这包里两件旧衣和五十吊钱，就算一点心意咧。"三位仆佣听主人说出辞工话来，顿时要为自己来年饭碗操心，也没话安慰主人，一齐作揖而去。

过完春节，从大年初一起，蔡纪高夫妇天天盼着昆泰前来拜年。可是堪堪正月将尽，连昆泰的人影都没见着。蔡纪高见太太纳闷，只得安慰："想必他家中有事绊住，推延了出门日子……"饱饭侍候在一旁，全身毛孔都竖起来，把这些话都吸到骨里肉里。延俄片刻，抬脚转悠到东横厅立秋房里，鹦鹉学舌把老爷推测之言说给立秋听去。立秋岂不比别人更惦记着昆泰没来拜年？听到"刘少爷"三个字，不啻蝴蝶嗅出花粉气息。主仆二人，端坐花窗之下。沐浴透窗而入的初春暖阳，咀嚼梨枣永隽话头，嘤嘤喁喁，言笑晏晏，宛若一对彩蝶，盘旋在五彩缤纷的花丛，翩飞不息。

侍剑插不上嘴，也不想插嘴。悄然退到一旁，转身去到大床后柜子里端出针线竹篓，坐到团线架子后面，拿出一卷粉红绒线，缠绕在圆形绿竹架子上，一圈一圈，不紧不慢地团起来。团完一卷，"噗"地扔进竹篓，起身又换一卷团起来。饱饭听见响声，心头一怔，忙把话头打住，借口要给晖哥吃药，讪脸出去了。

立秋谈兴未尽，见侍剑团线，自己端个小木机去她对面坐下，不料抬手一碰，竟把团线架子碰得"吱吱"乱转，抛出一圈圈乱线落在地上。侍剑心里亮堂，乖巧地拾起方才饱饭掐断的话头，快人快语聊起来。立秋倒觉得还是跟侍剑说话痛快，一来二去，眼见聊到急鼓繁弦处，侍剑忽然缄默，睁一双大眼望着立秋，一边双手飞快团线。待到线团已有拳头大小，方才呼出一口气来，叹道："刘少爷天生就是干大事的人，将来一定能干出一番大事业来咧。"立秋愕然问道："何以见得？"侍剑脸一甩，噘嘴道："因为他心狠手辣咧！"立秋对侍剑嘴里没轻没重早已司空见惯，听得这话更觉有趣，笑道："刘少爷哪里得罪侍剑姑奶奶了？"侍剑冷笑道："他得罪我倒不算什么……"

立秋见她欲言又止，没好气剜一眼。侍剑会意，竹筒倒豆子般说起来："姑娘细想，饱饭说大少奶自尽，原是推测之言。罐子里烟膏没了，怎见得一定是大少奶生吞？屋里人多手杂，保得住没人见财起心，偷去换几个钱花？"说着，"噗"地把线团往竹篓里一扔，"刘少爷一心只为自己立功，调唆饱饭把推测之言做成口供，为二少爷申冤。在他来说有什么要紧的？即便开棺验证饱饭所言不实，龚家把个丫鬟活活打死，也伤不着他一根汗毛；倘若开棺验证大少奶果真是吞烟自尽，他可就是府上天字第一号的大功臣咧！"

立秋顿时花容失色，沉吟道："你多虑了，饱饭心有城府，没有绝对把握，岂敢翻供？"侍剑"嗤"一声冷笑："饱饭想当姨奶奶想昏了头，哪里还顾得性命？"立秋两眼一睁："她、她、她想当谁的姨奶奶？"侍剑探着身子附嘴在立秋耳畔，把那天偷听到的花丛私语和盘托出："饱饭原本死活不肯说出实情，后来刘少爷许她做姨奶奶，她才支支吾吾说，'大少奶很可能是吞烟自尽……'"立秋大骇，结巴道："这、这、这……竟有这事？"侍剑诅咒发誓："我要撒谎，天打雷劈！"见立秋愣着眼睛缄默不语，霍地站起来要去喊饱饭对质。立秋赶忙一把拉住，骂道："你疯了！人家男女私话，与我俚什么相干！"

侍剑斜眼瞧见立秋紧紧攥着自己衣襟不放，努嘴喊声："姑娘——"立秋方才回过神来，赶忙放开手。侍剑双手合抱在屋里来回踱步，怪腔怪调道："人家原打算在这屋里做姨奶奶，不料大少爷亡故，指望落空。谁承想突然又跑来个刘少爷，这刘少爷姨奶，自不比大少爷姨奶差到哪里去，怎怪得人家动心？"立秋愣头愣脑坐在杌子上，内心慌乱，两眼失神，哪里听得进侍剑聒噪什么话？

侍剑见立秋一副丧魂落魄样子，一脸不屑道："姑娘留心没有？这些天饱饭得空就往姑娘房里钻咧，从前什么时候见过她巴结姑娘？"立秋按捺住胸口乱跳，缓缓站起身来，红着脸"呸"一口，竖眉骂道："没羞的丫头！人家要做姨奶奶，你拉扯上我做什么？"

13

二月开初，侍剑母亲忽然从乡下进城，来到"轩窗第"替女儿辞工。回说自家亲戚给妹子说下一门亲事，姑爷是一家弹花铺子里独崽，家中光景还算过得去。又说妹子大了，不能错过亲事，请老爷太太勿要挽留。

胡碧玺一时不得要领，两年前她曾暗示过侍剑，将来让她给立秋陪嫁，按说她该心里有数的，不知为何突然另做打算。不待胡碧玺开口问话，侍剑早已进到西横厅来，自己红着脸跪下，给太太磕头。立秋听到动静，鼓着脸风风火火冲进来，一把拉起侍剑，没好气推搡："侍剑，你从小说好一辈子服侍我，这才到半途，为何突然撂下我而去？"侍剑被她推得打个趔趄，羞红着脸回道："如今姑娘有饱饭服侍，我自然得去了。"立秋心里有话，奈何姑娘家口羞，哪里说得出来？气急道："你胡说什么？你听谁说指派饱饭服侍我了？"

侍剑见立秋不把话挑明，自己也装憨含糊着，笑道："谁服侍姑娘不是一样？不承为着做一个使唤丫头，我俚姐妹倒争抢起来？"立秋听出话中之意，满肚子话堵在喉咙，急得跺脚流泪。侍剑心如明镜，因自己去意已决，越发爽气道："饱饭没了大少奶，由她服侍姑娘最合适。侍剑就此别过，日后姑娘自己珍重。"

饱饭在门外听到这话，急忙冲出来，一把拉着侍剑，哭泣道："侍剑姐，饱饭哪里得罪你了？你这不是打饱饭脸吗？"侍剑伸手在她鲜润杏脸上捏一把，鼓着眼睛红着脸，嗔骂道："蠢妹子，你以为姐真有这么好心把差使让给你？实话告诉你，姐是得了好去处，才让你顶这个缺！你要真舍不得姐姐，好好侍候姑娘就是待我的情义。"

立秋站在一旁哭成泪人，胡碧玺见侍剑去意已决，只得劝道："人家妹子有了婆家，难道为贪图她服侍，倒要耽搁人家终身大事吗？"随即吩咐蔡显忠把侍剑的赏钱封出来。显忠见立秋紧紧拉着侍剑不放手，打趣劝道："姑娘快放侍剑去咧，人家弹花铺子里正等着老板娘照管生意。你多留她一刻，人家钱柜里就要流失不少真金白银！"侍剑深知显忠一门心思都在饱饭身上，自己去留，早与他无关痛痒。尽管她对此全不在意，这会儿听着这话，竟是巴不得自己早走一刻都是好的，心里却不好受，忍不住半真半嗔骂道："狠心的短命鬼，你倒催得急！"话一出口，眼里滚落泪来，"我晓得你多嫌我在屋里碍眼，如今我去了，你总算称心如意。可我告诉你，世上的事多半说不准的。人心里打着什么如意算盘，不见得都能如愿以偿，大家还是趁早别太得意。"

此言一出，别人犹可，饱饭心里早已怦然乱跳，杏脸桃腮瞬时寡白。显忠也听出话里之意，但他只知其一，不知其二，因而并不太在意，讪脸笑道："大姑娘，算我多嘴。我巴不得大姑娘辞掉好姻缘，牢牢稳稳在这屋里待到头老须白！"胡碧玺见二人斗嘴，摇头向侍剑母亲叹道："屋里这几个小人，也不知前世是什么缘法，内里要好得跟亲兄妹不差什么，嘴上却时时刻刻都是针尖对麦芒。"

一番收拾，侍剑母女告辞，拎着衣服包裹出门去了。大家都送到院里返回，立秋"呜——"的一声冲进房里，扑到床上伤心痛哭。胡碧玺只当她失去从小用惯的女仆，一时难舍，只吩咐饱饭："好生劝着姑娘。"饱饭依言去到立秋房里，一门心思却在回味当日花丛私语，越发疑心那只突然闯入的黑猫，好好的，哪来一只老猫嚎叫着箭一般射入花丛？失神许久，方才开口劝道："姑娘别太伤心，天下没有不散的宴席。饱饭人笨，服侍姑娘的心却不比侍剑差咧。"立秋止住哭泣，冷冷道："饱饭姑娘长得有一无二漂亮，哪里是做丫鬟的人？只怕将来有一天，姑娘自己还要使婢差奴咧。"

饱饭一听这话，一股寒气从脊背直冲上头顶。全身热气仿佛都被汹涌寒潮驱赶到脸上，把两片面颊烤灼得火烧般滚烫。呆坐半日，胡乱回答立秋："姑娘嘲笑饱饭咧！"一边起身慢慢踱出房去，悄然溜进后阁厅原先素裹房间，从柜子里找出装鸦片烟膏的罐子，顺手扯一张油纸，倒出半罐烟膏包裹严实，揣在怀里带回东横厅暖阁，心里悲泣道：大少奶用剩的东西，总有一天我也用得着。

转眼春分已过，天气却露出大旱苗头。年前年后，上苍滴雨未降。日复一日艳阳高照，气温不断升高，佃农久盼的春雨杳无音信，久久不降。然而，县衙的亩捐却在不依不饶、如火如荼地推行。官差衙役上门入户，见猪赶猪，见鸡捉鸡，不由分说。小门小户的田主东家拿不出银两，纷纷关门闭户，四处躲藏逃荒。官差衙役乐得撬门入室，翻箱倒柜，大肆搜刮。

与此同时，蔡立春命案也毫无进展。饱饭的新口供和一千多两亩捐银票，宛若扔进水里，连响音都没击起一声。蔡纪高心里着急，隔三岔五打发显忠去县衙拜会彭学武，托请催促县太爷重新开堂审案。一回回上下打点，又花去不少银钱。当日县太爷退回的八十两银子，早已从指缝里溜掉。无奈彭学武每回都说："少安毋躁，眼下天时大旱，田地无法下种育秧，八乡四十一都田主、东家拼死抵制亩捐。县太爷正为此焦头烂额，哪里还有工夫过问案子？"

忽一日，县衙税课司大使又带几个官差来到"轩窗第"。这回官差没有鸣锣开道，也没穿着官服，却像走亲戚一般，满脸笑容而来。

蔡纪高更衣出迎，见礼让座敬茶奉烟已毕，话无多说，税课司大使忽又掏出一张单子，说道："蔡老爷，你家该纳亩捐一千一百二十两……"蔡纪高大骇，急忙分辩："我、我家早已如数交纳亩捐了。"税课司大使道："那是去年的亩捐。如今不是又过了一年吗？这是今年的亩捐咧！"蔡纪高浑身战栗，哑然失音。税课司大使端起茶盅，一声叹息："朝廷和八国签订条约，赔款白银四亿五千万两，分三十九年偿清，年息四厘。"言尽于此，起身离去。

当晚，彭学武忽然造访"轩窗第"，眨着一双如豆鼠眼劝告蔡纪高："亩捐征收艰难，上宪又催逼得紧。县太爷纱帽难保，你就算帮县太爷一个大忙，他还能不在令公子案子上补报你吗？前日县太爷已把陈妈收监，只要稍稍用点刑，还怕那老婆不招供谎证欺官吗？到时不需着开棺验尸，县太爷就把令公子释放了。"

蔡纪高听得这话，呆成一个石人。立秋正在一旁侍候茶水，抢话道："我俚要帮不上县太爷的忙呢？"彭学武抽搐两下面皮，"哟"一声道："这位女公子好不晓事！你俚要帮不上县太爷的忙，只怕他就把饱饭收监了，重重地用刑，还怕一个细皮嫩肉妹子不招供谎证欺官吗？到时你俚就等着收埋少爷尸首咧！"

立秋气急，挥手嚷道："这还有没有王法？"彭学武翻起眼皮，望着屋顶藻井，扁嘴道："人家县太爷正为朝廷和皇上办差，怎说没有王法？"胡碧玺顿觉天旋地转，"呜呜"大哭起来："这真是布蒙了天啊！天啊天啊，这还有没有天理啊？"彭学武缓缓站起身，抻抻衣襟道："你俚妇道人家晓得什么？我俚大清国，向来王法大过天理。我俚子民，宁可不遵天道，也别去忤逆王法。否则准没你好果子吃咧！"

14

三日之后，"轩窗第"蔡家卖田告示便张贴到大街上去了。围观民众指指点点，摇头叹息：亩捐猛于虎，佃农死的死，逃的逃，田地都抛荒没人耕种，谁还买田？又有人说：蔡老爷只怕是急昏了头，白白地贴出告示来丢人现眼！

一连多日，蔡家水田无人问津。蔡纪高急得仰天长叹："这真是天要绝我蔡家咧！我大片的好水肥田竟换不来一千两银子！"谁知就在蔡纪高走投无路之际，忽然有个名叫冯世魁的矮个后生竟找上门来。此人原是城内富商公子，家中虽无诗书根基，却是世代财货殷实人家。祖父两代，一心只教儿孙巴结科举，因而冯世魁也算熟读诗书。不料前些年冯家老爷太太忽然染上时症，相继谢世。冯世魁以长子身份当家做主，把家业一分为二，和弟弟分烟另住。尤其古怪，他分得家产，一股脑变卖罄尽，手中揸着大把现银，不仕不商，不婚不娶，整日斗鸡走马，只顾道遥快活。县人纷纷传说冯世魁荒唐行径，无人不说他是个败家子。

蔡纪高见他进门，心口猛然一缩。先前他陆续从冯世魁手中买下好几块肥沃水亩，尽管价格不菲，心里总难免把他当花花公子看待。如今劫难关口人家找上门来，蔡纪高才晓得来者不善——如今他只要以当年卖田的小半价格，便可把原田买回！蔡纪高绝没想到自己竟要栽在一个乳臭未干的后生手里。然而，事已至此，也只好起身迎进屋去，强颜欢笑道："冯少爷，什么风把你吹来寒舍？"

两厢见礼问安，落座下来。冯世魁开门见山道："刚在街上看到府上售田告示，晓得老爷遇上难处，在下有意略尽绵薄之力……"蔡纪高汕脸道："难得冯少爷出手相助，不知少爷看上老夫哪处水田？"冯世魁俏皮一笑："老爷，这年头谁还买田？"蔡纪高面露愠色："那、那冯少爷光临寒舍有何贵干？"冯世魁正色道："不知老爷营救二少爷需要多少银子？在下愿情相借。"蔡纪高一听这话，喜出望外："好！冯少爷要几厘利息？"冯世魁耸耸鼻子，扬手道："若要利息，我不会把银子放到钱庄里去吗？蔡老爷放心，我不要一厘一毫利息。"蔡纪高瞠目结舌，嗫嚅道："这、这、这……"冯世魁汕脸笑道："老爷有什么不知道的？横竖我的钱也要玩掉，不如用来和老爷巴结一段善缘……"

两人言来语去，一个满腹狐疑地远兜近转，心想人家与我非亲非故，怎能无事献殷勤？一个却打开天窗似的，亮话雪白，只要剖明自己一片赤诚。言语之间，冯世魁渐渐向蔡纪高祖露心迹："老爷你说，如今大清国是个怎的世道？外有列强虎视眈眈、垂涎三尺，内有酷吏横征暴敛、巧取豪夺！我俚孱弱老百姓，手无寸铁，岂能护住家财产业？我早看透了，无论干哪个行当，横竖早晚都不得安生。倒不如什么都不干，捂着现钱银子，乐得过几天逍遥快活日子。"蔡纪高一听这话，心下暗暗吃惊：别看人家年纪轻轻后生，却真是胸有丘壑！又想自己枉活半百年纪，饱读诗书，竟不如一个少年儿郎世事洞明，人情练达。自己恨不能挖地三尺把银子兑田，只晓得要多收租米、多取利润，却忘了"螳螂捕蝉，黄雀在后"的古训，更浑然不觉虎狼早已屯于阶前……

冯世魁见蔡纪高侧目凝神，缄默无语，喊一声："蔡老爷——"从容掏出两张银票，放落茶几上，羞赧道："这是一千两银子，可否救得府上燃眉之急？"蔡纪高慌忙站起身来，结巴道："这、这、这……老夫何德何能，怎敢无功受禄？"冯世魁也忙站起来，一脸诚挚道："老爷休要客套，世人没有活路，天道却要循环。我不信天日永久霾暗，府上这等门第，只要香火不断，门户不闭，还怕还不上千把两银子？"

蔡纪高心里蓦地涌起一股暖流，心中赶忙搜寻善缘因果，情不自禁道："别是我家老太太一生吃斋念佛，才给儿孙修来这般菩萨恩公？"一边弯腰作揖下去，"菩萨恩公在上，受老夫一拜。"冯世魁慌忙拉住："老爷折杀我咧！"两人正在拉扯，胡碧玺早已踅过去，也要给恩公行大礼。冯世魁一叠声道："使不得使不得……"一边逃也似的冲到横厅门边，拱手道："老爷官司在身，不多打扰。待日后府上否极泰来，再来拜访。"说着，矮小身子一闪，如飞而去。

有这千两银票从天而降，蔡立春命案立马迎来转机。县令杨国璋重新过堂审案，饱饭上堂翻供。陈妈被狱卒从监牢里提出来，蓬头垢面跪在堂上，与饱饭对质。杨国璋大拍惊堂木，喝道："大胆刁妇，敢不如实招供，休怪本官重刑侍候！"左右官差手执长板，壮声高喊："威武——"陈妈吓得战战兢兢，不待用刑，睁着一双浑浊老眼愣愣盯着饱饭，涕泪滂沱道："我虽没亲眼看见，可、可大少奶倒在地上，倘若不、不是二少爷推搡，她为何倒毙在地？"杨国璋瞪眼大喝："这不是秃头上虱子——明摆着么！龚氏早已吞服鸦片，待到小叔冲出门去之后，方才轰然倒地身亡……"

素裹爹娘和龚家族长抵死不信素裹吸食鸦片，大骂饱饭血口喷人、卖主求荣。无奈烟馆掌柜、伙计都被带到堂上，一起证实饱饭所言不虚，连陈妈也承认大少奶吸烟不假，且烟瘾不轻。杨令主张立刻开棺验尸，龚家老爷太太怜惜素裹清白女眷之身，不忍落入仵作之手受辱，只得出堂拦验，含羞忍辱签字画押服认女儿吞烟自尽，不与小叔相干。

审案已毕，杨令判处陈妈谎证欺官之罪，收监服刑。另行褒扬民女饱饭不徇私情，仗义执言，致使案情真相大白，责令龚家不得为难旧仆。蔡家赶忙出银将饱饭赎身，从此与龚家无涉。

第三章　一场情缘

1

除夕这天，刘昆泰奉父命护送母亲简玕妮来到湖南岳州陪同爹爹刘家玉共度春节。父子相见，请安见礼已毕，安顿下来，昆泰迫不及待向爹爹禀告蔡家命案，如此这般，来龙去脉，诉说半天。

刘家玉听得仔细，叹道："此案干系重大，蔡家虽带头交纳了亩捐，那退回的八十两银子，还得再给杨某人送去才好。"昆泰忙问："为什么？莫非我朝真没有清官吗？"刘家玉摇头："清官可遇不可求，与官周旋，待之以贪官之礼，万无一失。"昆泰恍然大悟，即刻便要修书知告蔡家。刘家玉道："此等机密，归去当面私语即可，岂可诉诸文字？"昆泰只得作罢。

待到元宵一过，简玕妮赶忙催促昆泰启程进京谋职。昆泰惦记着"轩窗第"立秋妹妹，有心要安妥终身大事再做事业打算，涨着脸讪笑半天，期期艾艾道："此刻进京也无职可就，爹爹姆妈不是天天催我定亲吗？不如、不如……"刘家玉"哦"一声，笑问："莫非你看中哪家姑娘，亲事发动了吗？"昆泰一跺脚，起身把简玕妮拉进房去，羞赧道："我和姆妈说咧！"

母子进到内室，昆泰强装爽气道："姆妈，儿子给你相中儿媳妇了！"简玕妮喜出望外，恨不能把世上的"好"字一气说完！昆泰见母亲高兴，忸怩着禀明自己相中蔡家女儿，拱手作揖请母亲托媒订婚。谁知简玕妮却像被人踩着尾巴，尖声大叫起来："什么？你、你、你竟相中……"一屁股坐到椅上，拊掌道："怪不得胡翡翠对你亲热，原来要撺掇你迎娶蔡家女儿！"昆泰忙道："姆妈想哪去了？是我自己相中立秋妹妹。"简玳妮登时大怒，大喝一声："不行！"挑眉道："胡翡翠和胡碧玺是嫡堂姊妹，你把蔡家女儿娶进门，不是成全胡翡翠如虎添翼吗！你还嫌她挤对我不够？"昆泰回道："姆妈无须多虑，立秋妹妹心性聪明，怎会掺和长辈恩怨是非？"简玳妮挥手道："你别说了，蔡家女儿学过拳腿，是个厉害货色。即便她不是胡翡翠亲戚，我也不敢要她做儿媳妇！"昆泰"扑哧"一笑："姆妈，看你说什么话？别说立秋学过拳腿，她便学过枪法也不要紧咧！"简玳妮身子一扭，板脸道："少给我献媚！你要娶她，除非等我死了！"

昆泰自不敢来蛮，连哄带劝，撒娇撒痴，而简玳妮态度却越发强硬："你要娶蔡家女儿，我就不活！"昆泰再劝，她便一把眼泪一把鼻涕哭诉起来："你还认我这个做姨太太的娘，就要听娘的话。年前我已相中你姨娘家表妹，只因去年你姨娘家有丧事，不能说亲。等你表妹满服脱孝，我便替你把亲事敲定。你把她娶进门，我在你家熬油似的熬了大半辈子，也算有个可以依傍的人了……"

昆泰老牛反刍般地咀嚼着母亲话语，原来姆妈生养儿子，只为自己得利。她给儿子娶媳妇，只为结伙抗衡太太，以便和太太争风吃醋，分庭抗礼，哪里管顾儿子幸福与否。念头一转，嘴里截铁般撅出话来："姆妈不必替我张罗婚事，皇上家的表妹我也不要！我打一辈子光棍，也好让姆妈依傍！姆妈要做什么事情，只管吩咐儿子，还怕光棍儿子不替姆妈冲锋陷阵？"

简玳妮被儿子抢白得大哭，母子激烈争吵起来。刘家玉极力赞成蔡家亲事，只因体谅姨太太委屈，日日晓之以理，天天好言相劝。谁知简玳妮不识抬举，竟越闹越凶。刘家玉恼火不已，忍不住破口大骂："简玳妮，你凭什么敢和我大吵大闹？无非因为你给我生下一个儿子！我可告诉你，儿子有个三长两短，别怪我对你无情！"简玳妮天生一副吃硬不吃软脾性，经这一恐吓，仿佛斗鸡给人阉割了，立马耷拉下脑袋服服帖帖，连哭泣的声音都越来越小。

昆泰咀嚼着爹爹训斥母亲的话，分明提醒她不要忘记自己偏房小妾、母以子贵身份。虽然爹爹帮着自己，可他心里却又十分难受。延俄半月，刘家玉故意把简玳妮留下，打发儿子独自归家。临行前，亲自替儿子检点行李，交给他银票和家信，嘱咐道："回去把书信交给太太，太太自会替你张罗亲事。"又说："蔡家本是亲戚，只要两厢情愿，赶紧把婚事办妥，携眷进京谋职，免得两头挂念。"昆泰一一答应，和爹娘道了分别，转身抹把眼泪，提着贴身行李出门而去。

　　一路扬鞭策马，昼行夜宿，奔驰三五日，回到宜丰天宝"宰相第"家中。见过太太胡翡翠，请安问候已毕，急忙问道："大姆妈，蔡家案子怎么样了？"胡翡翠道："前日府里打发人来通报，立春已经出狱。"昆泰心里一块石头落地，握拳跳跃："这可好了！这可好了！"胡翡翠叹道："可惜一个富家闹成空壳，还无端背上千两银子债务。"昆泰问明原委，心中愤怒，却又无可奈何，重重呼出一口气道："只要人没事就好，有骨头自会长肉。"

　　用过晚膳，从行李中拣出银票、书信，袖去正房里呈上给太太。胡翡翠见昆泰两眼放亮，一脸羞赧，嗔道："看把你乐成这样，不成这信中有什么喜事吗？"昆泰讪脸笑道："大姆妈真料事如神！"胡翡翠拆开书信看了，浅笑道："你和立秋倒是天生一对，可是这桩婚事你娘能赞同吗？"昆泰道："姆妈可高兴啊，只求大姆妈费心受累成全儿子。"胡翡翠凝神道："你别哄我，我住在牛栏边，还能不知牛粪味吗？你娘一定是寻死觅活不乐意的！"昆泰正要分辩，胡翡翠又道："依我看，你降不服她，只怕是你爹发了什么狠话，她才服帖了？"昆泰心中惴惴，嘴上却道："没有的事，大姆妈多心了。"胡翡翠细看一遍书信，不由得抱怨："看你爹糊涂，眼见儿子婚事发动，竟把你娘扣下。无端把这等美差派给我，知道的，说我一无所贪，二无所图；不知道的，却不知要怎的嚼舌，编派我把羽翼安插到人家母子中间去了……"

　　听着这些话，昆泰感觉自己心里仿佛被锋锐瓷片刮来刮去。可是，一想到立秋英姿飒爽、言笑晏晏模样，隐隐的痛感便消失了，反倒有一种幸福和甜蜜的感觉汩汩地涌上心来。胡翡翠唠叨半天，淡淡道："要我费心受累倒没话说，我可有言在先，日后你娘若有什么含针带刺的话让我听见，我可不依！"昆泰一叠声回道："是是是……"两人合计一番，昆泰又道："明日我先进城去问候姨爹姨娘，顺便禀报大姆妈改天登门拜访，也好让姨爹姨娘心里有数。"

胡翡翠点头依允，昆泰方才起身道谢而去。转身出来走到大厅天井中央，只见皓月当空，银华满地。立住身子一手叉腰，长长地舒了一口大气，仿佛自己刚刚从灌木荆棘丛中钻了出来。忽然心里"嗖"的一声，宛然飞出一支锐箭，直往蔡家"轩窗第"射去。

当然，这个时候，他还不能预知"轩窗第"里早已物是人非。

2

蔡立春出狱回府多日，蔡纪高夫妇强把他拘束在家中，不许出门。一边汤汤水水地将养身体，一边把祸从天降后家中所遭磨难变故一五一十，细细告知。说到醋铺子里退婚之事，胡碧玺忍不住数落："你相中的好亲，见你落难，人家就要退婚。"立春听得一双龙睛忽闪忽闪，满眼疑惑，仿佛母亲说起一桩前世往事。

立春和白银的情缘，萌生在鬼节。宜丰自古流传一种风俗，每年七月十五鬼节，新丧人家都要去城外耶溪河里放河灯，好让亡人的鬼魂依附河灯去投胎转世，重新回到人间与亲人团聚。

前年鬼节之夜，秋高气爽，月白风清。耶溪河里一川灯火，万点繁星，宛若银河降落九天。立春出门看灯，不期在河岸上熙熙攘攘人流中偶遇一袭白衣的"醋西施"白银。擦肩而过之际，回首凝眸，惊鸿一瞥，心里蓦然涌起一江春潮，江风吹来，千朵万朵莲花摇曳生姿，婆婆起舞。一连多日，他时时嗅出自己衣襟袖口荷香四溢，不绝如缕。一种从未有过的兴奋和冲动氤氲体内，促使他涎脸乞求爹娘托媒说亲。爹娘不允，他便不依不饶，拼死相争，直至如愿以偿。

随着光阴流逝，滚滚心潮日趋平静，大不似当时涌涌荡荡。更不料命案突发，自己竟莫名其妙身陷囹圄。生死劫难之际，万念俱灰，哪里还有心去惦记亲事？待到沉冤大白，死而复生，那桩亲事早已无关痛痒，仿佛一件可有可无饰物，得之不喜，失之不悲。听闻姆妈数落，立春讪脸道："不就是一桩亲事吗？要退就退，有什么稀罕的？"胡碧玺一声叹息，径自走向墙根座椅，缓缓坐下："这要真退清爽了倒好！我索性把饱饭指配给你……"扭头望着侍候一旁的蔡显忠，扬手道："饱饭相貌性情不比人家小姐逊色，况且她给蔡家作下天大恩德，怎的补报她都不为过。显忠，你说不是吗？"

蔡显忠猛然身子一怔，不啻遭了一个白日响雷。好在胡碧玺立刻又把话说回来："不承想醋铺子里势利男女老蚌生珠，难得白姑娘眼窝不浅，以死相拼又把婚书送回来了……"立春听着这话，愣头愣脑，不知所措。胡碧玺寻思片刻，又道："如今你出狱多日，那铺子里也没半只脚印过来探望。这倒让我弄不明白，到底这亲事算是退了，还是没退咧？"

恰逢蔡纪高进房来看望儿子，听见太太说起亲事，蹙眉插嘴道："只怕还得我俚上门去把亲事重新敲定，人家才好来探望，好歹人家是女方咧。"胡碧玺心下一动，想起退婚那天陈妈、宋大嫂编派白银的话来，难免心有余悸："白姑娘倒是不错，只她那双眼睛——哎，我可看得真切，真的是一双'四白眼'咧。"蔡显忠立马回过神来，仿佛人家编派自己，急忙分辩道："什么三白四白的，不过是相士们的无稽之谈！太太休要理会！"

蔡纪高迈步踱到墙根，径去太太对面空椅上坐下，浅笑道："相士们的话未必灵验，却颇有些来历，不全是无稽之谈咧。"胡碧玺忙问："有什么来历？"蔡纪高凝神道："唐人笔记《朝野金载》有记，周朝郎中裴珪，有美妾赵氏，曾向大相师张璟藏卜命。张相师打量赵氏面貌，叹说：'夫人目长而漫视，目有四白，五夫守宅，宜慎之。'裴郎中笑而不言，不料后来赵氏果与人通奸，终被打入冷宫……"胡碧玺听得大惊："看来相师的话不可不信！"

显忠心里乱成一团，急着要见饱饭，不觉溜出房去。循着"噗噗噗"的捣衣声，蹑手蹑脚去往厨房西侧偏院。饱饭正在井台上扬着木杵一下一下捣衣，自没发觉身后来人。显忠倚靠在偏院门框上，只见饱饭穿一件枣红色卍字纹哔叽夹袄，脑后乌黑发髻下面露出一截雪白脖颈，日光照映下，一层细细密密绒毛纤毫毕现，煞是好看。驻足盯着看了半日，直到双唇干热，方才喊道："饱饭姑娘洗衣裳?"

饱饭受惊，"啊——"的一声跳蹿起来。惊魂甫定，见是显忠，扬着木杵气喘吁吁大喝："你要吓死我啊!"显忠笑着赔不是，弯腰替她把脚盆里的脏水倒出，抓起井台上吊桶，一连打起三桶水来，把一只大脚盆装得满满当当，方才挨到她向边，谄笑道："往后洗衣裳只管喊我打水。"饱饭复又蹲下去，赌气似的狠狠捶衣，木杵起落，扬起水花四溅。显忠见她冷待自己，心里一团旺火仿佛被水浇灭。

自从饱饭重回"轩窗第"，显忠暗暗在她身上下了不少功夫，却没有烘热饱饭的心。这时他才恍然大悟，八成是太太的话已经传到她耳里去了!愣愣站立半天，缓缓在井沿上坐下，拾起脚下吊桶绳，悠悠地扬着，冷笑道："可惜那'醋西施'不肯退婚，二少奶奶的宝座怕是不能易主，姑娘可别得意太早!"

饱饭听到这话，心下一跳。自从过了年，"轩窗第"里一家人望穿双眼盼不来刘少爷踪影，人人都有似芒刺在背，大不自在。饱饭更像置身荆棘丛中，坐卧不宁，只不过暗自隐忍，不让别人知道罢了。不料如今显忠竟说出这种话来，她使劲把定身子，不叫颤抖，一双水波潋滟杏眼张合几下，忽想起大少奶用剩下的那包烟膏，心一横，霍地站起来，切齿道："你不用冷嘲热讽，我早晓得自己没有活路!"显忠听着这话纳闷，正要追问为何没有活路?饱饭狠狠一甩手，手中木杵"砰"地砸到井沿上，猛又弹跳起来，直射到井台下的泥地上去了。

地上正有一群小鸡觅食，不提防突然一个木杵从天而降，纷纷扑扇着翅膀，四下逃窜。慌不择路地逃出老远才停下来，高高低低站在墙根下一堆横七竖八的木柴上，一齐伸长脖子，瞪着绿豆小眼，"叽啊叽啊"地鸣叫不止，闹不明白这个世界突发了什么惊天大事。

时过三日，用过午膳，晖哥一反常态闹着不肯午睡。胡碧玺吩咐饱饭，带他去院里玩耍。忽然，院外石板小径上传来一阵清脆蹄音。饱饭慢慢抬起头来，凝神静听，蹄音由远而近，禁不住心头大喜，未及思忖，纵身一跃，一支箭似的射进屋里，兴冲冲喊道："刘少爷来了! 刘少爷来了!"话一出口，心头怦然乱跳，想要收回却来不及了，只得捂嘴站在门厅，愕然一双水波潋滟杏眼，张皇不定。

蹄音由小到大，"嘚嘚嘚……"一直响进院里，终被一声骏马嘶鸣吞没。立秋捏着辫梢，笑吟吟喊着晖哥名字从东横厅走出来。猛然听到饱饭兴高采烈叫喊，立马刹住脚步，"啪"地辫子一甩，扭身回屋。随即，"吱——"的一声闷响，东横厅两扇风月无边的雕花腰门已然紧紧关闭。

3

昆泰跳下马，一溜小跑冲进"轩窗第"。炯炯双眸，满面红光，把屋里暗沉的板墙照映得熠熠生辉。立春正在东横厅自己房中卧床休养，听闻动静，一骨碌爬起来，呼喊一声"泰哥哥——"三步并作两步冲进西横厅。顶头见到昆泰，却猛然收住步子，愣愣立在门槛内，仿佛巧遇下凡天仙，不能信以为真。

昆泰瞧着昔日意气风发富家少爷变成一个愣头愣脑木人，晓得牢狱之苦厉害，赶忙迎上去，挤眉弄眼道："贤弟，别来无恙?"立春扑过身子一把抱住表哥，无语凝噎。直到蔡纪高夫妇从房中出来，大喊饱饭筛茶，立春才放开昆泰，作揖下去："恩公在上，容小弟拜谢大恩。"昆泰慌忙拉住，笑嗔道："谢什么? 不是说大恩不言谢吗?"立春逗得"扑哧"一笑，眼里阴霾瞬时消散，嘴角蓦又浮上一抹坏笑。

落座下来，见礼问安已毕。昆泰故意高声说话，叽里呱啦半天，却不见立秋出来相见。昆泰心下暗暗纳罕，闲话中几次提到侍剑，只差没有直问立秋。夫妇二人一脸为难神色，左顾右盼，却只轻描淡写告知，侍剑已辞工回家嫁人。连立春也跟着装聋作哑，仿佛一家人都不懂得表哥光临，表妹理当出来相见。

挨到晚膳时分，立秋去到膳堂用膳，两人才算相见。立秋见到表哥，并不请安见礼，倒劈头盖脸埋怨："泰哥哥年前一别，杳无音信。我还以为我哪里得罪哥哥，哥哥从此贵脚不踏贱地咧！"昆泰正不自在，连忙赔笑："我护送姆妈去往爹爹任上过年，因故耽搁回程，妹妹莫怪……"偷偷瞄瞄立秋，只见一脸刘关张结义神色，眉梢眼角，全无一丝私情。

用过晚膳，立秋归房。立春给妹妹使个眼色，不得回应，随即跟进房去。昆泰不便跟随，自陪姨爹姨娘去西横厅闲坐。蔡纪高屁股挨着座椅，随手端起茶几上的紫铜烟筒。昆泰见跟前无人服侍，赶忙去几桌上矾红帽筒里取出一根细长纸媒送上。不料那帽筒口上搁着两卷红纸，却因他取纸媒碍动，"噗噗"掉下，滚落地上散开来，原来是一副贺寿对联：

蕙质兰心二旬甫届
柳诗茗赋双美兼收

昆泰一边捡拾对联，一边寻思：莫非是"醋西施"二十华诞，立春写下对联贺寿？回头向姨爹笑道："立春的字写得越发遒劲，白姑娘看了，不知怎的高兴咧。"蔡纪高脸色黯然，眨一双半圆眼睛"哦哦"两声，一边伸手去衣袋里摸索，老半天才掏出一盒洋火，抽出火柴棒子，对着盒上磷粉，一下一下擦起火来。

昆泰忽然想起立秋也是芳龄二十，自己也该写副对联给她贺寿才好。又想立秋黄钟大吕气质，非比寻常粉黛，那些花花草草对联哪里配得上她？思绪飘散开去，不觉对姨爹"哦哦"两声，脚下却早已迈动步子，径直往东横厅书房走去。

夜幕初降，天空无月，星光微明。昆泰点亮油灯，又去书柜抽屉里找出两张过年时写春联的红纸，铺展开来，拿起毛笔，饱蘸浓墨，一气呵成一副对联：

> 射策才应如贾传
> 请缨志不让终军

吟哦两遍，甚觉满意。待到稍稍晾干墨汁，立马拿去立春房里。立春尚未归房，只得把对联铺摊在桌上。侧耳倾听，横厅天井对面立秋闺房里传来争吵之声。昆泰不知立春因何事和妹妹发生争执，只得自己落座下来，等他归房。

好一会儿，立春气鼓鼓回到房里。昏暗灯光中，昆泰并没看清表弟一脸怒容，赶忙站起来，笑嗔道："做哥哥的人，什么事值得和妹妹动气？妹妹今年双十初度，我刚写了一副对联给妹妹贺寿。烦你替我送去，也好让她消消气。"谁知立春并不回话，却在桌上"砰"地大击一拳，愤愤骂道："混账东西，着实惹恼我，别怪我拳头不认人咧！"一手叉腰，仰头呼出一口大气，一手示意昆泰坐下，愤然道，"泰哥哥，我不能瞒你，看来我家真要对不住你了……"昆泰不解其意，笑嗔道："何出此言？"立春一屁股坐到椅上，抓起桌上半盅凉茶一饮而尽，一五一十把年后冯世魁打发李干娘送来对联向立秋提亲之事和盘托出。

原来那花花草草的对联竟是出自花花公子冯世魁之手！昆泰早从胡翡翠口中得知蔡家逢凶化吉，多亏花花公子冯世魁慷慨相助。当时只道冯少爷倒是一个侠客义士，不承想他却是醉翁之意不在酒。不过昆泰并不紧张，寻思片刻，嘟囔道："无非就是把钱还给他，难道还能受他挟制吗？"立春摇头："如果只要还钱，那倒好办。我俚可以把房产、地契送到南昌大钱庄里去抵押借贷。如今房地虽不值钱，可它总有值钱的一天。大钱庄里掌柜眼光长远，没有不放贷的……"昆泰打断道："既如此，那还着急什么？借款利息都由我承担便罢。"立春恨恨道："如今不是钱的事，立秋蠢婆娘不知中了什么邪！那天冯世魁找李干娘送来对联提亲，我家爹娘一口回绝。谁想立秋姑婆竟然跑出来说："我自己做主，收下了！"我俚问来问去，原来她竟是非冯世魁不嫁咧！"昆泰仿佛听讲神话，莞尔一笑："这怎么可能？年近我在府上盘桓一月，屋里猫子狗子都明白我和妹妹心事。"

立春苦笑道："泰哥哥，你知道吗？可怜我爹娘以为她中了邪，还让显忠去道观里请了一道灵符，悄悄塞到她枕头里去了。"昆泰这才明白事态严重，心下急鼓繁弦，忙问："立春，秋妹妹为何突然然琵琶别抱？她没有说个缘由吗？"立春切齿道："方才我不是和她争吵吗？可恨她一张臭嘴紧得像上了铁箍！"昆泰感觉一股热血直冲上脑门："这可不行！我要向她问个明白！"立春赶忙捋起衣袖："哥哥放心，她要敢犟着性子胡闹，别怪我动武！不把她揍得服服帖帖，我就不是她哥哥！"昆泰神色黯然，剜他一眼："亏你还是她哥哥！立秋是武力能够征服的人吗？"缓缓坐回椅上，又道："这事还得从长计议……"

两人抵足而眠，密议一夜，却无计可施。来日用过早膳，昆泰红肿着眼睛快快告辞，打道回府。蔡纪高夫妇和立春都送到院外，羞着脸面说了一箩筐歉疚之言，又众口一词，大骂立秋。

时过半月，一日晌午时分，立春在酒馆喝得醉醺醺回家。西横厅里问候爹娘已毕，一脚端开东横厅腰门，打着饱嗝给妹妹传话："冯世魁托我捎口信给你，下午要在广福寺和你见面。"立秋愕然："他要见我做什么？"立春朝她"哈"地呼出一口酒气，耸鼻道："冯世魁是什么人？你想懵懵懂懂嫁他，人家却不想懵懵懂懂娶你！我听他口气，仿佛要和你谈什么条件，你若不答应，只怕他还不要你咧！"立秋一向自视甚高，听着这话，不啻奇耻大辱，正要勃然大怒，心中猛一转念：别要中了哥哥奸计……

立春见她犹豫，变脸嬉笑："怎了？不敢去吗？"立秋脸一甩："不过去见冯世魁，又不是探访龙潭虎穴！"转身就要出门。立春一把拉住，挤眉弄眼道："你不要打扮得漂亮些去吗？"立秋抿嘴一笑："去见冯世魁而已，我倒想把自己扮丑一些，和他站在一起才不吃亏。"

立春浅笑，又道："要不要我陪你去？"立秋自去拿取马鞭，"啪"地一鞭抽在屋柱上："哥哥放心，只有我欺负他咧！他要敢我和谈什么混账条件，我先给他一鞭子，再和他说话。"

立秋跳出大门，看见立春方才骑回的黑马拴在枣树下，连忙解下缰绳，纵身一跃，急往城南广福寺飞跑。一盅茶工夫，跑过耶溪河上木桥，转入一片密密匝匝枫树林中。灿烂阳光从树冠缝隙里透下来，把枝丫投影在地上，天罗地网从天一般。黑马冲入"进罗"，驻足嘶叫，原来昆泰昂然直立，阻挡道路中央。

立秋情知中计，心下叫苦，急忙勒马掉头。昆泰早已冲到后道，一把揪住辔头，喊道："立秋妹妹，我、我到底什么事得罪妹妹了？我向妹妹赔个不是，妹妹指出来，我没有不改的，怎能让我做个不明不白的冤死鬼？"立秋骑跨在马背上，敷衍道："泰哥哥哪有得罪我？"纠缠半日，眼见敷衍不过去，只得打开天窗说亮话，"泰哥哥是我家大恩人，哪怕要我性命，绝不敢说半个'不'字。惟姻婚之事，断难从命，泰哥哥勿要相强。"昆泰一叠声叫喊"妹妹"，苦求道："妹妹别任性，婚姻大事，岂能负气？我哪里得罪妹妹，妹妹打我骂我，我毫无怨言，只求妹妹勿要任性……"

立秋被他一口一声"妹妹"，叫得心里乱成一团。昆泰见她低头无语，以为动心，又道："妹妹万勿负气行事，冯世魁一个吃喝嫖赌的花花公子，岂是妹妹配偶？"立秋心里冷笑：他便吃喝嫖赌有什么要紧？好比一件古董，我明知它是赝品，横竖没花大价钱买它，还能上当到哪里去咧？暗暗吞口气，叹道："姻缘自有分定，泰哥哥休要相强，我和哥哥不是一条道上之人！"昆泰听得莫名其妙："此话怎讲？"立秋沉吟，扬鞭指点树林外耶溪河水，嫣然一笑："哥哥好比急流漩涡，深不可测，将来鲲鹏展翅，北冥南冥，自有一番大作为；立秋实乃山涧溪流，一望见底，异日燕雀人生，稻田啄穗而已，岂是哥哥配偶？"

昆泰紧攥辔头不放："妹妹这话从何说起？"立秋心中焦躁，好不耐烦，扬鞭喝道："哥哥相强，休怪我马鞭不认人咧。"昆泰举头做闭目养神状:"妹妹只管动粗,我受得起!"立秋果真"呼"的一鞭甩过去,昆泰耳边掠过鞭响,身子一惊,猛然松开辔头,反手一把握住马鞭。

那根鞭子原本是把一条窄窄牛皮,用铜丝绑在细长竹枝上做成。如今竹枝握在立秋手里,皮带却被昆泰抓住。两人僵持片刻,忽然同时用力一拉。"噗"的一声,鞭子一分为二,皮带竹枝,各归原状。两人各执一物,面面相觑。昆泰心下正在寻思:这便是不祥之兆。立秋"驾"的一声催马奔驰,绝尘而去。

4

白云苍狗,世事无常。刘昆泰姻缘搁浅,冯世魁求婚却进展顺利。蔡纪高夫妇拿女儿煮不熟蒸不烂,不知不觉疼爱锐减,心里一灰,索性听天由命遂她心愿,应下冯家婚事。冯世魁并不知晓个中曲折,只道泰山大人中意女婿,趁势催婚,只说家宅无有长辈,中馈无主,自要早一刻把立秋娶去做当家太太。蔡纪高夫妇心中对立春和"醋西施"亲事尚有犹豫,巴不得先把立秋打发出去,再来从容考量儿子婚姻,因而立秋这场婚事竟闪电般作成。

冯家坐落在城西一条小巷深处,倒是一座花木扶疏院落。一年四季,春兰秋菊,浓淡芳香,源源不断,把条小巷渲染成花街柳巷一般。立秋嫁去,正值仲春,虽逢天旱,得益于后院一口古井,大旱不缩水,大涝不满溢,院内花草依然郁郁葱葱,枝叶带露,根茎含水。

家中无有长辈,新婚夫妇自要当家做主。婚后三日,新娘回门归来,便有仆佣拜见当家太太仪式。立秋打开嫁妆箱笼,取出赏赐礼品,多半是中老年男妇使用之物。而夫家仆佣清一色年轻男女,一时尴尬不已。

晚来归房歇息,忍不住询问夫君:"为何你家仆佣个个都是年轻男女,你竟不晓得用个把年长老成人吗?"冯世魁笑道:"花是当红好看，人是年轻漂亮。年长老成人哪似年轻男女赏心悦目？"立秋笑嗔："莫非你用人只为养眼？"冯世魁道："驱遣之余，兼而养眼，岂不更妙？"

夫妇谈笑间，大丫鬟茶花用铜桶提来滚水请太太梳洗。立秋依言拔下头上鎏金花钗，散开发髻，洗净脸面。待要濯足，冯世魁向她脸庞端详片刻，说声"别忙……"自去橱柜取出一只浅绛彩瓷头油罐子，揭开盖子，用食指挖出一坨黑膏，含笑道，"立秋，你面颊长些淡淡雀斑，除祛更妙。"立秋问道："这是什么东西？"冯世魁一边涂泽，一边回说："这叫丑牛膏。下霜天气，采摘牵牛花种子，童便浸泡七日，九蒸九爆，辗为细末，飞水过滤，以鸡蛋清调匀，最能美白容颜，祛除雀斑……"立秋连忙歪头，以手扇鼻："怪不得一股子尿臊味，岂有把尿液涂抹到人家脸上的？"冯世魁忙道："没关系咧，童子便最是干净清洁。"

立秋款款走到妆镜台前，歪头端详着镜中披头散发、一脸乌黑影像，待要调侃像个女鬼。忽一转念，扭头笑道："你一个男子汉，怎肯在这种事上用心？"冯世魁正在盆中净手，举手把水花弹向立秋，自嘲道："唐诗云：'夫子何所为？栖栖一代中。'你说我一个败家子，不在这种事上用心，有何贵干？"立秋耸鼻，药膏稍有掉落，嗔道："难得你有自知之明。"

时过三五日，立秋早起，独去后院散步。正要打开后门去看看院外风景，冯世魁手持一条披风走来，急忙阻止："立秋，早上千万别开后门。"立秋一脸疑惑，冯世魁努嘴道："后院麻石场地上，每天一早就有老头老妈子溜达。大清早的，没的看着碍眼。"立秋愕然："为何看见老人竟会碍眼？"冯世魁笑问："立秋，你扪心自问，你的眼睛喜欢看年轻漂亮之人，还是老态龙钟之人？"立秋脱口而出："这倒是喜欢看年轻漂亮之人。"冯世魁拊掌道："这就对了！"一边把手中披风盖到立秋肩上，叹道，"立秋啊，我俚人活世上，就算做个老寿星，充其量也才两三万天日子，自要让眼耳口鼻、身心灵魂消受世间一切美好物事，方为痛快。岂能叫些丑陋粗劣东西来填充肚肠、玷污身心、败坏兴致？"立秋听着这话，简直闻所未闻："世魁，依你主张，人活一世，除了吃喝享乐，消受世间一切美好物事，难道不要做点什么正事吗?”

冯世魁哈哈大笑：“难道世上竟有什么正事可做？立秋啊，你别看世人熙来攘往，忙忙碌碌，说穿了无非是贫穷之人营谋富贵、富贵之人追求享乐。我虽不是富贵之人，好歹祖上稍有积蓄，足够享用一辈子。”立秋噘嘴：“你怎能把祖上积蓄享用殆尽，不要留给子孙后代么?”冯世魁拍拍妻子肩膀：“立秋，你就别操这份闲心！当今天下群魔乱舞，鬼魅出没，豺狼虎豹横行，我俚自己能在这丛林中苟活几天尚不可知，哪里顾得上子孙后代?”

立秋无言以对。冯世魁伸手在她鼻子上捏一把，笑道：“立秋，不瞒你说，我正要找一个心性相投、志趣相合伴侣共度此生。打听得你文武双全，不是一个俗气女子，才向你家求婚。日后你只管夫唱妇随，过好每一天日子就罢。”立秋正要说话，小丫鬟跑来请用早膳，两人便携手进屋去了。

夫妻走进膳堂，恰逢一位年轻英俊小厨子把一钵热腾腾、香喷喷鸡汤端上桌来。冯世魁走近一看，见汤面上漂浮厚厚一层黄油，皱眉骂道：“蠢材！太太金闺花柳之质，哪能吃这种膏粱厚腻之汤？我早交代过你，头天晚上熬好鸡汤，来日早上把油膜揭去……”小厨子垂手回道：“老爷，鸡汤正是昨晚熬好。这两日气温升高，鸡汤冻不出油膜。我只好用调羹把鸡油刮出来，可恨这种漂荡肥油哪里刮得干净?”冯世魁拍拍自己脑袋，“哦”一声笑道：“我忘了你是没长脑子的人咧!”一边走去厨房，取一只打水用的吊桶，把汤钵放进吊桶里去了。

小厨子见状，大拍脑袋叫嚷起来：“我晓得了！我晓得了!”跳奔过去接过吊桶，自己端去后院。冯世魁携手立秋跟随进去，只见小厨子径自走去井台上，小心翼翼把吊桶沉到井里，又喊小丫鬟找来一根木棍，横杠在井沿上，好把吊桶绳索系在上面。立秋不明白这是要干什么，冯世魁笑道：“井水寒凉，把鸡汤沉到井里冻着，汤面便会冻出一层油膜，用筷子轻轻揭去，汤里便没有肥油。”立秋大惑不解：

"不过吃点鸡汤，为何要这般费事？"冯世魁俏皮笑道："这种汤吃了不会增肥，娘子腰身窈窕，为夫君子好逑，何其太妙？"可怜立秋听得目瞪口呆，大丫鬟茶花却趋前奉承："老爷最会做养脂粉，太太有福可享咧！"

自此，立秋天天跟着丈夫吃喝玩乐。今日待在家中鼓弦弄瑟，指点仆佣调汤作水、烹饪各色美食，明日去到街市吃酒吃茶听戏；要或便双双骑马出城，春游秋游，赏花观鱼，凝眸树木交荫，倾听时鸟变声。立秋倒也觉得快乐，这种日子倒比闺中生活有趣多了。不料时日一久，心里却无端惴惴，仿佛这些快乐里头藏匿着细细花针，不时刺她一下，不时又刺她一下，惊得她直打哆嗦。

一日冯世魁早起，俯身对立秋道："快快起床更衣，今天我带你出城去登螺峰山。"立秋懒慵蜷缩在床上，两眼直愣愣盯着纱罗帐顶，仿佛没有听见丈夫说话。冯世魁随手抓起床头钱柜上一块手帕，轻拂立秋脸面。立秋一骨碌爬起来，蓬头坐在床沿上，一本正经道："世魁，你说我俚这么活一辈子有什么意思？"冯世魁脸上浮起玩世不恭笑颜，走近窗台，拉开窗布，迎着扑面而入晨曦，笑道："这个、这个……待会儿登上螺峰山顶，我俚好好理论不迟。"

用过早膳，夫妻骑马出城。一盏茶工夫，马匹拐向西北官道，奔驰一程，赫然一座尖如田螺山峦扑入眼帘。两人跳下马来，徒步走向山脚，乱草丛中寻一条窄窄泥径，伴着虫鸣鸟叫，一圈一圈，螺旋绕山而上。

两人行至气喘，不觉山尖已在脚下。伫立山巅，放眼眺望，城内屋宇看不清全貌，惟有一道道横七竖八尖斜屋顶尽入眼底。冯世魁指点山下城郭，笑道："立秋，你站在高处望去，我俚栖身的这座小城多像一口鱼池？"立秋豁然，点头道："正是！你看那一道道屋顶，瓦楞分明，宛若鱼鳞，活脱脱一条条大鱼畅游池中，露出黛青色脊背。"冯世魁踱着步子，顺手拔一根长长萱草，扬在手中，悠然道："宋朝时候，有一回皇家画院考试。宋徽宗赵佶出一道考题，叫做'深山藏古寺'……"立秋莞尔打断："有位画家很高明，他的画卷上没有一砖一瓦，只有云缠雾绕崇山峻岭之中，一股清泉飞流直下，跳珠溅玉，泉边蹲一个提着木桶的老和尚……"冯世魁笑向立秋打个响指，问道："立秋，你既看见池中之'鱼'，可能看见池中之'水'吗？"立秋噘嘴："你装什么憨啊！那'水'岂能看见？池有游'鱼'，自然水在其中；正如那画家作画，山有老僧，古寺自在山中。"

冯世魁站起身来，眺望山下城池中那一道道黛青色"鱼脊"，摇头道："不！立秋，滋养这般'池鱼'的，可不是你能想见的那般'池水'，而是一代一代摩肩接踵、纷至沓来的世人啊！"立秋两眼一睁："世人？"冯世魁凝神注目山下绕城而过的滔滔耶溪，点头道："对！正是自往今来，川流不息的红男绿女，不知从何处而来，滚滚荡荡涌入这方城池，趁着在池中打个漩涡工夫，养下这一条条大'鱼'，却又转瞬消失了踪影，不知滚滚荡荡涌向何处去了……"

立秋忽闪着一双大目，听得一愣一愣。冯世魁牵起妻子之手，在一块岩石上相拥而坐，轻语道："立秋啊，人活一世，好比水流在池中打个漩涡，哪里有什么意思？平头百姓为衣食劳身、衙中官吏被富贵迷心自不屑说；就连皇上富有天下，安享尊荣；甚至洋人船坚炮利，所向披靡，到头来也不过不是一抔黄土掩风流！所以还是佛家看得透彻，世上一切，凡所有相，皆是虚妄！"立秋心有所悟，不觉点头叹道："是啊，'色即是空，空即是色。'"冯世魁忙把立秋揽入怀中："立秋，你这样想就对了！往后再说那什么有意思、没意思的话，乖乖跟着我消受这一世流水人生，好吗？"

立秋脸上舒开一个笑容，尚未稍纵，却已即逝："听你这么说来，我倒又不明白。既然凡所有相，皆是虚妄，那么世上一切锦衣华服、山珍海味、吃喝玩乐、声色犬马，乃至清风明月、夏花灿烂、秋鸟啁啾，可不都是虚妄吗？岂又值得我俚耗费流水人生，沉溺其中？"冯世魁不防立秋有此一问，一时竟答不上话来。

5

立秋成亲那天，昆泰负气没去出席嫁礼。胡翡翠上城赴宴回府，一五一十知告诸般情形。昆泰直愣一双漆黑眼眸，似听非听，默然无语。

时光流逝，"宰相第"里上下主仆渐渐发觉大少爷变成一个沉默寡言人。不到万不得已，绝不开口说话，逢着非要说话时候，能说一个字，不说两个字。有时没人搭理他时，他却痉挛般地张着嘴巴，仿佛要说什么，可是闹了半天，却又只听得一声叹气。胡翡翠留心察看，忽见昆泰眸子里不时冒出丝丝缕缕白雾，仿佛里面暗藏着冰天雪地。她倒怕他由此落下什么病根，自己就担着一份责任。转念一想，不如写封家书寄去老爷任上，告知他亲生爹娘，自己便乐得事不关己。

刘家玉在任上接到家书，急忙打发简玳妮回府抚慰儿子。奔驰三五日，简玳妮风风火火回到天宝家中，仿佛受了天大冤枉，进大门就拖着哭腔大叫大嚷："不知是谁，跟我有仇咧？为何要挑唆别人捉弄我崽？"话音未落，胡翡翠一个陪嫁老妪立马冲出来，抢白道："姨太太说的什么话？莫非疑心太太搅和了大少爷亲事吗？"简玳妮未免胆怯，只得变声变调尖叫："谁我说疑心太太？你这老婆子，挑唆我俚姐妹不和！"

昆泰正蜷缩在书房里木榻上看书，翻开书本，目不转睛盯着，一个字也看不进心里去。忽然大厅里响起简玳妮破冰碎玉嗓音，眼睛一晃，只见书中文字一个个伸胳膊伸腿活泛起来，变成一大群蜜蜂，"嘤嘤嗡嗡"扑面袭来，争先恐后蜇咬他的肌肤，蜇出一个个血流如注口子，拼命往里钻去，仿佛把他的头面当成舒适的蜂巢。

待到简玳妮大喊大叫："昆泰、昆泰——"他才趿着鞋硬着头皮踅出去，木然喊声："姆妈回来了？"屈身作个大揖。简玳妮乍一看见儿子，只当认错人，不由得扑过去捧着他瘦骨嶙峋脸庞，流下泪来：

"我的崽啊，你这是受了什么罪咧？怎的瘦成这样？"一边扭头叫喊陪嫁仆妇亨香。亨香没跟主妇出门，早向太太告假，回去自己家中小住。简玳妮叫不应人，气得大骂："没良心的东西，我前脚出门，她后脚开溜，也不晓得留在家中替我照顾大少爷！"

　　直闹到晚上，简玳妮才安静下来，去到儿子房中，劝慰道："我的崽啊，可怜你是庶出，蔡家哪能把闺女嫁给你？"昆泰低头不语，眸光痴痴盯着自己鞋面，一只小蚂蚁正趴在上面东张西望，仿佛不知自己从何而来，更不知要去往何处。

　　简玳妮见儿子默不作声，又道："前日汪家姨爹寄信给你爹爹，告知你表妹已经满服脱孝。依我看，我俚赶紧把亲事办了，也好让人家夸赞一声：刘少爷娶的媳妇，可比蔡家大脚闺女强多了！你说好不好咧？"昆泰全神盯着蚂蚁，并没听清姆妈聒噪什么话。简玳妮抬手碰碰他的膀子："你说话啊，到底好不好咧？"昆泰愕然抬起头来，脱口而出："好，好咧。"简玳妮这才心满意足，脸上堆下笑来，叹道："难得你吃一回亏，倒晓得听话了。"

　　昆泰婚姻发动，简玳妮写信寄往丈夫任上。如此这般，只说儿子自己愿意。刘家玉自然一口应承，寄回书信嘱咐胡翡翠张罗大少爷婚事。一来二去，昆泰的婚事竟像和立秋比赛一般，也是闪电般作成。刘家玉亲自赶回原籍替儿子主婚。因为任上公务繁忙，只在家中打坐三五日便启程回任。

　　那日昆泰护送刘家玉出门，新媳妇汪氏自携一对双胞胎陪嫁丫鬟去简玳妮房中侍候。简玳妮眼睛越过儿媳妇，见那一对孪生姐妹面容俊俏，肌肤白净，心下大喜，忍不住向汪氏笑道："我看她姐妹倒好，不如都开了脸放在你房中，给大少爷做个小妾。日后大少爷带你进京，我身边也多一两个人服侍，你看如何？"汪氏初来乍到，怎敢违拗婆母？只得扭头吩咐丫鬟："还不快给姆妈磕头？"

　　家中仆佣闻讯，争相来给姐妹道喜，立马改口称呼"姨奶奶"。汪氏赶忙回房开箱取出陪嫁礼物，替新姨奶奶打赏。一面又带二人去拜见胡翡翠，一时忙乱不已。婚礼那天，胡翡翠见汪氏一气陪来两个大丫鬟，不免疑心简玳妮事先安插，正暗暗寻思日后如何打发出去。不提防简玳妮竟敢擅自做主封二人做妾，心下恼怒不已。待要发作，却见二人早已跪在地上，磕头如仪。

胡翡翠虎着脸一言不发，硬生生让那姐妹跪地半日，方才把脸扭向窗外，冷淡道："都起来咧！日后家中可要吃西北风的，你俚趁早别指望享福！"两位小妾怯怯回一声："是。"再拜而去。

待到太阳偏西，昆泰送行回府。两位老仆妇正给那一对姐妹修眉刮脸，一见大少爷，连忙躬身道喜。汪氏见丈夫一头雾水，赶忙回禀，姆妈做主，如此这般，两位丫鬟已是姨奶奶了。昆泰大骇，两眼一睁，跺脚大嚷："胡闹胡闹！"气呼呼冲去母亲房里，歇斯底里叫嚷："姆妈多嫌儿子，不如拿绳子来勒死！"简玳妮正美滋滋等待儿子回来谢恩，不承想他竟兴师问罪，少不得喝骂："没良心的东西！我费尽心机替你作成好事，不图你报恩，你倒狗咬吕洞宾——不识好人心！"昆泰悲从中来，羞愤交加，只顾一句句顶撞，母子顿时吵得不可开交。

忽然汪氏房中一个小丫鬟跑进来大嚷："不好了不好了！二位新姨奶奶都闹着要跳井！太太那边的人瞧着，竟不拉扯，少奶奶一个人拉扯不住咧。"简玳妮气得大骂："孽障！"赶忙撂下昆泰，急匆匆冲出房去，嘴里忽又大骂媳妇汪氏："吃醋婆娘，竟敢挑唆丈夫和我作对！"

闹腾半日，孪生姐妹寻死未果。任由简玳妮夹枪带棒斥骂一通，仍然回房去做新姨奶奶。自此，简玳妮麾下人丁大增，气焰越发高涨。偌大"宰相第"里，每天从早到晚都充斥着她破冰冻碎玉嗓音，打鸡骂狗，连胡翡翠都得让她三分。

不多日，胡翡翠忽然差个小丫鬟把昆泰请进房中，冷笑道："如今大少爷成家立业，妻妾成群，正该顶门壮户……"一边拉开桌案抽屉取出一本账簿，"啪"地甩到茶几上，"家中田地收息和你爹俸禄银子全在这账上，从今日起，这个家由大少爷打理。我年纪大了，精力不济，需得享几天清福。"昆泰眼里顿时落泪："大姆妈怎舍得打儿子脸咧？外人不知道的，不说太太要享清福，倒要编派姨太太儿子夺权当家……"说着，"扑通"跪下去，苦求不止。胡翡翠任由他跪地，一个劲数落："一大家老小，吃喝排场，全仗着你爹一个空心大佬倌。打得鱼来，不够赡猫……"唠叨半天，无休无止，直叫昆泰跪得双腿发麻，方才作罢。

延俄月余，昆泰京师朋友来函，告知正有职位出缺，令速进京。昆泰看罢信函，独自去到后花园，坐在假山后一条石凳上，两眼遥望围墙外朗朗天际。忽然"吱呱"一声飞来一只大鸟，翩然停落墙根下棕树上。昆泰心中一怔，唉声叹气：人活世上，正如飞禽走兽，所以天地不仁，以万物为刍狗……慢慢把纸笺撕得粉碎，缓缓站起身来，往身后用力一抛。一把碎片宛若一群蝴蝶，纷纷落向假山旁边的乱草丛中。

又半月，昆泰应聘去到家族叔父的纸号里就职，做了师爷。每月所赚薪水花红悉数交给胡翡翠，开销家用。刘家玉在任上得知消息，函电交加敦促儿子赶紧进京就职，勿要贪恋家小，贻误前程。家族尊长宗亲也纷纷上门规劝：少爷千里迢迢负笈东洋，难道只为回来做纸号师爷吗？昆泰一概置若罔闻，收起西装皮鞋，慢慢蓄起发辫，每日穿着长袍马褂早出晚归，从从容容地上工下工。

忽一日，昆泰正在纸号打理生意，大街上"玉泉"茶馆里伙计跑来通报："大少爷，茶馆里来了位女客官，指名道姓要见少爷。"昆泰心想，除了立秋，还有什么女客官要见我？心里一边抱怨：你既琵琶拐抱，还来见我做啥？脚下却急匆匆如飞而去。行至茶馆，推开茶室之门，却见饱饭端坐在窗下茶桌旁小椅上，杏脸寡白，泪光闪烁。昆泰脑中迅疾掠过一丛高大密实的美人蕉影像，心头一怔，双唇嗫嚅道："饱饭姑娘，你、你怎么来了？"饱饭抬起头来，两眼泪珠滚落，怯生生道："难道我不该来吗？"

昆泰移步到饱饭对面木椅上坐下，一只胳膊搁在座椅扶手上，食指"嘭嘭嘭"敲打椅沿，仿佛老僧敲打木鱼。饱饭见他默然无语，心下绝望，忍不住轻声哭泣。默然半日，昆泰长叹："饱饭姑娘，是我对不住你。可我真不是存心骗你，你看我自己指望都落空了，哪里还管顾得你咧?"饱饭眼珠一转:"我的事和你指望落空毫不相干。"昆泰一个劲地摇头:"不,饱饭你不懂的……我打个比方跟你说咧,好比一个车夫,正拉着客人去往一个所在。恰好你也要去那个所在,人家自然愿意把你捎带上路,乐得做个顺水人情。可如今车上客人改变主意,半途下车去了。饱饭姑娘通情达理,你说人家还能专程拉你跑一趟吗?"

饱饭止住哭泣,低头捏着辫梢:"你别说嘴,如今你车上不是又有了新客吗?"昆泰摇头苦笑:"如今我已不是车夫,而是一头老牛,每天拉着重重磨盘,没有方向,也没有目标,只在原地绕圈打转,消磨光阴……"饱饭情不自禁打断道:"我不要方向,也不要目标,我、我只要坐在你车上,每天跟着你原地绕圈打转,消磨光阴就好……"昆泰被这话逗得咧嘴:"傻姑娘,我已是个关闭了情窦男子,犹如一个阉人,你还跟着我干什么?好在你给蔡家立下大功,我早听姨娘嘀咕你终身大事。就算'醋西施'不肯退婚,姨娘也要把你放在立春房里,让你俩姐妹不分大小、平起平坐……"

饱饭听着这话,越发痛哭,心里默道:亏你说出这种话来,先前没有遇上你时,我便是一股荒洪野水,无论流向哪里都无所谓咧。自从那天遇上你,荒洪野水就归流河道,这辈子注定只能顺流而下,绝不能再流向别处去了。昆泰见她痛哭不止,心一横站起来,吩咐道:"姑娘权当我死了,今天就算跑到我坟上哭了一场,一切都过去了。"说着,大步流星出门而去。

饱饭一时无措,待要冲出门去寻死。转念一想,只要你还活在世上,我绝不寻死!倒要看看,这个世上,人心能坏到何等地步!主意打定,雇车返城,回到"轩窗第"。三日之后,把那一包鸦片烟膏收拾在一个衣包内,去到东横厅给蔡纪高夫妇磕头:"饱饭跟随二位嬷嬷奉信洋教多时,如今要去育婴堂照顾婴儿,请老爷爷太太成全饱饭志向,就算救饱饭一条命咧。"蔡纪高夫妇莫名其妙,正要问话,饱饭早已挺身站起来,抬手抹把眼泪,冲出门去了。

第四章　一起教案

1

时至初夏,法籍传教士王安之来到宜丰,接任天主教堂主教。王安之满头红发,身材长大,一张高鼻阔嘴雪白大脸上,挂一蓬火焰般卷曲络腮胡子。到任三日,出城巡游,侍从教士牵出马来,斜眼一望,见老马瘦弱,瞪一双田螺色凹眼,喝问:"为何不把马匹喂养壮硕?"侍从教士回说:"去冬今春,江西全境大旱,粮价大涨,草料价钱也水涨船高,一日贵似一日……"王安之不待说完,扬起钢鞭大嚷:"岂有此理!"一边跃身跨上马去,飞奔出城。

一干侍从教士纷纷打马相随,出城驶向官道,直往东北棠浦方向疾驰。途经一个村落,只见一伙佃农抬一卷晒谷用的破垫,踏露而行。王安之挥鞭指点:"所为何事?"侍从教士回道:"乡村人口死亡,无力棺葬,只得以晒垫破席裹尸,胡乱掩埋。"王安之连忙以手掩鼻,口中直呼:"晦气晦气!"

穿过村落,视野顿时开阔。天旱枯死禾稻,官道两旁稻田半黄半绿,仿佛染上癫痫。王安之张眼四顾,哈哈大笑:"满眼尽是草料,足可喂马!"纵身跳下马来,甩出一鞭,催马入田。身后教士一齐欢呼下马,争相挥动钢鞭打马下田。

田间劳作佃农惊得目瞪口呆,扯着嗓子大喝:"什么人竟敢放马吃禾?"急忙操起扁担锄头,包抄过去。教士们神气昂扬冲一群面黄肌瘦孱弱佃农,扬鞭笑骂:"休得无理!天主堂新任主教在此!"佃农大骂："无良主教，竟敢放马吃禾！"王安之高扬手中钢鞭，向天大笑："天父之马，自比中国贱民高贵。谁敢阻拦，休怪我钢鞭无情。"

佃农们双目喷火，壮声怒吼："我俚跟你拼了！"一齐挥起手中扁担、锄头，直取主教。王安之侧身躲过家什，纵身跃上马去，玩闹似的和佃农打斗起来。大片禾稻尽被踩踏，禾田惨遭蹂躏，夷为平地。佃农们呼天喊地，叫骂不止。传教士们饶有兴趣地嘻嘻哂笑，仿佛观赏一场精彩猴戏。哭跳半日，佃农们声嘶力竭，瘫倒田中，面色如死。传教士意犹未尽，勒马冲撞，扬鞭飞舞，左右开弓，胡乱抽打。佃农着了钢鞭，一个个遍体鳞伤，抱头鼠窜，夺路而逃。

正在这时，官道上跑来三匹高头大马。马背上三位壮汉见洋人追打佃农，同声大喝："休得无理！"佃农们张眼一望，原来是本乡新科武举龚耀廷师徒和蔡立春三人骑马而来。龚耀廷祖上和城内"轩窗第"蔡家原是老亲，耀廷和立春也算是远房姑表兄弟。说来不知什么缘故，这一对表兄弟自小志趣相投，长大都成为团练局常客，两人由此结下深厚情谊。去年冬日，耀廷被一班同榜中举武士相邀北上进京，一路比武游玩，一去半年，直至前日方回。听闻立春蒙冤入狱，急忙携带徒弟龚栋前往探视。眼见立春面容气色大不如前，便邀同往自己乡下家中小住，怡养身心。立春禁不住表兄强拉硬拽，只得依从其志。

不料三人疾驰官道，却赶上传教士追打佃农。喝止暴行，龚耀廷紧夹腋下一杆细长标枪，拱手向洋人施礼，讪笑道："在下龚耀廷，棠浦乡人氏，不知洋大人为何追打一干孱弱佃农？"耀廷虽是个武人，个头却不甚高大。王安之鞭打佃农取乐，意犹未尽，无端被人搅局，着恼不已，见耀廷身形瘦小，并无威风，未及答话，"呼"地甩出一鞭："谁教你多管闲事！"

耀廷侧过身子，随手扬起标枪轻轻一挑。王安之"啊"一声，手中钢鞭早已飞向半空，"噗"地坠落路旁水沟。立春、龚栋忍俊不禁，耀廷侧目制止，复又拱手："在下新科武举，洋大人《三字经》卖到孔夫子门前，多有得罪。"王安之恼羞成怒，仗着麾下人多势众，猛然招手，怒吼一声："给我狠狠教训！"

　　一干传教士不知天高地厚，挥舞钢鞭直取三人。耀廷、龚栋师徒随身随带兵器，只见两杆细长标枪轻轻舞动，明晃晃枪头指向哪里，哪里就像竖起一道刀枪不入的铜墙铁壁。一时间，只听得钢鞭抽打枪头"叮当"脆响，两人却神情泰然，毫发无伤。只可怜立春赤手空拳，眼见两三条钢鞭呼啸而来，立刻勒马调头，夺路而逃。狂奔一两里路程，听得鞭声在耳畔"呼呼"作响，忽然"哗"地纵身一跃，腾空而起，一个后翻跟斗落下，不偏不倚牢牢骑跨在紧追而来的一匹马背之上。马上教士惊恐大叫，立春迅疾出手一招"折腕牵羊"功夫，教士应声落马，手中钢鞭瞬息易主。立春执鞭在手，盈盈飞舞，蓦地掀起一阵霹雳旋风，紧追而来的另外两位教士未及明白怎么回事，早已"啊啊"惨叫，滚落马下。

　　待到立春勒马跑回，主场打斗早已结束。耀廷师徒气定神闲骑在马背，一干洋人却东倒西歪、屁滚尿流趴在地上，捧着胳膊大腿，"哎呀哎呀"叫喊不止。逃窜佃农气喘吁吁跑回来，哭腔哭调叫喊"龚爷""龚哥"，争相把洋人放马吃禾、殴打乡民恶行相告。三人听得义愤填膺，扬鞭挑枪大骂："无良教士！怎怪我俚中国男儿不讲客气！"

2

　　晌午时分，一干落花流水传教士回到县城教堂，丧魂失魄滚下马来，一拐一扭走进屋里。王安之凝神注目，逐个打量，气急败坏怒吼："传教多少年，一点威风都没有！"一边手指教士，冷嘲热讽，"中国有句古话：不是东风压倒西风，就是西风压倒东风。你们再不拿出点厉害来，中国人怎能轻易奉信天主，依附教堂？"一位教士抬起头，厉声分辩："主教糊涂！这是在中国土地上，'东风'人多势众，卧虎藏龙，'西风'势单力薄，怎能轻易压倒'东风'？"王安之"嗤"的一声哂笑:"连中国朝廷都是个软壳蛋,畏我洋人如虎,你还怕'东风'人多势众吗?我们有祖国坚船利炮做后盾,'西风'一定能压倒'东风',宜丰乃至整个中国,一定会成为我们天父儿女的乐园!"

这时,城内"王二溜"等一干教民听闻教士挨打消息,火急火燎跑来探望。王安之脸上堆下笑来,爽朗道:"教友们放心,为给中国教民逞威风、争权益,我们吃点苦、受点委屈算什么?我们远离祖国亲人,千里迢迢来到中国,只为给中国民众传播天主福音。你们受过洗礼,就是我们的亲人,为你们赴汤蹈火都是应该的。"一干教民感动得热泪盈眶,争相下跪磕头:"神甫们受委屈了,都怪我俚中贱民不知好歹,这个公道我俚一定要替神甫们讨回来。"王安之伸出大拇指道:"好!我们一同使力,把宜丰造成教民乐园。"一干人千恩万谢而去。

西娥西媛见教士们受伤而归,忙去医馆取来药水、纱布替伤员涂抹、包扎。王安之见二人身穿浅紫色绣花缎面旗袍,满头金发梳向后脑盘成大大发髻,心里异常不受用,忍不住指责道:"你们还像个修女吗?打扮得怪模怪样,难道要自甘堕落去做中国人吗?"西娥西媛相互对望一眼,抿嘴道:"主教好没道理!中国人也是天父儿女,怎的去做中国人便是自甘堕落?"王安之无心跟她们废话,抬手一挥:"快去恢复修女打扮,不要让我看见你们这副模样!"西娥西媛一边给教士们伤口涂抹药水,一边漫不经心回话:"我俚姐妹来到宜丰之前,曾向天父立下誓愿。一旦踏上宜丰土地,便要脱胎换骨做一个地地道道的宜丰人,和宜丰父老兄妹同修共度,以慰天父……"王安之气得跺脚大嚷:"气死我了!气死我了!"

晚来用过膳食,两位修女照例去育婴堂照顾弃婴入眠就寝。走进一间大堂,只见一群面黄肌瘦、衣衫褴褛婴孩小猫小狗般东倒西歪趴在地上,饱饭抱一个哭闹不止的赤裸婴儿从里屋走出来,问候道:"嬷嬷们好,我正在给孩子们梳洗咧。"西娥伸手抱过孩子:"让我来吧,姑娘累了一天,也该歇着了。"西娥笑道:"自来做了看护,姑娘一天天消瘦，不如从前漂亮咧。"饱饭讪脸一笑："哪里，我累一点不要紧，只要开心就好。"

那天饱饭拎着衣包从"轩窗第"出走，找到育婴堂请求做看护，两位修女并不赞同。无奈饱饭以死相拼，只得依从其志。但是个中缘故，她们至今一无所知。两人心里正盘算着料理孩子们安睡之后，慢慢和饱饭聊聊天，探探这个可怜的姑娘心里到底藏着怎样的苦楚。不料三人正聊着话，忽然一位侍从教士跑来叫喊："主教有请二位嬷嬷。"姐妹俩以为又要受训，举手画个十字，携手而去。

去到主教房里，王安之手抚一蓬火红胡须，笑容可掬道："今日是不对，嬷嬷们是女人，跟宜丰百姓亲近些也好。"闲聊片刻，起身去橱柜里端出一个木盒，笑道："这些都是上好药物，嬷嬷们拿去跟宜丰百姓做个交易。"西娥西媛异口同声问道："什么交易？"王安之扭头望望室内高几上陈列的一排青花瓷瓶，打着手势比画："拿去跟他们交换东西，瓷器、字画之类，年代越古老越好……"两人对望一眼，西娥沉脸道："请主教自重！我俚姐妹远涉重洋，千里迢迢来到中国，只为传播天主福音，除此之外，不干其他任何事情。"

王安之脸上笑容倏忽不见，叫嚷道："认死理的女人！中国人需要药物，那些瓷器、字画在他们眼里一钱不值。他们自己亲手创造了那些宝物，可他们却有眼无珠，并不识得宝物身价，只当寻常物件糟蹋使用。我们跟他们交易，把那些稀世珍宝带回祖国去，卖个好价钱，再用来中国发展传教事业，有什么不好？"西媛分辩道："主教需要中国古董，尽可明码实价向中国朋友购买，怎能取巧交易？"西娥见主教一脸怒容，悄悄拉扯西媛衣襟，使个眼色，自去抱起那个木盒，笑道："主教所言有理，中国兄弟姐妹需要药物，主教需要宝物。只要两厢情愿，正好做个交易，各取所需，妹妹何必生气？"说着，牵起西媛之手，强拉出去。

转眼时过月余，育婴堂一位小女孩病危，双目紧闭，奄奄一息。饱饭正给服药，可是哄慰半日，女孩却无力张开嘴巴。饱饭着急询问西娥："把药丸泡水给她吃可以吗？"西娥点头，赶忙转身去倒开水。

迎头望见王安之走进门来，抬手画个十字："嬷嬷辛苦，阿门！"西娥连忙把左手握拳，右手画个十字，颤音说声"阿门！"一边躲闪不迭。王安之眉头一皱，问道："你手里有什么东西？"西娥支吾道："没、没什么。"王安之警觉地瞪一眼，愤然叫嚷道："好啊！我要控告！你们竟敢欺骗我！"西娥讪脸："没有的事，我俚怎敢欺骗主教？"王安之气咻咻指着西娥紧攥的左拳，喝道："打开！打开你的左手！"

西娥窘迫半日，打开左手，赫然现出一粒鲜红药丸。王安之大骂一声"混蛋！"两步冲过去，"啪"的一掌打在西娥手上，那一粒红宝石般的药丸顿时掉落地上，慢慢滚到门槛下，掉落地缝里去了。正在这时，饱饭猛然惊叫起来："嬷嬷、嬷嬷，小妹妹怕是不行了……"西娥转身冲过去，轻轻摇晃女孩，急切喊道："小妹妹，你醒醒……"

王安之见状，一时不好发作，悻悻抬腿出门。刚回到教堂，却见"王二溜"带着一干人急急跑来，大嚷："不好不好，主教大人，县太爷又把我俚教民抓起来了……"王安之一腔怨气正无处发泄，恨恨骂道："可恶的县令，为何又抓我们的人？""王二溜"给王安之作揖，喘气道："回禀主教大人，本县棠浦乡有位蒙师，一向仇恨中国人信奉洋教，仗着自己女儿长得客气，生生诬赖教民罗伢子、赖牯强奸，告到县衙。县太爷不分青红皂白发差拿人，如今已把罗伢子、赖牯抓捕下狱。"王安之跺脚叫骂一声："混账！"又道，"你们教民太老实，岂能由他说抓就抓！""王二溜"趋前两步道："主教大人有所不知，宜丰百姓向来惧怕官府。我俚倒想替主教大人耀武扬威，无奈我俚手脚被官府绑缚？求主教大人替我俚撑腰做主，把我俚手脚解放了，还怕宜丰不是教民天下？"王安之心里一动，立刻喊来管家教士，问道："外面好多地方教会和官府平起平坐，官衙捉拿教民要经教会批捕，为何宜丰县令竟敢擅自拘人？"管家教士垂手回说："外面有的县份已经形成县、教两衙共治政局，但是宜丰尚未有这等好事。"王安之喝问："岂有此理！难道宜丰不是大清天下？"

3

那是初夏的一天，久旱的宜丰上空忽然飘过一朵乌云，天气却比平日更加闷热难耐。屋宇密匝、道巷纵横的棠浦乡龚家屋场仿佛变成一只巨大蒸笼。鸣蝉在房前屋后柿子树上聒噪不止："知了——知了——"长着翅膀的飞蚁不知从哪里钻出来，像被蒸熟了似的一堆一堆躺在小巷的石板路面上，冒着腾腾热气；大大小小的家犬拖着长长的血红的舌头满屋场游荡，看见成堆的飞蚁走过去嗅一嗅，却又径自走开去……

忽然，一条狭长小巷里飘进一股酒气，仿佛一条毒蛇，吐着长长的芯子在巷子里游走，携带着一唱一和的小曲：

> 唱：皇帝招我做驸马，
> 　　路远迢迢我不想去。
> 和：宰相聘我做师爷，
> 　　日夜操劳我不理他。
> 唱：行船走马赚大钱，
> 　　我难舍娘子泪涟涟。
> 和：打家劫舍抢珠宝，
> 　　我贪恋妍头双乳好。
> 　　……

一高一矮两个教民罗伢子和赖牯，自从王安之接任主教，日子过得更加惬意。王安之亲去八乡四十一都召集教民聚会，鸣锣宣告：从今往后，宜丰开启县、教共治政局，教民犯法由教堂处置。县衙不得惩治，县令不得干预。

罗伢子和赖牯听罢"福音"回家，当即跑进店铺，不管吃的穿的用的，一股脑揣进怀里。掌柜壮声斥骂："光天化日，你俚怎敢公然抢劫？"罗伢子歪着脖子神气昂扬，说道："世上一切，都是天父所有，怎叫抢劫？"赖牯抢步向前，把头探到掌柜鼻子尖上，吹一声口哨："就算抢劫，你又能怎样？教民犯法由教堂处置！"掌柜气得捶胸顿足："这日子过不成了！这还让不让人活咧？"罗伢子、赖牯指着掌柜脑门大笑："你要想安生过日子，那就只有信奉洋教一条路！"

这天晌午，二人在酒馆白吃白喝。喝到酩酊大醉，横披着衣服出门，勾肩搭背，唱着小曲东游西逛，心底的得意随着满嘴酒气四处喷射。兜来转去，转入一条小巷子，走到小巷深处一扇贴着"忠厚传家远，诗书继世长"对联的双合圈门口，不约而同顿住脚步。罗伢子挤眉弄眼做个鬼脸，赖牯涎脸一笑，扭着屁股蹿跳过去打门。

"谁啊？"屋里一声问话，仿佛一只小青蛙跳进清澈水塘。罗伢子、赖牯喜得浑身骨头酥软，扭起屁股，互相拱来拱去，乐不可支。

圈门内正是本乡蒙馆先生住所，屋里住着一位德高望重蒙师和他十四岁的小女儿荷花。两人听得荷花问话，紧着嗓子道："荷花妹子快开门，我俚找蒙师说话咧。"荷花回道："爹爹自在蒙馆教书，二位要找爹爹，请去蒙馆……"不料话音未落，忽然"嘭"的一声，两个无赖早已飞腿踹开木门，一齐冲进屋里。

荷花听见门响，跑去厨房胡乱抓起一根扁担，扬在手里。罗伢子抓耳挠腮，怪腔怪调道："妙哉妙哉！杨门女将穆桂英也不过如此！"赖牯却顾不上多嘴多舌，猎豹一般猛扑过去，一手掀落扁担，一手就把荷花按倒在地……

荷花发出一声撕心裂肺的惨叫，不料却被屋顶上骤然而起的雨声淹没了。那天的雨下得很大很大，顷刻间，天暗如夜，电闪雷鸣，一束束雪亮的雨箭急切地射向黑暗的人间，仿佛要弥补先前大旱的过错。铺天盖地的暴雨裹挟着雷霆万钧之力倾泻而下，"乒乒乓乓"地击打瓦檐，"咔嚓咔嚓"地折断树枝，"哗啦哗啦"地卷起砾石，"轰隆轰隆"地在龟裂的大地上砸出一个个深深浅浅的雨坑，仿佛立下誓愿，不把这个世界彻底摧毁，誓不甘休！

懵懂的人们沉浸在久旱甘霖带来的欢悦和欣喜之中。女人们争相拥挤到屋檐下，伸出大大小小的双手接捧久违的雨水，一把一把擦洗自己肮脏的面颊；高高矮矮的孩童成群结伙在檐下雨中跳来跳去，瞬间变成一群水淋水漓的落汤鸡，走到哪里就把一身水珠甩落哪里；汉子们干脆脱下褂衫，赤裸着膀子呼喊跳跃着冲入雨中，三三两两在狂风暴雨中相拥而泣："老天开眼了！老天终于开眼了！"

忽然，密集的雨柱中掠过一道人形白光。人们顿时惊呆了，木鸡般直立，任凭雨帘久久蒙蔽自己的双眼。直到风定雨住，蒙师隔壁老婆婆呼天号地的哭喊从小巷里传出来："畜生啊！畜生——"人们才将信将疑，循着方才那一道白光奔跑的路径追踪而去，猛然在村口水塘里看见一具睡莲般光洁的女尸。

来日一早，龚家族人簇拥着老蒙师，抬着荷花尸体，浩浩荡荡，一路啼哭进城。县衙门前鼓声大作，"咚咚咚……"地敲得人心惊肉跳。县令杨国璋急忙升堂，一番问讯已毕，大鼻两翼绿豆般黑斑一颗颗涨得通红，变成一颗颗红豆。正午时分，嫌犯罗伢子、赖牯被官差绑缚结实带回县衙。杨国璋开堂审案，大拍惊堂木："大胆刁民，公堂之上，竟敢见官不跪！"两人傲然回道："我俚教民，自服教会管束，不与县令相干！"杨国璋大骂："敢不下跪，休怪本官用刑！"

县衙仪门口忽然来传一阵喧哗，王安之带领一群传教士气势汹汹，大叫大嚷闯进公堂。两个嫌犯忽见救星从天而降，"扑通"一声跪下，膝行到主教身边，连呼三声"阿门"，哭丧着脸叫喊："主教大人救命，我俚冤枉、冤枉咧——"

王安之大步冲到正堂，气急败坏吼叫："杨大人一介县令，安敢擅审我天主教民？"杨国璋冷笑回敬："我中华文明之邦，王子犯法与庶民同罪，何况教民？"王安之挥手大嚷："岂有此理！教堂早已鸣锣宣告，宜丰施行一县两衙，县、教共治！教民犯法自有教堂处置，县衙不得惩治，县令不得干预！"杨国璋霍地挺身而起，伸出一只大掌，晒笑道："是否我大清朝廷与外洋签署条约，立下此等'共治'规矩？拿来看看。"王安之手抚火红长髯，傲然道："无有条约。"杨国璋

"嗤"一声，断喝："无有条约，恕难从命！"

王安之眯眼打量杨令，以手敲头，比画道："杨大人，难道你不怕官位不保？只要我上省告你个'煽民仇教'罪名，你头上纱帽就要应声落地！"杨国璋淡淡道："我宁可纱帽落地，也不容洋人强权干政。"王安之挤眉弄眼揶揄："杨大人，你这些大话说给谁听呢？你以为我不知道？你们中国人大把花钱买官做，只为搜刮民脂民膏，中饱私囊。倘若纱帽落地，你们就一文不值，哪里还能捞钱？哈哈，难道杨大人想做蚀本买卖？哈哈哈……"一干随从教士也附和大笑。

杨令怒不可遏，大拍惊堂木："公堂之上，休得嬉笑！"一边扭头吩咐官差，"给本官送客！"左右官差一齐围拢，作势要把王安之赶出公堂。王安之纵身一跃，坐上案台，双腿一晃："我身为主教，岂容官府欺压教民？县令不把二位教民释放，我就坐在这里不走，看谁敢动我一根汗毛！"

双方僵持到黄昏，县衙门前已是人头攒动，人声鼎沸。城内百姓听说宜丰将要二日并临，惊诧不已，一齐跑去探个究竟。"王二溜"纠集一干流氓无赖教民前去给洋人呐喊助威，大叫大嚷："早该共治！如今大清各地都是共治，惟独我俚宜丰还是县太爷一手遮天，岂不可笑？"

当时蔡立春早已结束乡游，从棠浦回到家中。恰逢堂兄蔡立功回到家乡设立"我群社"文学社团。立春带领家族青年踊跃参与筹办，一干人正在团练局拟写章程、刻印文书、鸣爆聚会，忙得不亦乐乎。黄昏时分，胖打师上街采买，带回传教士擅闯公堂、大闹"共治"消息。一干人闻讯，赶忙撂下纸笔直奔县衙，挤到衙前水池边上，正赶上"王二溜"大放厥词。

立春挺身而出，一把抓住"王二溜"衣领，一双龙睛电光奕奕，火石四溅："你这个二流子，谁告诉你大清各地都是共治啊？""王二溜"涨着一张尖嘴猴腮脸面，结结巴巴分辩："本、本、本来就是共治嘛！"立春松开手，抬起右脚，只在他左膝盖上轻轻一拱，"王二溜"立马瘫倒地上。立春一脚踏在他胸口，一抹坏笑叼在嘴角，弓腰喊一声："我的崽——"结结巴巴道，"你怎不说我本、本、本来就是你爹咧?"逗得围观民众嘻嘻哈哈哄笑不止。

4

当天晚上,杨国璋和王安之针锋相对争吵僵持,直闹到半夜。杨国璋被搅得头昏脑涨,筋疲力尽,一面吩咐官差衙役:"收监嫌犯,日后再审。"一面冲着王安之,哈欠连连道,"主教执意要在公堂过夜,本官恕不奉陪!"交代已毕,摔门走出公堂,自去公馆歇息。

侍候在一旁的刑房书吏彭学武见状,只得向王安之打圆场:"县太爷正在气头上,请主教大人回府,容县太爷夜里仔细权衡利害。倘若明日太阳升起,县太爷依然执意行事,主教大人径自上省控告为时不晚;说不定明日太阳初升,两位嫌犯已然走出县衙,主教大人何必白白怄气?"王安之见杨令离去,僵持无益,沉吟道:"暂且依你所言。倘若明日一早两位教友不能获释,我立刻上省控告!"

彭学武目送主教走出公堂,赶忙跑去杨国璋公馆。杨令正由丫鬟侍候洗足,自己端一杆长长新竹烟筒"吧嗒吧嗒"抽着旱烟。听罢彭学武回话禀报,气得把烟筒"笃笃"敲打足盆:"让他尽管控告去吧!我杨某人宁可不当这个受气官,也绝不能答应他无理取闹!"彭学武躬身站在一旁,劝道:"大人熟虑些咧,可不要意气用事。"杨国璋敛容呼出口大气,叹道:"此事非同小可,倘若任他胡闹,宜丰上空就要二日并临,本官还有何面目去见全县三十万父老百姓?"彭学武鼠眼闪烁,吞吐道:"大人恕在下直言……"杨国璋侧目望他一眼:"彭书吏有话,但说无妨。"彭学武讪脸浅笑:"大人强力开征亩捐,早已把百姓得罪……"杨国璋抬手打断:"这可不是一回事!开征亩捐虽有冒犯百姓,却是为朝廷办差,原是官吏本分;听任洋人干政,丧权辱国,岂是朝廷命官所为?"

濯足已毕,杨国璋起身迈步走去内室,一边吩咐:"时候不早,彭书吏回府歇息。"彭学武躬身尾随,又道:"大人明察,当今大清天下，说句大逆之言，连皇上和太后都不顾国体，一味迁就洋人，何况大人一介七品县令？再说，就算大人辞官而去，另来县令，又岂敢忤逆洋人？"杨国璋并不理会，径自走向二门，却见夫人一边扣着罩衣纽扣，一边急急走出房来。

杨夫人长一副娇小玲珑身段，头发花白，面容憔悴，全无夫人气派，倒像贫寒主妇。夫人走出卧房，顶头遇见丈夫，一双小眼直直瞪着："老爷，彭书吏所言不差……"杨国璋不提防夫人突然跑出来多嘴多舌，心下不悦，皱眉道："这事我自有主张，不劳你妇人操心。"杨夫人忸怩着把身子倚靠在门框上，愁眉苦脸道："我不敢插嘴老爷公务。我只问老爷，倘若辞官，老爷怎的了结一身官债？"杨国璋更不提防夫人有此一问，面容一敛，支吾无言。

夫人叹气，迈着碎步一扭一扭走到正厅，低头在椅上坐下，坠泪道："彭书吏也不是外人，老爷别怪我家丑外扬。可怜我爹娘只有我这根独苗，祖上三代家当折变给我陪嫁，支撑老爷科考半生。好容易盼到老爷中举，又东拉西扯背负一身官债上下打点，才得了这个令缺，千里迢迢从家乡跑来这里做官，谁承想竟是竹篮打水一场空呢？"杨国璋转过身去，眼巴巴望着夫人哭泣，一筹莫展。

主仆三人商谈一夜，来日太阳升起时分，县衙厚重大门"吱呀吱呀"啼哭一般洞开。罗伢子、赖牯跳蹿着跑到门厅，冲着门外满地艳阳，乐得吹起口哨，大摇大摆地走出门去，直奔教堂。

城内三街六市顿时像炸开了锅，人们纷纷撂下手中活计，仿佛得了什么天大喜讯，奔走相告。大家三个一群、五个一伙聚集在一起，叽叽喳喳地议论不止："天啊天啊！这真是布蒙了天啊！往后日子还怎么过咧？"也有人哭丧着脸自嘲："先前一个太阳，往后两个太阳，日子只有加倍好过咧！"

时过三日，棠浦乡乡约飞马进城，直奔县衙："大人，不好！棠浦乡民听说释放强奸嫌犯，义愤难平，正要聚众上省控告……"杨国璋一听这话，猛然双眼一黑，视野中所有屋舍、回廊、假山、花草、地坪……无有不是漆黑一团。他暗暗疑心自己突然瞎了双眼，却又顾不上理会，只得在黑暗中僵着身子、硬着头皮吩咐打理车马仪仗，亲赴棠浦安抚乡民。

一干衙役分头忙碌，不一会儿，马车已在仪门外恭候。杨令穿戴好官服，堪堪双眼复明，正要出门上马，王安之又带领一干教士，身后跟着罗伢子、赖牯等一大群教民，气势汹汹拥到衙门。杨令上前呵斥："嫌犯俱已释放，为何还要聚众擅闯官衙？"王安之双眼光芒直射，咄咄逼人："你说得轻巧，我堂堂天主教民，岂能由你说抓就抓，说放就放？"罗伢子、赖牯赶忙跳出来，捋起衣袖，挥拳嚷道："我俚教民不是你县令夜壶，不能任由你随便抓起放下！"杨国璋喝道："你们还要怎样？"王安之昂然叫嚣："要把那蒙师抓捕下狱，为我受冤教民雪耻赔罪！"

杨国璋头皮一紧，脑中思维却异常清醒："岂有此理！你们休要得寸进尺，逼人太甚！为着释放二犯，全县百姓群情激愤，人言鼎沸。棠浦乡民意欲上省控告，本官正要赶往安抚，你们还要胡闹吗？"王安之耸耸双肩，幸灾乐祸道："乡民上省控告，那是你县令之事，与我无关。我只管我的教民，教民受了冤屈污辱，我自要替他们申冤雪耻。"

忽然一阵踢踢踏踏步声由远而近，原来是"王二溜"带领教民跑来给主教助阵，一齐挥拳高喊："捉拿蒙师，报仇雪恨！"王安之一伙传教士和教民，随即壮声附和，也高呼口号不止。一时间，衙前呼声震天，响彻云霄。眼见教民越聚越多，把县衙大门围堵得水泄不通。杨令想要出门已无可能，心里顿时万念俱灰，只得下令关闭衙门，自回签押房暂避锋芒。

悻悻返回签押房，颓然瘫倒座椅上，杨令眼前忽又一团漆黑。眸光所到之处，屋顶房梁、轩窗画壁、石础木柱、案台座椅、纸砚笔墨、官差衙役，甚至连空中一只飞虫、地上两行走蚁……无有不是黑得像要滴出墨来。置身无边无际的黑暗渊薮，杨国璋不觉恍然大悟，原来当年举人高中时的灿烂金榜，不过是包裹这黑暗渊薮的一张画皮而已。

"大人——"忽然耳畔一声叫唤，原来是彭学武躬身站在一旁。杨国璋晓得书吏有话要说，忙问："眼下之事，彭书吏有何高见？"彭学武伸出舌尖，舔舔双唇道："大人新入官途，未谙官道。依在下愚见，乡民上省控告，大可促成，无须阻拦。"杨国璋挺胸正坐："此话怎讲？"彭学武浅笑："据在下多年冷眼旁观，府道上宪常因洋人不欢而罢下属之官，却未曾有因乡民控告而撤州县之职……"杨国璋寻思片刻，讪脸一笑："这倒是，这倒是……彭书吏所言不虚。"彭学武躬身趋前两步，嘀咕道："依在下愚见，大人不如遂了洋人心愿，暂把蒙师捉拿下狱，也好火上浇油，促成乡民赶紧上省控告……"杨国璋两眼惊愕，一脸骇然。彭学武打着手势比画："大人细想，乡民上省控告，上宪派员查察，往来奔波，理当有所裁断。倘若上宪怪罪大人处置欠妥，大人自要奉命改错纠偏，乐得把蒙师释放，重新拘逮罗伢子、赖牯两犯归案，依律惩处，洋人也告状无门了；反之，只要上宪裁夺大人迁就洋人无有过错，大人还忌惮什么？自然只好委屈蒙师受些冤枉，任凭乡民闹到天翻地覆，横竖大人只是奉命行事。"

杨国璋身陷进退两难境地，正如风箱老鼠，两头受气。忽然闻此妙计，不啻如听仙乐，顿觉柳暗花明，绝路逢生。略略迟疑，他缓缓站起身来，一步一步迈向案台，毅然抓起朱笔，签发文书，壮声高喊左右官差："棠浦乡蒙师某人，聚众塞署，煽民仇教，理当抓捕归案，依律严惩不贷！"

5

蒙师入狱冤讯仿佛长了翅膀，迅疾传遍全县八乡四十一都。宜丰城乡群情激愤，人言鼎沸，无以复加；全县乡贤绅士忍无可忍，纷纷拍案而起，相约前往县衙兴师问罪。不料县衙大门紧闭，杨令称病居馆，任凭衙前大呼小叫，鼓响震天，一概充耳不闻。众人义愤有余，束手无策，一心指望棠浦乡民上省控告。

谁知早已怒火中烧的棠浦乡民，不但没因县令的"浇油"之举把火烧得更旺，反而被新科武举龚耀廷一勺冷水泼熄了火焰。致使彭学武替县令打响的如意算盘和乡贤绅士们的满心指望，均告落空。

那天黄昏，乌云低垂，阴风怒吼。死寂般的棠浦乡龚家屋场里忽然骏马嘶鸣，蹄声骤起。一伙如狼似虎官差吆喝着冲进村庄，穿堂过巷，直奔蒙师家中，不由分说抓捕蒙师。屋场里鸡飞狗跳，哭喊声、叫骂声此起彼伏，一双双绝望的眼睛火星四溅，"噼啪"有声。随着龚家老族长一声断喝："上省控告！"

延俄两日，盘缠筹措充足，车马打理就绪。一队上省族人在老族长带领下，愤然打马启程，出村而去。人马刚刚走出屋场，龚耀廷骑马奔来，拱手阻拦："诸位父老乡亲眼里，可曾见过白鸦？"众人一时语塞，面面相觑。耀廷又道："当今中国，别说省府督抚，连太后皇上都畏惧洋人如虎，稍有事端，动辄割地赔偿，开放口岸，只差没把后宫妃嫔拱手相送。我俚贸然上省，只怕也撞不见一只白乌鸦咧！"大家正把上省控告视为救命稻草，忽然听到这话，止不住叽里呱啦叫嚷："话虽如此，难道眼睁睁看着荷花白白丧命、蒙师白白受冤不成？"耀廷勒马调头，手执标枪，拍着胸脯道："恭请父老乡亲勿要长途奔命。耀廷拼着这条贱命，也要把蒙师解救出狱！"话音一落，当即打马进城。

奔驰半日，耀廷冲进县城，直奔"轩窗第"。蔡纪高迎进屋去，问知武举专为蒙师冤案而来，痛切道："谁承想朗朗乾坤、青天白日之下，老蒙师竟遭窦娥之冤！"耀廷急问："难道全县乡贤、绅士，一齐坐视不管？"蔡纪高回道："乡贤绅士有心拯救，奈何杨令称病不出。"耀廷环顾满屋，又问："老爷，我立春弟哪去了，怎的不见在家？"蔡纪高叹道："自打冤案一起，我就没见他人影，八成在团练局和打师、武士们商议对策咧。"

耀廷二话不说，连忙起身，脚不沾地出门，急急赶到团练局，顶头遇见刘昆泰一脸僵硬从院里走出来。二人并不熟络，不过相互点头，擦肩而过。

当时杨令把蒙师抓捕下狱，立春便带领团练局打师、武士们跑去衙前擂鼓不息，大叫大骂，还掺和在义愤民众之中，朝杨国璋公馆围墙内投掷石头、瓦片。闹腾两天，事无挽回，又见一班打师、武士有勇无谋，只得打发蔡显忠去天宝乡把刘昆泰请来，一起商议应对之策。

　　恰逢当日昆泰进城去钱庄核对账目，一大早在西门状元坊内米市上遇见蔡显忠。显忠正挥手吆喊着一队挑夫，挑着十几担满满当当大米不知去往何处，昆泰赶忙上前招呼："显忠，家里要办喜事吗？为何籴下许多粮米？"显忠一见昆泰，脸上堆下笑来："昨晚蔡二爷嘱咐我去请刘少爷，我正打算今天籴下粮米就动身赶路。难得少爷不请自来，倒省我跑一趟腿咧。"昆泰忙问："蔡二爷请我做啥？"侧眼望望一队粮米担子，"莫是二爷婚事发动，请我喝喜酒吗？"蔡显忠蹙眉摇头："二爷为着蒙师父女冤案，忙得一饭三吐哺，一沐三握发，哪里还顾得上结婚？"昆泰点头，笑道："哦，我晓得二爷为何请我了。"

　　挑夫们挑着担子走出老远，显忠自要跟上，昆泰便和他一路同行。显忠早听说刘少爷去到纸号做了师爷，心下寻思，小眼闪烁道："不怕少爷笑话，我有心要向少爷挪借几两银子，不知少爷能否赏个薄面？"昆泰笑问："显忠为何事借钱？"显忠讪脸回道："不瞒少爷，我攒下几两子，打算凑些本钱开间小米行，贱籴贵粜，或比空着双手给人家当雇工强些。"昆泰笑嗔道："好啊显忠，你有钱开米行，为何却光着身子，不给自己成亲？"显忠一声叹息，恨恨道："少爷富贵中人，岂知我俚穷汉苦楚？一个穷汉，哪怕掏出心来巴结女人，人家也不稀罕咧！倘若是个富翁，只要使个眼色，或者把个小拇指一勾，人家便要死要活了！可见一个穷汉，最要紧不是成亲，而是赚钱！只要有钱，要女人易如反掌；不似有了女人，要钱还是难于登天！"昆泰被他说得忍俊不禁，不觉走到一个岔路口，忙道："我这会儿身上没带银两，改天专程送到府上。"显忠拱手道谢，又说："蔡二爷急等少爷议事，少爷去团练局找他吧，这些天他都在团练局吃住咧。"

　　别过显忠，昆泰直奔团练局。立春昨夜替蒙师写好一纸喊冤诉状，正和胖打师斟酌字句，一见昆泰进门，连忙撂下状纸，起身见礼，诉说蒙师冤案。昆泰端然吃茶，内心风平浪静，波澜不兴。待到立春请他出谋划策，合力遏制县令倒行逆施，他才唉声叹气道："立春，我、我不想掺和这等事咧。"立春愕然："为什么？"昆泰缓缓吐出一口气来，眸光迷离道："立春弟，你要晓得。从古到今，一件事端骤起，无论男女老少、贤愚尊卑，只要有可能，人人都会出于自己私念，想方设法施加影响、谋求掌控、生拉硬拽，以便从中渔利；宛若一大群黑黝黝蜘蛛，各吐各丝，各结各网，各捕猎物，各享饕餮。哪怕什么好事，往往却被搅和得千头万绪，错综复杂，面目全非，最终闹到不可收拾也未可知……"

立春愕然，两手一摊："泰哥哥，你什么意思？立春掺和此事，为天地立心，为生民立命，一腔赤诚，可表天日。莫非泰哥竟疑心我想从中渔利？"昆泰横一双寒光闪闪秀目，嗔道："你让我把话说完好吗？"举目凝神，点头又道，"倒不排除确有赤子毫无私心，满怀一腔世道人心热忱，一心只为公利行事。奈何开形形色色之人各怀鬼胎，各行鬼事，闹到头来，自己掉进盘丝洞里挣脱不得，怎的死了还不知道咧！"立春愣愣听着这些话，两眼直射昆泰，打量半日，只见他眼里寒气逼人，浑身上下都透出一股子冷冰气息，仿佛一团旺火燃烧殆尽，变成一堆乌黑冰冷的火屎。

惊诧良久，立春定定望着他，纳闷道："泰哥哥，这才多久没见，怎的你就像换了一个人咧？难道一场儿女私情未能遂愿，竟让你悲观厌世到这地步吗？"昆泰苦笑道："悲观厌世是真，却不因私情未遂。我自留洋归来，刚刚浅涉世事，不想竟像打开天目一般，惊然洞悉了世道人心。世上一个个男女，活像一只只蜘蛛，没日没夜倾吐一根根自私、贪婪、妒忌、冷漠、凶残、狠毒蛛丝，造作出一个深不见底、广无边际的巨大盘丝洞，大家深陷其中，除了同归于尽，难道还能别有生路吗？"立春昂然道："依你说来，难不成眼睁睁看着老蒙师沉冤不白？"昆泰重重呼出一口气："立春，这都是命咧！不单是老蒙师之命，也是世上所有男丁妇女之命。从古到今，一回回改朝换代，一个个新主登基都无力回天，何况你我区区匹夫？"立春待要分辩，昆泰见话不投机，忙道："立春，如今我已是个生意人，今天特来钱庄核对账目，耽搁不得的，改日再来和你聊天。"说着，拱手告辞，抬脚出门而去。立春注目他离去的背影，一言不发。待到步声消失，方才跺脚嚷道："怎的几月不见，一个人就能变得面目全非咧！"

恰在这时，龚耀廷冲进屋去，笑问："什么人变得面目全非咧？"立春一把拉住，如此这般告诉。耀廷听罢，爽气挥手道："没关系，立春，他不掺和我掺和！老蒙师冤案我管定了！"立春方才点头，心下大慰。

当天晚上，一番谋划妥当。趁着灯烛尚明，兄弟二人去到杨国璋公馆围墙根下，转悠半日，爬墙而入。屋里男仆听闻动静，大喊"有贼"，一齐冲出来。耀廷迅疾拉开打斗架势，喝道："休要动手，你俚只有吃亏！"立春拱手分辩："我俚不是贼，只为蒙师冤案要见父台大人。"杨令正因棠浦乡民中止上省控告，如意算盘落空，心中寻思县衙大门不能久闭，多么烦恼。忽听得有人越墙求见，赶忙从屋里踅出来。龚耀廷躬身道："棠浦乡新科武举龚耀廷见过大人。"杨国璋讶异："你就是龚耀廷？就是你劝止乡民上省控告？"耀廷道："正是，在下身为棠浦乡人，自要管棠浦乡事。"杨国璋"哦"一声，一腔苦楚埋怨哪里说得出口？

立春和县令相识，赶忙抢话："大人身为朝廷命官，为何迁就洋人释放强奸嫌犯，枉捕蒙师入狱？"杨国璋见蔡立春兴师问罪，只当他要借此由头报自己之仇，眸光一闪道："蔡少爷，你要报本官一射之仇，只管明枪明箭而来，何须借他人孝堂，哭自己哀伤？"立春拱手道："大人误会，在下只为蒙师不平，岂是借机报仇？"耀廷一旁帮腔："我俚为民请命而来。"杨国璋沉吟点头："好，果真如此，容本官实情相告，抓捕蒙师原是本官缓兵之计、迂回之策。洋人蛮横凶残如虎，本官和他们硬碰硬对着干，无异以卵击石，因而只得把蒙师暂留舍下养恙……"二人将信将疑，闯进屋去，果见蒙师躺在椅上，杨夫人正端着药盅喂药，二人顿时面面相觑："原来如此！"杨国璋趁机晓谕："蒙师冤案，事关大局，非同小可。本官自当周旋调处，二位勿要搅局才好。"二人无话，退到屋外，复从墙头攀爬而出。

6

转眼端午已过，农历五月初八日，棠浦乡迎来节后第一个圩日。前时天降甘霖，田园生机立现，寂寥已久的街道圩场也涨潮般涌起悦耳市声。时近晌午，圩场渐趋鼎沸，此起彼伏的叫卖声、吆喝声、讨价还价声一浪高过一浪。忽然棠浦桥头锣声大作，一阵喧哗直传到街心。赶集乡民以为戏班子来了，争相跑去看热闹。不料却是罗伢子、赖牯大槌儿敲锣，带领一班教民抬着天主堂匾额，捧着天主画像前来圩场开堂说教，一边"当当当……"地大敲铜锣，神气昂扬高喊："奉信洋教，天主保佑；奉信洋教，有吃有喝；"一边不时伸手去路边油货摊上抓起两只麻圆或者一根油条，塞进嘴里大咀大嚼得满嘴流油。

赶集乡民纷纷侧目而视，切齿衔恨。两人却人来疯似的，手舞足蹈、前仰后合地大敲铜锣，嘴里的话也越喊越邪乎："奉信洋教，要风得风，要雨得雨！嘿嘿，要大姑就有大姑娘，要小嫂子就有小嫂子……"身后一班教民趁机起哄，一个个跳到街心装疯卖傻，胡作非为。有人伸手去摸捏大姑娘脸面；有人强搂着小媳妇亲嘴；有人当街捉住妇女，不由分说剥脱衣裳，把人家花花绿绿裤腰带拉拽下来，抛上半空，唾沫横飞大喊："老婆，老公要跟你睡觉！"

圩场上顿时一片混乱，一声声尖叫声、哭喊声、喝骂声……仿佛一道道鞭子胡乱抽打在人们身上。店家忙不迭收拾货物，关闭门户；货郎赶紧挑起担子，如飞而去；卖唱的女子、乞讨的孩童、耍猴的老汉和赶集的乡民也吓得落荒而逃；几个被教民拉扯着调戏的姑娘媳妇呼天不灵，喊地不应，只得乱打乱踢，尖声大喊："救命、救命——"招引得一群流氓无赖教民嘻嘻哈哈大笑，乐不可支。

混乱中有个提着竹篮卖咸蛋的乡民夺路逃窜，不提防把天主堂牌匾撞到地上。罗伢子、赖牯骂骂咧咧冲过去拳腿交加，把那乡民打得哭爹叫娘，跪地求饶。两人却犹不解恨，恰逢街头一家卖肉的屠夫作坊收摊不迭，慌乱中跌落一把尖刀在地，罗伢子竟拾起尖刀，朝那乡民脸上身上一阵乱刺，直刺得他鲜血滚涌，流在地上洇湿一大块泥土，方才"当"地把尖刀一丢，拍拍手掌，扬长而去。

不一会儿，龚耀廷徒弟龚栋听到消息，手持标枪急急赶到街心。龚栋年方二十出头，长一副铁塔般身躯，一张弥勒般笑脸，平生最恨强人欺凌弱小，最爱仗义行侠，路见不平，拔刀相助。眼见卖蛋乡民死猪般躺倒在血泊中，弥勒笑脸瞬时变形，大喝道："是可忍，孰不可忍！"说着，转身追赶，一把揪住罗伢子后颈衣领，老鹰抓小鸡般捉到村外太保庙。盛怒这下，众人你一拳，我一脚，一盅茶工夫便把他打得奄奄一息。龚栋见罗伢子已死，拖至棠浦河边，"轰"的一声，扔进河里，任凭滔滔河水，席卷而去。

龚家老族长闻讯赶来，大惊失色："龚栋，所为诚快，后患无穷。天主堂岂肯善罢甘休？你快快逃跑，暂避风头为妙。"龚栋"哼"一声，扬起一杆细长标枪，耍得令人眼花缭乱，冷笑道："大丈夫做事，敢作敢当！有死而已！"众乡民摩拳擦掌，大呼小叫："官差胆敢进村捉人，我俚叫他竖着进来，横着出去！"一边转身回家，料理好锄头铁棍家什，放在门角，严阵以待。

三天过去，日子平静如水，仿佛什么事也不曾发生。乡民纷纷猜测，莫非天主堂不满罗伢子作恶太过，不肯替他出头？五月十二日，棠浦乡又迎来一个圩日，只因五月初八命案突发，这个圩日不免冷清多了。龚栋家开一间桐油商行，龚栋如常在柜上帮忙，正为生意萧条烦恼。不料挨至傍晚，忽然几个外地行商走进店来，东瞧瞧西望望，操着外地口音对店内货物指指点点，评头论足，着实内行。龚栋满面堆下笑来，迎上去问候："诸位客官，赏脸关照小号生意？"

几个外地行商不置可否，不紧不慢观望看货。延俄一会儿，慢慢踱到店铺门口，眼见就要出门。龚栋赶忙上前挽留："诸位客官，入我家门，是我家客，堪堪太阳落山，岂有让客人空着肚皮出门的？自要在我家用过晚膳去咧！"行商行婉谢不迭，禁不住龚栋强拉硬拽，只得随他前往酒馆吃酒用膳。

一番客套，宾主入席就座。酒过三巡，菜过五味。行商们渐渐把持不住口风，讲定采买桐油价钱数量。龚栋乐得心花怒放，频频举杯，一阵猜拳行令，胡吃海喝，不觉酩酊大醉。埋伏在外的便衣捕快趁机而入，掏出毛巾堵塞龚栋嘴巴，绑缚结实装进麻袋，趁着夜幕，绕道山间小路，直奔县城。来日早晨，龚栋一觉醒来，发现自己身陷囹圄，才知昨日"行商"，原来是县衙雇请邻县官差假扮。

可是教会并不满足，竟又聚众塞署，大吵大闹威逼县令，要求把殴打罗伢子乡民悉数抓捕。理由是天父信徒，远比中国贱民高贵，一命抵一命远远不够。县令杨国璋不予理睬，王安之一面撺掇教民上省控告，一窝蜂拥去抚衙门前长跪不起，大喊"冤枉"；一面致电九江法国总主教，请他向江西巡抚施压。

棠浦乡民探知消息，抚台允诺教民严惩凶犯，大队官兵捕快立等可至。龚家乡民自发聚集祠堂，吼声如雷："横竖是死，不如跟他俚拼了！拼了！拼了！"

武举龚耀廷站出来，一声冷笑："事已至此，与其坐而等死，不如反了，好歹死他个轰轰烈烈！"话音未落，一个白脸赤目，名叫龚祥的后生跳出来大喊："耀哥领头，我俚情愿跟随耀哥造反，贪图死他个轰轰烈烈！"龚耀廷断然道："好！耀廷当仁不让做个头领，乡亲们有愿意相跟的，只管随我安营扎寨，做个好汉！"

村庄顿时沸腾，男呼女叫，鸡飞狗跳。家家户户灯笼、火把一齐点亮，把个伸手不见五指漆黑长夜照映得亮如白昼。全村男人紧急行动，一面把家中老弱妇孺，连同粮食、牲畜、用具，乃至祖宗牌位都运输上山，安置妥当，以为退路；一面操起锄铲、斧头一齐上阵，依山开挖壕沟，绕村打扎栅栏，筑成一个易守难攻山寨。邻近村庄乡民闻讯，扶老携幼，成群结队，纷至沓来，口口声声只要投奔耀爷入伙。耀廷来者不拒，一律收入麾下，编制行伍，选出头领数十人，分工合作，各司其职。

活跃在湘赣边界九岭大山腹地反清会党洪江会得到消息，倒比清朝衙门反应灵敏，火速派人联络，暗中出谋划策，资助钱粮，运送梭镖、大刀、鸟铳等器械，以为鼓劲。不多日，村庄聚众数千人，布阵五里，设卡放哨，日夜巡逻，声势颇为浩大。半月之后，村口哨台赫然挂出一面蓝旗，旗面大书"官逼民变"四个白字，高高飘扬。

7

只因棠浦乡黑脸乡约也跟着耀廷入伙闹事，一连半月，县衙对棠浦民变竟一无所知。直到村口哨台上挂出蓝旗，经由教堂举报，方才得到乡民造反消息。杨国璋惊闻反讯，不啻天塌地陷，急忙召集县丞、主簿和书吏们上堂磋商对策。

满堂官吏人人惊慌恐惧，惟有刑房书吏彭学武面不改色，从容回道："大人勿要惊慌，乡民造反为朝廷和洋人共同嫌恶。大人只消把反情大大夸张——十倍百倍，但说无妨。十万火急飞报上宪，朝廷自会派来大军镇压，洋人也不至掣肘使绊，说不定还要助以洋枪洋炮，以供平叛。别说数千反民，哪怕十万八万反民，只待朝廷大军一到，顷刻便可踏为齑粉肉浆。"

杨国璋闻言，方脸上两块面皮不住痉挛，讷讷道："如此这般，岂不棠浦要遭血洗？到时株连九族，不要杀得尸横遍野、血流成河吗？"彭学武抬头张望屋顶，蹙眉道："大人勿怪冒犯，大人似乎也不是什么爱民如子父台。此刻性命交关劫口，自当果敢决断，岂容妇人之仁用事？"杨国璋瘫坐在公案后座椅上，忽然"哇"的一声，跳起来哭号："天啊天啊！可怜我杨某人寒窗苦读，金榜高中，千里迢迢跑到这宜丰县来，难道只为造作一场千古大孽？"彭学武见县令如此不堪，急忙瞪眼喝道："大人休得糊涂！乡民造反，地方官吏延缓上报，可是杀头灭族之罪！"一干县丞、主簿和书吏们纷纷叫嚷起来："是哩是哩，大人快快报反，休要拖延，连我俚都要获罪咧！"

杨国璋沮丧坐回椅上，仰头背靠座椅，濒死一般，奄奄一息。彭学武静候多时，心下寻思：没见过这种朽木粪土！匆匆走到案前，冷笑道："大人自寻死路，在下恕不奉陪。"急忙转身去刑房打理出文书印信，抱来公堂，撂在堂案上，逃也似去了。顷刻之间，一干心明眼亮、见风使舵的县丞、主簿和书吏们争先恐后回房收拾文书，辞职不迭。仿佛延晏一刻，便要招来灭门之祸。

县令杨国璋瘫倒椅上，一筹莫展。正在这时，城内熊、胡、蔡、漆四家族长带领一班乡贤、绅士拥进衙门，慷慨陈词："父台大人，棠浦乡民哗变，事出有因，干系重大。恳请父台妥为斡旋，勿要贸然报反。"杨国璋恍若借气还魂，缓缓坐正身来，努嘴目示案台上堆积的公文印信，告以实情，苦脸道："劫难关头，本官已成光杆司令，正要讨教诸位乡贤、父老，有何良策？"乡贤、绅士们不料大难当头，县衙竟遭瓦解，一时无言以对。

好在蔡立春带领一班打师武士随后跟进，听闻县令陈情，跳到跟前，愤愤骂道："那些个钻营衙吏，早该滚蛋！"说着，躬身行礼，"在下蔡立春，自负德慧术知不输彭学武之流。大人若不嫌弃，在下情愿投身县衙，做个不拿工禄的刑房书吏，与大人共赴患难。"杨国璋见是立春，眯起吊睛双眼考问："当下之事，少爷有何高见？"立春嘴角浮上一抹坏笑："大人勿虑，据在下打探，所谓反情，并无乡约禀报。无凭无据，岂敢贸然报反？"杨国璋蹙眉："虽无乡约禀报，却有教堂通讯。"立春双手一摊："洋人言语，岂可轻信？万一所言不实，谎报反情，也是杀头之罪。依在下主意，只要大人有胆量，不如连夜赶往棠浦，探个究竟，查实详情，明早如实禀报，自无过错。"杨国璋猛然眼睛一亮，忙道："此计甚好！如此这般，官无罪过，而事可回旋……"说着，挺身而起，一边吩咐衙役鞴马，一边回头安慰乡贤、绅士："诸位放心，惊天大事，本官理当极力周旋。"

一番合议，夜已三更。杨国璋带一位官差，蔡立春携胖打师，一行四人打马出城。天空无有明月，连一颗微亮的星星也没有，穹顶之下，万籁寂静，一团漆黑。官差手提玻璃马灯跑在前面，荧荧如豆灯光，不足照明道路，身后人马只得紧随马蹄声音摸黑跑路。奔至半途，忽然"哐当"一声，官差连人带马掉进路旁水沟。荧荧灯火熄灭，众人顿时坠入黑暗渊薮，哪里分得清东西南北？杨国璋勒马不及，随即冲入水沟，摸黑爬起来，浑身湿透，狼狈万状，好在没人看见。

四人当道伫立在茫茫黑暗之中，任凭夜风拂面，露水润发。杨国璋情不自禁感慨："少爷和杨某，本是一对冤家仇人，不承想却能暗夜相随，共赴患难……"立春忙道："在下虽不成器，安敢以私仇而废家国大事？"一边安慰道，"大人勿怕，龚耀廷与在下自幼投契，情同手足，绝不会伤害大人性命。"杨国璋重重叹气："可怜杨某窗灯辛苦数十年，不料落得这般下场。事到如今，我只求不造大孽，安敢辞死？"立春赞道："大人有此胸襟，在下敬服。"

转眼启明初升，东边天际隐隐透出一线白亮。一行人上马跑路，一气奔到龚家村外，只见哨台上"官逼民变"大旗高高飘扬。立春把杨令安顿在破庙，自去村口呼喊耀廷。耀廷睡眼惺忪登上哨台，蓦见雾霭中站立表弟，两眼一亮："立春弟，快进村来，兄弟们拥你坐把交椅。"立春回道："我有要事相告，表哥能否出来相见？"耀廷下寨出村，立春一把拉着，急急拽至太保庙，告以实情："县太爷亲来抚慰乡亲，允诺宽断龚栋命案，你快去说服乡亲们速速撤寨……"耀廷猛听得县令亲来，以为中计，"嗖"地拔出腰间佩剑，一个马步拉开打斗架势。杨国璋正躲在庙里探头探脑，见立春拽着耀廷跨进庙门，赶忙出来晓谕道："武举明鉴，汝等自图痛快，可曾为亲族着想？到时株连起来，不是玩闹！本官答应宽断龚栋命案，汝等快快撤寨归家！"

耀廷明见县令只带一二随从，并无官兵，方才放松警戒，收起佩剑，"哟"一声，哂笑道："原来县太爷驾到！不承想你一个畏惧洋人如虎、仰仗洋人鼻息苟活的庸官，倒有胆量亲来劝降！"杨国璋拱手道："拜托武举，快快撤寨。本官定当宽断龚栋命案，以慰乡民。"耀廷冷笑道："倘若县太爷屁话值得半个铜板，罗伢子、赖牯岂能大摇大摆走出县衙？那就没有今日事变！"

杨令正要说话，耀廷蹙眉吩咐立春："趁着天色未明，村里兄弟们尚未起床出屋，你俚赶紧离开吧。兄弟们早已叫嚷着要打进县城去捉拿县令和主教杀血祭旗咧!"说着,环顾左右,手握佩剑,大步跨出门去。

　　劝降未果,一行人回到县衙,天已大亮。二人分头回家更衣用膳,约定辰时准点出发,亲身赴省报案。立春回到家中,草草用过早膳,骑马去公馆门外守候,只见杨令一脸怒容从院里冲出来。屋内一个矮小妇人紧追身后,顿足哭骂:"没良心的东西!难为你当得大半年县令,通共只拿回这点银子,如今却要一股脑抠出去!你不让家中老小活命不要紧,难道你一身官债指望财神爷替你还吗!"杨令手握一沓银票,一边塞进衣袋,一边急急急往外走。见立春守在门外,赶紧刹住脚,讪脸道:"妇人家纠缠,少爷见笑了。"

　　二人打马上路,二位官差紧随在后,警觉护卫。跑到半途,日已中天,眼见前方一间驿馆赫然在望,一行人下马打尖。立春心里放不下县令夫妻吵架,试探问道:"大人上省禀报公事,何须带上许多银票,没得叫夫人生气?"杨令竖一双吊睛眼,叹道:"衙门八字开,有理无钱莫进来啊!"立春惊道:"大人回禀公事,不为自己谋利,难道也要花钱?"杨令恹恹道:"倘若直回公事,倒不消得花钱。可如今我要把一桩'反'事,回成一起教案纠纷,人家凭什么要成全我?"立春听罢,心中感慨,默然无语。

　　黄昏时分,到达省城,不敢歇息,赶忙拜客。挑选巡抚身边紧要之人求告打点,马不停蹄奔波一番,直候到夜阑人静,方才得到巡抚召见。通过差役引领,躬身进到官厅,瞥见巡抚周浩高堂端坐,赶忙呈上手本,跪地磕头行礼。周浩握着手本翻来覆去查看半天,问道:"昨日电报事端,详情如何?"杨令趴在地上,一五一十详细回禀清楚,说道:"依卑职愚见,乡民哗变,事出有因,绝非蓄意谋逆。起码至目前为止,尚在教案事端、官民纠纷范围,恭请大人明察定夺……"周浩未置可否,淡淡说声:"知道了。"吩咐道:"你先下去罢。"

　　来日太阳偏西,两人打道回府。不料抚衙电文却先行抵达:惊悉棠浦教案事起,特派候补知府曹树藩查办。杨令长舒一口大气,总算上宪如他所愿,把事端定夺为"教案",而不是"反案";派来候补知

110

府曹树藩查办，而不是平叛大军征剿。棠浦乡村不致一片焦土，数千乡民不致命在旦夕，万数无辜不致惨遭株连，杨令乐得免造一场恶孽，心下大慰，一边吩咐洒扫庭除，打理房舍，铺床叠被，迎候候补知府曹大人驾到；一边拉起立春，爽气道："少爷，陪我喝两盅去。"

两人去到一间僻静酒馆，进入雅座，分宾主坐定。酒菜上来，杨令亲自把盏，频频举杯豪饮。喝到酒酣耳热，脱去官衣，舌头打卷向立春倾诉衷肠："不、不瞒少爷，我枉活半生，涉世深浅不如做官半年。到如今我才明白，什么家国天下、修齐平治，见他妈鬼去！"手一挥，挺起胸脯，自续一杯满酒，一饮而尽，打个饱嗝又道，"现如今我他妈什么都不想了，只、只盼曹大人来了，齐心合力把教案平息，再好好干他个一年两载，看看能否撸得几两银子回籍，把一身官债了结，也不枉我他妈出来做官一回！"

不料杨令只欣慰两天。第三日一早，抚衙电文再至，转达朝廷圣旨：棠浦教案事起，杨令防患不力。着免职留馆听调，令缺暂由候补县知汪培代署。可怜杨国璋捏着电文，仿佛遭了一个白日响雷，顿时两面寡白，一句话也说不出来。立春和杨令交往不过数日，却仿佛结下深厚友谊，忽想起杨令居官尚且手头拮据，如今横遭免职，岂不更加狼狈？一日黄昏，慢慢踱到公馆，只见杨令打着赤膊坐在院里枣树下用餐，坐前小几上摆列三碟粗蔬小菜。请安见礼已毕，杨令吩咐小丫鬟另置碗筷，一面向立春晃晃手中酒盅，讪笑道："难得天宝乡约多情，怜我罢官，送来一壶米酒慰问，少爷一起来喝两盅？"立春抓一张小木机坐下，忙道："不用忙，我用过晚膳，吃不下饮食。"

说话间，杨国璋唉声叹气。立春好言相慰："所谓'留馆听调'，自然日后另有任用。"杨国璋苦笑："少爷好不晓事，如今我家中一贫如洗，没钱打点，岂能另有任用？"立春寻思道："汪培只是暂代署缺，日后教案平息，自然还职大人。"杨令摇头："少爷真不晓事！你竟指望老虎嘴里吐出猪头来还给我吗！"

立春无语以对，眼见碟中小菜告罄，霍然起身道："大人若不嫌弃，容在下剑舞助酒。"杨令"啪"地放下筷子，大喊一声："好！"

小丫鬟不待吩咐，赶忙进屋取出一把佩剑交给立春。

恰逢一轮残月挣出树梢，勾挂天心。半天清辉湍湍而下，随风荡涤，席卷一地暑气。立春拔剑出鞘，一跃而起，旋至院落中央，轻舞银蛇，嘶嘶破风，搅动一天银光，口中不觉慷慨高歌：

> 帝高阳之苗裔兮，朕皇考曰伯庸。
> 摄提贞于孟陬兮，惟庚寅吾以降。
> 皇览揆余初度兮，肇锡余以嘉名。
> 名余曰正则兮，字余曰灵均。
> ……

杨国璋酒已半酣，一脸血红，灿烂若夏花。浓浓醉意之中，忘情拿起筷子，和着歌咏节拍，一下一下敲打酒盅，情不自禁唱起歌来：

> 纷吾既有此内美兮，又重之以修能。
> 扈江离与辟芷兮，纫秋兰以为佩。
> 汨余若将不及兮，恐年岁之不吾与。
> 朝搴阰之木兰兮，夕揽洲之宿莽。
> ……

8

三五日内，曹树藩驾临，汪培到任。汪培带来一干官亲僚友，正好充实县衙。各房书吏、县丞主簿、把总牢头悉数焕然一新，只差没把立春这个不领工禄的刑房书吏撤换。

安插妥当，汪培、曹树藩急要建功。一番合计，委派新任把总亲率兵差，大张旗鼓，浩荡直奔棠浦。行到地界，放眼望见五里长阵，哨台高耸，栅栏俨然，枪刀林立，吓得逡巡不敢前进。恰逢村中乡民操练，呐喊之声四起，误当民勇追击，仓皇狂奔而回。落荒跑回县衙，哭丧着脸禀报："民勇众多，官兵寡不敌众，岂能得胜？"如此这般，隔三岔五出击一回。官差兵勇不断加派，曹、汪双双亲自督阵，无奈每回都是无功而返。汪培着急，召见立春，喝道："村寨久攻不破，罪犯逍遥，刑房书吏难辞其咎！"立春嘴角浮上一抹坏笑，效仿汪令口吻道："大人言之有理！此等无能书吏，要他何用？"汪培蹙眉冷笑："难得你有自知之明！"立春耸鼻做个鬼脸："回禀大人，在下不只有自知之明，还有知人之明咧！比如你这个代署县令，在下早知成事不足，败事有余！"

　　一言既出，缘分已尽，跳跃出衙。回到"轩窗第"家中，笑嚷："蔡书吏卸任，无官一身轻咧！"恰逢立秋挺着大肚子归宁探亲，问知原委，责备道："如此率性而为，倘若做了县太爷怎么办？"立春舒口气道："怪不得祖父要辞官，这官真不是人当的！"话说到杨国璋罢官事上，胡碧玺幸灾乐祸道："他这是活该！可怜我俚好端端一个富家被他祸害成空壳！"立春忙道："姆妈莫恨他，如今连他自己的家也闹成空壳了。"说着，把杨令自带银票上省斡旋，以致家中拮据窘迫情形略说一二，胡碧玺扁嘴道："这叫害人终害己，正是眼前报应！"立春摇头叹道："这个县令真别去恨他，可怜县夫人日日在公馆里以泪洗面，忧心如焚。"胡碧玺忽然心思一飘，没好气瞪立秋一眼，感慨道："真是人各有命咧！人家县夫人尚且如此，难得你一个大脚婆娘，歪打正着嫁去冯家，真是瞎眼小鸡掉落白米箩筐里去了！"立秋东张西望，惊叫起来："姆妈，你这是说谁咧？哪只瞎眼小鸡掉落白米箩筐里去了？你拎出来给我看看！"

　　胡碧玺骂道："你不要身在福中不知福！姑爷心性聪明，家境富裕，脾气又极好，可不是你前世修来的福分吗？"立秋大目忽闪："世魁虽好，奈何他的聪明、钱财和好脾气都不用在正道上，天天只晓得挖空心思换着花样吃喝玩乐，你说有什么意思？眼见日子流水般消逝，可怜我也像那县夫人一般忧心如焚，只差没有以泪洗面咧！"

　　半月后一天，立秋挺着大肚皮去到县衙后门转悠。眼见杨国璋从斜对面公馆里出门去了，赶忙前去打门。公馆里早已辞退仆佣，杨夫人亲来开门。立秋见礼问安，讪脸道："我是蔡立春妹妹，夫家姓冯。"杨夫人"哦"一声道："原来是冯太太，你有什么事吗？"立秋浅笑："可否让我进去府上小坐？"杨夫人见立秋是一个孕妇，赶忙点头："太太不嫌寒舍简陋，只管请进。"

立秋跨进院门，杨夫人领进屋去，亲自泡茶款待。立秋环顾满屋，因是租赁公馆，雕梁画栋，桌椅俨然，倒也看不出寒碜。待到眸光扫过夫人，只见一张圆脸笑容可掬，眉宇间却现一股愁云氤氲不散。踌躇半日，涨着脸皮，掏出一张银票，起身塞到杨夫人手里，含羞浅笑道："夫人休怪唐突，我听家兄说起大人府上一时拮据，这点小心意给夫人应急用吧。"杨夫人瞥见银票上"拾两"字样，以为这个妇人有事相求，愕然道："太太岂有不知？我家老爷已经罢官……"立秋忙道："夫人休要误会，我真心想帮助夫人渡过难关，并非有事托请大人。"杨夫人猛然愣住，一时不知所措。立秋含笑道："夫人休要客气，这钱是我瞒着丈夫拿出来的，请夫人也不必告知大人，不然大人又要拿去派上用场……"

杨夫人满面火辣，内心忐忑，一个劲叹道："太太真好福气！萍水相逢、素昧平生之人，竟能慷慨相助，想来家财雄厚，安富尊荣，自不用说。可怜我枉做了县夫人，却只落得日日忧愁……"立秋讪脸道："夫人无须烦恼，世上之事，原本不就绳墨。没准日日忧愁之人倒活得有些意思，而那安富尊荣之人却过得毫无生机也未可知。"杨夫人不解其意，嘴里惟有道谢不迭。

转眼秋去冬来，一年已逝。曹树藩、汪培费尽九牛二虎之力，却丝毫不能撼动棠浦龚家村寨。两人无计可施，每失败一回便拟函电告抚衙，夸张一回乡民人多势众，凶悍狠恶，胜似虎狼。时至来年春日，巡抚特派统领廖明晋带兵一哨（百人），开赴棠浦，直捣龚家捉拿祸首，务求速战速决。

廖统领依令而行，雄赳赳带领一哨精兵强勇，旋风般飞驰棠浦龚家。眼见村口在望，一声令下，兵勇布阵列队，拉开冲锋架势。不料两旁大山密林之中锣声大作，鸟铳齐鸣，乱石、飞矢暴风骤雨般从山巅倾泻而下。巨响之中，战马惊慌，撒蹄逃窜；兵勇们中石的中石，中箭的中箭，纷纷滚落马下，人人夺路狂奔，个个仓皇逃命。乡民摇旗呐喊，乘胜追击。廖统领扯着嗓门号令："掉转马头，拼死抵抗！"兵勇们硬着头皮勒马掉头，开枪乱射一气。奈何民不畏死，前仆后继，且战且多，潮水般"呼啦啦"汹涌而来，瞬间把一队官兵裹卷，俘虏官兵七人，缴获一批刀枪，大胜而归。

曹树藩、汪培终于另做打算，拟写电文，飞报抚衙：教案生变，乡民造反！

9

省府闻报反情，想出两全之策。一面上报朝廷请旨，紧锣密鼓筹措平叛，传出话来：大军将至，血洗棠浦；一面调回曹树藩，重新起用杨国璋，协同汪培调停教案，力求不动干戈，化解危机。

杨国璋得令，穿戴官衣官帽，急去衙门会见汪培。汪培连忙起身，打着哈哈拱手："杨大人，今日得空上衙逛逛？"杨令还礼不迭，递上文书："汪大人，上宪责成我等同心勠力，调停教案……"汪培正眼不瞧，淡淡道："杨大人只知其一，不知其二，朝廷平叛大军即将开赴棠浦，何须调停？"杨令讪脸道："文书白纸黑字写得分明……"汪培不耐烦伸着懒腰，揶揄道："难得杨大人爱民如子，无奈乡民铁心造反，倘能听从调停，杨大人怎至于今日进退维谷？"

杨国璋听得话不投机，悻悻转身出门。回到公馆门外，摸出两个铜板打发玩耍孩童去"轩窗第"把蔡二爷请来。立春飞马赶到，杨令一把拉进屋去，掏出文书，告以实情。立春大惊："大人，棠浦乡民不能错失保命机会。"杨令告知汪培掣肘，一心只要平叛，以为自己立功之计。立春蹙眉寻思："且不理他，容我再去棠浦，把上宪意图告知耀廷，请他说服乡民……"杨令摇头："乡民持械拒捕，俘虏官

115

兵，反心已露，少爷岂能再入虎穴？"立春笑道："我和耀廷情同手足，他不会害我。"杨令决然摇头："少爷涉世未深，岂知人情变易？你忘了梁山好汉们怎的赚人入伙吗？倘若少爷回不来，摊上'附逆'之罪，府上老幼便有杀身之祸。"立春沉吟道："大人科班正途出身，岂不懂得两害相侵取其轻？"

两人争辩半日，立春挺身而起，抱拳说声"告辞"，匆匆出门而去。杨令甚不放心，骑马追出东门，官道上默然相随一程，喊道："少爷稍候，事关重大，杨某得与少爷立下君子之约。"立春扭头笑问："怎般约定？"杨令手指苍天白日，缓缓说道："倘若明天日影西斜，不见少爷归来，杨某理当携带府上老幼南行逃命。"立春拱手："难得大人如此多情，大人手头拮据，可到城西冯家找舍妹蔡立秋商量设法。"杨令讪脸道："令妹女中丈夫，行止见识不输乃兄。"立春纳闷大人为何无端夸赞立秋，一时来却来不及多问，早已打马疾驰。

杨令目送立春背影消失，勒马张望，直至前方官道上尘埃落定，方才打道回府。来日草草用过早膳，迫不及待骑马出城，直奔歇马亭中守望。

时间一刻一刻挨过，杨令手握怀表，嘀嗒作响。好容易挨到日行中天，举头仰望光芒万丈太阳，仿佛要从中探出盈虚消息。忽然亭前柳树梢头飞来一群叽叽喳喳燕雀，心中默道：倘若枝头燕雀成双，是为吉兆，反之则凶。一只一只把燕雀数到十一只，心下大惊，蓦又转念：此卦不准、不准……懒恹恹走近树下拴马石，正要坐下，见石座上爬来一行蚂蚁，心中一动，复又默念：倘若蚁行偶数……不及细想，早已蹲下身去，一只一只点数蚂蚁。数至行尾，不多不少，恰好二十六只……

艳阳盛极而衰，一点一点挪移西天。杨令坐在台石上，心里说不出的沮丧，仿佛棠浦数千乡民身家性命已不再要紧，甚至那个弹丸之地血流成河，一片焦土也事不关己。此刻心心念念，惟有蔡立春一人安危。想到自己无缘无故千里迢迢从家乡跑来宜丰和蔡家结下一场恶孽，内心狂跳不已。昨日一时冲动，思虑简单，只道有个好歹，赶紧携带蔡家老小南逃，也算不负少爷。谁知事到临头，方才醒悟：普天之下莫非王土，哪来一条化外坦途供人逃之夭夭？

忽然亭中一声骏马嘶鸣，猛一抬头，蓦见立春风尘仆仆站在眼前。杨令慌忙站起来，愕然道："少爷回来了？怎的我连蹄声都没听见？"立春笑道："我远远看见一个人坐在拴马石上，心里猜测便是大人。"杨令心里石头落地，暗暗松了一口大气。然而不知为何，此消彼长，棠浦数千乡民身家性命安危，那个弹丸之地河水丰浅、草木荣枯复又漫上心来，忙问："少爷，事情凶吉如何？"立春耸耸鼻子，噘嘴道："大人，乡民有意寻求活路，却又提出一个不情之请，与大人和汪大人颜面颇有妨碍咧。"杨令愕然："怎的不情之请？"

原来棠浦乡民绝望之中想起一个人来，此人名叫江召棠，祖籍江西鄱阳，生于安徽桐城，此时就任南昌县令。江召棠早年曾在宜丰邻县上高做过知县，引桑种麻，兴办纺业，赫赫惠政，爱民如子，民众呼为"江公"，传其嘉行善政，经久不衰。当日立春进村，晓以大义，说服耀廷以乡民身家性命为重，听任官府调停，免招屠杀之祸。耀廷被立春说服，紧急召集头领商议。不料头领们深受洪江会调唆，铁心谋逆，一口咬定：宁可站着死，不愿跪着活。耀廷孤掌难鸣，只得击鼓召集乡民集体商议。乡民求生保命心切，意欲与官府讲和，然而却又众口一词，提出一个请愿：能得江公调停，我俚方才信服。

杨令听得如此，两手一摊："乡民信服江公，那便请他前来调停，有何不可？"立春讪笑："大人细想，倘若江公建此奇功，大人和汪大人情何以堪？乡民不服本土父台，却要远水来救近火，岂不叫本土父台颜面尽失？"杨国璋急道："事到如今，数千乡民危在旦夕，哪里还顾得上颜面？"

回到城内，两人打马直奔县衙。立春把棠浦乡民请愿书呈上汪培看阅，汪培略扫两眼，愤怒叫嚷："岂有此理！岂不叫本官和杨大人颜面扫地？"杨令赶忙劝导："汪大人息怒，难得乡民信服江公，狂澜可挽。你我脸面，价值几何？"汪培瞪眼道："杨大人说得轻巧，倘若江某建功，你我二人遂成西子湖畔岳王墓前长跪不起的秦桧夫妇！"

杨国璋苦笑，打着手势道："汪大人，公道自在人心，倘若成全江公做得岳王，你我何妨长跪不起？将来百姓献祭牺牲，飨以醇醪，我等或可分羹一二，也未可知！"汪培反剪双手，向壁而立："杨大人三思，这可是千秋功罪啊。曾有秦家子孙拜谒岳墓，触景生情吟出一副对联：'自从宋后少名桧，我到坟前愧姓秦。'倘若将来后世子孙夜读史册，有所感慨，我等在天之灵，情何以堪？"杨国璋连忙摆手道："不不，汪大人未免拟于不伦。秦桧害忠良做佞臣，活该遗臭万年；我等为子民受委屈，此心可表天日，何惧后人评说？"

10

光绪三十一年（1905年）八月十一日，南昌县令江召棠应棠浦龚家乡民吁请，经巡抚委派，不张仪仗，不着官服，不带随从，孤身一人骑一匹瘦马奔来宜丰。杨国璋、汪培亲到衙前迎接。江公下马，趋前折腰，拱手行礼："在下江召棠，恭请恕罪。"二人还礼不迭："大人千里奔驰，救民水火，何罪之有？"江公讪脸道："乡民质朴，谬爱江某，罔顾二位父台颜面。江某理当推辞，念及事关重大，只得犯颜而来。"二人齐声谦道："大人何出此言？近水枯涸，乡民思慕远水丰润，我等羞愧。"

一番客套，请进衙去。杨、汪两双眼睛暗暗打量江公相貌，只见他六旬年纪，中等身材，须发花白，面容清癯，俨然寻常老者。落座下来，直面相对，才见一张瘦脸上嵌入一双怪异眼睛，仿佛两眼深不见底漩涡。一夜密谈，江公细细问知教案详情。来日奔赴棠浦，相邀杨、汪二人一同前往。杨、汪顾忌乡民积怨记恨，畏难回避。杨令担忧江公安危，着人央请蔡立春护送前往。

旭日东升时分，二人把江公送到东门，立春和胖打师早已勒马候在门内。杨令两厢介绍，立春跪拜行礼："久闻大名，如慕甘露；得见尊颜，三生有幸。"江公慌忙拉住，笑盈盈打量，频频点头："昨晚听杨大人讲说，蔡少爷志存高远，胸襟非凡。今日得见，果然器宇轩昂，与俗鲜谐。"

　　一番恭维客套已毕，三人打马上路，耳畔风声如帛。转眼冲入一条狭长山谷，两旁群峰耸立，树荫如盖，遮天蔽日。立春正向江公指点，忽然"嗖"的一声，左侧山巅飞下一支冷箭。好在胖打师早有防备，脚踏马鞍，挺身挥剑击落。立春张眼环顾，惊见两旁山巅云雾中人影晃动，大喊一声："不好，有埋伏，大人快跑！"话音未落，三人一齐勒马掉头奔命，身后箭雨如流，飞驰而下。

　　三匹骏马跑出山谷，喘息未定，立春蹙眉寻思："山寨头领众多，各怀鬼胎，只怕耀廷已不能掌控。大人在此稍候，容在下潜伏进村探明原委。"江公略略思忖，仿佛得到盈虚消息，连忙制止："事有变故，不如暂且回城，静候音信。"立春心有不甘，执意进村。江公两眼眸光一转，晓谕道："少爷放心，山寨人多心杂。倘若武举不能掌控，其他头领又岂能轻易掌控？我等回城静候，自有人上门接头报信。"立春将信将疑，却又不敢违拗江公，只得打道回府。

　　回到城内，江公向杨、汪二人说明原委："少安毋躁，世事如云，变幻莫测，最要处变不惊。"杨、汪默然，心想此事未必如你轻描淡写。江公撂下二人，转身携起立春之手，笑道："老夫向有失眠之症，长夜无聊，少爷可否相随馆舍，陪老夫下棋聊天，以消长夜，以慰寂寥？"立春回道："承蒙抬爱，受宠若惊。"汪培赶忙吩咐衙役收拾房间，打理床铺，供蔡少爷陪侍江公住宿。

　　夜来无事，一对萍水相逢忘年交，两个他乡偶遇云泥客，嘤嘤喁喁，彻夜长谈，不知更深，不觉夜尽。来日黎明，方才宽衣小憩，忽然有人前来打门。江公向立春使个眼色："消息送上门来了。"立春将信将疑，急忙起床开门，只见一个衙役站在门外回道："汪、杨二位大人有请江公快快上堂，棠浦龚家乡民连夜进城，急要求见江公。"两人穿衣上堂，只见汪、杨并排而坐，一干乡民直立堂上，不知是见官不拜，还是早已拜过。江公跨进门去，轻轻咳嗽一声，乡民中有见过江公之人，忽然眼睛一亮，拖着哭腔喊一声："江公啊——"众人倒山般瘫跪地上，一齐呼喊："江公啊——啊啊啊……"泣不成声。

江公疾行上前，"扑通"一声跪在地上，磕头如仪："乡亲们受苦，我等命官罪不可赦！"一干乡民宛然受屈孩童得见父母，一齐跪行近身，拉扯臂膀衣襟，放声大哭。这一个说："江公啊，可怜我俚半夜起床，以水浇湿门轴，勿使开门出声，只为来见大人。"那一个道："江公啊，可怜我俚半夜起床，怀揣饭团，逢狗便扔，勿使见人吠叫，只为来见大人。"江公忙问："父老要见老夫，只管堂皇而来，为何竟要大费周折？"乡民七嘴八舌回禀："大人有所不知，村寨头领听信洪江会调唆，不顾老小性命，一心只要造反。得知江公要来调停，夜焚闷香熏迷耀廷，捆绑起来。一面假借耀廷之名号令乡民，弓箭侍候，要取大人性命祭旗。"

立春听得恍然大悟，心想外人只道村寨造反，岂知村寨反中有反？急忙问道："如今耀廷安在？"乡民回道："被人捆绑，软禁在家。"江公爬起来，逐个拉起跪地乡民，声随泪下："诸位父老快快请起，老夫浪得虚名，承蒙谬爱，敢不拼命救民水火？"乡民紧攥江公之手，齐声呜咽："青天大老爷，龚家数千老小性命都在大人身上。"江公当仁不让，满口应承。一边打发乡民暂行出衙回避，待在城中听候调遣；一边和汪、杨等人紧急磋商对策，分头筹备行动。

当天午夜，一轮皓月朗照，满目荒凉河山镀上一屋银辉，熠熠有光。江公、立春和胖打师三人扮作佃农模样，随同一干乡民绕开进村哨卡，抄小路翻山越岭潜入龚家村内，藏身破窑。安插妥当，胖打师带领数位乡民趁着更深人静，鸡犬入眠，蹑手蹑脚溜到龚耀廷住宅门前屋后，点燃闷香熏迷守夜家犬。而后爬围墙、叠罗汉、攀梁上屋，寻至软禁耀廷的房顶，揭开瓦楞，燃入闷香，把耀廷和值守头领一同熏迷，跳入房内，解开绑缚，背起耀廷，迅速从后门逃往破窑。

待晓耀廷醒来，双眼惺忪，一脸茫然。立春告以实情，耀廷"扑通"跪拜江公，请罪不迭。江公慌忙拉起，宽慰道："武举深明大义，何罪之有？"一边请教耀廷如何掌控村寨局面。耀廷讪脸挠头："区区几个头领何足挂齿？只不提防他俚下作使坏！"话音未落，挺身而起，一把拔出胖打师腰间佩剑，拱手道："请大人跟随在下进村，保管如入无人之境。"

一番商议妥当，耀廷带领众人雄赳赳走出窑洞。村寨里头领们正因昨晚耀廷不翼而飞六神无主，乱成一团。忽见他手持明晃晃利剑叱咤进村，早已吓得战战兢兢，慌忙趋上前去，跪地求饶。村寨乡民听闻江公驾到，奔走相告，争相跑来跪拜哭诉。江公不论老少妇孺，一律下跪回礼磕头，口中只道："乡亲们吃苦受屈，命官有罪。"耀廷、立春敬服江公之德，心疼他位尊年长，起落辛苦，扯着嗓门劝阻乡民不要跪拜，免招大人回礼。奈何潮水般纷至沓来的乡民满腹委屈痛楚，久闻江公美名，仰慕思渴胜过菩萨；如今眼见真人，耳闻真声，除了纳头便拜，痛哭流涕，哪里还晓得进退？全村男丁妇孺成群结队起落跪拜，围堵江公寸步难行，直闹到午后方才得止息。可怜江公裤子跪破两个大洞，一双膝盖血流如注；一方额头磕出大包，血肉模糊；一张老脸涕泪纵横，乌泥密布；一头纹丝不乱头发早已散开，迎风拂面，凌乱不堪……

11

江公滞留棠浦，访贫问苦，排忧解难，晚来归宿耀廷府上。来日一早，走到一栋巍峨大屋，见一苍头老妪正领着幼孙收拾行李，仿佛要出远门，赶忙向前行礼，关切道："老嫂嫂要去何处？"老妪两眼呆滞，有气无力道："不去何处，只要搬到邻家屋里去住。"江公又问："好好的，为何要寄身邻家？"老妪叹道："家中寡媳亡故，无力掩埋，不如弃家搬到邻家屋里去住。横竖邻家屋里死绝人口，只剩一栋空屋。"江公眸光一转，悄声向陪侍在侧的立春、耀廷询问："如此惨状，为何老嫂嫂面无异色，话语平和？"耀廷回道："大人有所不知，如此惨状已是常事。今日这家祖孙弃家而去，日后屋里尸体腐烂，尸臭散尽，自有新丧人家前来收拾枯骨，搬来居住，如此循环……"江公心头一悲，叹道："天啊！老夫只知民不聊生，岂知民不聊死？"一边从衣兜里掏出一张银票交给耀廷，吩咐道，"请武举快快着人搜查村中房屋，凡有弃尸，尽为掩埋。"耀廷忙道："村中弃尸不少，怎能由大人一力承担？"江公强把银票塞给耀廷，坠泪道："老夫俸禄，自是民脂民膏。眼见民死不能掩尸，老夫安敢身有余钱？"围观乡民见此行，听此言，激动得跺脚大呼："青天大老爷！果真是青天大老爷咧！"

走出大屋，去到龚家祠堂。只见牌位森然林立，大小香炉陈列有序，却不见灯火摇曳，香烟袅袅，忙问："堂皇宗祠，为何断熄香火灯烛？"老族长讪脸回道："家族数千人丁，竟供不起祖宗香火了。"江公又拿出一锭银子，交给老族长，吩咐道："些小银锭，请购买清油檀香，为列祖列宗点燃如豆灯火、袅袅余香。"老族涕泪："供奉祖宗香火，原是儿孙之事，岂敢亵渎尊驾？"江公说忙道："官吏一啄一饮、一丝一缕皆出百姓劳作之手。百姓祖宗自然也是官吏祖宗，何来亵渎？"一边大步走到香案前，撩起衣襟，三起三拜。老族长纵身趋前还礼，呜咽道："不敢当、不敢当……"在场乡民纷纷下跪回拜，"扑通扑通"响成一片。

盘桓两天，江公身上早已不名一文。无奈村中贫苦百姓多如过江之鲫，听闻江公仗义舍财，救人急难，争相哭诉苦楚。江公一身布衫几被扯破，硬着头皮央求："乡亲们少安，容老夫设法……"晚来归寝，掏出一只余温未尽怀表交给立春，吩咐道，"请少爷明天进城去，替我把它兑成银子拿来救场。"立春眨眼："大人，在下有话，不知当讲不当讲？"江公忙道："但说无妨。"立春蹙眉道："青天大老爷也不是这样当法，这倒像精卫填海咧！"江公"嗤"一声道："老夫一介贫贱轿夫之子，赤手空拳出来做官，如何做得起什么青天大老爷？"一声叹息，摇头苦笑，"只因百姓倒悬水火，绝望之中想起戏文中看过的青天大老爷，一厢情愿指望老夫便是戏中角色，你说老夫有甚办法？无非尽我所有，拼着老命替父老乡亲唱好这出戏，就算不负谬爱。"立春听着这话，仿佛一夜长大。

来日一早，立春打马进城。先去当铺里把怀表典当，却只值得十两银子，心想这可不够江公"唱戏"，只得回去家中设法。恰在巷子里遇上蔡显忠，一把拉住："走，陪我上街买东西。"主仆二人踱进街尾一家珠宝店。掌柜见蔡二爷领着管家上门，满脸堆下笑来应酬。立春流连半日，勉强相中一只翡翠玉镯，讲定价钱三十两，笑道："手头银钱吃紧，现付十两，余款记账赊欠，如何？"掌柜可不怕"轩窗第"少爷赖账，一叠声道："好好好……"立春交付十两银现银，签下账单，揣着玉镯出门。二人溜达一会儿，复去当铺，把玉镯当得二十两银子。出了当铺，又去另一家宝号，如法炮制，相中一根金条，讲定价钱四十两，现付二十两，余款赊欠；再去另一家当铺，当得四十两现银，再去另一家宝号……如此这般，一番奔走，不费半日工夫，百两纹银已在掌中。显忠看得目瞪口呆：怪不得世人都要削尖脑袋钻营富贵，可怜我挪腾几两银子，竟比登天还难。

银钱到手，打马复命，掏出一把银票交给江公："这是一百两，大人只管拿去唱戏，效法观音菩萨净瓶柳枝抛洒甘露，抚慰百姓饥炎。"江公纳闷："区区怀表，怎兑得百两银子？"立春狡黠一笑："我耍把戏变来的。"一边抬手比画，得意扬扬把自己所施妙计如实道来。江公大骇："来日东窗事发，令尊大人不要雷霆震怒么？"立春讪笑："大人勿虑，舍下虽已穷尽，尚不致被百两银子逼上绝路。"江公连忙摇头摆手："不可不可，老夫命该舍身，少爷事外之人，何必受此连累？"立春敛容道："大人有所不知，立春放弃科考，无有出路，正愁此生碌碌终老，岂不枉活一世？难得巧遇大人登台唱戏，乐得给大人跑一回龙套，也算有所作为。将来回首往事，也可骄傲妻子，荣光一生……"

二人正推让不止，忽闻门外妇人悲怆号呼："大人救我、大人救我——"江公只得出去询问："小婶子有何吩咐？"妇人"扑通"跪在门槛外："可怜妾身丈夫亡故，只剩独崽，前日又患'走马牙疳'，无钱医治，眼见就要断气……"江公忙道："此病凶险，小婶快去延医治疗，诊金、药费都在老夫身上。"妇人千恩万谢而去，一位衣衫褴褛老翁又蹑进屋来，磕头不止："大人可怜见，我家断炊三日，孙女

123

饿得把糊墙泥巴都抠进嘴里……"江公二话不说，赶忙打发耀廷和胖打师上街籴米，凡有断炊门户，每户施米一斗。闹到黄昏，百两纹银花销罄尽。

当天夜里，二人深更聊话。江公远兜近转，不住拿话试探立春志向。立春笑而不言，忽然站起身来，整顿衣衫，纳头便拜。江公慌忙拉起："少爷何故行此大礼？"立春忙把自己率性而为，不考科举荒唐往事禀明，讪脸道："在下家学渊源，读书作文，颇有天赋。只因鄙视官吏贪腐无能，寡廉鲜耻，不屑为伍，率性不考科举。此番得遇大人，高山仰止，才知自己坐井观天，孤陋寡闻……"不及江公回话，早已跪拜在地，磕头道："请大人莫嫌愚钝，收为门生，在下誓愿终生追随恩师，悬梁刺股，巴结金榜，也好博得出仕做官，为国族苍生略尽绵薄之力。"江公拉起立春，面有难色："老夫赏悦少爷，恨不能亲如骨肉。可、可拜师之事万不可为，说来羞愧，老夫并非正途科班出身，向为官友同僚哂笑。倘若恬不知耻，枉为人师，岂不更要招人指点闲话？"

立春顿时纳闷不已，江公出身卑贱，倘若不是金榜高中，岂有银钱捐官纳职？江公讪脸道："老夫早年在李鸿章大人麾下当过兵勇，屡战太平军，得以军功铨选……"立春愕然惊呼："原来大人俊逸风采，儒雅举止，竟从枪林弹雨中来！"江公支吾把话岔开，立春只当他行伍出身，心怀自卑，拱手又道："在下得遇大人，岂肯轻易放过？既无师生缘分，莫若义结父子。"不由分说，跪拜在地，"义父大人在上，受义子一拜。"江公赶忙拉起，一叠声道："老夫何德何能，受此隆尊？"自此两人越发投契，以致千里追随，后会有期。

延俄半月，乡民感激江公恩德，无人不服。汪培、杨国璋领带官差进村，江公亲去祠堂击鼓，召集龚家乡民调停教案。龚耀廷心知肚明，事到如今，必得有人牺牲，从容走进祠堂，慷慨陈词："耀廷自是祸首，大人不必为难，耀廷敬服大人义薄云天，甘愿服罪，要杀要剐，百死无怨。"江公点头泣泪："老夫无能，只得保全乡民，却无力为武举和龚栋开罪。"耀廷双手合拢，高高举过头顶。江公声随泪下，哽咽一声："拿下！"早有官差扛枷带锁上堂擒拿。

龚家祠堂里一片呜咽，声震屋宇。忽然一声断喝："且慢！"一个白脸赤目后生跳出来，冲到江公座前，躬身拱手道："小人龚祥，当日事起，正是龚祥推举耀哥为头。今日耀哥赴死，龚祥岂敢独活？求大人把龚祥一并擒拿，好叫龚祥与耀哥一同赴死，来世一同投胎，再做兄弟。"江公、耀廷同声呵斥："你疯了？还不快滚出门去！"龚祥"嗖"地掏出一把短刀，握在手里，赤目圆睁道："龚祥以死明志，绝无虚言！"江公慌忙止住，落泪道："好！好后生！老夫成全你！"扭头使个眼色，便有官差上来一并擒拿。

目送二人被官差带出祠堂，老族长大恸，"呜——"的一声，跪到江公面前痛哭："大人，耀廷三人是我龚家镇村之宝，守护之神！求大人刀下留情，超生不杀！"乡民闻声，一齐长跪，只求勿开杀戒，留取三人性命。江公缄默半日，泣泪道："天地生此三人，正是天地之德，生民之福，老夫爱之敬之惜之，惟恐不及，怎忍杀害？诸位父老只管放心，老夫理当拼命死保三人……"

乡民再无话说，哭泣着拥出祠堂大门。男女老少一齐出动，冲上哨卡，降下"官逼民变"蓝旗，捣毁哨岗，拆除栅栏，填平壕沟，刀枪入库，马放南山……眨眼工夫，赫然一个硝烟弥漫、剑拔弩张、杀声震天山寨，复又变身安谧民居村落。待晓雄鸡司晨，自有炊烟升起，晚来夜犬止吠，已然更深人静。

回省复命之日，江公骑马在前，一队官差押解三辆囚车，带走龚耀廷、龚祥和早已收监在狱的龚栋。宜丰百姓传颂江公之德，扶老携幼，争相前来送行。汪培、杨国璋并肩掺和在人群之中。惟有不同，汪培意气风发一路护送上省，杨国璋却只送到歇马亭，黯然而归。

未及半月，省衙电函再至：汪培协调教案有功，着署宜丰县令；杨国璋着开缺回籍。电旨送达公馆，杨国璋胸腔浊浪翻滚，如汤沸腾。抬眼凝望夫人掩面哭泣，如丧考妣，忽然"哇"的一声，喷出一口鲜血。

辞馆之日，西风旋起，落叶飘飞，杨国璋雇一辆小车装载家眷行李，仓皇而去。城内百姓侧目而视，人人拍手，个个称愿。县人只拿他和江公相比：都是娘生爷养，都是七品县令，为何却有青禾稗草之分、天悬地隔之别？人们对他兴纳亩捐、畏惧洋人、擅放奸犯、枉捕蒙师种种恶政刻骨铭心，衔恨难忘。男女老少争相上前，幸灾乐祸指点笑骂："你也有今日？可见苍天有眼，善恶有报！"

立春骑马飞奔，追到歇马亭外，拦截马车，喘气大喊："大人离境，立春前来相送——"杨国璋叫停车夫，下车相见，苦笑道："不送不送，相濡以沫，不如相忘于江湖。"立春拱手道："百姓无礼，大人委屈！"杨国璋扭身回首宜丰城郭，潸然泪下："虽是委屈，总算落得个问无心愧。杨某今日罢官而去，只有来时家眷行李，并未带走宜丰一草一木。"自去马车上取出一杆南竹烟筒，双手捧到立春跟前，"这杆烟筒取用宜丰小山南竹制成，本想带回原籍做个纪念。奈何我已抽不起烟，要它何用？不如相赠少爷，不枉我俩相识一场。"

立春躬身受了，两人互道"珍重"。杨国璋含泪登车，车轮辘辘，且行且远，扬起身后漫天沙尘。跑出十余里路，眼见将出宜丰地界，忽又呕血不止。大口大口鲜血喷吐在马车地板上，从木板缝隙里漏出，洒落在黄尘滚滚的官道上，却已不是鲜红颜色。路上行人瞧见一团团黑乎乎黄沙，蜿蜒数里，哪能辨认竟是血迹？一时人言纷嚷，只道是马车里打泼了墨汁。

12

只因当年朝廷慈禧太后颁发懿旨，废除科举考试，蔡立春的科考之路，算是彻底断绝。难得教案平息，他总算有工夫回归家中落脚。一天晚膳桌上，蔡纪高敲着桌子向儿子发话："如今断绝了科考出路，你总要寻个职业谋生。家中非比从前，赡不起你做甩手少爷了。"

立春自从结识江公，胸中踌躇满志，仿佛一条金光大道已在脚下铺开，忙道："爹爹所言有理，陪侍义父大人时日，儿子多得指点开导，心胸眼界大开，顿觉昨非今是……"蔡纪高打断道："你晓得'昨非'便罢，哪里说得起'今是'？"立春讪脸道："我打算明年开春便上省就读武备学堂，为自己前程闯出一条出路。不知爹爹意下如何？"蔡纪高见儿子巴结正道，欢喜之余，忽又想起科考已废，家中文脉终至断绝，禁不住感慨："你要早遇江公，早走正途，该有多好。倘若你能金榜高中，列祖列宗在天之灵该有多么欣慰。"立春笑道："爹爹何必耿耿于怀？连江公还不是科班出身咧！如今新政方兴，新学蓬勃，你看立功哥哥，武备学堂毕业进京谋职，被袁世凯袁大人看中，安插在练兵处当差，不是出息了吗？"

胡碧玺侧耳倾听父子聊天，心中不由得想起儿子婚事。自打棠浦教案事起，立春全身心扑进去，忙得脚不落屋。蔡纪高夫妇不中意醋铺子里门第，尤其对白银那一双"四白眼"心存芥蒂，索性装憨不闻不问。指望女方耽搁不起，自行聘嫁，一场孽缘无疾而终。其间醋铺子里也曾有过另择佳婿动议，今日东家公子，明日西家少爷，传闻不断；无奈白银抵死不从，上吊扑水，闹得满城风雨。

想起烦心之事，胡碧玺满腹忧愁道："你出门上学，少不得三年五载，你的亲事怎么办咧？这一两年拖延下来，醋铺子里老两口空长两颗富贵心、两双势利眼，却没能耐逼迫闺女另攀高枝咧。"蔡纪高蹙眉道："这事不能再拖，倘若再闹出一条人命来如何是好？难得白姑娘一片痴情，也不好辜负她。不如赶在年前把婚事办了，明年开春，你才好从容出门上学。"

立春不提防爹娘突然提到婚姻之事，两脸火烫，噘嘴说声："全凭爹爹姆妈做主。"径自起身走出膳堂，慢慢踱到大厅，两眼直愣愣望着祖寝后阁厅上的雕花隔门，心绪莫名其妙飞到饱饭身上去了，仿佛他结婚的对象不是白银，而是饱饭。自从饱饭跟随素裹陪嫁来到"轩窗第"，立春时常听人赞叹：饱饭妹子真个长得客气。年复一年，耳朵听起老茧，可究竟饱饭妹子怎的客气，她的身体发肤、五官眉眼到底长得怎样？他脑中竟又一片模糊，仿佛饱饭只是一个久闻大名却无缘谋面之人。只因饱饭是哥哥房中丫鬟缘故，立春向来不敢正眼看她。有时分明和她对面说话，眼帘却有长长睫毛低垂下来，仿佛两人之间隔着一道漆黑布帘。直到去年春天出狱回府，听姆妈说起多亏饱饭冒死作证，才得洗脱冤屈，巴不得退掉白银婚事，把饱饭娶做儿媳之言，心里方才扔进一块石头，一阵一阵荡起涟漪。然而，当他想要寻个机会睁开眼睛，好好把这个丫鬟仔细端详之时，她竟又突然离家而去了。

蔡纪高夫妇没少抱怨西娥西媛两位修女，只道姐妹出于私心，把个无依无靠丫鬟哄骗去育婴堂。倒是蔡显忠不时嘀咕："莫怪别人，饱饭心比天高，才闹到无处安身。"蔡纪高夫妇揣度，无非因为"醋西施"亲事退不掉，饱饭不愿意屈身做妾。心里禁不住埋怨：妹子仗着做下恩德，便有了非分之想！

站立片刻，立春忍不住推开门，跨进隔厅里去。这一处画栋雕梁精舍早已人去楼空，屋里家具上落满厚厚尘埃，灰蒙蒙一片混沌。四处墙角和镂空雕花窗棂上结满大大小小蜘蛛网，细细蛛丝横七竖八地牵扯瓜连。唉声叹气之音，转悠到后花园，心里念头一动，脚下早已生风，一气跑到城东天主教堂育婴堂。穿过一个杂草丛生大院，推开虚掩房门，一股屎臭尿臊气味扑鼻而来。饱饭扭过看见立春，赶忙迎上去见礼问安："少爷怎地跑到这里来了，家中老爷、太太可好？"立春二话不说，一把拉起她的手搋出门去，一直拽到屋外一棵绿叶红果柿子树下，睁一双电光火石龙睛，竖起眼帘两道浓密漆黑睫毛，肆无忌惮地盯着她端详打量。只见她高挑身材瘦得脱形，扎着围裙的纤腰盈盈一握，仿佛一阵风便能吹倒。尤其瘦刮刮脸面上一双水波潋滟杏眼，仿佛刚刚哭泣过了，越发叫她显得楚楚可怜。

饱饭被他看得低头忸怩，手足无措。立春忽然俯下身去，作个大揖："妹子，让你受委屈了，我来接你回家。"饱饭慌忙还礼："二爷这是干什么？折杀我咧！"一面又道，"我这里忙着，哪里走得开？"立春直起腰来，呼出一口气道："我、我要成亲了，请你回去帮忙办喜事，还不行吗？"饱饭"哦"一声，脸上绽开笑颜："恭喜二爷！"忙又躬身给立春行礼。

两人正在相互作揖，忽然西娥西媛远远向育婴堂走来。望见一树火红柿子灯笼一般高挂两人头顶，姐妹俩互相对望一眼，笑眯眯走近前去。听得立春说出成亲话来，赶忙道喜，又朝饱饭使眼道："姑娘快收拾衣服回去，府上没个仆佣，正用得着你回去帮忙咧。"饱饭嘴里说不出推辞之言，不提防立春猛又拽起她的手，直往院外拉去。只得慌忙挣脱，结巴道："我、我……你、你等我收拾衣服……"立春不由分说，只管拉着她往外走，朝西娥西媛做个鬼脸，嘴里拖着戏腔高声叫嚷："那些破衣烂裳要它干啥！姑娘跟我回家，我给姑娘添置新衣！"

腊月初八日子好，立春和"醋西施"的喜日子，恰好定在这一天。蔡家财力今非昔比，况且醋铺子里狠狠讹诈蔡家一笔彩礼，好说从此与女儿一刀两断，这场婚礼自然用不着格外铺张。然而毕竟是家中惟一的少爷成婚，一应酒席仪式自不能简省。喜期几天，一阵阵"噼里啪啦"喜爆炸开，冷清多时的"轩窗第"涨潮似的掀起一番热闹。蔡显忠照例负责总揽一切，每天躬着身子忙得不可开交。饱饭回府已有两个多月，显忠如常招呼，却再不把正眼瞧她。

侍剑听闻旧主家中操办喜事，主动回来帮忙当差。显忠待她倒比从前热络，不时忙里偷闲和她嘀咕闲话。侍剑已经生下孩子，身材消瘦一圈，却比做姑娘时平添玲珑韵致。忙乱之中，显忠悄声打探："姑爷性情可好？"侍剑笑道："姑爷性情不错，可惜时常生病。"显忠又问："铺子里生意如何？"侍剑神色黯然："如今纷乱岁月，生意还用问吗？"显忠摇头道："你真不懂，那些富贵人家自然希望岁月安稳，对我俚贫穷贱民来说，乱有乱的好处……"侍剑睁一双如珠大眼，愕然道："乱有什么好处？"显忠小眼迷离，狡黠轻语："时局一乱，世上诸般秩序规矩都要打乱，富贵人家难免吃亏，贫穷贱民没准倒能寻得翻身机会。"

忙碌到婚期一过，胡碧玺迫不及待把新媳妇叫到房里，吩咐道："你姑爷逃脱牢狱，多亏饱饭冒死作证。这丫鬟可是立春的大恩人，封她做个姨奶自不为过……"当时白银待字闺中，早已听到传言，蔡家久拖不娶，只因意欲改娶丫鬟为媳；又听说丫鬟不甘做妾，赌气跑去育婴堂做看护。为着这些传言，她心里正酿着一股子醋意。如今听得婆母发话，越发不爽，脸面上却只得堆下笑来，乖巧应承："理当如此，全凭姆妈做主。"

归房寻思半日，心潮滚滚，难以平静：便要封她做姨奶，哪里用得着如此急切？延俄半年周载，哪里就委屈她？明摆着要抬举她跟我平起平坐咧！如此思来想去，新婚甜蜜未享，孽缘苦果已尝，不觉躲到雕花大床背后拭泪。恰巧立春要出门谢客，吩咐饱饭进房拿取礼帽。饱饭急急走进房去，从几桌帽筒上拿起礼帽转身就跑，原没看见白银从大床后转出来。白银心里"咯噔"一跳：这不是眼里没人是什么？登时拉下脸来喊住："饱饭姑娘，急着去哪里吃热馍馍咧？"

饱饭"哟"一声，刹住脚步，回身浅笑："二爷让我进来拿礼帽，赶得急没看见少奶，少奶有什么吩咐吗？"白银忽闪着一双四白鹤眼，不冷不热盯着她打量半日，把个丫鬟看得一愣一愣，方才缓缓坐下，跷腿道："我口渴了，你去给我倒盅茶来吃。"饱饭含糊答应一声，掉头而去。

不料白银左等右等，等得唇焦舌燥，喉咙生烟，却没能等来茶水。原来饱饭取出礼帽，交给立春便不辞而别，自回育婴堂去了。

13

转眼春节已过，一年伊始，万象更新。一番紧锣密鼓筹备，立春上省求学之事车成马就。启程在即，去到城西冯家和立秋夫妻辞行，顶头遇见冯世魁哼着小曲从巷子里走出来，一把拉住，笑嗔道："大爷，这又去哪里逍遥？"冯世魁斜眼道："舅爷看不起我！怎的我一出门，便是去逍遥吗？"立春愕然："难不成妹夫出门，竟去料理什么家国大事吗？"冯世魁摇头叹气，从衣兜里掏出一张银票："岂有家国大事值得我料理？立秋姑奶打发我送些银子去给舅爷饯行！"

立春晓得妹夫手头宽裕，不客气把银票揣进衣兜。两人勾肩搭背回府，冯世魁叫喊新生女儿乳名："姗姗，还不快来拜见你舅爷！"立秋听到喊声，赶忙抱着姗姗迎到院里。请进屋去，见礼坐定。冯世魁笑道："立秋，难得舅爷降贵纡尊，脚踏贱地，我去张罗一席酒菜给舅爷饯行如何？"立春并不客套推辞，只道："张罗酒菜自有仆佣操办，何劳妹夫亲力亲为？"冯世魁摆手，正要张嘴，立秋抢话替他回道："下人粗鄙，如何懂得怎的新笋鲜嫩、怎的鳜鱼肥美、怎的八角芳香、怎的桂皮辛辣？"冯世魁莞尔一笑，打个响指："正是这话！"转身出门。

屋里兄妹对坐，立春收敛一脸笑意，长吁短叹，现一副愁肠百结神色。立秋忙问："二哥新婚燕尔，眼见又要山溪归海，化作波涛，正该意气风发，踌躇满志，为何叹气？"立春鼓着脸问道："妹妹，你知道饱饭到底吃错什么药吗？我满心要给她一个归宿，为何她倒不理我？莫非怨我没给她正房名分？"

立秋原本逼着侍剑发过毒誓，一辈子不许把饱饭和昆泰私情泄密，只为要保全二人名节。可她哪想到自己哥哥竟会掺和到这一团乱麻中去？立秋深知兄长脾性，认准之事，无论怎的碰壁，不达目的，绝不善罢甘休。自晓得哥哥心意，一直发愁，倘若任凭哥哥胡搅蛮缠，不知又要闹出什么惊天祸事来！立春见妹妹欲言又止，越发追问不止。立秋只得一五一十告以实情，叹道："我要不告诉你呢，又怕你纠缠饱饭无休无止。那丫鬟早已立下死志，非泰哥哥不嫁。正因要躲着你，所才去育婴堂里做看护……"立春顿时恍然大悟，不单知晓饱饭原来喝下这么一剂迷魂汤药，连立秋当年临阵易帜、琵琶别抱谜底也赫然揭晓。

立春满心喜欢饱饭，苦于求之不得。忽从妹妹口中得知惊天秘密，心里一腔恼羞不由得直指昆泰，仿佛正是昆泰挖墙脚，坏了自己好事。顺着这个思路想去，昆泰千方百计救自己出狱，原来竟是醉翁之意不在酒，跟冯世魁借银好有一比！一夜无眠，辗转反侧，谁知待到黎明，心里念头一转，一腔恼怒不觉烟消云散。人家昆泰喜欢饱饭早在自己之前，哪来墙脚可挖？哪来好事可坏？

寻思两天，打马直奔天宝，一把拉扯昆泰去到"碧螺春"茶馆。落座下来，开门见山责怪："泰哥哥，你把饱饭害得好苦！"昆泰心里一腔苦楚，沉吟半日，以手戳心道："立春，说来这也是人心险恶啊——我俚常常说到'人心危恶'，似乎专门指责别人，岂知自己方寸之内，也蛰伏着蛛精，无时无刻不在吐丝结网……当日只为要撬开饱饭金口，拿取证言，一时兴起，懵懵懂懂对她许下婚诺。不料后来事情闹来闹去，连我自己都不能掌控。"

　　立春心里五味杂陈，耸鼻道："你虽走了一步险棋，侥幸事如所料。如今只要你践诺把饱饭娶了，倒是一段佳话。"昆泰当日与饱饭约婚，本因钟情立秋，倘若心想事成，自不多嫌一只屋上小乌。如今凤愿化为泡影，皮之不存，毛将焉附？不由得蹙眉叹道："贤弟何出此言？我对饱饭原是乌屋之爱……"立春抬手打断："管它什么爱！就算你没能如愿以偿迎娶立秋，并不妨碍你纳娶一个小妾咧！你现在不是一妻二妾，大享齐人之福吗？"昆泰站起身来踱到窗前，痛楚摇头："立春，可怜我掉进盘丝洞里挣扎不出来，你还冷嘲热讽吗？"转身走到立春面前，深深作揖，"拜托贤弟，替我善待饱饭。就算李代桃僵，帮我一个大忙。"立春摇头叹气："我倒乐意，奈何饱饭立下死志，此生非乔木不托！"

　　昆泰脸上露出一丝苦笑，叹道："那便没办法，大家只好各安天命，自求多福。"立春霍地站起来，睁眼道："你这是什么话？莫非撂下饱饭不管，任她自生自灭？"昆泰沮丧道："我这是无奈话咧！立春啊，你要晓得，人心险恶，世事无常。无论大小事情，当它缘起之时，神仙也不能预见世人最终会把它蹂躏成什么样子。多少家国大事尚且如此，何况儿女情长？"

　　立春听着这话，仿佛吞下一只苍蝇，蹙眉道："泰哥哥，怎的你老说这种话？我看你太偏执了，人心如铜钱，自有正反两面。我俚看见此面险恶，可想而知背面自有美善。不然乾坤之大，何以支撑？日月之长，何以维系？"昆泰点头："人心固有美善，奈何美玉陷落泥淖，挣扎出来，也不外乎屈子投江、项王刎颈、陶令辞官、叔夷伯齐

132

遁世……虽说独善其身，到底于事无补。"立春龙睛闪烁，双手一摊："为何要投江刎颈、辞官遁世？何不效仿荷莲，出淤泥而不染，濯清涟而不妖？"昆泰移步拍拍立春肩膀："贤弟尚在梦中，他日梦醒，我俚再来煮茶论道，为时不晚。"

话不投机，立春沮丧而归，直奔育婴堂。蹀到窗下，驻足窥视。眼见饱饭蓬头垢面置身一群哭闹孩童之中，忙忙碌碌，心里禁不住隐隐作痛：天地生此妙人，自是天地钟灵毓秀之德，岂容辜负？徘徊良久，转身去到教堂。西娥西媛遇见，殷勤相问："听说少爷要出远门？"立春点头，摸索着从衣兜里掏出一锭银子，交给姐妹俩，讪脸道："我上省就学，拜托二位嬷嬷好生看顾饱饭。"姐妹俩早知立春、饱饭各自怀春，南辕北辙，有缘无分，忙道：少爷只管放心去吧，饱饭姑娘自有天父保佑，一定平安无事。立春方才心下稍安，归家而去。

隔日正式启程上省，立秋骑马相送出城。一路行至歇马亭中，下马话别，腮边坠泪道："哥哥上省，记得给妹妹寻来一条出路。我要一直闷在家里，用不着三年五载，必被窒息而死。"立春愕然："妹妹好福气，正是瞎眼小鸡掉落白米箩筐，为何作此哀音？"

立秋横一双天然大目，噘嘴道："你这是什么话？难道一个人只要有吃有穿就万事大吉？先前汉武帝侄子江都王刘建之女细君，奉命和亲，远嫁匈奴乌孙国王，岂不安富尊荣？为何人家还要泪泉和墨，作下《黄鹄歌》来流传至今？"说着，举目遥望远方天际，口中轻轻吟诵：

> 吾家嫁我兮天一方，
> 远托异国兮乌孙王。
> 穹庐为室兮毡为墙，
> 以肉为食兮酪为浆。
> 居常土思兮心内伤，
> 愿为黄鹄兮归故乡。

立春忍不住笑得伏倒马背，指手揶揄道："立秋，都怪世魁对你太好，让你日子过得安逸，倒惹你生出闺中闲愁来了。我说蠢婆娘啊，这歌你千万别吟给别人听去，人家可要嘲笑你东施效颦咧！那刘细君远嫁异国，常思汉土，忧心内伤，所以作歌遣怀；妹妹嫁在本乡本土，日日承欢爹娘膝下，何来忧愁？"立秋急忙分辩："人家借她情形打个比方，倘若一个人不能抒展胸臆，怎甘安享缸鼠之乐！"

立春摇头不止，哈哈大笑："你未免拟于不伦，倘若下场科考，绝不能中举，还得回家做一只缸鼠，大吃丈夫陈米！"立秋被哥哥嘲讽得面红耳赤，噘嘴道："怎的不伦？其情不一，其理略同。"立春不容分说，一个劲地摇头摆手："不伦、不伦……"立秋鼓着一张菩萨大脸，手足无措，忽然跺脚跨上马去，竟不跟哥哥话别，赌气说声："我懒得跟你理论！"自顾勒马掉头，扫兴而归。

第五章　又一起教案

1

光绪三十二年（1906年）正月初八日，立春一路骑马飞奔，到达省南昌城。偌大会市，虽有池塘桑园之地，实则繁庶热闹之邑；行铺货物，充塞街衢，城门终日，摩系相望。

依着往常惯例，立春进城自去宜丰会馆下榻。来日一早，便有武备学堂学生前来迎接。两厢见过，自报家门，互通姓名，立春讶异道："你俚怎知蔡某今日到省？莫非有未卜先知本领？"一位身材瘦长、清秀赛过女子、名叫邓文雍的青年拱手笑道："令兄蔡立功，原是我等学长，年前早有书信寄来，告知堂弟某日大驾光临，嘱托关照，敢不从命？"立春作揖还礼不迭："原来如此，多谢多谢！"抬起头来，心里不觉一愣，这不是活脱脱昆泰哥哥站在面前吗？眨眼仔细端详，才见文雍一双眸子不及昆泰黑亮，眼里也没那种鹰隼般犀利光芒；下巴却比昆泰稍圆，一坨青白肉团摇摇欲坠，没蓄胡须。

同学们把立春连人带行李都接到武备学堂，安插妥当，恰逢钟声敲响。立春急忙去到操场参加武考，只见学堂总办汪瑞闿身着官服，高高端坐案前，一位书记侍候在侧，手持名册，逐个点名。旁边站列一队昂然新生，声声应到。武考内容颇为简单，只要举起一个石础。考生听到唱名，出列行礼，前去案前地上举起巨大石础，就算过关。立春之前，半数同学使出吃奶力气却未能如愿举起石础。总办一一吩咐，多多练习，必得通过武考，方可正式入学。

及至立春出列，毫不费力把石础一举而起，高悬头顶，久久不予放下。汪瑞闿禁不住击掌叫好，赞道："这才叫'举重若轻'呢！"依例询问，"蔡同学，你上省读书，可有何许志向？"立春撂下石础，响亮回答："无有具体营谋，少年不知天高地厚，惟愿受训新学，增长才干，为国族略尽绵薄之力。"一旁书记说道："前年有个名叫李烈钧的同学，也是这么说的，不承你们商量好来着？"汪瑞闿连连点头："后生可畏，其志可嘉！"立春拱手道谢，退回队列。汪瑞闿抬眼望望立春，又道，"当年李烈钧品学兼优，本办嘉许其志，举荐公派留学日本……"立春正待恭维总办慧眼识珠，为国选才，他却打住话头，吩咐："下一个吧。"

武考结束，立春迫不及待奔出学堂。进到城内，七转八拐，终在一条阔巷里找到江公馆。只见院门前麻石场地上小贩聚集，提篮摆摊售卖洋烟、洋火、瓜子和桂花糖，一见有人路过，争相叫喊招徕生意。立春一路摇头，径去打门。男仆出来问明姓字，回道："大人正在会客，少爷暂去门外候着。"

不一会儿，院内传出吵嚷之声，仿佛江公正与人争执吵架。等到大门打开，只见一位乌面黑嘴、眉高眼大中年男子，手里拿着一个小纸包走出来，嘴里骂骂咧咧："纠缠半天，打发叫花子呢！"立春注目他离去，听得男仆喊话："蔡少爷，大人有请。"赶忙转过身去，忍不住悄声打探："这是什么鸟人，竟敢在府上大吵大闹？"男仆闪烁其词，说声："这是侄少爷。"立春心里更加纳闷：既是侄少爷，怎敢在父辈府上如此无礼？

进到屋里，江公一脸怒容站在大堂中央，身后拖一道长长阴影。立春看着有些心悸，慌忙行礼，告知到省上学。江公一叠声道："好好好……"瞬时收敛怒容，请进花厅让座。立坐拱手浅笑："不知义母大人可否随任，岂敢不拜而坐？"江公"喵"一声，自己缓缓坐下，不置可否。立春一时尴尬，站也不是，坐也不是。江公沉默半日，忽然抽搐着面皮说道："少爷，当日结义，仓促之中，多有家丑未及晓谕。事后回想，不安之至，深恐亵渎玷辱少爷……"立春心下忐忑，愕然道："义父何出此言？莫非嫌弃立春卑贱攀高，意欲反悔吗？"江公一声叹息，双眸失神，敛容道："少爷请坐，容老夫陈情……"

原来江公出身于安徽桐城一个贫穷轿夫之家，念过几年私塾，便去盐铺里做学徒，并未在李鸿章麾下当过乡勇。只因江公自幼素喜读书作画，每日工余，手不释卷研习经史子集，兼习作画，时常秉烛伏案，通宵达旦。盐铺掌柜怜其勤勉，嘉许其志，举荐他去当时两江总督彭玉麟府上就任文案。江公去到彭督幕府，越发勤勉苦学，所作文书、奏折言简意赅，辞藻精当，尽得彭督之心，尤其所画梅花深为彭督至爱。彭督文武双全，时人昵称"雪帅"，也有作画雅好。常见江公笔下梅花画得绝好，每每自己画中之梅，都由江公代笔。一来二去，两人结下深厚情谊。彭督深知江公德才兼备，志存高远，不忍他埋没下尘，时常寻思保举出仕为官，只因他出身低微，一直未能如愿。

一日闲谈，江公说起堂兄兆棠曾在李鸿章麾下当过乡勇，立下军功。彭督忙问："令兄可有担任官职吗？"江公回道："家兄目不识丁，怎能做官？"彭督寻思片刻，面露喜色："不如你把兄长军功顶替下来，本督保举你以军功铨选出仕，岂不好吗？"江公忙道："大人说笑了，这可是欺君之罪啊！"彭督叹道："国家内忧外患，正是用人之际，本督只恨不能一网打尽天下人才，以为国家中流砥柱。可恨朝廷却有许多条条框框，阻碍下层有识之士出头任事，岂不糟糕？"江公一叠声道："不敢不敢……"彭督却道："此事大有可为，你一介籍籍无名之辈，去到他乡外府任职，谁个知你底细？只要你清正廉洁，一心为民，百姓连你姓甚名谁都不理会，只呼你'青天大老爷'呢！"江公回道："外人尚可糊弄，原籍悠悠之口岂可隐瞒？"彭督没好气瞪他一眼："此事自要做得机密……"江公惶恐，把头摇得货郎鼓一般："不可不可……"彭督却毅然决然道："你无须害怕，哪怕东窗事发，大不了本督向朝廷请罪，禀明初衷。你又没有银子贿赂本督，本督也不喝你一盅凉水，顾忌什么？"一席话说得江公心下活泛，经过一番运筹，如愿把兄长军状变换姓名。后蒙彭督举荐，获七品令职，指省江西候补。未久得缺，辗转上高、临川、德化、南昌等十余县份，为官已历二十余年。

江公言明苦衷，注目立春道："如此不堪'冒得官'，怎能和少爷结义父子，没的亵渎玷辱少爷……"说着，扭身拱手，"少爷恕老夫恬不知耻。"立春心下怦然乱跳，慌忙起身回礼，愕然道："立春何德何能，值得大人相告此等机密？"江公摇头叹道："如今事已不密，早被老夫那不成器的侄子叫嚷出去，叫人窃窃私语，以为笑柄，只差没人上折子参奏。"立春想起方才骂骂咧咧出门的中年汉子，闷纳道："侄少爷为何竟要张扬家庭秘事？"江公苦笑："当年老夫冒名顶替堂兄军功，得以出来做官。舍侄以为老夫不知怎的发财，不时上门勒索，每每扬言告状揭发。老夫被勒逼得喘不过气来，苦于没有斗量金银填满侄子欲壑，只落得背负一身亏空。"立春骂一声："混账！"甩头道，"大人放心，此事只管交我处置。我来设法收拾那不忠不孝的家伙，叫他不敢放肆！"

江公"噢"一声，摆手道："不不！老夫家中丑事，少爷不必掺和……"立春陷入沉思，缓缓说道："立春记得先祖母曾有教训：人活世上，苟为自己谋利，行事越丑，人格越低；反之，若为家国天下谋利，行事越丑，人格越高，越值得世人钦佩！大人出身贫贱，屈居下尘，不行丑事，安得出头为天地立心，为生民请命？棠浦干戈，安得化为玉帛？"可怜江公听得这话，浑身一颤，泪光闪烁道："老夫得此忘年知己，此生无憾矣！"

立春心中大畅，笑问："义母大人可有随任？立春理当拜见。"江公不再谦辞，一叠声叫喊夫人出来相见。立春循声张望，见一位粗衣布裳、满头银发、大脸庞上长一双桂圆小眼的老妪满面春风跨出房门，赶忙纳头跪拜。江公三位公子都回避在内室，听到爹爹叫喊，争相出来见礼，一齐称呼："哥哥。"

一番拜揖已毕，立春环顾左右，只见江公妻老子幼，满室萧条，家无长物。心中正自感慨，忽然江公长子，名唤金鉴者，趋前执手，打趣道："我家兄弟三人都比哥哥年幼，不知哥哥可否备下三份友爱，以为赏赐之礼？"立春笑嗔："圣人有训，兄友弟恭。弟弟们呈上三份恭敬，愚兄才好打赏三份友爱咧！"招引得一屋子人开颜大笑。江公切实嘱咐三位公子："我和蔡少爷相识未久，交情却非同等闲。你三人恭敬如亲兄，未为不可。"三人一齐应诺不提。

立春瞥见镂空雕花厅门外人影绰绰，似乎都有急事要回，赶忙起身告辞。江公挽留道："你安心住一宿回去不迟，老夫还要跟你叙话呢！"一边扯着脖子向外叫喊，"你们有什么事？进来回吧，屋里没有外人。"四个衙役鱼贯而入，一齐垂手站在江公座前。领头一个率先回道："回禀大人，山东布政司王大人公子新婚回籍省亲，原籍地方官应当奉送十两贺仪、十两程仪。"江公点头"嗯"一声，眸光转向第二人。那人躬身道："本省臬司大人长孙明日周岁，也是十两的定例……"江公又"嗯"一声，眸光正要滑过。那人却把脸迫着，又道："再请大人示下，今天早晨粮道大人庶母亡故，依定例庶母无须发送。但衙门里打听得粮道大人兄弟众多，母亲照顾不过来，自幼多得这位庶母抚育，如今接到任上当嫡母奉养……"江公打断道："其他衙门里如何？"那人回道："正是打听得新建县和盐道衙门都有发送，才敢来回大人。"江公暗暗吞口气，望着尚未回话二人，挥手道："你们有事自去处置，有定例的依例办，没定例的比照新建县行事。"

一干人齐声称"是"，却人人躬身垂手站立不动。江公默然片刻，向那领头人吩咐："你再去'久定钱庄'，向老掌柜挪借二百两银子，先开销着。等端午收了节敬，连本带利如数归还。"那人哭丧着脸道："回禀大人，'久定'老掌柜刁得很，见我进门就要拉着哭穷。不是九江的借银打了水漂，就是高安的放贷遭了卷逃，总之是穷得快要倒店了。"江公蹙眉喝一声："放肆！"脸上现一个僵硬怪笑，"传本官的话，他要真不想做南昌县衙生意，只管哭穷，只管穷得倒店！"那人硬着头皮回一声"是"，领着一干人掉头而去。

当晚立春在江公府上留宿，秉烛夜话。说起棠浦教案，立春不胜感慨："大人一诺千金，顶住有司泰山之压，只判耀廷三年监禁，龚家乡民已在祠堂给大人立起长生牌位。可恨天主教堂却愤愤不平，王安之逢人便说大人偏袒排外，枉法断案。"江公苦笑道："龚家父老暂

139

勿高兴，此案并未了结，教堂不服裁断，已禀上海领事及北洋使臣谋求翻案。"说着，轻轻摇头，"真是冤家路窄啊，年前南昌天主堂方遂志主教去世，谁知竟是王安之调来接替，传闻这两天就要走马上任呢。"立春惊道："世上哪有如此巧合之事？只怕是王安之心有不甘，特来寻仇也未可知。大人可要当心啊！"

2

来日用过早膳，立春辞别江公，返回武备学堂。走出巷子，转入一条长街，只见两旁商铺林立，货品琳琅，街上人来人往，市声嚷嚷。行至街心，忽然前面传来一阵叫喊："快跑！快跑！""呼啦啦"拥入一大群壮汉，横冲直撞，不要命地往街尾跑去。立春嘟囔一声："赶鬼去啊！"不料前方忽又传来一阵怒吼："追啊！杀啊！"一群老少汉子手持棍棒大刀飞奔而来，迎头追赶前面逃窜之人。

闪身避让到一家茶馆里，听得伙计摇头叹息："这世道不知要乱成怎样。"立春禁不住向前打探："这是什么人，光天化日之下，竟敢持刀行凶？"小伙计听出立春外地口音，一边擦着桌子，随口问道："客官刚来南昌吗？这是教民斗殴追杀，双方都是不要命的人。"立春点头，挑个空位坐下，掏出几个铜板叫喊："一盅茶水、两块烧饼。"伙计见有生意，越发热络和茶客聊话。原来南昌城内洋教分为两派，天主教和耶稣教早已水火不容。早在六年前，南昌县佳港村庄里，两派教民斗殴火拼，天主教民占据上风，耶稣教民伤亡惨重。多亏当时县令依律捉拿天主教民治罪，斩杀两名首犯，又把邓贵和、葛洪泰两名重犯判处监禁，方才杀灭天主教民嚣张气焰。谁知天主教堂不甘服输，不知走通什么门路，竟把邓、葛二犯保释出来，逍遥法外。耶稣教民不依不饶，寻仇不止。方才一幕，正是耶稣教民持刀追杀天主教民。立春听罢，一声叹气而已。

回到学堂，习课半月。一个礼拜日清早，邓文雍从蚊帐里探出头来叫唤立春，悄声道："省城武备、测绘、女师、陆军等学堂学生发起结集'易知社'，吟诗作文，以文会友，你可有兴趣去看看吗?"立春睡意全消，叫嚷道："要去要去，我早晓得南昌有个'易知社'。家兄蔡立功也是'易知社'成员，去年和同仁回家乡设立'我群社'，本人还是得力干将咧。"起床用过早膳，一干同学结伴出城，邓文雍故意拉扯立春稍稍落后众人，狡黠笑道："立春，你身为'我群社'干将，可晓得'易知''我群'所为何事?"立春睁眼："自然是吟诗作文，以文会友。"邓文雍眼珠一转，含笑不语。

行走半个时辰，来到一处旷野。一片萧瑟农田，并无人烟，惟有一栋废弃老屋孤零零屹立在春寒料峭之中。沿着一条田间小径走近大屋，不料树木掩蔽、杂草丛生的院门口竟有学生把门值守。邓文雍使个眼色，做外人看不懂的手势，把门学生立即予以放行。穿过大院，跨进老屋大门，只见大厅里安放着一排排破旧座椅，上方竟有一个戏台。两侧厢房里喧哗之声可闻，仿佛有人为着什么事情吵得不可开交。

不一会儿，三三两两男女青年谈笑风生来到屋里，先来者起身恭迎，后入者问安不迭，好不热闹。待到厅里空椅无多，大门"吱呀"一声，紧紧关闭。厢房里吵嚷声随之戛然而止，偌大古屋顿时鸦雀无声。众目睽睽之下，一队男女青年鱼贯而出，有的走上戏台，有的径去厅内空椅上就座。

静候片刻，戏台右侧款款走出一个身着黑底白花对襟大袄、身材娇小、面容和蔼、戴一副金框眼镜的女子站到戏台中央，含笑说声："诸位社员上午好!"一面深深鞠躬。立春见这女子举手投足大方得体，毫不忸怩，侧身向邓文雍打探："这女子是什么人?"文雍悄声道："她叫宋嫣红，'葆灵'女子书院学生主席。"说话间宋嫣红提高嗓音，朗声道："今日我社活动内容，继续上回'立宪'与'共和'之辩论。"立春大惊失色，以为自己听差了，正要询问邓文雍，不料耳畔袭来一阵雷鸣般掌声，硬生生把他一脸惊诧席卷而去。

宋嫣红含笑转身做个"有请"手势，戏台右侧立马走出一个身材瘦长、举止儒雅青年，鞠躬行礼已毕，随即发表演说：

诸位社员：

经过前期辩论，我们已经达成共识：时至二十世纪初元，大清王朝宿命般地迎来历史拐点；经由庚子之乱重击，正无可挽回地滑向没落深渊。今天我们争辩之焦点，只是这个气数已尽的偌大王朝，究竟该以何种方式终结，方能最大利益我中华民族之将来？当前朝野上下，意见分歧，出现两派不同主张、两种不同声音。一派以康有为、梁启超为代表，声嘶力竭大呼"立宪"，朝中也已派出五大臣出洋考察宪政；一派以孙文为党首，同盟结义，兵戎相向，誓要连根铲除王朝，缔造共向，新生国民。两派主张，共同源自西方，一以英吉利为样本，一则效法美利坚，不过路径不同而已。我等康、梁之徒，衷心拥戴英伦之道。立宪之好，自不用说，去年日俄一役，日本立宪小邦，完胜沙俄专制大国，举世有目共睹。况且"共和"太贵，革命甫届，未免干戈顿起，蹂躏河山，涂炭生灵。可怜我中华国弱民贫，岂堪支付此等昂贵代价？惟有在"立宪"框架之内，逐步弱化、虚化王权，归政民选政府，不伤筋、不动骨，兵不血刃构建共和，方是君子之道……

这位同学演讲完毕，鞠躬退居一旁。继而另一位膀大腰圆同学雄赳赳登台，直言不讳，自称"孙文之党"。只见他并不演讲，却睁大双眼，笑指方才演讲青年："请问'立宪'同学，如今国家权柄握谁手中？""立宪"同学回道："自握朝廷手中。""共和"同学点头，又问："你们明白权柄握在朝廷手中，却又舍不得摧毁这个朝廷，这就好比舍不得打死老虎，又要向老虎谋皮。这般如意算盘，打得再好，又有何用？当年'六君子'尸骨未寒，血迹未干，冤魂尚在菜市口游荡，想必大家不致忘却'百日维新'教训……"台下听众突然发一阵嘘唏，窃窃私语之声连成一片。

两人唇枪舌剑，一番激辩，雄赳赳"共和"同学渐占上风。儒雅"立宪"同学节节败退，眼见哑口无言，忽又双眸一转，鸡啄米似点头："好好好，就算革命非行不可。我只问你，将来革命胜利，革命者手握重兵，所向披靡，举国无有节制力量，你们何以确保革命不致演变成一场改朝换代的夺权闹剧？1640年英国革命，克伦威尔将军推翻帝制，建立共和国。谁承想，正是这位议员出身的将军一旦朝权在手，便把令来行，迅速解散议会，大肆推行共和专制。此等前车之鉴，你们可有应对之策？"遭此诘问，"共和"同学面有难色，双手一摊，哂笑道："此刻雁子尚未打下，怎是辩论如何烹饪时机？"那"共和"同学顿时两眼放亮，抬手指点哂笑："大家看看，他可说漏嘴！可见革命一党，并没做好以革命手段缔结共和准备！摧枯拉朽的暴力革命，无量头颅无量鲜血事业，岂可仓促上阵，率性而为？"

　　立春被双方放肆的辩论深深吸引，惊怖之情渐消，心里不觉忙开。一会儿觉得"立宪"有理，一会儿又觉得还是"共和"切实可行。待到辩论结束，曲终人散，回家路上，邓文雍忽然拉住他，悄声问道："立春弟，你觉得'立宪'好呢，还是'共和'好呢？"立春一时哪里回答得上来？时至那一天下午，夕阳西下，余晖洒落树梢，两人相邀在学堂枫树林中散步。忽然立春在一条石板凳上坐下，从衣袖里掏出一本手抄书册，翻到其中一篇文章，指点给邓文雍看阅："文雍你看，这是梁任公先生撰写的《开明专制论》。"一边凝神说道："革命施行暴力，难免多有破坏、流血和牺牲；我国民众愚钝，智识未开，美利坚那种经由战争缔造共和路径，我俚中国恐怕很难走得通畅。"邓文雍是狂热的革命派，翻着书本，意兴阑珊："原来和你哥哥一个德行，到底是富家出身啊。"立春拍拍文雍肩膀，分辩道："这可是国家民族大事，与我个人出身有何相干？"

　　两人辩论到夜幕降临，意犹未了，学堂骤然掀起一阵喧哗。操场两侧教室、寝舍里教官、学员争先恐后跑出来，发疯般地大叫大喊："不得了！不得了！教士戕官！教士戕官了——"两人赶忙跑去打探："哪里教士戕官？"一个教官模样之人气喘吁吁，语无伦次叫嚷："天主堂王安之神甫把、把、把……把南昌县江大令给戕杀了!"两人顿时惊得魂飞天外。

3

　　早在光绪二十七年（1901年）五月上旬，南昌县茌港乡普降暴雨，大发春水，冲垮桥梁，断绝交通。耶稣教民打扎木排，往来渡人，生意颇好。天主教民坐排渡河，却拒不给付渡资，双方发生斗殴。天主教民打死、打伤耶稣教民五六人。时任南昌县令发差抓捕凶犯，讯明定罪，立斩两名恶首，又把邓贵和、葛洪泰等多名重犯判处监禁，方得息事宁人。

　　不料时过多年，当年巡抚周浩罢官后又到江西担任藩司（布政司），却使结案已久的茌港教案再生波澜。周浩在原籍安徽有个儿女亲家，名叫崔湘，曾经署理江西建昌府试用知府。崔湘在任时，建昌府境内谣传教士偷运军火，崔湘未经查实，贸然敦督下属闯入教堂搜查，激起境内乡民对西洋教士满腔义愤。不明真相乡民趁机放火焚烧教堂，发泄愤怒，酿成教案，崔湘因此被朝廷革职开缺。

　　崔湘丢官，食不甘味，寝不安席，千方百计谋求复职，只恨不能如愿以偿。不承想儿女亲家周浩从江西代理巡抚任上罢官之后，忽然走通朝中门路，复又调回江西担任二品大员。崔湘喜出望外，赶忙拜托亲家代谋复职。周浩准如所请，极力谋划，暗中和天主教堂往来勾搭。一面亲去臬司（按察司）游说教堂已经谅解崔湘，法国主教多次来函，力荐开复原职；一面托请前任巡抚夏訔出面上折朝廷，奏准开复崔湘原官原衔，依旧指省江西，归入原班铺用。

　　一番谋营，崔湘复官。法国天主教堂传话周浩，提出将茌港教案犯人，如邓贵和、葛洪泰予保释，以为助力崔湘复官交换条件。月余时间，崔湘如期到省。安顿已毕，赶忙拜会周浩。亲家见面，你好我好，分外亲热。客套已毕，耳语半日，周浩密嘱："亲翁复官，尚需南昌县令江某帮忙圆通。"崔湘回说:"江令也是旧相识,只不知他已署理南昌县呢。"周浩切实嘱咐:"别看江谋官小,亲翁之事却少不得他一臂之力。"崔湘鸡啄米似点头,一叠声道:"大人放心,下官晓事。"

打道回府,崔湘立马拿出一张名刺,打发仆佣前往南昌县衙,请江大令前往"滕王阁"茶馆吃茶叙话。江公见候补知府有请,不知何事,只得穿戴整齐,立马揣着手本,急急赶去茶馆会见。华灯初上时分,进到密室,一见意气风发候补知府,赶忙作揖下拜:"大人履新到省,卑职有失远迎。"崔湘起身拉住,笑道:"你我知己,何须多礼?"

见礼坐定,叙些闲话,崔湘忽从怀里掏出一张五百两银票递给江公,笑眯眯道:"南昌会垣重地,官场人情往来繁杂,靡费常异。敝亲家周浩大人体谅大令,嘱我张罗些银两,赏给大令弥补开销……"江公慌忙站起来:"自古只有下属孝敬上宪,哪有上宪倒为下属操心之理?"崔湘笑道:"上宪美意,大令恭敬不如从命。"江公心下怦然乱跳,自为官以来,每回拒贿,不觉为难。眼下崔湘打着藩司旗号出招,这该如何是好?抬眼瞄瞄崔湘,一脸笑意,眼光柔和,只得壮胆谦辞,"大人有什么吩咐,卑职理当照办,岂敢贪赏?"崔湘颇不耐烦:"大令如此推辞,莫非看不起大宪,意欲与他撇清干系吗?"江公听得心惊肉跳,额头直冒冷汗:"岂敢岂敢!卑职哪里去找豹子胆吃?"崔湘傲然端起桌上茶盅,噘起嘴巴轻轻吹拂茶面,挑眉道:"既然不敢,那你爽快收下,日后尽心报效即可。"

江公沉吟半日,拱手道:"大人在上,容卑职陈情……当年承蒙'雪帅'举荐出仕,卑职曾于清风明月之夜,跪在尘埃,面向苍天起过毒誓:舍此一生,与要官、要钱两途斩断葛藤!所以卑职为官半生,当了足足二十年七品县令,从不谋求升迁;除去俸禄和固有陋规费,从不贪财纳贿。若有虚言,大人查察出来,卑职愿以全家老小人头谢罪。"崔湘"哦"一声,愕然道:"那、那你出仕做官,所为何事?"江公苦着脸道:"回禀大人,如今卑职早已不敢夸口,可笑当年却真是一心只想为苍生社稷略尽绵薄之力,方才出来做官呢。"

崔湘点头,抿嘴笑道:"既然你早已不敢夸口,可不是书生气退尽了吗？如今身在官场，正该入乡随俗，为何还要特立独行、标榜清高？"江公哭丧着脸回道："非是特立独行、标榜清高，只因铮铮誓言犹在耳边，不敢暗室亏心，怕招果报。"崔湘睨一眼桌上银票："上宪给你打赏，你怕招哪门子果报？"江公"扑通"一声跪在地上磕头："大人开恩，卑职不敢……"崔湘二话不说，一把抓起银票，霍地站起来，扬长而去。江公等候步声远去，缓缓爬起来，拖着麻木双腿坐到茶桌旁雕花小椅上，两眼望着花窗外一帘漆黑夜色，泪流满面。

不多日，不出江公所料，藩司周浩忽然打发官差去到县衙传唤。江公不敢怠慢，按捺一颗怦然乱跳之心，慌忙拿取手本，打马出门。一路狂奔到藩司衙门，给门房送上门包，才敢递上手本。衙役领进签押房去，周浩正伏案批阅文书，江公赶忙趋前，作揖而拜。周浩乐呵呵道："江大令快快请起，休要多礼。"

一番客套，见礼已毕。周浩从案头取出一纸文书递给江公，说道："前日天主堂托请夏皆大人呈上文书，禀告邓贵和、葛洪泰二人犯有暗疾，不宜久禁牢狱，请恩提前释放，大令以为如何？"江公站起来接过文书，直言回禀道："便有暗疾，宜由中、西郎中出具病状，报请臬司责成派办处查实，回明抚宪定夺。"周浩轻轻舒出口气道："理当如此！无奈夏大人再三叮嘱，不欲为区区二犯惊动抚宪大人。"张嘴打个哈欠，又道："近日京师传来佳音，夏大人即将荣升陕西巡抚，我等下官怎能为此区区小事驳夏大人颜面？"江公极力分辩："此事有干国家法体、中外交涉，可谓大是大非。无有两司行文、抚宪批示，卑职岂敢擅放人犯？"

周浩沉吟，叹道："难得江大令倒是个忠于职守好官！请问大令是哪年的举人、哪榜的进士？"江公情知上宪发难，心下暗暗寻思对策："卑职惭愧，卑职行武出身，未曾登科发甲。当年承蒙胡玉麟胡大人保举，以军功铨选出仕。"周浩"哦"一声，仰头笑道："怪不得身正影直，原来是'雪帅'门生。"江公心里松口气，不料周浩忽又蹙眉嘟囔："前些天，本司仿佛听人聒噪。传说大令并未有过行武履历，不知当年'雪帅'怎的栽了个军功在大令身上。"

江公心里"轰隆"一声，仿佛山崩地裂。回过神来，额上冷汗涔涔，"扑通"跪到地上，颤音道："求、求大人给卑职做主。卑职不善周旋官场，想是开罪僚属，才有这些谣言……"周浩奔拉眼皮斜一眼趴在地上的江公："本司自不理会谣言，不为别的，'雪帅'何许人？我等后辈高山仰止，怎舍得伤他知人之明？"江公慌忙磕头道谢，口呼重生父母，再养爹娘。周浩却又话锋一转，语重心长道："不过大令可要提防些，既然谣言已起，保得住不被人利用吗？那起等而下之之人，晓得什么轻重？为打一只老鼠，不怕坏了玉瓶也是常有之事。"可怜江公僵在地上，嘴里除了一口一个"是"字，哪里还会说话？

跪地半天，周浩方才喊他起来，吩咐道："释放二犯之事，大令言之有理，还是依律而行吧。本司自向夏大人请罪，不教大令为难。"说着，一边低头阅卷，目不斜视。江公挣扎着爬起来，僵着身子退出，慌忙打马奔跑回府。一刻不敢耽搁，喘着粗气传令释放邓、葛二犯。

时至光绪三十二年（1906年）正月，湖南长沙籍人氏余肇康来到江西担任臬司（按察司）。耶稣教民拦舆喊冤告状，口口声声请余大人为耶稣教民做主。余肇康着人查明实情，迫于城内两派教民争斗不断升级压力，只得严厉重申"已监禁之犯不得释放自由"例律，勒令南昌县令江召棠速将邓、葛二犯抓捕还禁，以息耶稣教民之怒。江公私下里禀告个中缘故，恭请臬宪看藩司颜面，设法调处。余肇康心下暗想，此等勾当与我无关，我何必为此徇私枉法？协调未果，江公只得硬着头皮奉命发差捉人。邓贵和束手就擒，葛洪泰却闻风而逃，躲进天主教堂以求庇护。官差循踪追至教堂，新任主教王安之拔出手枪，把黑洞洞枪口对准官差："胆敢迈入教堂一步，别怪我枪子不长眼睛！"

江公亲自出马，前往老贡院教堂交涉。骑马行至巷口，忽见巷里跳出一个身穿洋装却拖着辫子的汉人拱手作揖："江大令安好——"江公认得此人正是天主堂司事刘宗尧，心想此刻正用得着他周旋，忙在马上颔首："刘司事好，王神甫可在教堂？"刘宗尧说声"在"，躬身替江公牵马，引进巷子里去。

王安之一听门房禀报南昌县大令驾到，黑着脸冲到门首。正是仇人相见分外眼红，逼视半日，冷笑道："江大令，中国有一句古话，叫做'冤家路窄'！"江公跳下马来，张望他一头火红发须，摇头摆手笑道："王神甫，中国还有一句古话，叫做'冤家宜解不家结'呢！"王安之似笑非笑："哦，是吗？如何才能化解冤仇？"江公拱手道："本官奉命抓捕凶犯葛洪泰还禁，请主教依法交割，本官感激不尽，岂有冤仇？"王安之壮声大喝："岂有此理！当年保释是你，如今抓捕还禁又是你。你身为一县之宰，为何出尔反尔？"可怜江公内蒙长官之欺，外受教士之诉，满腹委屈愤懑说不出口，只得强词夺理分辩："当日释放，只因患病。如今病逾，自要抓捕还禁。"

王安之怒吼一声："滚！"江公昂然不予理会，执意冲进教堂抓捕凶犯。王安之猛然拔出手枪，把枪口对准江公脊背，叫嚣道："你胆敢迈前一步，别怪我开枪！"刘宗尧见状，抢步跳向前去按下王安之手枪，踮起脚跟在他耳畔嘀咕："神甫息怒，有事好商量。"一面又回头劝说江公，"神甫正在气头上，大令不如先行回避。明日神甫消气，从容商谈正事不迟。"江公只得依计，暂避锋芒。

来日午后，江公正在县衙签押房草拟公函，向按察司禀报案情，请示处置之法。忽然天主堂司事刘宗尧送来一张请束，笑道："王神甫请大令二十九日到府饮宴，勿要推辞。"江公迟疑："本官昨夜偶感风寒，不宜饮宴，多谢美意。"刘宗尧再三恳求，"神甫诚心和大令修好，届时新建县赵大令也将赴宴。没准大令和神甫推杯换盏、谈笑风生便把公事交涉妥当呢。"江公寻思，既然王安之把新建县令赵峻一并邀请，或许稍有诚意也未可知，因而点头应允。

二十九日下午，江公换下官衣官帽，穿上寻常便服，吆喊家丁徐荣、茶房黄荣，辅马出门。主仆三人去到老贡院教堂，果然王神甫发红如火，笑容可掬站在大门口迎候。一见江公，赶忙见礼问候，殷勤把主仆都请进小花厅。

吃茶聊话半日，却迟迟不见新建县令赵峻驾到。江公笑问："怎不见赵大令尊驾？"王安之捋须道："马上到、马上到……"延俄多时，教堂雇工艾老三进来禀报："神甫大人，晚宴备齐。"王安之起身做个"有请"手势："江大令，请到餐厅饮宴。"江公凝神张望："不妨稍候，等赵大令驾到，一同赴席。"恰逢一个名叫胡恩赐的教堂仆人又至，以帕擦手回话："神甫大人，酒菜上齐。"王安之不由分说拉起江公："江大令，中国有句古话，叫做客随主便。有请！"

江公心里"咯噔"一跳，无奈身不由己，只得硬着头皮任由主人拉进餐厅。徐荣、黄荣径自跟随侍候，却被王安之喝止在门外。主客二人一进餐厅，王安之立马转身，亲自动手，"吱呀"一声把厅门紧紧关闭。

4

进到餐厅，主客对面落座。王安之连连举杯敬酒。江公已知鸿门宴开场，不动声色一杯一杯饮酒，心里暗暗寻思应对之策。喝到半醉，王安之突然把玩酒盅，一言不发。江公凝神屏息等待开场白，双方无声对峙，仿佛谁先开口，便会在交锋之中输于下风。

王安之终究沉不住气，忽然一声冷笑："记得上回大令说过一句中国古话，叫做'冤家宜解不宜结'。"江公淡淡说声："当然！"王安之举起右手，伸出三个指头："我提三点要求，大令应允，你我冤仇就算化解。"江公浅笑："神甫有何要求，但说无妨。"王安之端起一杯满酒，一饮而尽，满嘴喷着酒气道："第一，重审'棠浦教案'，判处龚耀廷三人斩首，赔偿教堂白银十万两，另由宜丰县衙抚恤赖牯银钱；再者，释放因'荏港教案'监禁的天主教民；第三，进一步扩大西方传教士在昌传教权。"忽从怀里掏出一纸文书，递到江公面前，"我已拟好文书，大令只需签字画押即可。"江公接过文书，扫视两眼："神甫何其无理！先前旧案，早已依律惩处，怎能翻案？"王安之气急败坏叫嚷："你不签字吗？我告诉你，法兰西兵舰已经开到九江港口，只待我请，便要驶至南昌城下。到时兴兵，南昌古城化为焦土，大令即为戎首。"江公晓得来者不善，心中暗暗设法，以求脱身，脸上挤出笑来，敷衍道："此事干系重大，岂是江某一介县令可以做主？"一边缓缓起身离席朝门边走去。

王安之两步冲到江公面前，仗着酒兴粗暴地把他拽回席上："大令不签文书，休想离开半步！"江公无可奈何，颓然瘫倒椅上，任由王安之恫吓威胁。王安之连干两杯酒，在酒精推促之下，胸中豪情万丈，抓起桌上一把雪亮餐刀，晃在手里："这字你签还是不签？"江公抬抬眼皮道："神甫无理，老夫岂能签字？"王安之"当"的一声把餐刀往桌上一甩，壮声呵斥："你这个无赖冒得官！别忘了你的官是如何得来！我把你见不得人丑事揭发出去，你顷刻就有断头之祸、灭门之灾！"江公胃里酒浆翻江倒海闹腾，一阵燥热猛然袭上身来，霍地挺身站起，怒目而视："神甫只管揭发去吧！江某头可断，我中华民族之理不可屈！"

两人激烈争吵，势欲用武。王安之见江公不受恫吓，急怒之下愤然端起酒盅，强逼江公又喝了两盅酒，舌头打卷道："大、大令，请、请到密室聊话……"江公回道："此处只有你我二人，神甫有话但说无妨。"王安之扭身望着窗户摇头："不不，此处隔墙有耳。"一把拽起江公之手，强拉出门。两人踉踉跄跄，拐进一条幽暗深廊，进入密室。

王安之擦拭洋火，点亮墙壁上挂着的西瓜灯，密室顿时亮堂。江公双目环顾，只见北墙根下安着一张鸦片烟榻，榻上小几摆放一只硕大高脚水晶盘，装着满满一盘雪茄。王安之强令江公坐在烟榻上，随手捏起一根雪茄烟递给江公。江公连忙摆手："老夫嘴贱，抽不惯洋烟。"王安之嘟囔一声："鸦片烟鬼！"弯腰打开烟榻下橱柜，取出一支中式白铜水烟筒；又去小几上拿起一把明晃晃铜柄小刀，剖开雪茄烟，装入烟筒，不由分说塞到江公手上："抽、抽……"江公接过烟筒，"呼噜呼噜"抽起烟来，却被雪茄烟浓烈气味呛得咳嗽不止。

王安之面有得意之色，自取一根雪茄点燃，深吸两口，把脸凑到江公鼻子上，优雅地喷出一股烟雾："大令喜好鸦片，抽得官饷罄尽，背下一身亏空……"江公分辩："无有之事！神甫勿听坊间谣传！"王安之随手掐灭雪茄，冷笑道："城内两家钱庄，因大令借贷，几近倒店。大令不要留取项上人头，如何弄钱还债？"江公"当"地把烟筒放落几上，喝道："神甫勿要胡搅蛮缠，国家大事，与老夫钱债无关！"王安之见江公软硬不吃，抓起几上小刀，竖着把柄"咚咚"敲打烟榻，歇斯底里道："你死脑筋不开窍，那就只好兴兵！"江公任由威胁，忽然打个哈欠，索性往烟榻上一躺，摆出一副死猪不怕开水烫的架势。

初更时分，王安之叫骂得声嘶力竭，一屁股坐到榻上，脸上渐有倦容。江公趁机挺身而起，两步跨到密室门边，说声："我要小解。"不待王安之回过神来，早已开门而出。冲到花厅，低声吩咐守候在此的仆佣徐荣、黄荣："棠浦案大翻，我被王安之威逼，你们赶快去请新建县赵大令来。"徐荣得令，转身出门，驰马而去。黄荣担心主人安危，仍然留待教堂侍候。

王安之不提防江公冲出门去，一跃而起追至花厅，一把拽住江公拉回密室。江公拼命挣脱，情急中见刘宗尧房中亮着灯光，房门虚掩，扭头钻进去，请求刘司事设法劝解。刘宗尧"诺诺"而已，并无行动。旋即王安之追进来，两人复又争吵，互不相让。僵持到二更，王安之愈喝愈高，忽然甩出手中小刀，"咚"一声撂到桌上："要不你死，案即可结！"

江公被逼得走投无路，心中大悲：今天若不刺刀见红，断无逃生之路！恰逢胃中酒浆汹涌，难受至极，不由得心一横："神甫说话算数？果真我死，案即可结？"王安之只道江公虚张声势吓唬人，心想你背负一身亏空，正指望做官捞钱还债，怎舍得寻死？念头一转，倒要看他这出戏如何演下去，嘴里蹦出一声："当然！"气昂昂道："都怪你爱民仇教，坏我好事。只有你死，我才解心头之恨，案即可了！"话音未落，江公愤然抓起小刀，抬手往脖子上一抹。趁着酒兴，出手不轻，一股鲜血喷涌而出，烟火一般射向半空，划出一道血红弧线。

王安之平素见惯中国官吏爱财如命，吃定都是见利忘义、贪生怕死之徒，做梦没想到江公如此刚烈。眼睁睁望着江公脖颈血流如注，踉跄两步，瘫倒座椅上，小刀"当"地掉落地上，一时大骇。愣怔片刻，却又仿佛被江公突如其来举动激怒，猛一跺脚："你自找死！何不死个痛快？死个痛快！"刘宗尧见状，赶忙哀求："神甫息怒！神甫息怒！"王安之叫骂声戛然而止，教堂顿时陷入一片死寂。

时至午夜，教堂一位哑巴管堂起夜巡查灯火。因刘司事房里灯火通明，走到窗口张望，见江公瘫在椅上，脖颈上伤口鲜血直流，急忙跑回花厅，以手划颈，告知黄荣江公被杀情状。待到刘宗尧追出去制止，为时已晚。黄荣听到司事房中大吵，多次要进去劝解。无奈教堂仆役阻拦，不得入内。当时听懂哑巴手语，急往深廊里冲去。闯到刘宗尧门口，顶头遇上王安之提一盏西瓜灯开门出来，探头向门内一望，瞥见江公躺倒在长椅上，胸前衣领已被鲜血染红，急呼："大人、大人……"王安之、刘宗尧一齐喝止，不令入内。黄荣机敏，当即转身跑出教堂，拐入一条小巷，不要命地飞跑回家报信。

待到新建县令赵峻和江公长子江金鉴起来，江公脖颈上竟离奇地出现三道伤口，一横两竖，血流如注。赵峻、金鉴一声声急呼"大令""爹爹"。江公昏迷多时，听得叫喊，悠悠睁开眼睛，口不能言。赵峻见江公性命无碍，心下略宽，赶忙喝问王安之："这是怎么回事？"江金鉴急冲上去，一把抓住王安之衣领，推搡大喝："你这个洋鬼子！你把我爹怎么了？我跟你拼了！"王安之"哼"一声，愤然甩开金鉴之手，扭头向刘宗尧使个眼色。刘宗尧取来一沓字条，哈腰交到赵峻手中，说是江公手书。赵峻接过一看，果然张张字条，墨迹新鲜，清晰可辨：

"我死为救棠浦民人，不为与教堂为难。总求神甫保佑我民，不发兵，不请兵舰，案平和速了，我死无怨。"

"我死不要紧，只求王神甫救我棠浦民人，不要再兴兵……"

"只求神甫从轻，就此了结。我抵凶犯数命。案了，教亦可传。龚姓非野蛮人。我死，如前言，案算了结，不可再追，失言。我死无怨，逼死本县不怨，为救民尔。司后传教，民教相安为主，不可任性。江西好百姓也，非野蛮地也。视死如归，只是爱民。"

......

不待赵峻看毕，王安之一把夺去字条，塞入怀中。江金鉴伸手要看，王安之傲然不允。争吵中，金鉴瞥见爹爹手势召唤，赶忙奔过去询问，一时却又不解其意。待要再问，江公复又昏迷。赵峻一边吩咐黄荣急请郎中，一边自己亲身出门，快马加鞭，直奔抚衙禀告。

不多时，盐道沈曾植和南昌知府徐嘉禾奉巡抚胡廷干之命，同赴教堂，察看究竟。恰逢江公复醒，一再询问，给予纸笔。江公扶痛手书，大意说明，自刎之后，怕痛不敢再刎。恍惚有人捉住手臂，用剪刀加戮两下，剧痛来袭，时昏时醒。二人一齐怒斥王安之无理，喝道："刀、剪安在？"王安之昂昂然，置若罔闻。二人又问："教堂目击仆佣安在？速令出堂受讯，以为证言！"王安之颇不耐烦，"嗖"的一声，拔枪相向："江某自刎，与教堂何干？再敢多言，枪子说话！"二人见他满嘴酒气，两脸血红，两只眼睛红得像要喷出火来，一时不好与他相争，只得吩咐随从搜寻凶器。不料一众官差、衙役忙乎半日，却没能寻得刀、剪踪影。

与此同时，漆黑午夜之中，江西巡抚衙门官厅灯火煌煌。新任巡抚胡廷干听闻赵峻禀报，断然道："江令为官有年，老成持重，断无自戕之理！"随即大喊一声："来人！"立传两司（布政司、按察司）及洋务局观察，商议直至四更。

五更天时，南昌城内马蹄急响，步声踢踏，搅破一夜安谧。顷刻之间，营丁将弁、南局警兵先后抵达老贡院教堂，驻扎门首。黎明时分，江西警察局官吏童某公馆之外，打门之声如雷骤响。晨曦之中，道、府大员接踵而至，甚至连藩司周浩也降贵纡尊，亲自造访。原因只为童某乃是江公儿女亲家。

5

来日一早，臬司（按察司）余肇康亲至教堂问讯。王安之回想昨夜之事，恍然梦醒。面对余肇康声色俱厉诘问，推诿抵赖如故，却不似昨夜狂妄。余肇康见郎中朱炳辉躬身给江公敷药，忙问："伤势如何？"朱炳辉回道："食嗓半断。"余肇康蹙眉："性命如何？"朱郎中再回："暂无妨碍。"余肇康心下略宽，吩咐江金鉴用肩舆抬回府去，延医治疗，余事后处。

金鉴雇人把江公抬回公馆，潇潇春雨之中，一路号哭喊冤，"教士戕官"凶讯迅速传遍南昌全城。城内百姓仰仗江公犹如婴孩之于父母，惊闻洋人"损我国权，辱我贤吏"，疯狂奔走出门，号呼于路。

蔡立春在武备学堂闻讯，立刻冲到街上雇一辆人力车，飞奔江公馆。江公已被抬回半日，公馆里妇孺主仆，一片呜咽。江夫人强忍悲痛，亲侍江公汤食。不料汤浆竟从喉管伤口处流出。朱郎中敷以鸡皮，方能勉强饮乳。

立春见此惨状，踉跄而出，执手金鉴，哭问："何以至此？"金鉴泣告详情："被逼自刎，可怜又遭剪戮加功……"话音未落，门房来报："俇少爷来了。"立春抬头，只见当日那个乌面黑嘴、眉高眼大中年男子领着一干老少男人急急走进屋来。金鉴赶忙迎上去，呼爷喊叔，复又哭诉禀告："如此这般，被逼自刎，可怜又遭剪戮加功，好在性命或可无虞……"一干亲戚听得性命可保，长舒一口大气。交头接耳嘀咕半日，那俇少爷把金鉴拉到一旁，低声训斥："好糊涂少爷！伯父怎能'自刎'？分明是'戕杀'！教士戕官，大曲在彼，上宪理直，才好和洋人强硬交涉，多有好处！"一边撂下金鉴回到大厅，指手画脚吩咐众人："休得胡言乱语！"金鉴眨一双大而无当眼睛，并无主张。

正在这时，门房又报："童老爷来了。"趔趄武人童老爷进到大厅，听闻众人正在叫嚷"戕杀"，意欲呈书上宪喊冤，赶忙争辩："非为戕杀，原是自刎……"众人纷纷侧目，一齐唾骂："休得胡说！"双方互相指责，争吵不止。

立春暗暗寻思，这童老爷并未进去江公房里问明究竟，怎敢擅言"自刎"？心想此中必有蹊跷，悄悄把江公三少爷拉到一旁，问道："这个童老爷是什么人？"三少爷抹泪回道："他是童家姻伯，我二姐家公，现在警局当差。"延俄良久，童老爷进房探望江公，立春趁机混在人群中趄进去，心想倒要看看这童老爷要什么花招。恰逢江公小睡初醒，神色稍转，听见吵嚷，争说是非，不住打着书写手势。仆役赶忙把桌案上纸笔送到床榻，江公忍痛挣扎，手书数纸：

"一在花厅，二在酒席，三是密室，四在刘先生房。"

"意是逼我自刎，我怕痛，不致死。他有三人，两拉手腕，一在颈上割有两下。"

"痛二次，方知加割两次，欲我死无对证。"

……

童老爷接过字纸，一把塞入自己怀中，说道："大令只管安心养伤，一切自有大宪做主……"江公口不能言，拱手代揖。

童老爷正要出门，恰逢藩、臬两司周浩、余肇康携一干道、府官员，峨冠博带，齐来探视。进到卧室，江夫人携三位公子俱出拜见，长跪不起，哭请伸冤。金鉴泣泪递上文书，号哭："家父不幸，惨遭教士戕杀，吁请宪恩做主伸冤……"两司好言安慰，嘱咐江公妥为调治，等候医痊，明白呈递亲供，抚院自然核实，拟定办法，请旨定夺。

立春见公馆贵客驾临，不便久留。自从后门返校，并不惊动主人。走到大街，只见两旁屋宇已经贴出传单，原来学界、商界商议，拟订初三日上午于百花洲沈公祠内集会演讲，为父母官喊冤叫屈，抵制洋人暴行，挽回国权。

一气跑回武备学堂，操场上早已群情激昂，人声鼎沸。邓文雍等"易知社"骨干学员，正忙着刻印传单，拟写讲稿，准备初三日去百花洲集会，登台演讲。眼见立春返校，立刻团团围住，争相问长问短。立春告以实情，邓文雍忙把一纸讲稿塞到他手，激动道："立春，你口齿清楚，声如洪钟。初三日登台演讲人选非你莫属。"

立春接过讲稿，心里总觉得不太踏实。寻思一夜，念及江公妻老子幼，无有主张。来日一早，复又赶去公馆，却见江公老妻幼子正急成一团。金鉴泣告："抚宪奏报戕杀，外务部欲对洋人强硬。不料法使却告外务部，诬为自刎图赖。出示爹爹现场手书，全是自刎之意，并无加戮之说。以致朝廷责问抚宪说谎……"立春登时大嚷："义父岂是图赖之人？被逼无奈，激愤自刎，只为吓唬教士，以图脱身。"金鉴哭泣点头，却又纳闷疑问，"为何爹爹现场写给洋人手书，全无加戮字样？"立春瞪一眼道："义弟真不晓事！大人孤身陷于仇雠，倘若直书其罪，怎能虎口脱险？惟有赚得性命回府，才敢告以实情。"家中主仆，一齐附和："便有直书，存毁在于教堂。洋人早已付之一炬，怎能出示自证其谬？"

一番商议，金鉴、立春自去书房拟写文书，禀明曲直，据理力争。时至近午，童老爷陪同新建县令赵峻前来探视，金鉴慌忙出去拜见。正要请去江公卧室，赵峻抬手在嘴上"嘘"一口，悄声道："老夫特来拜会夫人和公子，勿要惊动大令。"金鉴只得请出母亲和弟弟一同到偏厅会客。落座下来，赵峻开门见山道："事已至此，自刎戕杀，各执一词，是非难断……"江夫人闻言，大惊失色，泣泪道："昨夜老爷一再书写'索剪'二字，只要追出刀剪凶器，辨明是教堂之物，还是老爷自带之物，是非曲直，岂不一目了然？"赵峻叹道："不瞒夫人，案发时教堂目击者刘宗尧、艾老三、胡恩赐等人，都已被官衙护送去往九江教区。我堂堂大清王朝，只怕无有力量追索那一刀一剪呢。"

金鉴泪眼望着童老爷，急切道："如此，岂不爹爹竟要沉冤不白？"赵峻叹道："夫人公子可知？上宪畏惧交涉艰难，意欲大事化小，小事化了。莫若只说'威逼自刎'，不提'加戮'二字，多有好处……"金鉴霍然起立，跺脚道："不不！爹爹奇耻大辱，岂可交易？请大令代复上宪，哪怕天大好处，江家无福消受，只求上宪给爹爹做主伸冤雪耻，我等家人感恩不尽。"江夫人泪不成声，一个劲附和儿子，把头摇得拨浪鼓一般："我们不要好处，只要老爷沉冤大白。"赵峻舒口气道："此案原由私放茌港教案凶犯而起，牵扯到藩司周浩大人。一旦追究起来，不单藩司涉嫌玩法，连臬司、抚宪都难逃失察之咎；况且大令私放监犯，也有过失。依老夫愚见，莫若委曲求全，保全诸位大宪，与人方便，自己方便；倘若得罪各位大宪，江大令日后还能在江西官场立足吗？"江夫人奄奄一息靠在座椅上，轻轻摆手："罢罢，这种受气官，老爷不做也罢。"金鉴与二弟对望一眼，痛切道："传闻九江主教朗守信大肆造谣，诬蔑爹爹蓄意自刎，图谋陷害教堂。倘若我们承认自刎，岂不正好坐实谣言？"

赵峻凝眸江夫人，摇头道："夫人切莫意气用事！大令背负一身亏空，倘若丢官，如何设法还债？"江夫人哭丧着脸分辩："没有的事，都怪老爷平日玩闹，写给侄少爷许多银两欠条，作不得数的。坊间以讹传讹，都说老爷亏空。"赵峻望一眼童老爷，浅笑道："夫人养在深闺，怎谙丈夫为官艰难？大令官居江西首县，上有重重叠叠大宪都要孝敬；下有京官僚属频繁往来，接待供给，靡费异常……"童老爷频频点头，插嘴道："出事前大令曾向我诉苦，钱庄贷银，本息已达七八万两之多……"江夫人和三位公子听得面面相觑，不知所措。

商谈半日，送走二人，金鉴自去书房向立春泣告详情。立春无言以对，只得把方才拟就文书一把揉碎。叹息之余，提到集会演讲之事，金鉴回道："爹爹昨日听到消息，已有手书……"躬身从抽屉里取出一张纸条，递给立春，上面写着："此事宜由各大宪秉公办理，不必集会演说。恐有匪徒乘机煽惑，授人口实，加贻鄙人罪戾。"立春睁眼问道："可有回禀官府？"金鉴摇头："尚未来得及禀告，方才忘记跟赵大令说呢。"立春忙道："事不宜迟，应将此纸速呈上宪。"二人出去告知江夫人，江夫人当即央请立春携金鉴速去臬府呈送手书。

二人立刻打马出门，直奔臬台衙门。门房接过纸条回报进去，顷刻出来吩咐："臬台大人已加派兵丁保护教堂。请公子致意大令，只管安心养伤，勿要劳神多虑。"二人告辞出来，走到大街，伫立瑟瑟寒风之中，一筹莫展。

6

二月初三日，天降细雨，如泣如诉。早膳一过，南昌古城大街小巷行人成群结队，络绎不绝。一切市声都被淹没，天地间仿佛只剩下一个咽喉，扯着嗓子顺风而呼："快去快去，为父母官报仇！"

巳时正刻，百花洲头偌大沈公祠里早已聚集得人山人海，喊声震天。一个个满脸忧伤的下层官吏擅离职守，迎风疾行，鱼贯而入；一群群衣冠楚楚的商界绅士放下生意，冒雨赶路，接踵而来；一伙伙义愤填膺的学界青年暂停功课，昂首阔步，蜂拥而至……不一会儿，连祠堂外麻石场地上都被人群围堵得水泄不通。满城男女百姓，裁缝铺子里老师傅，豆腐作坊里小伙计，码头上搬运工人，大宅门里仆役、门房、女佣、丫鬟，甚至妓院的鸨母、姑娘，卖菜的农夫，拉车的车夫，做饭的伙夫，挑粪的挑夫，乞讨的流浪汉都纷纷放下手头营生活计，争相奔来祠前集会，口口声声只为要父母官报仇。

邓文雍和蔡立春带领武备学堂同学拥挤在人群之中，随波逐流，好容易挤到祠堂门口。抬头一望，只见一位中年绅士昂然站在高高木台上慷慨陈词："本省天主教士王安之，诱刺南昌县江贤伊召棠，欺蔑我国已达极点。凡我同胞，莫不痛心、莫不愤慨。鉴于现时文明社会，我等值此杀父之仇，却要文明抵制，挽回国权，断不可贸然暴动，致碍大局……"台下百姓听得愤愤不平，呐喊、怒骂之声此起彼伏："这是什么屁话！教士杀我父母，还跟他讲什么文明？不如杀他几个，血债血还，强似白白受死！"眼见民众情绪失控，警兵头目跳上台去，振臂呼喊："教士杀官，自有官府据理交涉，你等百姓，不必多事！"话一出口，不啻火上浇油，早有民众破口大骂"汉奸""卖国贼"，冲上前掀翻讲台。

一片混乱之中，空中忽然蹿起一道红光。人群中猛然爆发出一阵惊呼："不好了！不好了，着火了——教堂着火了——"人们一见起火，心头莫名兴奋，仿佛自己一腔义愤也被烈焰点燃。寂静片时，忽然有人大喊："无非就是割地赔款，不如打杀他几个，为父母官报仇！"如此一呼百应，黑压压民众自动兵分数路，争相拥去各处教堂，打杀洋人。有如飞蛾扑火，自把生死置之度外。

那日恰是礼拜天，王安之正领着教民在教堂里做功课。忽然浓烟滚滚拥进屋来，呛起一片咳嗽。张皇抬眼一望，顿觉大事不妙，赶忙拔出手枪夺门而出。冲到门口，正遇上民众手持棍棒雨伞潮水般汹涌而来。生死关头，转身钻进浓烟之中，企图从后门逃之夭夭。谁知后门早被关闭严实，绝望之余，复又返回前门，"啪啪"放枪开路，逃出教堂，夺路狂奔。逃窜到一处名叫"荆波宛在"地方，眼见东湖在望，慌不择路冲进路旁一户人家。身后民众及时赶上，一把揪住，拉扯到不远处"三道桥"上，你一拳，我一脚，一阵围殴，费力无多，瞬间活活打杀。

一群人打杀教士性命，扬长而去。后面民众追来，眼见教士已死，颇为失望，纷纷以伞击尸，以脚踹尸，以沫唾尸。一具尸首顿时血肉模糊，面目全非。两个壮汉拉扯手足，拖至湖边，鲜血从尸体各处伤口滚涌出来，立刻在泥地上横扫出一道长长血痕，宛若一块粗糙生硬补丁，打在一匹柔软油亮的绸缎之上。随着一声"轰隆"巨响，尸体被投入湖中，溅起一蓬惊天水浪。

民众打杀王安之性命，来回涌荡在巷里，意犹未尽。忽然有人叫嚷："松柏巷里还有洋人，快去打杀！"大家生怕去晚吃亏似的，"呼啦啦"向松柏巷跑去。人们冲进一栋法文学堂，不分青红皂白，点燃柴薪，付之一炬。熊熊火焰蹿上屋脊，浓浓黑烟从四面窗户口滚滚而出。学堂里五位法国传教士狼狈冲出火海，抬头一望，只见教堂外人涌如潮，棍棒林立，喊杀喊打之声震耳欲聋。

五人窜如街鼠，好容易逃到进贤门外，却被一口水满泱泱三角水塘挡住去路。慌乱之中，望见不远处塘岸口泊着几条小船，一齐奔跑过去，掏出大把银钱交给船夫，跪地磕头，苦求摆渡。无奈船夫们早已听闻"教士戕官"，一个个怒目相向，置若罔闻。愤怒民众很快追赶而来，呐喊声中，石头、瓦片"乒乒乓乓"铺天盖地，如飞而至。眼见短兵相接，一根根扁担、一条条棍棒、一记记铁拳当头而下。五位传教士血肉之躯抵挡不住，一个个都被击得头破血流，争相跳入塘中，胡乱抓狂，溺水而死。顷刻间，一塘清水化为血海，鲜红水波荡漾不息。

待到营兵赶来，松柏巷里已是一片火海。营兵望洋兴叹，无力回天。正在这时，忽又有人叫嚷："不好不好，罗家塘口救主堂也着火了！"营兵们扭头张望，旋即驰往罗家塘。赶到之时，救主堂前后大门正"呼呼"直喷火舌，惟有侧面一扇耳门尚未起火，不时有教民从里面爬出来，哭爹叫娘，狼狈不堪。一队营兵迅速绕道耳门冲进火场，搜寻到一间内室，只见一对法国教士夫妇和他们的小女儿已经伤倒在地。手忙脚乱救护出来，无奈三人早已命丧黄泉。

打杀声中，一批批荷枪实弹营兵、警兵接踵而至。附近教堂和传教士很快得到保护，英、法传教士在这场风暴中死亡人数截止到九名。然而，民众的愤怒情绪却远未发泄罄尽，眼见没有洋人可打，顿时迁怒于教民，不由分说冲进教民家中，见人就打，见东西就砸。人们口中叫骂，顷刻由"为父母官报仇！"变为"谁叫你是假洋鬼子！"

立春和邓文雍等几位学生被潮水般民众挤搡到一栋大屋门前，情急之中，奋力冲向前去，以血肉之躯阻挡林立的拳头棍棒，壮声高喊："同胞们可曾记得庚子之祸？不要打了——不要打了——要吃大亏的——"无奈扬汤不能止沸，失去理智的民众听不进劝阻，反而一齐叫嚷："打死这个假洋鬼子！"话音未落，无数拳头、棍棒劈头盖脸向他袭去。立春眼前顿时一片黑暗，脸上头上血流如注，多亏邓文雍和几位同学冲上去拼死相救，方才幸免于难。

时至午后，经由军警竭力弹压，打砸渐告止息。疯狂民众停下拳脚，理智恢复，眼睁睁望着一座座冒烟教堂和一具具摊在地上的教士尸体，猛然惊出一身冷汗。大家不约而同记起庚子年闹拳教训，这才晓得大祸临头。不单参与打砸纵火之人，甚至追逐围观民众也落荒而逃，东躲西藏，生怕落入官府之手。

如响斯应，南昌城内谣言四起。大街小巷，到处都是慌里慌张奔跑之人。这一个惊慌失措叫嚷："不得了！不得了！英法军舰已从吴淞口起航，正开足马力向鄱阳湖驶来；"那一个哭天抹泪呼号："不得了！不得了！今夜火炮齐鸣，明日南昌古城就要夷为平地。"一时间，满城鬼哭狼嚎，鸡飞狗跳。三街六市口，各家店铺纷纷关门不迭，物价瞬时飞涨，抢劫随之而来。大小巷子里，豪门大户争相赶马套车，连人带行李席卷而去，避走乡间。小户人家也赶忙收拾衣物，仓皇逃命。夜幕初降时分，有位富商雇请一艘大船，满载财货家眷，急急驶入赣江，指望顺江南逃。谁知船至江心，突然狂风大作，掀起巨浪。船只颠簸倾覆，一船人货迅速沉没江底，瞬间消失得无影无踪。

时至黄昏，官府兵警倾巢出动，大肆捕人。巡抚一声令下，骏马嘶鸣，步声踢踏，劫波未平的南昌古城复又陷入一片混乱。顷刻间，跳窗跑路声、呼天喊地声、哭爹叫娘声、鸡飞狗跳声此起彼伏，不绝于耳。

闹到半夜，立春和文雍方才拖着伤痕累累身躯回到武备学堂。两人走到寝舍门前，只见两个长辫女子依偎在屋廊下台阶上打盹。文雍蓦然驻足，愣愣立在地上。立春走前两步，借着微暗天光眨眼一望，两人正是自己妹妹蔡立秋和龚耀廷太太邹氏，赶忙呼喊："立秋、嫂嫂，半夜三更的，你俚怎的跑到这里来了？"

7

二月初一日，"教士戕官"噩耗传到宜丰。县人奔走呼号，群情激愤，无以复加。棠浦龚家乡民当即来到县城鸣锣募集捐款，扬言上省替江公报仇。

立秋得到消息，愤愤告知丈夫。冯世魁摇头晃脑道："立秋，这种事情往后只有一日多似一日。今天教士戕官，焉知他明天不要戕杀皇上、太后？你一个弱女子，若为这种事操心，只怕你操心死了，也于事无补。"立秋一陈悲凉袭上心头：他竟说出这种话来，可见全无心肝！脸一甩道："我算是个弱女子，可你却是堂堂须眉大汉，又生此国族危急多事之秋，为何不肯挺起胸脯出头任事？"冯世魁敛容叹道："我俚国族气数已尽，大厦将倾，多少王公大臣无力回天，我一介乡间散人能干什么？"立秋如鲠在喉，瞠目道："依你说来，我俚泱泱大国，四万万同胞，莫非一齐坐以待毙，任人宰割？难道不要奋起抗争吗？"冯世魁长叹一声，耸鼻哂笑："列强虎狼之辈，我俚国力军事不能胜之，奋起抗争无异以卵击石。自雍正以降，我朝从未停止抗争，哪一回得过便宜？到头来无有不是割地赔款，连你家横遭的'亩捐'之祸，也是奋起抗争的恶果咧！"

立秋顿时哑口无言，但是心里却像插入一把尖刀。当天夜里，睡到半夜，忽然隐隐听见自家门响，正要倾听仔细，只见一个高鼻蓝眼、发红如火洋人手持明晃晃钢刀气势汹汹冲进睡房。立秋霍然坐起，喝问："为何深更半夜擅闯民宅？"洋人早已俯身下去，老鹰抓小鸡一般拎起床上熟睡的姗姗，"咔嚓"一声，手起刀落。可怜姗姗没来得及发出一声哭喊，瞬时身首异处，脖颈上一股鲜血直冲屋顶，游龙般盘旋两圈，化作豆粒大血雨淅沥淅沥掉落。立秋顿时吓得大哭，抓狂呼喊："世魁、世魁……"冯世魁酣睡惊醒，笑道："怎么了？立秋，魇着了吧？"立秋霍地坐起，颤抖着身子在床上乱抓一气，把身旁熟睡的女儿抓得"啊啊"哭叫，方才颓然瘫倒床头，喘气不止。

冯世魁摸索洋火点亮油灯，立秋禁不住扑进丈夫怀里，埋头泣泪："世魁，我、我梦见洋人冲进房来，一刀把姗姗劈死。"冯世魁没好气瞪一眼："日有所思，夜有所梦，都怪你白天老想这种事情，夜里才做噩梦。"立秋思绪纷纷扰扰，一时再难入眠。破晓时分，以手推醒丈夫："世魁，倘若有一天，洋人真杀到我俚家里来，那该怎么办？"冯世魁"嗯嗯"两声，翻个身子，鼾声如雷。

来日，立秋得知龚家乡民上城募捐，赶忙开箱拿取银子跑去柴市场。棠浦教案平息之后，龚家乡民听说洋人意欲翻案，多方上省打探案情，慢慢探知江公家中底细。一位中年男子收下立秋捐银，放入钱箱，含泪鞠躬。恰逢一队行人路过，赶忙迎上去喊话劝捐："乡亲们，捐点钱吧。可怜江公辗转做官半辈子，不但没有捞到钱财，反而背下一身亏空。如今江公惨遭戕害，生死未卜，倘若有个三长两短，一家老小不要被债主逼死吗？"

立秋心中隐隐作痛，不觉踱到戏院子里去了。戏院里来了三角班，正在上演《荞麦记》。立秋踱进戏厅，挑个末位悄然入座。一顿饭工夫，戏剧终了，戏子出来鞠躬谢幕。立秋灵机一动，径自走上台去，拱手向台下喊一声："老爷太太。"哽咽道："诸位前世修来好福气，值此国族多难之秋，尚能在此听戏享乐。可怜南昌县江贤伊召棠被洋人戕杀，身无长物……"座中戏友大都与立秋夫妇相识，不待她说出劝捐话来，早已嘘唏不止，纷纷慷慨解囊，争相认捐。

延俄到午后，立秋收得捐钱四五十两，赶忙清点送去柴市场。不料募捐之人早已离去，店铺掌柜告知立秋："龚家人赶去南昌参加明日集会，提前走了。"立秋急道："那可怎么办？我替江公募集到几十两银子……"掌柜道："明日一早龚家还有人上省，太太早些去东门外官道上等候，还怕没人替你捎带银子？"

谢过掌柜，立秋自去钱庄把零散银子兑成一张整票揣回家去。来日一早，冯世魁早早用过点心，忙不迭打马出门游山玩水。立秋只得自己带个丫鬟亲去东门外官道上等候，不一会儿，一位老汉驾一辆马车迎面驶来，主动停下。车窗里一位面容愁苦妇人探出头来，亲切叫唤："秋姑娘，为何站在这里？"立秋一看，正是武举龚耀廷太太邹氏，忙问："嫂嫂去何处？"邹氏回道："上省探望江公。"立秋忍不住叫嚷："太好太好！"掏出银票交给邹氏，如此这般交代明白。邹氏一把拉住立秋之手不放，哭腔哭调哀求："既如此，也是缘分。不如秋姑娘陪你苦命嫂嫂走趟门咧？我急要去见江公，无奈从未出过远门……"立秋沉吟片刻，只得打发丫鬟回家，自己登上马车，陪同邹氏上省。

天暗之前，马车驶进南昌城。城内已是一片混乱，邹氏马车也被官差拦住盘查两三回。好在立秋机警，不提去见江公，只说去武备学堂探望哥哥。车夫把两人拉到学堂门口，自取车资去了。立秋携手嫂嫂走进学堂，逢人便打听蔡立春住在哪里。被人带到哥哥寝舍，不料屋里人去楼空，房门紧闭。两人左等右等，不见有人归来。眼见天暗如墨，外面乱成一团，不敢外出，只好依偎在屋廊下坐等。

听得妹妹说明原委，立春登时拉下脸来训斥："你俩两个女人，私自乱跑，遇上坏人，岂不糟糕！"立秋噘嘴回道："原是江公出了大事，我俚才来咧。"立春没好气道："哪怕皇上出了大事，自有我俚男人担当，与你俚女人什么相干？"立秋向来最听不得藐视女子言语，当即辫子一甩："你可把话说清楚，怎的皇上出了大事不与我俚女人相干？莫非我俚女人不是大清的百姓、皇上的臣民吗？"立春正累得筋疲力尽，头上创伤疼痛不止，心里恼怒两人添乱，忍不住反唇相讥："你俚女人头发长，见识短。皇上要你俚这些女臣民有什么屁用？"

　　眼见兄妹争吵，邓文雍赶忙拉扯立春，笑劝道："原是你说话不对，怎怪妹妹生气！国族生死存亡关头，正要地不分南北东西、人不分男女老少，一齐铆起劲来救亡图存。怎的你倒说出这种轻蔑女子话来？岂不是自毁国力，自伤手足吗？"可怜立秋听得这话，虽然暗夜里看不清说话人面容，心里却是开天辟地从未有过的舒畅，忍不住"呜——"的一声哭泣起来。立春只得忍气走近去拍拍肩膀劝慰："好了好了，算我说错了……"

　　劝住立秋，文雍陪同立春一道出去安顿二位女眷。去到学堂不远处，敲开一家客栈之门，买下房间，料理妥当，立春嘱咐两人好生歇息，休要乱跑。立秋偶一抬头，眸光扫过邓文雍，忽然脱口惊叫："天啊！"邓文雍猛然一怔，为之四顾，忙问："怎么，妹妹看见什么了？"立秋长舒一口大气，赶忙低头掩饰窘态，讷讷道："没、没看见什么……"立春心有灵犀，深知妹妹失态惊叫，只因文雍相貌酷似昆泰，尤其在这月黑风高之夜、影影绰绰灯光之下。

8

　　来日学堂复课，为防生事，总办汪瑞闿严令全体师生一律禁止外出。立春一面拟写电报央请工友发回原籍，禀告二位女眷平安到省，勿使家人惦记；一面嘱咐二人既来之则安之，安心等候学堂禁令解除，才好陪同前往探望江公。

　　立秋多次到过南昌访亲，天天携带邹氏进城游逛。一日路过"葆灵"女子书院门口，不觉双脚钉在地上挪移不动。立秋早听说过这所美国人创办的教会学校，好些结婚生子妇女都去上学念书。站在门前观看半天，心里油然惆怅：人家也是生儿育女之人，怎的人家没被家庭羁绊，照样出来求学？可见自己还是缺乏勇气，只好一辈子困在温柔乡里窒息而死。

恰在这时，一群青春女子叽叽喳喳谈论着教案话题走出校门。立秋叫住一位身穿黑底白花对襟大袄、戴一副金边眼镜的女子，躬身施礼道："妹妹安好，可否带我二人进去书院逛逛吗？"女子驻足还礼，问明二人姓名籍贯，得知从家乡上省探望江公，因故滞留旅馆，浅笑道："这倒巧了，我们书院方才开会，正是讨论教案之事……"邹氏听得这话，拖着哭腔央求："这事与我俚干系甚大，妹妹说些详情给我听罢？"女子略说案情，叹道："事到如今，江公冤耻能否洗雪尚未可知，只怕我们中国又要吃亏……"

立秋再不想进书院闲逛，一把拉住女子相邀去酒馆用膳。女子婉谢，邹氏忙道："横竖我俚也要吃饭，何妨多摆一双筷子？"女子推辞不脱，三人一同走进一家法国酒馆。立秋向女招待叫一瓶红酒，宾主共饮。女子生性爽快，一五一十把教案前因后果向两人说得清清楚楚。立秋趁着酒兴，格外纠缠，把"葆灵"书院章程制度、教学科目、饮食起居事项询问不止。女子有问必答，笑道："姐姐，你问得如此详细，可是要来上学吗？"立秋笑而不言，久久把一双眼睛死死盯在人家脸上。女子抬手拂拭面颊，愕然道："怎么了？姐姐看什么，莫非我脸上有什么东西不成？"邹氏笑道："妹妹生得客气，让姐姐看呆了。"立秋莞尔一笑："妹妹，你说奇怪吗？我仿佛觉得我正在变成你，我急要知道自己变成你之后是个怎的模样。这就好比我俚女人照镜子，你可别要见怪。"女子和邹氏都被她说得忍俊不禁。转眼用膳已毕，三人起身离座，伸手握别。女子掏出一张小小名刺交给立秋，讪脸笑道："既然姐姐正在变成我，日后我们一定会再见的。请姐姐记住我的名字，我叫宋嫣红。"立秋道谢收下，作别而去。

延俄半月，武备学堂禁令解除，立春赶忙去客栈邀请妹妹和表嫂前往探望江公。三人雇一辆马车，吩咐车夫穿城而过，一直跑到江公馆门前。立春跳下车来，只见公馆院门紧闭，门前麻石场地上清冷异常，先前叫卖香烟洋火的小摊小贩早已不见踪影。打门半天，院门方才洞开一条缝隙，江家男仆黄荣探出半边脸来，淡淡说道："大人创伤未愈，不便会客。"立春忙道："棠浦龚家乡民大老远跑来求见大令，有要事相告。"黄荣竟不回话，只顾关门。立春大觉异样，试图把身子挤进门去："我见金鉴少爷也行。"黄荣不由分说把立春推出门外："不行不行，少爷也不能见……"

立春吃了闭门羹，举目四望，一条小巷寂静空旷，连过往行人也没有。踌躇半天，只得跑去巷口茶馆打探消息。茶馆伙计正好闲着，立春叫一盅茶，装模作样端在手里小口品尝，有一句没一句问话。伙计面有难色，咧嘴道："谁知发生了什么事呢？自打初三日闹事，公馆里就不许闲人进出。连仆佣出来采买油盐柴米都有童老爷相跟监视，吓得我们连声招呼都不敢打呢。"

一盅茶吃尽，立春快快踱回公馆门前，登上马车，告知二位女眷："江公只怕是凶多吉少。"可怜邹氏一听这话，"哇"地放声大哭："倘若江公不保，耀廷岂不更无生机？"立春好言相劝："事到如今，你俚在省盘桓无益，徒招家中惦记。不如暂且回家，静候音信。"立秋这些天流连省城，内心波动，多有想法，亟待回家实施，自把银票交给哥哥，嘱托觑便转呈江公。邹氏犹豫，泣泪道："这一回去，只怕此生难见耀廷。"兄妹轮番劝慰，邹氏方才止住哭泣。立春赶忙吩咐车夫，拉去宜丰会馆。寻得回乡之人，捎带二人返乡。

打发二人归去，立春心里越发放不下江公安危。眼见日未中天，意欲进城再探消息。不料会馆门外忽然传来一阵叽里呱啦乡音，抬头一望，只见一伙棠浦龚家乡民急匆匆走进门来。一位胖乎乎绅士模样中年男子怀抱一卷报纸，愤愤叫嚷："法使吕班无理取闹，一口咬定江公自刎图赖。初三日闹教事起，越发得理不饶人，一味责怪地方官失于防范，保护不力。如今竟把兵舰开到鄱阳湖，威逼着要查撤江西大吏，再订赔偿条约，岂不又是城下之盟吗？"另一个白脸后生跳到众人前面，倒退着行走，挥拳嚷道："可恨《字林西报》和《中法新汇报》为虎作伥，一味睁着眼睛说瞎话，偏袒教士，无端攻击江公人格！"其余众人个个一脸愤慨，却又止不住七嘴八舌自我安慰："好在我俚中国也有报纸，前日《时报》和《南昌报》已把西报批驳得体无完肤，他俚的谎言哪里站得住脚？"

立春瞧着几位乡亲面熟，赶忙向前施礼，问道："你俚从何处打探得来这些消息？在下正为江公安危心急如焚……"几位乡亲都认得立春，争相招呼："原来是蔡少爷。"随即拉去厅堂落座，胖绅士忙把报纸递过去，说道："我俚刚从抚衙回来，打听得朝廷派来津海关道梁敦彦梁大人做钦差，法方派出三等参赞官端贵为代表，一同来赣查办此案。那梁大人原是清流派人物，看来确是个清官，一不拜客，二不会友，三不受用江西官场一啄一饮，所有车马食宿费用一概自理，只求秉公处事，挽回国体……"立春听得连连点头："正要如此才好。"不料那个白脸后生霍然跳起，以手叉腰道："好什么咧？法方百般抵赖，一口咬定江公自刎图赖，梁大人虽极力辩护驳斥，苦于无有证据……"立春蹙眉道："只要中西郎中验明伤口，无论自刎留痕，还是加戮所致，岂不一清二楚？"

乡亲七嘴八舌道："正是这话！我俚相约去抚衙为江公喊冤，托请可靠之人求见抚台，吁请验伤。却不料衙门里传出话来，抚台大人百般为难，支支吾吾，闪烁其词。蔡少爷，你说这是怎回事咧？莫非堂堂巡抚，倒比我俚乡野之人更没主张？"立春心里亮堂，多少话涌到喉管，寻思道："要不我俚去找梁大人？个中鬼蜮情状，我倒略知一二，需得面陈钦差大人。"大家忙问详情，立春便把教案与藩司周浩有所牵扯之话回明。几位乡民顿时恍然大悟："怪不得抚宪意欲大事化小，原来是各怀鬼胎，官官相护。"大家商议一回，正要去见钦差，不料会馆里跟跟跄跄跑进来两个小伙计，丧魂失魄叫嚷："不好不好，江大令亡故了！"

9

大家听到噩耗，一时不能信以为真。两个小伙计指手画脚，说得有鼻子有眼："南昌县衙已经贴出安民告示，岂能有假？"立春来不及细问，挥手说声："走！看看去！"一干人飞跑半日，气喘吁吁赶到南昌县衙，只见衙门外早已人头攒动，呜咽一片。立春拉着胖绅士奋力挤到衙门口，果见门首赫然贴出一张白纸告示：二月初九日巳时三刻，江令召棠因伤后调养不善殒命。

立春头皮一紧，讷讷道："怎么可能？我在公馆亲见夫人给大令喂乳，亲耳听到郎中说性命无碍……"心头一悲，猛然冲上去一把撕下告示，攥在手里歇斯底里叫嚷："江公绝不至于突然殒命，其中必有龌龊！可怜江公死得不明不白！"正在这时，一阵锣声骤响，一队官差骑马疾驰而来，横冲直撞驱赶围观民众，扯着嗓子喊话："上宪有令，不许集会演讲，不许公祭、哀悼江令……"

话音未落，大街小巷潮水般涌出人来，一拨一拨男女老少从四面八方拥到大街上，无头苍蝇一般乱跑乱撞。立春不明白突发何事，恰好一辆马车被人群围堵在街心，寸步难行，赶忙挤过去向车夫打探："大哥去往何处？为何大家都要拼命逃跑？"车夫蹙眉道："听说梁钦差和法使僵持不下，法使恼羞成怒，已请兵舰驶来南昌，要为死难洋人报仇……"言犹未了，车窗里主人探出头来，壮声斥骂："大祸临头，你倒有工夫讲闲话？"立春挤到车窗前询问："老爷，你俚可知江大令殒命？"老爷愕然："殒命？啥时候的事？"立春恍然大悟，原来逃命之人尚不知晓江公殒命，赶忙呼喊："大令殒命，洋人还要报哪门子的仇咧？"忽然街口人群松动，马车猛然启程，拐向大路，跑得无影无踪。

立春回头张望，几位乡亲早已被人群冲散。扯着乡音呼喊，不得回应，独自挤出街道，直奔江公馆。只见公馆门楼上刚刚挂上一只白色灯笼，随即被人拉扯下来。一伙官差正冲着仆佣黄荣喝骂："你们找死啊！上宪有令，不许哀悼！"浑身素白的黄荣据理力争："我家主人亡故，岂有不许祭奠之理？"

立春冲过去一把拉住黄荣，急问："大令好好的，为何突然亡故？"黄荣两眼黯然，支吾难言。立春趁势冲进屋去，却被官差喝止："闲杂人等，不得入内！"纠缠半日，打探不到半点消息。复去宜丰会馆，却不见龚家乡民归来。眼见天色渐暗，只得雇一辆马车回武备学堂。

此时学堂早已群情激愤，人言嚣嚣，总办汪瑞闿生怕学生上街游行闹事，请来营兵把守前后大门。所有师生，一律只准进入，不许外出。一连多日，全校师生焦急地关注事态进展，无心上课。然而他们与世隔绝，一筹莫展，宛若陷身孤岛。好在京城和上海、天津各大报纸如期送达。师生们通过传阅报纸，得知围绕江公死因，中西报界展开了一场硝烟弥漫论战。

一日傍晚，夜幕低垂。邓文雍手扬一张报纸冲进寝舍，高声喊道："大家快看，我们中国仵作验明江大令确系被杀而死……"一干同学围上去抢看报纸，一位高个学生壮声朗读起来："据《洗冤录》所载：凡自割喉下死者，其痕起手重，收手轻；其被人所杀者，并无左右深浅之别。江令咽喉一伤，两头平，并无轻重。两手平直，不能弯曲，伤口内又有尖刃戳伤痕迹，确系被人杀死……"同学们顿时舒口气，愤愤嚷道："如此这般，看法方还有什么话说！"立春木然端坐，置若罔闻。文雍把报纸送到他眼前，晃荡不止："立春，快看，江大令有冤可伸了。"立春摇头，正眼不看报纸。邓文雍心念一转，沉吟道："是啊，事到如今，人为刀俎，我为鱼肉，我们中国仵作说话算数吗？关键还得看西方医生结论。"

三五日内，法国、英国、美国医生验尸单相继见报。各国单据都证实伤有两道，一横一竖，但对创伤来源却一致含糊其词。甚至有说："似此情形，可断为自刎乎？不能也。"又说："颇似本人自刎之势，则又不能断为被杀也。"然而法方无须证据，一口咬定"自刎图赖"，态度蛮横，无以复加。钦差梁敦彦据理力争，不予退让，双方主张每日见报，激烈争辩，不可开交。

忽一日，京城《京话日报》开报纸刊登照片之先河，率先刊出江公尸像，图文并茂申辩：江西南昌知县江大令召棠，被天主教请酒谋杀，凶手便是劝人为善之教士。教士既下毒手，又肆毒口，捏造情形，谎说自刎。本馆再三辩白，今特把江大令受伤照相做成铜版，印入报内。请大众看看，有这样自刎的没有！

文雍买下报纸，如获至宝，赶忙拿去给立春看阅。立春心事重重，沮丧道："文雍，此事不怕洋人抵赖，只怕我俚省垣大宪私心弄鬼……"一边把教案起因、江公自刎后惨遭剪刀加戮实情，以及亲属家人私心隐匿自刎情节和新建县令赵峻受托前往公馆劝说默认自刎情形，一五一十和盘托出："江公伤口绝不致毙命，我担心义父很可能死于江西大吏干预……"文雍听得目瞪口呆，恨恨骂道："如此狗官！怪不得推三阻四拖延不肯验伤！"立春叹道："初三日民众闯下大祸，他俚害怕大令说出真相，欲其死无对证，恩威并施逼其自死也未可知。"文雍大惊："死生大事，江公岂能任人摆布？"立春痛楚摇头："江公生前身后，多有难言之隐……"忽然一把拉住文雍，"好兄弟，请你设法送我出校，我要出去联络棠浦乡绅，告知此间鬼蜮情形。"

来日午夜，天暗如墨，万籁俱寂。两人摸黑走出寝舍，擦拭洋火照亮路径，进到操场围墙根下。依着白天设计，挪移一块大石直抵墙根。文雍站在石上，蹲下身子，立春踩踏文雍肩膀攀上围墙，"咚"的一声跳出墙外。一溜烟跑进城去，直奔宜丰会馆。

几位棠浦乡亲归去复来，正为江公之死惊讶万分。立春告以实情，顷刻恍然大悟。激愤之余，迅速商议，一面拟写密信，手抄多份，邮往京城和本埠各大报馆，详述教案前因后果以及种种鬼蜮情状；一面跑去钦差梁敦彦下榻客栈告状。

不多时日，京沪和本埠报纸争相派出访员，明察暗访，挖出诸多鬼蜮情状，公之于众。比如案发之始，教堂关键证人刘宗尧、艾老三等人即被江公亲家童老爷延请至警察局居住，日用饮食，皆官供给，日后竟又由官差护送到九江教区，严加保护，不予见人；又如中法交涉期间，钦差大人不受地方馈赠饮食，道府官员却设席宴请法国参赞，招妓侑觞，靡费公帑。上海《申报》公然刊发文章，指名道姓抨击巡抚胡廷干颟顸畏葸，进退维谷，先执大事化小、小事化了谬见，尽力弥缝；及至已肇大祸，不得已才将真相公布，冀诿罪于他人而前后矛盾……

舆论哗然之际，湖广总督张之洞为之震怒，拍案而起。特派心腹专员莅赣调查，务求拨开重重迷雾，查出真相。延俄近月，钦差梁敦彦中止和法方谈判，提前进京面圣，奏明此案不宜再由地方查办，应速提京办理。

钦差回朝未久，朝中圣旨部文雪片般飞至赣地，先行整饬江西官场。巡抚胡廷干首当其冲，撤职丢官，一生仕途戛然而止；藩司周浩则以贪污罪名，革去职务，一撸到底；其余自臬司余肇康以下，道、府要员及凡与教案有所沾带者，包括新建县令赵峻，均被撤职，江西官场几近全军覆没。最难得，向来棉花塞耳、老眼昏花朝廷，这回竟明察秋毫，层层剥茧抽丝，揪出此案始作俑者——藩司周浩儿女亲家崔湘，严词下令"革职查办，永不叙用"。切实断绝官途。

消息传至武备学堂，师生议论纷纷，经日不绝。立春百感交集，紧攥文雍之手，激动道："现在就看朝廷如何了结此案。"

10

转眼又到"易知社"活动日，立春和文雍早早出校。来到荒郊野外祠堂，跨进大门，立春猛一抬眼，只差没有惊叫。原来大厅里一群年轻女子正忙着擦拭座椅，张罗茶水，其中一个拖着长辫，长身长颈，长手长脚女子，背影酷似立秋！

立春不由自主走近前去，女子翩然转身，惊叫一声："二哥！"可怜立春四顾张望，哪敢答应？立秋没好气嗔道："人家叫你'二哥'

你愣头愣脑张望什么？难道还有别人是我二哥吗？"立春凝望立秋眉心一颗小小朱砂痣，讷讷道："立秋，你、你怎来、来到这里了？"立秋噘嘴道："这里又不是你闺房重地，难道只许你来，不许我来？"立春赶忙把妹妹拉到门角，敛容问道："立秋，不开玩笑，你怎么闯到这里来了？"立秋笑回："我前次上省，不经意把心落在省垣，再拽不回去。归家之后，我向世魁要些银子出来上学，宋嫣红妹妹把我领来这里。"

立春蹙眉："你抛家出门，妹夫不要大发雷霆吗？他竟然给你银子？"立秋"扑哧"一笑："你小看世魁了。人家一个玩世不恭大少爷，早早洞悉世上万事万物，如露亦如电，如梦幻泡影，什么事值得他大发雷霆？他把我的志向看作玩闹，倒无所谓赞成不赞成咧。"立春将信将疑，又道："他倒罢了，爹娘可不要吃了你吗？"立秋吐吐舌头，讪脸道："爹娘吃我不烂！"

原来立秋上省归家，一颗心便像船帆鼓满顺风，哪里还能停泊在风平浪静的港湾？一天夜里，冯世魁携友游玩迟归，立秋正襟危坐等候丈夫归家。忽然"吱呀"一声，冯世魁推门而入，蓦见太太严阵以待，以为埋怨。不料立秋笑盈盈站起来，开门见山道："世魁，我有事要和你商量。"冯世魁暗暗舒口气："你我夫妻，有话但说无妨。"立秋挑眉道："这事说出来，你可不能拦我。"冯世魁心里已知此事非同小可，摊手笑道："立秋，我还不知你的性子？你认定的事，我要拦也拦不住咧。"立秋点头，说道："我要上省求学。"

冯世魁不置可否，从容脱去外衣，自去厨房打水梳洗沐浴。一身清爽回到闺房，一屁股坐到床上，叹道："立秋，我算玩性大的，谁知你玩性比我更大。"说着，潇洒打个响指，"没事，立秋，你玩去咧。我给足你银子，不教你在外头吃苦。"立秋定定地望着丈夫，笑问："如此爽利？没有别的话吗？"冯世魁施然站起来，双手抚摸妻子双肩，柔声道："正房太太的位置，我一直给你留着。你啥时玩闹够了，随时可以回家。可我总得纳个把小妾照顾姗姗，你不许吃醋。"立秋点头不迭，浅笑道："这就对了！这才是冯世魁，我的丈夫！"

一夜无话。来日立秋自去"轩窗第"禀告爹娘。蔡纪高听女儿说出异想天开话来，勃然变脸大骂："你莫给娘家抹黑！我俚蔡家千年门第，容得一个女人跑出去胡闹吗？你好好给我恪守妇道，莫让人家骂我俚'轩窗第'塌了门槛！"立秋甩头，反唇相讥："我不过像二哥一样出门求学，这是什么丢人现眼的事？人家福建巡抚秋寿南大人女公子秋瑾留洋归来，正在上海、浙江抛头露面大兴女学，你俚听见谁说秋大人家塌了门槛吗？"

　　白银正给小姑泡茶，端着茶盅走过去，睁一双雪亮"四白眼"，快人快语道："秋姑娘，你千万莫发癫咧，这种玩笑开不得！一旦家中空巢，冯姑爷娶进小妾，你的日子就未必好过。自古以来，妾夺妻权的还少吗？"立秋没好气瞪她一眼："你照看宝宝去，这里没你的事！"白银嘟囔一声："狗咬吕洞宾——不识好人心。"胡碧玺愣怔半天，回过神来，数落道："果真是一两黄金四两福，四两黄金压得哭咧！你这是生苦了命咧，放着好日子不过，倒要跑出去胡闹！把二两狗屎运气闹没了，你便安心了！"立秋待要分辩，忽想起夏虫不可以语冰，索性站起来，跺脚道："我后天出门，这就算拜别爹娘了。"一边抬脚跨出腰门去。胡碧玺顺手抓起几上茶水，奋力泼向女儿。立秋双脚一跳，快步跃到天井。胡碧玺猛然把手中茶盅一飞，"哐当"落在天井里砸得粉碎。眼睁睁望着女儿头也不回跑出家门去了，一屁股坐到椅上，破口大骂："真是点灭了过年蜡烛，打哑了开门爆竹，我怎的生出这么个败家女娘？哪天世魁把你休了，我拿什么脸去见人咧！"

　　立春听得妹妹一番诉说，忍不住责备："立秋，你一个女人，出来乱跑乱闯做什么？赶紧回家去咧，不要闹到不可收拾！"宋嫣红提着茶水走过来，脸一甩插嘴道："这位哥哥好没道理！我们女子出来求学，心胸志趣和你们男子无异，又不是出来为娼作妓、倚门卖笑，怎的便要闹到不可收拾呢？"立春不提防她如此抢白，一时倒答不上话来。

　　邓文雍和一班同学招呼已毕，看见立秋来到，赶忙走去问候，伸出一只大掌，笑道："妹妹安好，在下邓文雍，就读武备学堂——"立秋脸上蓦地飞上两朵红云，赶忙伸手相握，讪脸道："我俚早已见过面咧。"邓文雍点头讪笑："上回暗夜相见，黑灯瞎火，连个相貌眉眼都没看清楚。"大家说笑开了，立春也不好再责备妹妹。

这天社里活动内容，原本是辩论"革命"与"造反"异同。只因教案未了，正是全城街谈巷议热点，青年学子们聚在一起，七嘴八舌议论，没完没了，使得正经演讲迟迟不能开场。喧哗半日，演讲同学方才鱼贯登台，一个个旁征博引，条分缕析阐述"革命"与"造反"异同，赢得一阵阵掌声和喝彩："革命"与"造反"起因略同、过程略同、暴力略同、牺牲略同、破坏略同，仿佛一对孪生兄弟，难分伯仲，然而两者动机目的背道而驰，实乃貌相似而神相远也……立春一门心思琢磨教案，又记挂妹妹胡闹，家中爹娘难免忧愁，倒没把演讲听进耳去。

转眼辩论结束，立春为把妹妹劝说回家，有心借口带她去祭奠江公，觑便劝回家去。主意打定，悄悄把妹妹拉到一旁，一边把江公含冤殒命，朝廷不许悼念详情告知，一边叹道："可怜我和大人父子一场，连个祭奠之礼都不能尽咧。"立秋急问："现在公馆里怎样了？难不成官差天天把守？"立春忙道："要不我俚去碰碰运气？"立秋点头："正该如此。"立春便喊上文雍，三人一道进城。

11

马车跑到公馆门前，一道寡白残阳铺盖半边巷道。三人跳下车来，蓦见公馆大门早已紧闭，灰蒙蒙院门上贴着一张"招租"告示，刺目的红纸，仿佛一道流血的伤口。徘徊半日，三人只得肃立门首，鞠躬凭吊而已。

洒泪踱出巷去，忽闻巷口茶馆里人声嚷嚷。立春领头掀帘而入，挑一张角落里空桌椅坐下。伙计泡上茶来，穿梭般忙碌，却又不时竖起食指在嘴巴上"嘘"一声，神神秘秘传播真假莫辨的小道消息：那天夜里，江大令一家神不知鬼不觉搬走了。可怜一大家子搬运灵柩竟没弄出丁点动静，连女眷也没有啼哭……立春竖起耳朵，忽听得身后一位干瘦老头左右开弓向其茶友嚼舌："你们知道吗？江大令原本伤不致死，只因上宪威逼利诱，不得以自抉伤口而亡……"茶友们听得唏嘘不止，那老头越发说得眉飞色舞，"听说江家得了一注大财，不单偿清债务，还落得大笔安家银子，一大家子从此不愁吃嚼呢。"老头对面座位上一个胖汉摇头晃脑，说道："江大令原是自刎，只为讹诈洋人，才说被戕……"话音未落，"当"的一声，邻桌一位年轻男子摔杯而起，一把揪住胖汉褂襟，骂道："你这个狗汉奸！这是洋人诬蔑江大令的屁话，你竟敢以讹传讹？"胖汉吓得筛糠打抖，急忙求饶："是是是，我再不敢了、再不敢了……"

立春怏怏坐在茶桌上，心潮滚滚，默然端着茶盅，低头凝望，茶面上倒映出自己一张丧气脸庞，忍不住悲叹："可怜江公掉进盘丝洞里死得不明不白，盖棺不得论定，入土难以安息……"出得茶馆，三人坐上马车。立春心里悲戚，一时倒无话劝说立秋，径直把她送去"葆灵"书院。

立春和文雍步行返校，行至一处僻静荒郊，立春吸着鼻子道："文雍，我俚大清一国，百姓活不成，好官也做不成，你说这个朝廷靠什么支撑咧？"邓文雍定住脚步，哂笑道："你才知道啊？你还幻想着'立宪'吗？"两人并肩踱步，文雍一路耳语："'同盟会'已在江西设立分部，'易知社'骨干社员都已盟誓入会，追随孙文先生革这个腐朽朝廷的老命，才不跟它诗云子曰讲什么狗屁道理！"

时至六月二十日，清廷外务部与法兰西签订《南昌教案善后合同》。清廷赔偿白银四十五万两，审讯在捕闹教民众六七十人，斩杀祸首三人，监禁十三人，罚做苦工十二人；另着棠浦教案祸首龚耀廷三人斩首正法。至于江公之死，合同中描述为："本年正月二十九日，南昌县令江召棠到天主堂，与法教士王安之商议旧案，彼此意见不合，以致江令激愤自刎。乃因该令自刎之举，传有毁谤教士之讹，以致出有二月初三日暴动之事，中国国家已将有罪之人惩办。"如此犹嫌不足，朝廷另有部文申饬江西："江召棠自尽情形与为国捐躯者不同，断不准该地方官及绅民等给予一切好处！"

消息传出，举国哗然。南昌民众痛绝癫狂，文明绅士仰天大笑，挥毫泼墨，长歌当哭，写下堆积如山祭文、挽联，哀感顽艳：掬西江之水不能洗此耻，聚胶日之光不能白此冤！下民百姓哭天抹泪，破口大骂："天啊天啊！这是什么世道！真是布蒙了天啊！"官府谨遵朝廷旨意，严禁哀悼、公祭江公。无奈满城绅民置若罔闻，城内各大报馆、学堂、商行、医馆、邮局以及各姓祠堂纷纷设立灵堂，召开公祭大会。城内绅民举哀痛切，如丧考妣。凡有灵堂处，男女老少争相为父母官披麻戴孝。偌大会城大街小巷，到处布幡高悬，哀乐低回，远胜国丧。

消息传来之日，武备学堂一派鼎沸。师生们痛哭呼号，愤而罢课。立春、文雍不顾总办汪瑞闿训话，当即组织"易知社"成员在学堂设置灵堂。邓文雍从《京话日报》上剪下江公尸像装裱到相框里，高高悬挂灵堂正中。立春展开白纸，泪泉和墨，奋笔疾书一副对联，张贴门楣两旁：

> 为子民争公理，为国族争主权，万死奚辞，竟以微员担大义
> 是文官不要钱，是武将不惜命，中原多故，果谁死后继先生

一连多日，全校师生和附近民众络绎不绝前来祭奠江公。偌大学堂花圈如海，挽联林立，纸钱飘飘，泪飞如雨，呜咽泣泪之声十里相闻。声势浩大的公祭招来荷枪实弹警兵，然而同学们视而不见，毫无惧色。大家一齐素衣素服，头扎白巾，袖挽黑纱，排列整齐队伍，依次去到江公灵前行礼，声随泪下宣读祭文，缅怀江公德行惠政，痛斥列强无理。

警兵怒冲冲跑去总办官厅兴师问罪："汪大人，你放任学生大张旗鼓祭奠江令？朝廷责怪下来，你有几个脑袋！"汪瑞闿颤声回道：

"学生顽劣，本办阻拦不住。警爷放心，本办一定严惩不贷……"好说歹说，总算打发警兵离去。即刻把立春、文雍叫到官厅，气急败坏吼叫："赶紧拆除灵堂！延俄一刻，本办开除你们！"立春、文雍只得回去领着同学们拆除灵堂。忙到半夜，堆积如山的花圈、挽联收集在操场上付之一炬。熊熊烈焰燃烧起来，团团灰烬迎风飞扬，仿佛铺天盖地的蝴蝶，纷纷从云端坠落，葬身缅邈黑暗大地。

来日一早，同学们起床早操，惊然发现官厅外墙上贴着一幅漫画。画面上，清廷紫禁城宫门外柱子上拴着一条身披官服、头戴官帽的小狗，可怜兮兮朝着宫门摇尾乞怜，巴望里面扔出来一块骨头。画页左上首写着四个大字：像谁是谁。有好事者飞快禀告汪瑞闿，汪瑞闿早睡方起，提着裤子跑去一看，笑容可掬道："没事没事，同学们画着玩呢。"伸手揭了，撕扯粉碎，抛进旁边水沟。一张笑脸维持到家，可怜脸上两块厚厚肌肉绷得僵硬，前脚跨进门槛，嘴里狠狠"呸"出一口浓痰："小兔崽子！你们等着好果子吃吧！"

12

转眼烈日肆虐，暑期已至，蔡家兄妹雇一辆马车回籍歇假。夜幕初降，马车驶入宜丰城内，立春晓得妹妹急切要见女儿，吩咐车夫直奔冯家巷。车到巷口，立秋急忙跳下车，一面回头交代哥哥："给爹娘请安，明天带姗姗亲去磕头。"

放下立秋，马车来到"轩窗第"。立春下车，走到院门口便看见家中灯火通明，人影幢幢。急忙跑进屋去，只见东横厅巷门口拥挤着一群老少妇女，人人一脸凝重，个个神色紧张。透过镂空雕花窗户，蓦见蔡显忠高高站在横厅天井沿石上，手里正举着一只硕大酸菜坛子，"咣当"一声，狠狠往天井里砸去。

立春正纳闷不已，忽然一个本家老婶娘转过身来，忙不迭嚷道："这下可好！他爹回来了，看他还敢胡闹！"立春越发丈二和尚摸不着头，却听得自己卧房内传来妇人高声喝骂，似乎正在教训一个顽皮孩子："你爹回来了，看你还敢胡闹！还不乖乖出来，惹爹生气，有你好果子吃咧！"立春顿时明白：只怕是白银分娩，产婆正在接生助产咧。

跨进巷门去，来不及跟屋里婶娘、姆姆们招呼一声，顶头遇见胡碧玺抱一只酒缸从过道里撞出来，脚下绊着个小木杌，只差没有摔跤。立春两步冲上去搀扶，惊呼："姆妈，这、这是怎么回事咧？"胡碧玺等不及给儿子回话，赶紧把酒缸送到蔡显忠手里。显忠接过坛子，用力挺起，高高举过头顶，"咣当"一声，砸在天井里摔得粉碎，震得房屋"嗡嗡"作响。如响斯应，房内传来"哇——"的一声婴儿啼哭。屋里妇女们顿时眉开眼笑，争相叫嚷："生了生了！震下来了！"胡碧玺脸上瞬时绽开笑容，激动地紧攥儿子之手，仿佛劫后重逢："你倒晓得归来？可怜你媳妇难产，两天两夜生不下来，只差没有急死我咧！"

一盏茶工夫，产婆怀抱襁褓婴儿出来，笑向立春告状："混账顽皮的壮牯崽俚，原来却是个怕爹的！不亏爹回来，他还赖在娘肚里不出来咧！"立春拿眼眄眄襁褓里横空出世的婴儿，脸上僵硬微笑，心中并无欢喜，倒觉得手足无措，仿佛自己也刚刚落草人间，跟这个世界一无瓜葛，陌生如太古之初。

好在大家全副精神都在婴儿和产妇身上，很快把立春撂在一边。一干妇女叫叫喊喊，穿梭般进出，忙乱不已。立春乐得退到一边，站在厢房对面隔道口，盯着天井里半池陶瓷碎片出神：我活了二十多年，今日才晓得竟有这般催产法子——指望着破坏的巨响，震下母腹之中难产的胎儿。感慨之余，倒有一种顿悟的欢喜涌上心来：原来这般野蛮破坏，竟是为着一种新生！

来日一早，立春奉母亲之命向各处亲戚报喜。走到城中，想起立秋未得喜讯，顺便拐进冯家巷去。大丫鬟茶花眼尖，远远看见舅爷走进院门，赶忙跑去请安见礼。立春问道："你家老爷太太呢？"茶花笑回："昨夜睡得晚，还没起床咧。"一路领进西横厅去，冯世魁在卧房里听到声音，赶忙披件短衫开门出来，笑道："该死该死，舅哥来了，有失远迎……"立春正因妹妹抛家上学，难以面对妹夫，听闻妹妹日高未起，不由得端起兄长架子大骂："立秋越发懒惰，睡到这时辰！妹夫快去搧个耳光给她吃，她就晓得早起！"话音未落，忽然一股浓浓脂粉香气游蛇般袭来，只见一个云鬟松蓬、睡眼惺忪女子尾随冯世魁从正房里走出来，冲着立春喊一声："舅爷安好——"郑重作揖见礼。

原来昨天傍晚立秋归家，仆佣们都在厨房收拾。穿过大院进到大厅都没遇上一个人影，直到跨进西横厅，才望见天井右侧自己卧房花窗内亮着灯。立秋以为冯世魁在家，赶忙撂下手里小藤箱子，推门进去。猛然间却见妆镜台前小木机子上端坐着一位年轻女子，正在对镜卸妆。立秋以为自己看走眼，愣愣站在门槛内不知所措。不料那女子却扭身站起来，望着立秋打量两眼，赶忙屈膝行礼，低眉顺眼道："太太归来了？婉芬给你请安。"

立秋瞬时羞得两颊通红，心里怦怦乱跳。仿佛自己一向鸠占鹊巢，如今鹊已回巢，鸠竟一无所知，依然如飞而来，不期与鹊撞个正着。好在婉芬大大方方，全无一丝忸怩，款款走到门边，扯着嗓子叫喊："茶花，太太归来了，快来帮我把铺盖搬到偏房去。"一边回身向立秋道歉，"原不知太太今日归来……"立秋心里已然透亮，结结巴巴道："不、不要紧，你住正房一样的。"婉芬讪脸道："哪有这个理？太太不在我住得，如今太太归来，自然太太住正房。"

恰好茶花牵着姗姗走进来，立秋不待两人请安见礼，一把抱起姗姗紧紧搂在怀里，仿佛有人跟她抢夺。茶花给太太请过安，怒目瞪一眼婉芬，赶忙进房搬取铺盖。立秋连忙抬手制止："不要麻烦咧，我自小有洁癖，人家用过的东西……"婉芬赶忙打断："我这不正给太太换铺盖吗？"立秋讪笑："真真是天生怪异，不单是铺盖，连人家住得热烘烘的房间，我也住不惯的。"婉芬心下一怯，以为太太找碴，脸上十分难堪。

立秋索性撂下她，招呼茶花去偏厅客房里打理出一张床铺来。茶花鼓鼓地站在房间里，噘嘴道："哪有太太住偏房的理？"无奈立秋抱着姗姗走出房间，只得翻箱倒柜找出一套新被褥搬过去。一到客房，眼里止不住流下泪来，迫不及待向立秋诉说："老爷抬举她也够了，她的房间铺陈摆设不比正房差。可她还不知足，偏要住到正房去。家中大小谁个不说，一只老鼠不知自己斤两，偏要爬到秤钩上去称一称咧！"立秋忙问："婉芬对姗姗怎样？"茶花"哼"一声道："太太你说怪不怪？这个不知轻重倒正的妇人，她倒晓得不欺负姗姗咧。"立秋听出这丫鬟话里头一股子醋意，仿佛婉芬晓得不欺负姗姗倒让她恼火不已。抬眼一望，蓦见茶花个头已蹿得跟自己差不多高，两颊也泛起红晕，不知是否涂抹胭脂。

仆佣们听得太太归家，一齐都来见过，赶忙张罗膳食。不一会儿，冯世魁从外面应酬归家，婉芬一把拉住："老爷，太太归来了，我正要给她换房，她却僵着住到客房里去了，可是生我气吗？"冯世魁安慰两声："没事没事。"忙去客房相见。立秋抱着姗姗坐在一张小几桌前用膳，夫妻打过招呼，世魁自去小板凳上坐下，伸手搴一块蛋饼，一点一点撕碎喂给姗姗。姗姗张着小嘴，"啊啊哦哦"接受爹爹哺食。立秋看得心里一动，眼睛一热，只差没要掉下泪来。喂罢蛋饼，冯世魁把一双肘子支撑在几桌上，笑嘻嘻望着立秋，柔声问道："立秋，外面好玩吗？"立秋勃然涌起一腔无名之火，待要发作，见丈夫脸庞上湖水般平静，一股子天生稚气氤氲在五官之间，话到嘴边又忍回去了。

转眼吃罢点心，茶花收拾碗筷去了。夫妻说些闲话，天已不早，姗姗依偎在娘怀里睡眼迷离。沉吟半日，立秋讪笑道："世魁早点歇息去咧，我今天车马劳顿，要早点睡咧。"冯世魁点头"嗯"一声，浅笑道："好好，我陪你早点睡咧。"立秋心里仿佛插入一个锥子，低头嘟囔："我、我要带姗姗睡。"冯世魁没好气剜她一眼："我陪你带姗姗睡咧。"立秋心里无端着急，仿佛闺房里闯入一个外人，张皇一双大目，吸着鼻子道："这屋里一股子霉味，世魁，我、我不想委屈你……"冯世魁蹙眉"嗯"一声，缄默片时，猫腰站起来，撮嘴去立秋怀里亲亲姗姗，点头笑道："好！立秋，横竖我不拂你的意就罢了……"转身出门而去。

当宿立秋没睡安稳，黎明时分昏昏沉沉进入梦乡。直到来日立春上门，茶花敲门叫喊，方才一骨碌爬起来，急急穿衣出房相见："我还没去给爹娘请安，怎的二哥倒先过来？"立春瞧着妹妹面无异色，又想妹夫那副德行，妻妾成群自是迟早之事，心里念头一转，倒不想把闲事管到妹妹闺房里去，忙站起来笑道："白银生下个胖崽俚，你当姑母了。"立秋叽里呱啦叫嚷："太好太好！"一边又喊茶花，"快打水给我梳洗，我要过去道喜。"经这一嚷，家中主仆争相给立春道喜。

惟有婉芬来不及道喜，趁着大家客套，赶忙转身进房。不一会儿，取出一副鎏金铃铛小手镯和八块大洋，"哗啦啦"放落桌上，脸上堆下笑来说道："太太带回娘家去，赏给小侄子做个见面礼咧。"屋里主仆顿时面面相觑，连立秋一笑脸颜也陡然凋谢。冯世魁顾忌立春面子上过不去，登时板起脸来训斥："用着你狗捉老鼠，多管闲事吗？立秋是正房太太，她自己不会打理吗！"婉芬马屁拍歪了，吓得一愣一愣，倒是立秋赶忙替她打圆场："没事没事，人家婉芬也是好心。"

13

新生儿三朝日，宗亲远客来到"轩窗第"贺喜庆生。立秋带着茶花早到，一屋子客人都睁大眼睛直直盯着她打量。因她抛家上省读书，在县人眼里，便是一个怪物。好在她自己全不在意，坦然迎着一束束箭镞般眸光，谈笑自如，毫无芥蒂。蔡家尊长宗亲正恼她不安家室，招人嘲笑，有伤家族颜面；只因她丈夫并未发难，娘家自不好兴师问罪。恰逢"南昌教案"平息未久，余波犹在。关于江公之死，县人都晓得一鳞半爪，苦于不知其详。如今立秋自省城归来，正可供人问讯。更难得立秋生性爽快，有问必答，知无不言，言无不尽，招引得一干尊长亲戚洗耳恭听，不觉倒把对她的恼怒撂到一边去了。

立秋正陪人客正嗑瓜子吃茶聊话，忽然门外槽门口炸响一挂迎客短爆。原来是刘昆泰和汪氏带一个男佣，挑一副馒头、红蛋礼物担子前来贺喜。立春不知从何处钻出来，一把拉扯昆泰，劈头盖脸道："你来得正好，我正要找你！"不由分说拉拽着穿过天井和后阁厅，去到后花园。站定在那一丛绿肥红瘦美人蕉下，昆泰蓦然恍如隔世。立春见他双眉紧蹙，瞪一眼埋怨道："泰哥哥，你摆出这么一副丧气嘴脸给谁看？不过让你纳个小妾，又不是叫你上刀山下火海咧！"昆泰急道："立春，你别来胡搅蛮缠！我要进去吃茶咧！"立春死死拉扯着，不依不饶："泰哥哥，你别以为饱饭妹子孤苦伶仃好欺负！我可告诉你，我俚兄弟人亲理不亲。饱饭有大恩于我，我不能由着你欺负她咧！"昆泰低头，两道眸光落到花丛底下，只见地上还卧着去冬的枯枝败叶，一派狼藉，然而枯叶之上却已抽出今春蓬蓬勃勃的新芽绿蕊，心里一番感慨，思绪野马一般跑得无边无际。

立春不容他胡思乱想，敛容道："泰哥哥，这事由不得你食言抵赖。今天嫂夫人也来了，待会儿吃过酒席，你俚别忙回府。我去把饱饭接回家来，晚间当着嫂嫂之面把事说破。你红口白牙向人家黄花闺女许下婚诺，还怕她不依吗？明日你夫妻把姑娘领回家去拜见二位姨娘，也算你对人家有始有终。"昆泰懒得回话，手一甩挣脱立春，脱兔一般跑开去了。

中午吃过酒宴，人客告辞而去。昆泰夫妻站在院内枣树下嘀咕半日，不见打道回府动静。立春心里一块石头落地，悄然溜出屋去，一支箭似的跑向育婴堂。恰逢西娥西媛从院里走出来，立春赶忙问好，笑道："饱饭姑娘可好？"西娥摇头叹道："姑娘累得不成样子，我俚劝她歇着点，她倒赌气似的发狠劳累。"立春叹口气，撂下二人朝屋里走去。饱饭蓬头垢面，状如鬼魅，只顾埋头干活儿，自没看见立春站在门外。立春跨屋去喊道："饱饭，许久不见，身子可好？"饱饭骇了一跳，张一双水波潋滟杏眼，怯怯道一声："少爷安好。"立春讪脸告知白银分娩，饱饭这才粲然一笑，忙向少爷道喜。

二人并肩走出屋，站在院里柿子树下。难得今年风调雨顺，柿树枝繁叶茂，已然结果。星星点点小青柿挤挤搡搡藏匿枝叶之间，教人一眼望去很难看出硕果累累。立春红着脸打量饱饭两眼，笑道："姑娘，你的婚事有眉目了……"一五一十把自己如意盘算告知，又道："我已把话向泰哥哥挑明，他夫妻吃过酒席留下处来置你婚姻大事。你赶紧跟我回去，晚间我让爹娘替你做主，把婚事敲定。明天你随他夫妇归家拜见婆母，岂不是如愿以偿吗？"可怜饱饭听得这话，只当镜花水月，梦中光景。无奈满心贪痴，舍不得忸怩拒绝。立春又把二位嬷嬷喊来告知婚讯，二位嬷嬷长舒一口大气，赶忙拉着饱饭去寝舍收拾衣裳。

立春领着饱饭回到"轩窗第"时，人客已散，只剩下几房本家近亲。连立秋也回家中打理家务，说好晚上再带姗姗过来用膳。立春带饱饭从偏门进去东横厅，悄悄安顿在原先她居住的小暖阁里，吩咐她自己梳洗更衣，暂勿声张惊动人客。饱饭因婚姻发动，又晓得昆泰夫妇都在屋里，越发夹着膀子，一切听凭立春主张。

谁知立春前脚出门，昆泰便起身把胡碧玺拉进房里，嘀咕半日。可怜胡碧玺听昆泰提起饱饭婚事，正是压在心上一块石头，忙道："丫鬟心大，一心想做正房。立春成婚之日，我便要封她做姨奶，她倒赌气不受……"昆泰笑道："姑娘家不知天高地厚，仗着做下恩德，气性大些也是有的。如今时过境迁，姑娘消气了，姨娘还得替她主张，难不成任她赌气一辈子？"胡碧玺叹道："莫说她是我家恩仆，冲她孤苦伶仃身世，我也巴不得替她做主。这一向我没去育婴堂过问她，正是恼她气性忒太！"昆泰躬身和姨娘耳语半日，耸鼻笑道："立春已去育婴堂迎接姑娘，只要姑娘乖乖跟着回来，这事就成了。"胡碧玺自去与丈夫商量，蔡纪高心想昆泰突然提起这事，无非是受儿子之托，不假思索道："这有何难？晚膳桌上多添些酒菜，到时说一声便罢。"胡碧玺依言吩咐蔡显忠张罗，自无阻碍。

及至夜色初降，家中还有三四桌近亲吃饭。胡碧玺拿出早已备下的大红衣裳送过来，汪氏亲来侍候饱饭梳洗更衣，涂匀脂粉，拉出去坐席。饱饭见汪氏亲来张罗，只道天大面子，哪敢违拗？转眼人客坐定，只不见立秋回来。大家也不等她，自去坐席用膳。忽然蔡纪高站起来举杯道："我夫妇今日娶纳义仆饱饭为庶媳，不另置酒宴。诸位两喜并贺，满饮此杯！"桌席上顿时笑嚷开了，争相给饱饭敬酒道喜，尊称"姨奶奶"，小辈忙去作揖见礼。

这事对白银来说，来得有些突然，然而却已迟到许久。恰逢她初为人母，心胸大开，一天到晚笑得合不拢嘴。这会儿当着众人之面，乐得顺水推舟，把笑靥当作一幅名画，赫然挂在脸上，好教大家有目共睹。不待老爷太太吩咐，早已转身进去自己房中，端出满满一盘铜板来替新姨奶奶打赏。

可怜饱饭和立春两人都像遭了当头一棒，瞬间变成两个呆子。愣愕之中，立春瞥见昆泰朝自己挤眉弄眼，晓得中他移祸过东吴之计。心下暗想：谁知闹来闹去，竟是这般结果。在我倒不要紧，却仿佛我施计赚饱饭妹妹入彀似的，只怕饱饭妹妹不乐意咧。扭头把眼角瞄瞄饱饭，只见她木然端坐，脸上似喜非喜。趁着白银端出钱来打赏，涨着脸站起来，害羞回房去了。

昆泰眼见大功告成，如释重负。不待酒宴罢席，急忙拉扯汪氏起身告辞。蔡纪高夫妇怜惜他路长日暮，不多婉留，送到槽门外，关照小夫妻登上马车，目送男佣鞭马跑出院门，转身而回。

昆泰夫妻前脚出门，立秋抱着姗姗走进屋来。张望满室男女，个个像中了头彩，脸上笑得异样，愕然问道："怎么了？撞上什么金满斗好事吗？"众人七嘴八舌笑嚷："做小姑的，倒没赶上给新姨奶道喜，白白把赏钱错过了。"立秋听得大惊失色，来不及回话，赶忙冲进房去。

14

当时饱饭被汪氏拉出去坐席，心里滚如汤沸，眼眶里只要涌出泪来。好容易忍住眼泪，把持着出去应酬，谁承想竟是偷梁换柱之计？饱饭被突如其来的"喜讯"击得一愣一愣，一颗七孔玲珑之心碎成八瓣，是非不明，喜怒无感。涨着脸回到房里，待要放开嗓子大哭一场，眼里倒没了泪水，两只泪腺都在瞬间枯竭。

忽然槽门口传来昆泰夫妻和主人告别声音，一声声如尖刀划过心头。饱饭揣度此事八成由昆泰出谋作成，又想二爷竟是帮凶，猛然眼前一黑，身子一沉，有如坠入十八层地狱。不知为何，心中忽然悲欣交集，仿佛苦行老僧，一生修行，终得正果，不由自主把手伸去床上抓起那个随身携带的衣包……

立秋呼喊着："饱饭、饱饭……"冲进房来，不见人影，跑去床后探身一望，果见昏暗中立着一个人影。壮着胆子冲进去拽出来，一把夺下饱饭手中包裹，见是一包鸦片，压低嗓门喝道："糊涂东西！纵有天大委屈，要吵便吵，要闹便闹，犯得着拿自己性命说事吗？"待到人客散尽，把立春叫进房来，晃着纸包大吼："怎的忽然闹出这一出来？不亏我来得巧，又是一条人命！"立春百口莫辩，大骂昆泰，当即要骑马去把他捉回来问罪。立秋问明原委，只得拉住："问罪也不急在这一时。"白银在自己房中竖起耳朵听得小暖阁里动静异常，赶忙趸去探问。立秋不好瞒她，一五一十告知事情来龙去脉。可怜白银听得饱饭和昆泰私定终身，心中意外惊喜，只不敢喜形于色。

为稳住饱饭不再生事，立春赶忙劝慰："这事原是昆泰胡闹，连我也被蒙在鼓里。姑娘放心，如今事情闹出来，我想办法替妹妹讨回公道，难道还能违拗妹妹心愿吗？"白银心中畅快，跺脚道："是咧！饱饭姑娘冰清玉洁黄花闺女，岂容昆泰始乱终弃？这就该找上门去讨个公道，不怕他是知府少爷！"饱饭先前怀着鬼胎，饱受折磨，度日如年。如今事情闹出来，心里倒觉得轻松些似的；况且立春也是蒙在鼓里，并非合伙行骗，心中复又生出一线希望。及至白银嚷出那些话来，更加感激涕零，巴不得少奶奶替自己撑腰做主。

蔡纪高夫妇听到东横厅吵嚷，进来探问，立秋如此这般向爹娘禀告当年后花园秘事，一边把那包烟膏点火烧毁。可怜二老听得如梦初醒，原来几个小人暗地里闹得沸反盈天！胡碧玺由那一包烟膏，想起寡媳素裹之死，惊出一身冷汗，不由得恼怒立秋："如此大事，你既早知道，为何不来告诉？如今闹到乱点鸳鸯，岂不棘手？"立秋一肚子委屈，噘嘴道："人家男女私相授受，名节之事，我怎敢胡乱张扬？连侍剑我还逼着她发誓，不许走漏半点风声！"胡碧玺"嘿"一声，骂道："你凡事都晓得顾忌，你只不顾爹娘死活！"

蔡纪高见立秋一脸羞红，回想当年她无缘无故抛闪昆泰，隐隐感觉闺女私情只怕也纠葛其中，难以启齿，所以才守口如瓶也未可知。胡碧玺望望饱饭，见一面无喜无怒神色，心中害怕，颤音道："如今饱饭断乎劝不过的，这该如何是好？"立春嘴角现一抹坏笑，爽气道："事到如今，只有把泰哥哥揪来践诺于行，饱饭才有活路。"蔡纪高瞪一双半圆眼睛训斥："看你胡说什么？饱饭已是你庶妻，如何还能把昆泰揪来践诺？"立春狡黠笑道："怎见得她是我庶妻？好在爹爹只说娶纳庶媳，并未挑明给哪个子侄婚配。昆泰本是爹娘姨侄，他的偏房可不也是爹娘庶媳？只要把昆泰揪来践诺，我俚再摆几席酒宴，为恩仆张罗一回嫁礼，如实把个中原委公之于众。只说爹爹当日卖了一回关子，岂不成就一段佳话？"胡碧玺一听这话，倒是一个办法，忙道："我陪立春去天宝跟刘家太太、姨太太当真说说，看看能否行得通……"蔡纪高一听有理，点头道："对，这事立春和昆泰难说得拢，正要跟他家长商量才好。"

来日用过早膳，立春一叠声叫喊："显忠，套车去天宝——"显忠一向只道饱饭觊觎蔡家二少奶正位，求而不得，方才赌气跑去育婴堂做看护，做梦也没想到她竟然钟情刘家少爷！转念一想，无论蔡家刘家，横竖都是富贵之家，岂不一样？回想当年自己对她一番苦心，不由得暗暗切齿痛恨：这个贱人眼皮真浅，富家少爷勾勾手指头，她便要死要活，可怜我只差没给她敲骨吸髓。

晌午时分，胡碧玺母子抵达天宝"宰相第"门前。太太胡翡翠亲自接出门来，胡碧玺嗔道："妹妹，怎的昨天不肯赏光去我家吃杯喜酒？"胡翡翠忙道："该打！姐姐添了孙子，我还没道喜咧！只因昨天偶感风寒，一个劲打喷嚏，没的去给姐姐丢人现眼？"姐妹携手进屋，立春不见昆泰，忙问："姨娘，我泰哥哥呢？"胡翡翠道："纸号里打发他外出销纸，今天一早动身去了。"

昆泰一妻二妾闻声出来见礼，惟独简玳妮没有露面。胡碧玺晓得堂妹府上妻妾不和，格外客气问候简玳妮，笑道："怎的不见姨太太？"汪氏赶忙打发侍妾去请，待到丫鬟泡上茶来，上厅过道里方才传来简玳妮破冰碎玉嗓音："姐姐今日得空来寒舍来逛逛？"胡碧玺和立春赶忙站起来问安，见简玳妮一身绫罗、满头金翠，气派远胜胡翡翠，心下暗暗诧异。

　　用过午膳，胡碧玺去堂妹房中歇息，趁便把昆泰和饱饭私定终身之事回明，叹道："可惜立秋和昆泰一桩好姻缘，也是因此闹散。"胡翡翠脸色大变："原来如此？"蹙眉又道，"昨日我仿佛听说你家已把姑娘纳为庶媳。"胡碧玺讪道："我夫妇不知内情，禁不住昆泰怂恿，乱点鸳鸯，几乎又闹出来一条人命……"一番叹息，趁便回明自己来意："不想饱饭倒是个痴情的，立下死志非昆泰不嫁。如今只有昆泰践诺于行，姑娘才有活路。"胡翡翠一声冷笑，摇头道："这事只怕办不成。姐姐哪里知道？如今姨太太麾下一子三媳，儿孙满堂，人多势众，连我都不放在眼里。这事说与她听，又有一场恶气可生。"胡碧玺老着脸分辩："她儿子亲口许诺的婚事，人家黄花闺女矢志守节。她还有什么话说？"

　　胡翡翠心中暗想：我要拦着，倒像我从中作梗似的。只得打发小丫鬟去请姨太太，片刻工夫，简玳妮一步三摇走进屋来。胡碧玺无心客套，开门见山把话说明。果然不出胡翡翠所料，简玳妮听得双眉倒竖，冷笑道："倒要请教姐姐，昆泰到底什么事情得罪府上，还是府上跟昆泰前世有仇？昨天我听说那丫鬟已做了立春姨奶，为何今天却要把个勾引良家女子罪名栽赃到昆泰头上？"胡翡翠赶忙喝止："难道姐姐污蔑昆泰不成？你等儿子回来问个明白，再发脾气不迟！"简玳妮越发气恼，眼里止不住掉下泪来："可怜昆泰护送府上大少爷灵柩回籍，又一头栽进二少爷官司，把自己锦绣前程都耽搁了。你家把个大脚闺女诱惑他，待到官司了结，不用他卖命便一脚踢开。如今还要恩将仇报把脏水泼到他头上！你家跟他有什么血海深仇吗？"

　　昆泰一妻二妾声闻婆母哭嚷推门进来，简玳妮扭头向媳妇哭诉：

"蔡家昨天新纳的姨奶，不知怎的不中意。今天倒要捏造罪名，威逼昆泰纳妾。"汪氏登时两眼直射胡碧玺："蔡家远近闻名书香门第，为何做出这等龌龊事来？也不怕人笑话！"胡翡翠看着不像话，忍不住在茶几上拍一掌，喝道："这是谁家的规矩？长辈面前，小辈子媳妇大呼小叫，成何体统！"不需得汪氏和太太吵嘴，那两个侍妾同仇敌忾，赶忙帮腔："长辈也要像个长辈样子，小辈才好敬重。这般没人伦不要脸长辈，我俚小辈倒不晓得怎的敬重咧！"

立春待在大厅里听到厢房吵嚷，赶忙进去劝解。见母亲涨一张茄色脸僵僵坐在椅上，赶忙向简玳妮分辩："爹爹原没说明给我婚配，姨太太明鉴，泰哥哥偏房可不也是我爹娘庶媳？"无奈简玳妮越想越气，呜呜咽咽哭成泪人，哪容立春分辩？三位媳妇一齐劝慰，嘴里夹枪带棒乱说乱骂，着实把胡碧玺姐妹作践得不轻。胡翡翠挟制不住，只得吩咐立春："少爷快带太太回去，这屋里没了规矩，待不得的。"立春依言搀扶母亲告辞出来，心里说不出的沮丧气恼。

日落之前，母子归来家中。立秋和白银急切问道："说得怎样？"胡碧玺一脸怒容，摇头道："莫提莫提！我竟不知刘家已成乱世天下！"立春忙把经过情形向蔡纪高回禀，叹道："怪不得昆泰推三阻四，原来他姆妈那般强蛮。况且嫡庶三位嫂嫂，也不见得贤惠……"白银气得两手叉腰，高声叫嚷："岂有此理！难道因他姆妈强蛮、嫂嫂不贤，便把饱饭死活不顾吗？依我主张，懒得跟他俚诗云子曰讲什么道理，径直把姑娘送上门去！他俚敢撵出来，我俚就敢上堂击鼓告状，不怕他家是知府门第！"立春听她越说越邪乎，赶忙喝止。不料蔡纪高"嗤"的一声苦笑："倘若没有昨晚娶纳之事，便把饱饭送上门去有何不可？"

一家人正七嘴八舌议论，饱饭梳洗整齐推开腰门，大大方方走近胡碧玺，昂头道："太太，饱饭想明白了。我便寻死，也要死到刘家去，好歹得个死所！怎能死在老爷家中，岂不把老爷一家对我的好心辜负了？老爷太太放心，从今日起，我哪也不去了，只在屋里尽一个丫鬟本分，自做自吃。我倒要看看，这个世界上，人心能坏到何种田地。"

15

当时江公殒命，棠浦龚家乡民痛定思痛，商议要给江公修造一座祠堂，世代永祭香火。无奈村民财力不济，只得派人进城募捐。城内"四家"慷慨捐助自不用说，蔡纪高念及立春与江公父子结义，格外多捐银子。如今祠堂竣工，选定"上梁"吉日，自要摆酒宴客，举办"闹梁"典礼。少不得打发仆役进城呈送请柬，敬请各家老爷届时光临。蔡纪高接到请柬，询问仆役："这么快就造好了？不到半年工夫咧。"仆役回道："工匠们夜以继日赶工，全村人得空就去帮忙，一座祠堂拔节似的盖起来了。"立春闻讯，感慨道："可笑朝廷下令，不许祭祀江公，硬生生逼得民间百姓把圣旨当成耳边风。"仆役回道："正是。除宜丰、上高为江公造祠，前日临川、彭泽也打发人来勘察祠堂规模样式，据说也要募捐为江公造祠。嘿！谁个理睬那混账圣旨？"

"上梁"当天，蔡纪高突发胃痛，立春只得代父前往赴宴。祠堂建在棠浦乡龚家村外澄溪河畔禾田中央，背枕澄溪，面朝龚村，是一座两栋一寝砖木结构巍峨大祠，正屋五扇，一进过门，中间天井，两侧廊庑合抱拱卫；二进正厅，两侧偏厅厢房，厅后寝堂，供奉之地。立春赶到，祠堂内外早已人山人海，痛哭呜咽之音竟把响器班子乐声淹没。

眼前"上梁"吉时已到。依着宜丰风俗，房梁必须包裹红绸在阵阵喝彩声中抬上屋脊，否则就叫"上冷梁"，从古到今都为造屋大忌。平日里造屋上梁，人们喜气洋洋，欢天喜地，铺天盖地彩词响彻云天，震耳欲聋。可如今祠堂内外满目涕泪，一片悲声，谁还能喝出大吉大利彩词？

响器班子觉察到情形异常，格外卖力地吹打。"咿咿呀呀"的管弦丝竹、"咚咚锵锵"的锣声鼓声经久不息，直冲霄汉。忽然一个披头散发老夫子冲到祠堂门楼前，摇头晃脑哭嚷：

> 做个门楼四四方，
> 四方门楼好出丧。

谁承想老夫子竟然喝出这种倒彩来？祠堂内外黑压压乡民惊得呆若木鸡，顿时止住呜咽之声，连响器班子里锣声鼓声琴声也戛然而止。不料老夫子"呜呜"几声，复又摇头晃脑，且歌且哭：

> 白头妻子夫前死，
> 花须儿郎父后亡。

人们愣怔良久，方才明白过来。彩词之意，原是没有寡妇孤儿，岂不大吉大利？瞬时，人群中轰然爆发出一阵雷鸣般应彩之声：

> 好啊！
> 白头妻子夫前死，
> 花须儿郎父后亡。

响器班子立马回过神来，檀板一响，急鼓繁弦，锣镲齐鸣。一片哭海之中，喜乐之音袅袅升起，一浪一浪荡漾开去。有如四月惠风，吹拂人们脸上悲泪，抚慰乡民内心创伤。屋内裹着大红绸缎的房梁已被套上大红绳索，正待缓缓吊上屋脊。老夫子跟跟跄跄走到梁前，老泪纵横，伸出颤抖双手抚摸那一道散发着新木芳香的大梁，情不自禁扑上去紧紧抱住，跺脚痛哭，"呜呜"哀号：

> 一根房梁长又长，
> 长长房梁好抬丧。
> 泰山之死抬不动，
> 留待人间万年祭。

萧瑟四野复又响起一片呜咽，澄溪河水汹涌澎湃，奔腾怒吼。乡民强忍悲痛，壮声呼应老夫子喝彩："好啊！好啊！泰山之死抬不动，留待人间万年祭！"一阵歇斯底里呐喊声中，那一根裹着大红绸缎的房梁被四个壮汉拉扯绳索，缓缓吊上屋脊。祠堂内外老少乡民争相下跪哭拜，"扑通扑通"之声响成一片，犹如当年江公进村调停教案，乡民争相哭诉疾苦。

顷刻之间，房梁高悬屋脊，宛若一道彩虹高挂天际。一阵"噼里啪啦"爆竹响过，乡民从侧厅中抬出一张巨大桌案，案上刀笔林立，宣纸层叠。龚家老族长率先走去案前，双眼噙着热泪抓起毛笔，大笔一挥，书成一副挽联：

何物贼君卿，死状难明，疑案凭谁垂定论；
此邦爱朱邑，哀思未泯，新祠容我拜英灵。

老族长刚一搁笔，一干秀才、绅士争相拥上前去撰写祭文、挽联。方才那个喝彩老夫子接过老族长手中之笔，摇头晃脑之中，一副挽联一气呵成：

重于泰山，轻于鸿毛，男儿死耳；
人为刀俎，我为鱼肉，天下痛之。

眼见众人纷纷拥到案前争抢纸笔，顷刻之间，挽联、祭文挂满祠堂四壁。立春等不及，红肿着眼睛挤到案前，抢到一支毛笔，饱蘸浓墨，低头寻思片刻，一腔深情跃然纸上：

平澄江怒起风潮，士民安堵思公力；
作渤海中流砥柱，妇竖衔恩载口碑。

写罢搁笔，抬手拭泪，正要转身离去。不料举头一望，只见自家堂兄蔡立功躬身立在桌案对面。立春以为自己泪水婆娑看走眼：立功哥哥现在京城袁世凯麾下练兵处就职，怎的能在这里？使劲眨巴龙睛，果真是蔡立功手握大豪毛笔奋笔疾书，眼泪如撒豆般一颗一颗掉落纸上，"吧嗒"有声：

> 章水著循声，为国捐躯，为民请命；
> 棠江纪遗爱，立碑坠泪，立庙铭恩。

立春赶忙挤过去，喊道："哥哥几时回来的？"立功一见堂弟，抹泪回道："昨晚才到家，今天一早赶来拜祭，还没去给叔父叔母请安。"兄弟携手挤出人群，且行且远，慢慢踱到禾田中间澄溪岸边。立春仰脸问道："非年非节的，哥哥倒有工夫回籍省亲？"蔡立功摇头，拉长楔子一般下巴，眨眼道："回籍不为省亲，我回来找弟弟共图大事咧。"立春心下暗想，你分明加入"易知社"却瞒着我，回来办个"我群社"竟谎称以文会友，倒要邓文雍来对我告知实情，岂不显得兄弟生分？没好气瞪一眼："什么大事？莫非又要结个什么社，吟风弄月，以文会友？"立功拱手道："贤弟见谅，实在是事关重大，我、我怕贤弟踌躇……"立春"呸"一口，转身就走："我岂止踌躇？我还要告密去咧！"

蔡立功赶忙拉住，忽从衣袋里掏出一沓银票交给立春。立春吓了一跳："哥哥哪里发财来，怎的身上揣着大把银两？"立功在一岩石上坐下，注目身边澄溪水"哗哗"流向远方，缓缓说道："立春，实不相瞒，我已加入'同盟会'，追随孙文先生投身革命。党里筹划在南方创建革命据点，委派同志深入城乡，暗中招兵买马，培植革命力量，以备将来不时之需……"立春问道："哥哥什么时候加入'同盟会'？听文雍说，哥哥原是'立宪'派咧。"蔡立功举目眺望一派荒芜河山，摇头道："再别提'立宪'二字！你看新政施行有年，可恨朝中天潢贵胄穷奢极欲，压根舍不得放权，眼见王朝风雨飘摇，却还妄

192

想假'立宪'之名，行专制之实……如今越来越多朝野人士识破他俚如意算盘，去年五大臣出洋考察，就有人在火车站投掷炸弹，抗议此般非驴非马'立宪'。连五大臣也没把考察当回事，一路游山玩水去到欧美，口口声声劝谕华侨同胞：守我中华臣民本分，勿染西洋风气，勿要立党入会。打道回府之前，无心撰写考察报告，竟跑到日本请梁启超、杨度代笔塞责。指望这些人施行宪政，不是问道于盲吗？"

立春手握银票，沉吟点头："你打算如何创建据点？"立功眨眼道："我俚不是有现成的团练局吗？修葺起来开一间镖局倒不费力气。"立春忙道："你打算以镖局做幌子？这倒是个好主意！"蔡立功点头："我暂时不能暴露身份，还得回练兵处当差。如今只愁没有实诚可靠之人同心协力干一番惊天动地事业，贤弟可否鼎力相助？"立春站起身来，环顾苍茫四野，只见青山绿水，自与天地契如，毅然回道："哥哥勿虑，此事包在老弟身上。我俚大清国力贫薄，百物缺乏，惟有人力丁口又多又不值钱。飞龙陷于浅滩，猛虎困落平阳，正是寻常光景。哥哥振臂一呼，不愁没有应者云集。"蔡立功闻言大喜，赞道："我晓得贤弟正是浅滩困龙、平阳落虎……"

第六章　一次革命

1

密谋多日，兄弟并肩去往团练局。行至大院门口，荒野之中一方天地寂寥如故。推开虚掩院门走进去，只见偌大演武场上空无一人，满地杂草，把昔日演武练习的沙坑、石础和梅花桩都淹没了。

立春望望天边一轮喷薄而出的太阳，心下纳闷，扯着嗓子大喊："屋里有人吗？胖打师哪去了？"等候多时，胖打师才一边穿衣，一边打着哈欠开门出来作揖行礼："什么风把二位少爷吹到这破屋烂庙里来了？"立春笑嗔："果真是'山寺日高僧未起，算来名利不如闲'咧！"胖打师讪脸道："如今不演武，不多睡一会儿，如何打发长长白昼？"立春蹙眉："打师武士们，为何竟不演武？"胖打师把立春兄弟请进屋去吃茶，唉声叹气道："国家烂成一摊稀泥，还演武做啥？哪天受气不过，动手打杀洋人，没的又给国家惹祸……"立功环顾四周，只见一栋大屋满眼尘灰，蛛丝横结，忙问："局子里打师武士们哪里去了？"胖打师摇头回道："你俩'四家'开不出养银，局子里揭不开锅，打师武士们只得四处流浪。"

立春挑眉笑道："你赶紧去把人聚拢来，别愁养银，立功哥哥给你发饷。"胖打师以为玩笑，忙道："好好，哪天二位少爷发了财，我便把人都聚拢来陪少爷们演武。"蔡立功从怀里掏出一张百两银票，晃在手里："不开玩笑！我在京城当差，攒下点小钱，打算回原籍开一家镖局，也算置下一桩产业……"立春一把接过银票，狡黠笑道：

"连我也附点小股本在里面，只可惜我俚兄弟另有正业，不能分身亲来打理生意。胖打师是个实诚可靠人，请打师做个管事师爷，你拿这些钱去修葺房屋，打灶安床，先把架子拉开了。我俚自会筹来款子给你招镖师、购车马、置用器。到时做起生意来，立刻开设账房，我派显忠来帮你掌管。"

胖打师愣愣接过银票，涨一张饱经风霜、纹理纵横大脸，蹙眉道："怪事，怎的一个破团练局忽然吃香起来？清明时节，不知从何而来两三个汉子，把屋里院外睃巡一遍，掏出银票教我蓄士买马开设镖局；上月又来一伙人，声称要租赁局子办武馆，招徒传艺，还要聘我做教头。我看那些人眉宇间一股子匪气，倒怕跟什么红江会、白江会扯上瓜葛，教唆我做坏事，没敢去回过'四家'老爷们就打发他俚别处发财去了。"兄弟二人听得这话，相互对望一眼，心中有数。

立春做个鬼脸，张望道："胖打师多虑得是，没准我俚兄弟也教唆你做坏事唰。"胖打师"哦"一声道："看我多嘴！有二位少爷吩咐，我什么事都敢做。少爷们只管放心，账目上我一丝一毫都不会有错。"蔡立功扬手笑道："这是为何？你怕别人教唆你做坏事，倒不怕我俚兄弟拉你下水吗？"胖打师憨头憨脑道："二位少爷不会教我做坏事唰。"立春嘴角现一抹坏笑："那不见得，没准我就教你做一回大坏事唰。"胖打师浅笑道："世事难说，有人能把好事做成坏事，有人却能把坏事做成好事。我可看得准，二位少爷便能把坏事做成好事。"立春听他说出这般话来，愕然道："别看打师呆头呆脑，不想倒是大智若愚！"

胖打师本是能干人，手握百两银票，不难雇请工匠干活儿。时过半月，镖局的招牌挂出去，流散四方的打师、武士和镖师们纷纷回来谋求饭碗。十里八乡抱着膀子赋闲的壮丁也接踵而来，涎着脸巴结讨好胖打师，只为在镖局里谋一碗饭吃。立春兄弟经由武考，挑选一批身强力健、武艺高强、鲜少家室拖累青年招纳麾下。观察得人力便宜，立春和哥哥商量："横竖银钱充足，不妨多招些人手。"蔡立功摇头道："不可。党里有吩咐，动静太大易于招摇惹眼。不如等生意做起来，趁便发展同志，再去邻县去开设分局。"立春点头："如此再好。"

镖局刚有眉目，蔡立功假期届满，赶着回京。立春依计而行，分批拿出银子付给胖打师，有条不紊把镖局办得初具规模。眼见万事俱备，自去天宝纸号找昆泰帮忙拉拢土纸押运生意，多方运筹，签下生意契约。生意做起来，立刻设立账房，把蔡显忠派去照管。显忠收进白花花货款银子，心想立功才去做两年小京官，就赚来大笔银钱开镖局，日后泼天也似富贵自不用说。感慨之余，忍不住跑去向蔡纪高饶舌："高叔，看来世上最赚钱的生意莫过做官。日后立春弟学成毕业，千万莫让他干别的，一定要让他做官……"

转眼暑炎消退，又到一年开学之秋。那天一早冯世魁出门去了，立秋吩咐茶花打理行装，见她诸事细心，忽然关起门来，作揖道："茶花，我使唤你这些年，从没亏待过你，今日把姗姗托付给你，望你不要辜负我咧。"茶花捏着辫梢，娇嗔道："太太，你这话该对婉芬说去。人家是姨太太，这屋里半个主子，茶花不过一个丫鬟。"立秋点头，携起她的手道："你跟我来。"

主仆去到正房大厅，立秋在黑漆太师椅上坐下，喊道："婉芬，给我筛盅茶来。"婉芬"唉"一声，赶忙从房里趄出来，眼见茶花站在一旁，立马竖起眼睛骂道："你是死人？太太来了，也不晓得筛茶？"立秋喝道："我喊你筛茶，你胡乱支使人吗？"婉芬讪脸筛茶献给立秋，昂然分辩："非是我不服侍太太，只为家中要立个尊卑规矩。"立秋点头："姨太太说得有理。你去把家中仆佣都喊过来，我这就给你俚立个规矩。"婉芬"唉"一声，再不敢支使茶花，屁颠屁颠去了。

片刻之间，全家男女仆佣都聚拢到正房大厅，垂手侍立。立秋端起茶盅，呷口茶道："你俚听着，茶花侍候我和老爷多年，勤谨细心，今天我替老爷把她收在房里做个姨娘……"话未说完，众人惊愕。婉芬涨一张糯米般雪白面庞，颤音打断道："太太，非、非是我吃醋，这事还是等老爷回来定夺吧？"立秋莞尔笑道："婉芬，这事不劳你操心。茶花给老爷伴床侍寝，早在你之先；况且刚才我又让姗姗拜她做了养娘，你说老爷能不依吗？"

一干仆佣都是人精，心想立秋出门胡闹，将来谁是家中主母还说不定。眼见太太发话，姨太太不服，一齐低眉垂手，噤若寒蝉。立秋蹙眉喝道："你俚都不晓得给新姨太行礼吗？连个尊卑规矩都不懂，立刻结清工钱打发出去！"众人再不敢违拗，争先恐后给新姨太行礼。立秋亲自替她重重打赏，一边吩咐男佣采买家具摆设，立刻给新姨太打理出一间闺房来。

　　一切料理停当，待到冯世魁归来，家中仆佣都向他道喜。冯世魁嘴里直嚷："胡闹！胡闹！"脸上却忍不住绽开笑颜，灿若夏花。立秋倒不搭理他，只同茶花一道收拾出门行李。茶花感激立秋，只恨无以为报，忙不迭把家中各色果子干、各色偏方、丹丸、草药都打进行李包裹，只道太太用得着。

　　来日一早，不及冯世魁起床，立秋自提小藤箱出门，去到"轩窗第"和哥哥一道上省开学。"轩窗第"里，胡碧玺早替立春打理好行装。临行前，白银忽又打开箱子，把一包现洋塞进去。立春忙道："爹爹给足了银票，无须你动用体己钱咧。"白银嫣然一笑："穷家富路，你出门在外别太俭省，招人笑话。"立春暗暗叹口气，沉吟道："白银，我一个男人，倒不用你格外对我好。你把对我的好匀出些来分给饱饭好吗？好歹亏她作证，我才得以挣出牢狱。"白银心中"咯噔"一跳，沉脸道："你倒时时记着她，你说我对她还不好吗？连她自己还说，这个世上只有我是她的知音。"立春涎脸笑道："你虽对她好，在我看去，却仿佛狐狸给鸡公拜年似的。"白银竖起一双"四白眼"，"啪"地把大洋往地上一摔："我又不馋那鸡公肉吃，犯得着给鸡公拜年吗！"立春正要分辩，又怕饱饭听见，也怕白银生气，赶忙笑道："开个玩笑，少奶别生气咧。"

　　夫妻磨牙半日，立秋在西横厅等得不耐烦，扯着嗓子叫喊："男子汉出门，怎的倒比女人更不利索？"立春赶忙提着箱子出来，兄妹一道出门，登上马车，"吱呀吱呀"驶出院门。白银送到院外，愣愣站立，直到马车拐弯驶出巷子，望不见踪影、听不到响音，宛若一尊望夫石似的。

2

日落时分，马车一路风尘驶进南昌城内。立秋早已托请教员租赁一套里外两间独立寝舍，马车直奔而去，安顿下来，甚是妥当。立春待在妹妹寝舍，想起家中妹夫、外甥女，心中惴惴。无奈他也像爹娘一样，拿这个妹妹毫无办法，叮嘱些话，自去武备学堂。

开学之日，立春和文雍并肩说笑前往官厅报名。书记却道："总办有令，蔡立春、邓文雍已被学堂开除，不许报名。"立春、文雍大惊："凭什么开除，我们犯了哪条校规？"书记不耐烦道："你们问总办去吧。"两人茫然不知所措。忽然忆起上回张贴漫画之事，猜测总办报复。

两人气昂昂跑去官厅，汪瑞闿正在埋头批示卷宗。邓文雍急急问道："汪总办，你凭什么开除我们？"立春怕文雍冲动，赶忙拉住，双脚"啪"地立正行一个举手礼，分辩道："总办大人，上回漫画真不是我俚贴的，大人只怕误会了……"汪瑞闿抬起头，脸上堆下笑来："看你说什么话？本办岂是公报私仇之人？就算那事真是你们干的，本办岂能因此开除你们？"立春更加纳闷："那、那大人为何开除我俚？"汪瑞闿不慌不忙站起来，扳着指头道："第一，你们不遵朝廷禁令，公然祭奠江召棠，招致府、道不满，勒令本办严惩不贷；第二，你们不务正业，鬼鬼祟祟集会结社，谁知你们干些什么勾当？当下朝廷严查孙文乱党，学堂不得不严加防患。"立春拱手陈情："总办大人明鉴，有道是法不责众，各地绅民祭奠江公者不计其数，为他捐款立祠者也大有人在，为何独独责罚于我二人？至于集会结社，原为吟诗作文，以文会友，并不与校规相悖……"汪瑞闿冷笑道："既是以文会友，为何不在学堂，却要跑去荒郊破庙，还要派人值守把门？"二人对望一眼，极力辩解。汪瑞闿不为所动："学堂决意如此，你们走吧，勿要纠缠！"立春心有不甘，据理力争。邓文雍一跺脚，索性嘲笑："看来那幅漫画真画得入木三分！如今把我们开除，汪大人快去向朝廷摇尾乞怜，宫门内立刻就有骨头扔出来呢。"拉起立春愤然转身出门，"走！立春，这种狗屁总办盘踞的学堂，我们不上也罢！"

来日一早，立春和文雍辞别同学，背着被褥行李离校。走投无路之中，两人流落街头，怅然张望偌大会市，只见道路上车水马龙，人来人往，一股落魄之感顿时涌上心来。恰逢一辆人力车拉到跟前，邓文雍手招，一把拽立春登上车去，狡黠笑道："我带你去一个好地方。"

人力车七转八拐，来到一处名叫"鸭子塘"地方。下车付过车资，文雍佯装迷路，领着立春徘徊半日，眼见车夫远去，确认无人跟踪，迅速闪入一条深暗小巷。走到一栋高墙大院门前，"当当当"地把兽头门环敲打三五下。院内男佣出来开门，领进屋去。顺着一条卵石小径，穿过花木扶疏大院，走进巍峨大屋，来到一间画栋雕梁花厅，文雍方才悄声告知，这里便是"同盟会"江西分部。立春正在张眼四顾，文雍朝西厢房叫喊一声："樊小姐——"一个遍身罗绮、珠光宝气中年女子手执一面碗口大小铜柄小镜应声走出来。

文雍笑向樊小姐道："这位就是蔡少爷，上回我已替他向刘先生、蔡先生申请入会。"樊小姐笑吟吟点头，眇一双含情脉脉丹凤眼，上下打量立春，娇声软语道："好一个风流倜傥少爷，为何恁般老实？进来屋里，却不晓得把行李放下？"立春平生头一回听到这种怪异声调，浑身皮肉猛然一紧，仿佛猝不及防被蜜蜂蜇咬一口，心中没来由乱跳，慌忙放下行李，僵着身子向樊小姐行礼。

相见已毕，女佣泡上茶来。樊小姐吩咐把客人行李拿进房去，文雍趁机把自己二人已被学堂开除之事相告。樊小姐一手举起小镜，一手拿一支锃亮黑管口红不住地修补唇妆，目不转睛盯着镜子道："这倒好，往后在家里长住了。"立春正眼不敢瞧她，不提防她扭头妩媚一笑："蔡少爷，我俚原是本家，往后你住在我这里不许见外，饮食起居只管和自己家中一样。"立春听她说出"我俚"二字，惊问："樊小姐竟是宜丰人吗？"樊小姐放下小镜，叹气道："先夫祖籍宜丰，听文雍说你是宜丰人，又是同姓，可不是一家人吗？"立春方才想起的确有位旅居省城的宗亲迎娶名妓为妻，为家族不容逐出宗门，不想今天却在这里相遇。

小住三五日，两位风尘仆仆西装男人来到屋里。一个身材瘦长，方脸白面，一头乌黑油亮短发归总梳向脑后，垂落两肩；一个中等个头，体态微丰，黑胖圆脸，理一个寸板平头。邓文雍站起来迎候，先和瘦长先生握手，一边向立春使个眼色道："立春，这位就是刘道一先生……"又拉着另一个道，"这位是蔡绍南先生，二位刚从日本归来。"立春早知二人乃是孙文同党，赶忙起身行礼："在下蔡立春，久仰大名……"二人伸手与立春相握，齐道："幸会幸会。"

当晚落座下来，刘道一笑道："蔡先生，我们虽未谋面，文雍已把你的情况禀告会里，会里同志多方考察了解，一致公认你是个卓尔不群的热血青年；况且你还是我党蔡立功同志嫡堂兄弟……"深谈至黎明，蔡绍南移动一顶靠墙书橱，抽开夹板，取出一张纸页，送到立春手中，说道："蔡少爷，光绪二十年，孙文先生倡导成立革命团体'兴中会'，也即'同盟会'前身。这是当时立会宣言，你好好看看，从中可知我们革命党人初衷……"

中国积弱，非一日矣！上则因循苟且，粉饰虚张；下则蒙昧无知，鲜能远虑。近之辱国丧师，剪藩压境，堂堂华夏，不齿于邻邦，文物冠裳，被轻于异族。有志之士，能无抚膺！夫以四百兆苍生之众，数万里土地之饶，固可发奋为雄，无敌于天下；乃以庸奴误国，荼毒苍生，一蹶不兴，如斯之极。方今强邻环列，虎视鹰瞵，久垂涎于中华五金之富，物产之饶。蚕食鲸吞，已效尤于接踵；瓜分豆剖，实堪虑于目前。有心人不禁大声疾呼，亟拯斯民于水火，切扶大厦之将倾，用特集会众以兴中，协贤豪而共济，抒此时艰，莫我中夏。仰诸同志，盍自勉旃。

立春接过纸页，看得浑身热血沸腾："怎的字字句句都说到我心坎上咧？"蔡绍南点头道："革命党人不是从前的造反义军和草莽英雄，毫无帝王思想存于脑中。我们领头革命，虽要推翻满清，驱除鞑虏，却不要那般换汤不换药的改朝换代，自坐天下；而要效仿美利坚，创建平等博爱法治的民选共和政府，平均地权、人权，教四百兆同胞享平等之利益，获自由之幸福……"立春挺身而起道："二位先生，你俚说的话正对我胃口。我晓得革命不能轻易成功，正要仁人志士浴血奋战。我蔡立春甘愿舍此一生，追随孙文先生，为这种前无古人、后无来者事业略尽绵薄之力。"

刘道一、蔡绍南对望一眼，点头嘉许。邓文雍起身出去端来一碗清水放到桌上，上面搁着一根细长银针。立春晓得这是要歃血盟誓，立马卷起衣袖，走到桌前拿起银针往自己臂弯一针扎去。殷红的血珠顿时从血管里冒出来，一滴一滴掉入碗中，荡漾开去，仿佛一条血红的蛟龙，顷刻把一团死水搅动得血雨腥风。

随后立春宣读誓言，三人分别与他拥抱，紧紧握手，齐声呼称："蔡立春同志！"立春眼前浮现家中白银分娩情形，耳畔响起陶罐砸碎响音，仿佛自己也被重生一回，心中涌起啼哭的冲动。忽然刘道一笑道："立春同志，从即刻起，你就是革命党人。本该向你颁发'同盟会员'证书为凭，无奈近日入会同志较多，凭证用罄，只好待后补发。"立春忙道："我立志做一个革命者，倒不在乎那一纸证书。如今我和文雍已被学堂开除，正好心无旁骛投身革命，党里有什么任务，只管交给我俚。"蔡绍南收起那张"兴中会"宣言纸页，依旧放回书橱后面夹层。刘道一趁机说道："立春同志，恰逢'南昌教案'事起，江大令殒命，激起民众愤慨，江西境内反清情绪空前高涨。我们打算抓住这一有利时机，联络湖南、江西会员，策划在湘赣边界萍乡、浏阳、醴陵一带，发动一次革命起义。倘若取得胜利，立刻分兵进攻长沙、南昌，你愿意和我们共同战斗吗？"

立春早知"同盟会"在南方发动过一些起义，均以失败告终。当时只道这种小打小闹，怎能撼动清朝江山？如今自己置身革命组织，不知为何，仿佛瞬间心智洞开，立刻明白这种小打小闹未必能够一鼓作气推翻朝廷，但却能给朝廷敲响丧钟，忙道："当然愿意！我已是一个党人，理当听党吩咐！"蔡绍南点头，自去书柜里取出一本小册，说道："今年四月初，党人黄兴、刘揆一、马福益三位同志已在湘潭会晤，共商大事。这是他们策划在萍浏醴起义的计划书，三路义军是这样安排的……"刘道一起身找出一张地图铺开在桌面上，顿时四个脑袋凑到桌上，比比画画，一条条把那计划书细细研读起来。

立春对起义之事尚且一无所知，只听得他们说出一个个会党名称，什么洪江会、哥老会的；要或便是何处结集、何处誓师、何处攻城、何处撤退。全神贯注倾听半天，却没听说起义军队何在、将领何人、武器多少、粮草几何，心里不免狐疑，如坠迷雾。待要询问，又见三人说得头头是道，仿佛成竹在胸，心想自己一个初来乍到新人，暂且不要多嘴多舌为好。

3

来日用过早膳，刘道一、蔡绍南匆匆出门去往萍乡考察革命情势。立春和文雍留守家中，协助樊小姐联络会员，接待来宾，收集情报，分派任务。

一时并无来客，立春忍不住向文雍打探："文雍，我俚党里可有自己革命军队吗？"文雍摇头回道："组建军队费时费力，难收近效。好在当下反清会党林立，多如牛毛。这些会党纠集走投无路游民，训练有素，骁勇善战，视死如归，可不是现成军队吗？我们党里正在多方设法联络收买会党头目，谋划把各路会党改造、整合成革命军队，先捣毁大清王朝，再由我们党人接管新生世界，效仿美利坚建立民选共和政府，岂不事半功倍？"立春听得愕然："这、这能行得通吗？"邓文雍无奈摊手："如今也没有更好的办法！好在会党也要推翻朝廷，这倒与我们党人殊途同归。只要我们给足钱，许诺将来事成给他们做官，他们自会踊跃拼死效命……"立春蹙眉："这得要多少钱咧？"邓文雍道："当然要车载斗量的钱，越多越好……"

说话间，男佣领着一位满面红光、鹤发童颜富态老爷走进屋来。立春正要起身迎接，男佣挤眉弄眼喊一声："樊小姐，你看谁来了？"那老爷早已满脸堆下笑来，躬身冲到樊小姐跟前，只差没把脸凑到她鼻子尖上，肉麻兮兮道："哟哟，多年不见，小娇娇还是如此风姿绰约。我说小娇娇啊，你就不怕普天之下男子汉都为你害相思病死去吗？"樊小姐乐哈哈瞟他一眼，抬手在额头上一戳，嗲声嗲气道："王老爷，人家让你这么一恭维，浑身骨头都软了。"王老爷睁大一双又细又长桃花老眼，"哦"一声道："是吗？我摸摸、我摸摸……"趁势牵起樊小姐一只纤纤玉手，从长长的五彩指甲一寸一寸抚过雪白手背，缓缓推起衣袖，顺着胳膊，蛇一般游走到腋下……

立春看得目瞪口呆，立马起身回避。文雍扯扯衣襟，悄声道："没关系，樊小姐玩闹惯了。好比演戏一般，要有观众，她才演得卖力。你要躲闪回避，回头她可要生气骂人呢！"立春窘在地上，站也不是，坐也不是。果然樊小姐旁若无人，索性从旗袍衩口伸出一只玉腿，"嗖"的一声，架到王老爷肩上，涎脸娇声道："是不是？是不是骨头都软了？"王老爷单膝跪在长椅上拥着樊小姐，吸着鼻子从双唇、耳鬓一直嗅到后颈，蹙眉道："不错，唇彩红得纯正有宝光，还是'密丝佛陀'颜色，怎的香水和发乳倒换了？咦——这可不是'双妹'气味，一股子臭豆腐味道！"樊小姐仿佛被人触动隐痛，沮丧地收回玉腿，噘嘴道："王老爷故意寒碜人吗？自打我那死鬼老公伸腿去了，人家守着偌大公馆坐吃山空，哪还用得起'双妹'？眼见什么香水都抹不起了，不得已才重操旧业……"

立春终究看不下去，逃也似冲进书房。谁知不及落座，忽然花厅里传来尖声大叫："姓王的，你、你、你欺人太甚！你这个没良心的，你寒碜姑奶奶人老珠黄是不是？你可记得姑奶奶二八年华时候，也把你侍候得喊爹叫娘来吗？"王老爷低声央求："别嚷别嚷，小娇娇人没长大，脾气却大了……"樊小姐越发哭嚷："别人欺负我罢了，连你也欺负我！我还活个什么屎啊？不如一头撞死！呜呜呜……姑奶奶当年不是听信你花言巧语耽搁了青春，怎会落到嫁给那个死鬼地步？如今也不过这种人不人鬼不鬼的日子！呜呜呜……"立春、文雍急忙冲出房去，只见樊小姐哭闹跳跃，作势要往花厅北墙撞去。

立春、文雍只得上前劝解，樊小姐气呼呼把一个戒指摔在地上，跺脚"呸"一口，抽抽噎噎哭成一个泪人："没良心的东西！当年你甜言蜜语哄我，谁知却是个惧内的，不敢把我娶回家去。害得人家身子胡乱嫁人，一颗心却还拴在你身上，熬油似的熬了多少年，好容易熬到今天你家中母老虎死翘辫子，我那有气无力的活死人也伸腿去了，难为你倒想起来要和我重修旧好。谁承想你铆着劲抠了半天口袋，却抠出这么一个小戒指来搪塞我！你说这不是寒碜人吗？我樊某人虽说穷了，好歹做过南昌会城头牌姑娘，把家里地缝子扫一扫，哪里不扫出这点东西来！"抬手抹把眼泪，一跃而起，"我们出门去找人评评理，看看有这么作践人的吗？"王老爷窘得无地自容，连声哄劝："别闹别闹，原是逗你玩的。逗你发发小脾气，乐得受用……"胡乱在身上摸索出一张银票，结结巴巴道，"你看你看，这不是早预备着来吗？原是逗你玩的……"

闹腾半日，可怜王老爷一身镜面般绸衫被揉搓得不成样子。立春、文雍好说歹劝，樊小姐才一把掠过银票，气呼呼坐回椅上。王老爷一边擦拭额头大汗，一边挨过去好生劝慰。樊小姐慢慢消气，复又依偎在王老爷怀里，哭诉着含针带刺的情话……

立春退回房去，冲文雍吐吐舌头。文雍叹道："难得樊小姐是个有情有义女子，先前她丈夫是党里人，如今丈夫亡故，她便继承遗志，舍生取义重操旧业，为革命大业筹款……"立春现一副匪夷所思神色："什么？你说樊小姐为革命筹款？"邓文雍没好气瞪一眼："你别大惊小怪！革命本是不得已而为之，可不是什么阳春白雪事业，摧枯拉朽的暴风骤雨，难免裹挟飞沙走石……"立春瞠目结舌："党人妻子原是我俚姐妹同胞！怎能教她俚出卖肉体为革命筹款？"邓文雍"哦"一声，扭头嘲讽道："莫非立春同志另有高招？"

转眼太阳偏西，王老爷和樊小姐缠绵够了，心满意足而去。樊小姐娇声软语恭送出门，转身进房去把赚得银票和扳指儿都拿出来，细细估算价格，讪脸笑道："好歹打劫到二三百两。"文雍夸赞不迭："樊小姐功不可没，风尘中也有大情大义女子。将来革命胜利，共和政府成立，世人都要为你立长生牌位。"立春却听得心里梗梗的，仿佛吞进一只绿头苍蝇。

十天半月之内，前来屋里接头联络党人络绎不绝。有募集到捐款拿来上缴的，有搬来打字机器暗藏到阁楼上去打印《扬州十日记》《嘉定三屠记》之类反清小册子的，还有把电报机裹在行李被褥里偷运进来的。忽一天，"葆灵"女子书院学生主席宋嫣红前来领取小册子，拿去暗中发散。立春方才晓得原来她也是同盟会员，心里默道，只怕不过多久，自己就会在这屋里遇见立秋。

往来进出的革命党人之中，自然夹杂着风闻当年头牌名妓重操旧业找上门来买春寻欢之人。樊小姐满面春风、仪态万方周旋招待，娇声软语，终日不绝。立春深知党人正要以此作为幌子，掩蔽革命活动，心里却万难接受这种革命方式。一日闲聊，断然对樊小姐发话："'钱塘苏小是乡亲'。何况婶婶还是我俚本家媳妇？我见不得你这般受委屈咧！往后不用你筹款，我替你认捐三千两。"樊小姐和邓文雍一齐嚷道：蔡少爷如此富有，早该声张！

4

转眼南昌城里秋风乍起，大街小巷法国梧桐落叶飘飘，仿佛丧事人家燃烧纸钱。一日黄昏，刘道一、蔡绍南满身煤灰，风尘仆仆从萍乡归来，绕道回到鸭子塘寓所。男佣迎进屋去，立春、文雍同声惊叫："这是哪里来的两个卖炭翁呢？"

两人困倦已极，不及回话，刘道一手里皮箱忽然"噗"地落地，一屁股坐到太师椅上。蔡绍南踉跄两步，也一头栽倒椅上。文雍忙问："这是怎么了？"两人动了动嘴唇，欲语未语，却早已耷拉着眼皮歪头睡着，顷刻响起均匀的鼾声。

萍乡地处赣西北边陲，自古人烟稠密、商贾云集、五方杂处。太平天国运动之后，清廷频繁在湘赣边界招募、裁撤乡勇，造成大批乡民脱离土地，成为无业流民；光绪二十四年（1898年），清廷在萍乡创办安源煤矿，招用大批筑路民工，待到路成矿开，民工顺理成章沉淀下来，成为煤井矿工、贩夫走卒、火头炊事。又因五口通商以来，中外交通、商贸中心渐由广州北移至上海，原先大庾岭—赣江—鄱阳湖一线黄金水路陡然衰落，向之要冲，今为迂道，货不至，税大绌，导致沿途吴城、樟树码头一片萧条，大批码头工人纷至沓来，依附矿区觅食存身；再者近年湘赣边界天灾连连，时旱时涝，时虫时蛾，一拨一拨佃农饥馑望道，流离失所，纷纷拉家带口，蜂拥而至，以求在矿区谋求饭碗。如此风云际会，此处弹丸之地流民云集，门派林立。年深月久，打架斗殴，争抢立锥之地，遂成会党渊薮。

蔡绍南、刘道一深入矿区，昼伏夜出，遍访山堂，与会党头目称兄道弟，投帖拜门生，摸清盘踞此地三股会党势力。一是以龚春台为首的哥老会，拥众数千；二是以姜守旦为首的洪福会，广有众徒；三是龙人杰、廖叔宝等人各兴武教师会，弟子数百上千不等。蔡绍南、刘道一巧妙向会党头领灌输革命思想，一边贿赂钱财，资助军火，倡议众头领在当地党人欧阳满蕉园洞家中秘密集会，商谈改组、整合事宜，共举大事。不料会党头领口风不严，谋事不密，致使蔡、刘二人行踪被当地官府觉察，派人暗中盯梢，只得仓皇逃归南昌。

休整一日，两人立刻同文雍、立春密议大事。刘道一出示一封密电，说道："鉴于会党纪律松懈，难以保守秘密，起义枪声可能要提前打响。"蔡绍南点头道："我原籍萍乡，行踪已招官府怀疑盯梢，目前暂时不宜故地重游，只得转战袁州、万载活动，筹建第三路革命军，将来起义，可为策应……"一番交代，转脸向邓文雍道："文雍同志，我和道一同志决定委派你携宋嫣红女士假扮夫妻，以煤商身份潜入萍乡矿区，接替我们联络会党头目。"邓文雍白净脸面蓦地腾飞两朵红云，羞怯道："这……嫣红能答应吗？"刘道一嗔道："你别胡思乱想！嫣红同志二话不说，爽快答应了。你们的车马行程都已安排妥当，你二人去萍乡蕉园洞找欧阳满同志接头。"

不待邓文雍回话，立春搓手笑道："党里可有任务派给我吗？你看我寸功未建，整日待在屋里吃闲饭，多难为情！"蔡绍南抬手笑道："别急别急，党部正有重任派给你，哪能让你白吃闲饭？"说着，一五一十告知，党部已从湖北军火贩子手中购得三百支步枪和一批弹药，密藏在九江党人茶商老孟家中，如今急要设法运往萍乡，以为将来武装军队之用。立春听得这话，未免茫然，似乎无从下手，却又硬着头皮道："请把任务派给我吧，我找老孟商量设法……"刘道一点头："这是一项艰巨任务，老孟已带人多次往返萍乡、九江，探出一条秘密路径，一路接应人员车马早已安顿妥当。无奈九江城禁哨卡查巡极严，不敢贸然装运。明天向樊小姐支取一百两经费，即可启程去九江找老孟接头……"

邓文雍听说要支取经费，脸一拉道："别给他钱！他还欠着樊小姐三千两呢！"蔡绍南、刘道一忙问其故。文雍告知详情，逗得两人都笑了，感慨道："让樊小姐筹款也是不得已而为之，难得立春同志怜香惜玉，日后就别委屈樊小姐了，我们看着也难受呢。"文雍又道："立春许诺樊小姐的三千两可不能赖账，男子汉大丈夫，一言既出，驷马难追！"蔡、刘笑嗔："这是玩笑话，不过为阻止樊小姐筹款，可别为难立春。"立春嘴角浮上一抹坏笑，倒不言语。

眼见夜深人静，蔡绍南说声："天不早了，大家都歇会去吧。"三人应声起座，分头回房，刘道一忽然止步，扭头向立春问道："立春同志，你宜丰县可有一个名叫刘昆泰的人吗？"立春惊道："怎的你认得他咧？昆泰正是我姨表兄弟！"刘道一道："这么巧啊？你这表兄弟是位知府少爷，曾经留学日本，对吗？"立春忙道："正是。道一同志认得他？"刘道一摇头："不认得，只听人说起过这个人，你可知道他现在下落吗？"立春摆手叹道："这人被一场儿女私情毁了。如今万念俱灰，屈尊在一家纸号谋食。"刘道一蹙眉道："原来如此。"立春再要问话，见刘道一已迈步走出房去，便不再多嘴。

来日四人都起得不早，用过早膳，太阳已晒到东窗。大家与樊小姐道别，正要出门，院外忽然响起"嘭嘭嘭"打门声。四人不辨凶吉，迅速冲到后房，爬上阁楼，以便随时跳墙逃跑。男佣估摸四人藏匿妥当，方才磨蹭着去开门。谁知来人却是警局内部党人打发前来报信的一个小伙计，四人鱼贯从阁楼木梯上爬下来，只道是一场虚惊。不料小伙计一见蔡绍南，赶忙向前耳语："昨天夜里，警兵夜闯'葆灵'书院，把宋嫣红抓走了。"蔡绍南听得一惊，忙问："为何抓她？罪名是什么？"小伙计道："宋女士暗中散发什么书本子，被巡逻警兵盯梢上了。"蔡绍南、刘道一点头，打发小伙计去了，一边紧急商议设法救人。

营救宋嫣红的工作极不顺利，蔡绍南和刘道一马不停蹄奔波一天，直到黄昏才回。立春和樊小姐忙问情况如何，刘道一蹙眉道："人已关进牢里，一时半会儿弄不出来。"众人不免着急，恰逢萍乡党人欧阳满发来电报，好容易说服会党头目愿意洽谈生意，迟迟没有老板过去，只怕人家就要变卦。邓文雍赶忙说道："要不换个人和我去吧？"蔡绍南摊手道："你让我临时抱佛脚，上哪去找人给你做'太太'？江西女党人不多，虽有几个，平日也是宋嫣红联络，我们都接头不上呢。"情急之中，立春灵机一动："我倒有个可靠人……"话未说完，想要咽回去，却来不及了。文雍顿时两眼放亮，脱口叫道："对啊！令妹正是可靠人！"蔡、刘问明原委，沉吟道："只可惜蔡小姐不是党人。"文雍忙道："蔡小姐虽不是党人，但我敢下保她比党人还可靠。况且她跟宋嫣红要好，早已加入'易知社'，迟早要成为我们革命同志的。"立春没好气瞪一眼道："你倒晓得蛮多咧！"寻思片刻，又道："奈何眼下情况紧急，不妨让舍妹做个幌子……"商议一番，事情敲定，立春心里私下里向文雍唠叨："舍妹是出阁妇人，罗敷有夫；况且她还学过武艺，大号石础举不起，中号石础却是举重若轻。拜托你脑子简单些咧！"

文雍挤眉弄眼做个鬼脸，狡黠道："不如我们把差使对换，我替你跑九江办差，你自己带妹妹去萍乡公干，总归放心。"立春忙道：

"这可使不得，我俚兄妹一个模子里铸出来的，人家闭着眼睛都要看穿咧。"文雍不再多言，挑眉一笑，吹出一声得意的口哨。立春心里猛然一怔，仿佛妹妹变成一支锐箭，从文雍哨声中射出，离弦而去。

5

那一日秋阳火热，天气仿佛返回盛夏。立春领命去往九江公干，肩上搭一个小包袱气定神闲走出深巷，雇一辆人力车上码头乘船。九江原是立春祖母张氏故乡，又是他祖父当年做官和辞官旧地。立春虽未去过，心里却有一种特别亲近的感觉，仿佛故地重游。

到达码头，跳下车来，一番问讯，附张船票上船。一盅茶工夫，火轮鸣笛，离开码头，驶向烟波浩渺、水天一色鄱阳湖。立春坐在一个靠窗位置，透过船窗眺望，只见白茫茫湖面一望无际，满目空蒙。船行半日，驶入九江港去，半舱旅客纷纷起座下船。立春随波逐流走出船舱，猛然一阵港风裹着鱼腥扑面而来。时序正值返秋，艳阳朗照，天气比盛夏更加闷热。码头上往来穿梭船工、渔夫光着膀子，赤裸着酽茶色肌肤，打一双赤脚，"扑哧扑哧"地踩踏得地上到处水淋水漓。

上去港岸，雇一辆人力车进城。车夫奔跑，跑路半日，眼前蓦现一座巍峨城门。车夫停车排队过关，果然城防极严。城门两旁，荷枪实弹警兵森然而立；一队佩刀官差藩篱般挡在城门口，只留两道豁口供人出入通行。凡有进出车辆、担贩、箱笼、包裹，纵有官牒文书，一律都要查验。立春跟随进城队伍缓缓行至门首，官差查明姓名籍贯，盘问进城何事，立春回说贩卖茶叶。九江原是产茶产丝盛地，往来客商，不是贩茶，便是贩丝。官差虽无质疑，却不放过他搭在肩上衣包。拉扯下来打开查验，眼见只有换洗衣裳，衣袋里并无夹带，方才准予过关进城。见此情形，立春想起自己差事，不觉头皮发怵。

进城又跑半个时辰，直到日落西山，总算到达老孟茶庄。庄客请进院子里去，一位年近五旬、人高马大男子满面春风迎出来，爽朗笑问："贵客可是蔡公子吗？端的生得倜傥！"立春晓得此人正是老孟，绰号叫做"孟夫子"，赶忙作揖行礼："'孟夫子'安好，在下姓蔡，贱字'立春'，夫子不如直呼其名。"

老孟豪爽大笑，两人一见如故。请进屋去，安顿下来，一宿夜谈，话里话外全是差事："一票好茶，埋在地窖，苦于城防之严，无计运出城去。"立春点头，嘴角浮上一抹坏笑。打坐三五天，天天早出晚归，只说上街打探生意行情。老孟派个庄客跟随服侍，归来悄悄回说，蔡公子只在戏院、茶馆、酒肆流连，出手阔绰，花钱如水。有天逛到一处市井，只见街道宽阔，足可跑马；两旁商铺店大门高，牌匾林立，旗帜高扬，气派不输南昌会城。立春一路观摩，见有茶叶店铺，多半进去探问行情，讨价还价，却不成交。游逛一个来回，日已中天，眼见街尾一间茶店，桌椅俨然，径直拐进去，跷腿坐下，叫两盅好茶慢慢品尝。

不料吃茶半盅，忽然一伙男女急冲进来，随身携带进一股尸臭。立春慌忙掩鼻，正要起身离去，却听得一干男女七嘴八舌议论。原来是县衙在城西枪毙三名强盗，无人收尸，大日头暴晒，臭气熏天，路人侧目。立春心下纳闷，禁不住向庄客问道："什么糊涂县令，怎的竟在城内毙人？"庄客叹道："非是县令糊涂，只因城内盗贼猖獗，民不聊生，官衙为震慑歹人，才在城内毙人，好教歹人都能看见强盗下场，不敢作奸犯科……"

立春心底叫一声"好！"一气跑回茶庄，一叠声叫喊老孟。拉进房去，挤眉弄眼道："城西毙了强盗，无人收尸。在下愿做一个义士，施舍三口薄棺，打发三人入土为安……"老孟听出话外玄机，乐得搓手，竖起大拇赞道："这可是积德行善阴骘事，不怕县太爷不依……"如此这般，合计一番，二人同去县衙。拜托一位师爷给县令传话：虽是强盗，吃了枪子，暴尸三日，也算恶有恶报；况且过往百姓不堪尸臭，怨声载道。有个外来茶商蔡公子，只为积德行善，愿意收埋尸体。请县太爷开恩，发给通关官牒文书，也是阴骘之事。

只因近年九江城内盗匪横行，百姓不堪其扰。县令一怒之下传令在城西处决人犯，以期大收杀一儆百之效。不想人犯家眷闻风卷逃，弃尸不收。眼见尸体腐烂，臭气熏天，岂不让人烦恼？忽听得有人要积德行善，县令只道是瞌睡遇上枕头，当即吩咐师爷："发给通关文书，叮嘱城禁仔细查验，提防夹带。"立春、老孟赶忙捂着鼻子回道："放心放心！谁个去棺材里夹带什么？不讨那个晦气！"

两人出得县衙，时近黄昏。老孟心下打鼓，忙对立春使个眼色："连棺材也要查验，如何是好？"立春嘟囔一声"没事！"附嘴在老孟耳畔嘀咕，一面走去棺材铺子里，讨价还价买下三口劣质薄棺。老孟依计行事，雇一辆板车装载棺材，张张扬扬拉过街市。逢人便说新来茶贩蔡公子积德行善，要给强盗收埋尸体。

走到街心，立春忽然顿脚叫嚷："老孟，听说尸体都腐臭了，这种薄棺只怕要漏出尸水来，到时闹得满城臭气熏天，只怕好事办成坏事咧。"老孟心领神会，忙道："不要紧，多多把石灰填埋棺材，哪能漏出尸水臭气来呢？"立春点头，当即着人去石灰铺子里多多购买石灰，送去老孟茶庄。

一番忙碌，夜幕已降。延俄到来日上午，两人才雇一个昏头昏脑老迈仵作，领着几个庄客把棺材拉去城西收拾尸体。晌午时分，烈日当空，一溜三辆马车拉着三具棺材出城掩埋。行至城门，把门官差举起小旗，示意停车受验。立春勒马跳下车来，呈上文书。头目看了，昂然道："县太爷有令，严防夹带。"一边抬手吩咐官差，"开棺查验。"两三个官差走近去开棺，伸手挪开一条缝隙，一股刺鼻挖心恶臭随即直冲出来。正值城门人流高峰，进出百姓听说要开棺查验，人人恨不能浑身长腿飞跑去，惟恐避之不及。顷刻尸臭四溢，好些行动迟缓老弱妇幼躲避不及，乱跑乱窜，叫苦不迭。可怜那几个查验官差首当其冲，只差没被臭气熏倒，一个个呛得涕泪横流，争相捂着鼻子跑出城门外去呕吐不止。

棺盖已被揭开，却没人盖上，恶臭源源不断散发出来。四周百姓纷纷逃窜，嘴里咒骂不迭："这是什么世道，没见过连棺材都要查验的！"官差头目眼见难以收场，赶忙下令："盖上盖上。"无奈那些官差尚未呕吐利索，再不敢上前。老孟、立春只得脱下衣衫捂着鼻子亲去把棺材盖上。

大费一番周折，三具棺材总算运出城去。立春脸上露出笑靥，老孟却说："蔡公子休要得意，我们生意才做成一半。官衙不会再在城内枪毙强盗，公子也不能再积德行善，如何是好？"立春早有主意，狡黠笑道："'孟夫子'莫急，本公子花钱大做功德，只为图个名声。'孟夫子'只管着人替我扬名，本公子保管把生意做得圆圆满满。"见老孟愕着眼睛正要问话，赶忙把嘴贴在他耳边，嘀咕半日，说得老孟眉开眼笑。

下午埋尸已毕，回到茶庄。老孟依计行事，发动家中妇孺、庄客满城传扬蔡公子德行善举。不消半月，九江城内茶馆戏院、勾栏酒肆，无人不说蔡公子姓名。立春契默配合街谈巷议，每天穿戴簇新，出入茶馆、酒肆、戏院，吃喝玩乐，不吝银钱。逢着在酒馆用餐，鸡鸭鱼肉叫上来，略动几下筷子，满桌的美味佳肴只管施舍给乞丐，招引得一干叫花、乞儿成天跟随他东奔西跑，乐此不疲。

一日黎明，老孟茶庄里庄客早起出门小解，打开院门，只见两具死尸赫然横陈在地，顿时吓得大喊大叫。老孟一骨碌从床上跳起来，冲到院外，果然见到死尸，寻思片刻，沉吟道："是了，一定是城内贫穷人家亡故亲眷，无力安葬。听闻蔡公子乐善好施美名，夜里偷偷把尸体搬来赚一具棺材……"边说赶忙反身回屋，急敲客房门扉，喊道，"蔡公子，快起床，你又有阴骘可积了，日后夫人给你生个官宰儿郎。"

立春拎着裤子开门出来，问明原委，一跳老高，呼天喊地："岂有此理！岂有此理！"手一挥，便要回屋收拾行李："我不管！我回家去！拼着不贩茶叶，权当出来闲逛一回！"老孟一把拽住，叫苦不迭："大少爷，人家赶着来赚你棺材，你走了，尸体撂在我家门口如何是好？"立春嚷道："尸体撂在你家门口，自来赚你棺材，与我何干！"老孟急道："我家祖辈住这屋里，何曾有人来赚棺材？只因你善名远扬，方才招来尸体……"两人激烈争吵，惊动地方保甲，难断是非曲直，只得劝说二人衙门见官。

两人揪扯到县衙，恰逢县令坐堂视事。瞧着立春是个外乡茶贩，言谈举止一派天真，晓得是个刚出道的纨绔子弟，心中自要偏袒本地绅民，浅笑道："倒是老孟说得有理，人家在这里住了几辈子，何曾有人来赚棺材？依本官主张，不如蔡公子好事做到底，好歹再花两个小钱，买两具薄棺把死尸收敛了。日后再有尸体扔到老孟门前，自不与你相干。"立春、老孟闻言，肚里忍俊不禁。两人拿到通关文书，不费周折，顺顺当当把剩余枪弹装运出城。

6

办结差使，立春回去南昌鸭子塘寓所复命。满屋转悠，不见文雍归来。心下暗暗寻思，妹妹和文雍出差，已有月余光阴，理当打道回府。忙向樊小姐打探："邓先生归来了吗？"樊小姐看破立春心思，有意捉弄打趣，嘻嘻哈哈道："邓先生得了美差，哪能迅速归来！人家不要携带'太太'游逛游逛吗？"蔡绍南、刘道一见早已从袁州、万载归来，回到寓所，见立春一脸忧虑，赶忙宽慰："没有的事！文雍和蔡小姐公干尚未结束。"

时过两天，萍乡党人来电告知：南方密运一批弹药，途中被防营缴获。义军弹药紧缺，不敷起义之用，急需增援。蔡绍南、刘道一立即出动，奔波三五日，探知广东有位军火贩子，手握一批现货弹药，可供出售。回到寓所，问樊小姐："我们账上还有多少钱？"樊小姐进去书房，取出一沓银票交给蔡绍南，叹道："满打满算，只剩五千两银子。"蔡绍南道："想法子再筹措一些，勉强够买弹药。"拿在手里一看，蹙眉又道："樊小姐算错了？分明只有二千余两嘛。"樊小姐望着立春，笑嚷："我才没算错呢，蔡少爷还欠我三千两。"刘道一没好气瞪一眼："别开玩笑！"樊小姐忸怩道："蔡少爷红口白牙许我的，岂容赖账？"立春讪笑着吹两声口哨，睁眼道："你放心，本少爷一言九鼎，决不赖账。"

来日一早，立春收拾换洗衣裳，别过众人，笑道："你俚等着吧，容我归家取钱。"一边跳跃出门，雇一辆马车，快马加鞭往故乡宜丰疾驰。

奔跑一日，黄昏时分，回到宜丰"轩窗第"家中。顶头遇见蔡纪高端一盏玻璃油灯从后阁厅走进来，赶忙喊一声："爹爹——"蔡纪高一见儿子，劈头盖脸道："你倒晓得回来？我正要打发显忠上省去寻你咧。"立春愕然道："家中出了什么事吗？"蔡纪高道："满城风言风语，传说你被武备学堂开除。家中写信寄去询问，宛如泥牛入海。"话音落时，白银抱着宝宝从东横厅冲出来，哭腔哭调问："立春，你、你没事吧？"立春脸上掠过一道羞怯："没有的事，这是人家以讹传讹……"

见过爹娘，落座吃茶，一五一十禀告："儿子出门，撞了大运，入学不久即由同窗举荐，去到电灯公司见习。不想我做事勤谨，被公司总办相中，有意提拔做一个襄理，每月薪水二十块大洋，所以我便辍学了……"蔡纪高向来厌恶做事半途而废，蹙眉道："你学业尚未完成，倒不需着为赚二十块大洋中道辍学。"立春笑道："儿子就读新式学堂，原为谋事；如今已得就业，还要读书做啥？这又不是攻读举业，倒不讲究什么锲而不舍，金石可镂的。"蔡纪高稍稍沉吟，倒觉得不无道理。立春见爹爹两眼渐有光亮，沉吟道："只因做这个襄理，需要一千两银子捐纳，我特地回来和爹爹商量……"蔡纪高双眼圆睁："什么？就一个襄理，又不是做官，怎的也要捐纳？"立春笑道："爹爹有所不知，这种官办公司，职员也有品级，日后觑便转入衙门做官，极为便当。"蔡纪高摇头道："如此便没意思，不如等学业完成，直接捐官候补。"立春忙道："等到学业完成，不见得还有这种美差。"眼见爹爹犹豫不定，凝望几桌上荧荧如豆油灯，又道："爹爹，日后家家户户都要安装电灯，公司前途岂可限量？况且公司章程规定，襄理以上职员，每人可附二千两股本，等于做得一个小股东。年终花红利息，倒有三五百两银子。爹爹休要犹豫，错过这个村，可没这个店咧。"

蔡纪高正为田地收租日减、丁漕税赋日重烦恼，转念一想，这倒也是一条出路。父子细细合计一番，如今年景，民不聊生，田地可不是好产业；不如挑拣边远、零碎田地兑出银子来，附股去省城电灯公司坐收红利。主意打定，立春忙问："显忠怎的不在屋里？"胡碧玺蹙眉道："你不说，我倒忘了。月初侍剑丈夫亡故，我让显忠去帮着打理丧事。这都半个月了，也不见他回来。先前听他说镖局里忙不过来，意思要辞掉我俚家里活计，莫非他这就不来了？"蔡纪高道："他要辞工，也得把账目移交清爽，哪有这么甩手就走的？"聊话半日，胡碧玺心疼儿子车马劳顿，吩咐白银侍候梳洗安歇。

两三天内，一家人把卖田附股之事商议妥当。眼见蔡显忠迟迟不归，蔡纪高只得打发饱饭去团练局找寻。饱饭出门半日，回来却说显忠不在镖局，问过胖打师，也说已有半月不见人影。一家人顿时纳闷，胡碧玺荡一双瓠瓜眼袋，蹙眉道："莫非还在侍剑家中？"

不料话音未落，却见蔡显忠迎面走来。胡碧玺急问："侍剑家里忙完了吗？怎的这些天都不见人影？镖局生意忙得分不开身来吗？"蔡显忠笑而不言，躬身下去给蔡纪高夫妇磕头行礼，讪脸道："承蒙高叔高婶收留多年，大恩未报，今日却要辞别，不忠不孝无以复加……"胡碧玺"哦"一声道："你要去镖局长做吗？"谁知蔡显忠仰头道："不，镖局里差事我也辞脱了……"众人顿时愣住，立春赶忙拉起来，笑道："显忠找到什么发财门路？快别卖关子，爽快告诉我俚。"蔡显忠站起来，僵着脸面道："哪里敢卖关子？只因这事说出来丢脸，显忠要去侍剑家做填房丈夫咧。侍剑男人亡故，留下一间弹花铺子。我想去替她打理出来，夫妻合力开一间米行，乐得赚两口米粥裹裹肚皮……"

胡碧玺呆鹅般愣怔半日，怯怯问道："显忠，你莫是中了邪吗？可怜你是黄花闺崽，侍剑是浸过的茶叶、滤过的酒糟，你也不致没有吃嚼，怎的要去热丧人家做填房丈夫咧？"蔡纪高瞪着眼睛，急切问一声："你爹娘能愿意吗？"蔡显忠脸上红白不定，摇头道："爹娘自然不愿意，那是爹娘愚蠢，我也懒得理会。自古以来，人穷志短，多么顺理成章之事！可恨世人不知天高地厚，瘦鸡强拉硬屎，偏说什么人穷志不短的话。这般死要面子，不是该活受罪吗！"

大家听着这话，再要分辩，倒是他爹娘一路愚蠢人了。惟有白银忍不住，霍地站起来，说道："显忠，要说你这股子敢想敢干气性，我倒是佩服。只可惜你这气性用到歪道去了，你要用到正道上，高官可做，大财可发，还愁没有米粥吃吗？"显忠"嗤"一声道："管它歪道正道，只要有道可走，我就走了，强过困守贫贱。"调侃自嘲一番，自去账房把账簿整理出来交割清楚。

立春趁机说起卖田之事，央求显忠帮忙张罗。显忠听得原委，一双小眼放出熠熠光亮："如今兵荒马乱岁月，上哪去找这般赚钱生意？"立春以手搔头，讪笑道："不然怎舍得卖田？"显忠唏嘘半日，眼珠子一转，脸上早已堆下笑来："卖田之事包在我身上，我这就把告示张贴出去。如今年景，田地虽不值钱，扛不住我俚要价便宜，不怕没人接手。"

来日上午，蔡家卖田告示再次张贴到柴市场。傍晚冯世魁游山玩水归来看见，以为岳丈家中遇上饥荒之事，赶忙跑去问讯。打听得卖田附股电灯公司，悄悄把立春拉到一旁，提点道："现时礼崩乐坏、道德沦丧，你可别指望天上掉馅饼。自古以来，钱财离手不牢靠，你贪人利息，只怕人家却图你本金咧。"立春使个眼色，嗔道："不过卖些边远瘦田，我才说动爹爹，你别打岔！"冯世魁顿时明白舅哥要哄骗家中银子出去外边花销挥霍，会心一笑，乐得奉承："好事好事！再没有的赚钱生意……"显忠远远瞧见两人在门角里嘀嘀咕咕，又见冯世魁眉开眼笑，以为他央求舅哥携带附股，争得有福同享，心下羡慕不已。

时过三五天，蔡显忠寻来几个买主，两边拉拢说合，替蔡家把卖田生意做成。立春银票到手，心里记挂着党里等着花钱，说声就职要紧，急忙动身返省。

马车驶出屋场，不料蔡显忠守株待兔等候在门楼外。立春下车询问："显忠，什么事咧？"显忠一把拽去偏道上，掏出一张银票，老着脸央求："少爷得了赚钱生意，好歹拉扯本家兄弟。可怜我做工之余，起早贪黑贱籴贵粜粮米，攒下五十两银子，烦少爷替我附去电灯公司……"立春大出意外，愕然道："显忠，你有五十两银子，什么黄花闺女娶不来，为何还要去侍剑家做填房丈夫？"显忠"嘿"一声，摇头道："少爷富贵中人，怎晓得我俚贫贱之人苦楚？五十两银子做不起一个富家，纵便娶来黄花闺女，照样还是贫贱夫妻百事哀。不如拼舍这个不值钱的身子换一间店铺，好歹做一个掌柜，也算不在人前，不在人后了。"立春心里为难，料想万难推托，只得收下银票，千叮万嘱："这事千万不能张扬出去，倘若亲戚们都来附股，连电灯公司也容纳不下咧！"

7

回到南昌"鸭子塘"寓所，立春把银票交给蔡绍南、刘道一，用去购买弹药。二人连声感慨蔡家富有，轻易拿出大笔银子。连樊小姐也兴奋得粉面含春，"啧啧"称羡，大嚷自己做了半辈子生意，从没见过这般慷慨少爷。

立春羞赧微笑，并不分辩，心里惦记着妹妹立秋，急忙询问萍乡有无音信传回？蔡绍南、刘道一告知，文雍常有电报发来，立秋不愧女中豪档，多亏她帮衬，差事办得格外顺畅。立春听得越发着急，既然如此，为何迟迟不归？心下懊悔当初不该揽事，如今一对孤男寡女以夫妻身份同煮合食，倘若闹出事来，如何是好？樊小姐瞧破立春心思，索性嘻嘻哈哈打趣："你急什么？蔡小姐做了文雍'太太'，不给你添个小外甥，怕是不能回来。"蔡绍南、刘道一见立春顾虑重重，只得一边宽慰，一边发电报催促文雍办抓紧办结差事，打道回府。

当日立春携文雍去"葆灵"书院约见妹妹，如此这般告知一桩有益国族差使，需得委屈妹妹假扮夫妻，以为掩护。立秋瞥一眼文雍，脸上蓦地泅开两朵红云。立春讲明差使本由宋嫣红承当，只因宋妹妹身陷囹圄，不得以临阵易帅。立秋闻言，只道家国天下大事，匹夫有责，不假思索，爽快点头。文雍见立秋毫无庸常女子忸怩之态，心下大喜，一个劲夸赞立秋不愧是女中丈夫。

一番商议已毕，三人一道回去鸭子塘寓所。樊小姐一见立秋，喜出望外，精心侍候乔装打扮。来日一早，一男一女穿戴一新，摇身一变，俨然一对富贵夫妻。立春雇一辆人力车，亲送二人直奔火车站，附了车票，登上南浔铁路火车。

"呜——"的一声汽笛长鸣，火车呼啸疾驰。"夫妻"头一回乘坐火车，文雍坐在窗口，透过车窗向外望去，铁轨旁树木田庄都向身后狂奔，天空一朵朵白云，逝水般飞驰。立秋矜持坐在文雍身旁东张西望，心中油然涌起一种奇异感觉，仿佛一塘死水般的世界，猝不及防激起如佛祖所言六种震动。天地之间，猛然袭来一股浩荡洪流，裹挟自己向前飞奔。待到车速放缓，耳畔传来"哐当哐当"金属碰撞响音，原来火车已驶进萍乡站台。二人手拎行李下车，跟随人流走出车站。早有商行伙计举着名牌等候恭迎，领去上等客栈落歇，不费周折。

闲逛两天，略略考察煤城山形地貌、街市布局和风土人情。第三天午后，并肩去蕉园洞寓所拜会地下党人欧阳满。进到府第，欧阳满亲自迎到二门。这位党人四旬年纪，生得南人北相，身躯魁梧，一条细细长辫鼠尾般垂在腰际。见礼已毕，请进屋去，欧阳满手抚一撮淡淡胡须，试探道："邓先生可知炭客初来煤邑，都要拜码头吗？"文雍点头："小邓早有耳闻，煤邑货物、运输、人力都在'大哥'手中掌控，苦于无缘得见尊颜，烦请老爷引见。"欧阳满沉吟："煤邑头号人物龚春台，你要结交得上，生意才能做得顺手。"文雍忙道："小邓薄备礼物，意欲孝敬龚大哥。"欧阳满抬抬眼皮，摇头道："龚大哥生性豪迈，最讨厌与人小恩小惠，钱物相交。煤商炭客，只有请他喝酒，量酒拼得过他，才好说话。"文雍忙道："哪天龚大哥得空，小邓陪他喝个天翻地覆。"

隔日傍晚，煤邑萍乡华灯初上，文雍携立秋在闹市酒馆宴请龚春台。欧阳满陪同一位长衣长衫中年男子来到宴厅，只见他中等个头，面容寡白，看去并无威风，倒像一个落魄秀才。文雍从容上前行礼，问安道："龚大哥好，南昌炭客小邓见过大哥。"龚春台并不回礼，却把双眼射向站在一旁的立秋，问道："这位女客是……"文雍赶忙抬起头来，回道："拙荆姓蔡，女人家困在家里闷得慌，久闻煤邑繁华热闹，闹着要出来长长见识……"龚春台面无表情，不置可否。立秋倒不露怯，莞尔一笑，不亢不卑喊声："龚大哥好。"

龚春台喉咙里"嗯"一声，径自走向桌席，当仁不让坐上首席。三人随同入座，伙计泡上茶来，又给三位男人敬上香烟，偌大酒室顿时烟雾袅袅。立秋暗暗拿眼察看，只见这位大哥举手投足气质高贵，如坐云端，心下暗想，原来会党之中竟有此等人中龙凤。不一会儿，伙计端上酒菜，山珍海味摆满一桌。龚春台淡淡道："吃酒便罢，不消得铺张。"文雍赶忙站起来，端起座前满酒，恭敬道："今日得见大哥仙颜，三生有幸，小邓敬大哥一碗……"龚春台不耐烦打断："敬来敬去，麻烦！你要诚心敬我，先干三碗，我再回敬你三碗，岂不痛快？"文雍听得一怯，瞥见龚春台眉宇间透出一股子杀气，硬着头皮道："如此便好……"端起酒碗，一饮而尽。伙计不需吩咐，早已搬来一溜瓷碗，依次排在桌上，一一都筛满酒水。文雍连饮三碗，落座下去，仿佛吃下一条巨龙，肚里立马翻江倒海闹腾起来。龚春台二话不说，端起酒碗连干三碗，气定神闲。无奈文雍吃不惯苦涩黄酒，再要逞强，必定当场出丑，只得支支吾吾道："大哥、大哥，我……"龚春台顿觉扫兴，嘴巴一扁站起来，抻抻衣襟，眼见就要拂袖而去。

忽然立秋挺身而起，脆声喊道："大哥留步，我还没给大哥敬酒咧！"龚春台顿住脚步，嘟嚷一声："新鲜！"睁眼笑道，"我这辈子还没跟女人打过酒擂台！"立秋浅笑，羞涩道："岂不正好？不如大哥今天发个利市咧！"龚春台笑道："你倒爽快，我只问你，这酒怎个喝法？"立秋抬手比画："就跟方才你俚一般吃法，也是三碗一个回合。大哥方才已喝三碗，为着公平起见，我补喝三碗，和大哥扯平，再打擂台不迟。"龚春台双手击掌："好！我平生头一回跟女人打酒擂台，得立个输赢赌注，方才有趣。"立秋忙问："怎的输赢赌注？"龚春台款款坐下，抻抻衣袖，神采飞扬道："我若输了，愿受胯下之辱；夫人输了，做我一夜之妾。如何？"文雍听了仗着酒性霍地站起来，壮声大喝："你、你、你欺人太甚！"

欧阳满陪坐一旁，不提防节外生枝，心下叫苦不迭。立秋暗暗把定身子，扭头对文雍使个眼色："休得无理！"一边抬头，迎着龚春台眼中咄咄逼人寒光浅笑，"大哥人中吕布、马中赤兔，无论输赢，谁敢施以胯下之辱？不如把赌注稍稍更改：我若输了，愿做大哥一夜之妾；大哥输了，收下小女子做个义妹，如何？"龚春台仗着自己会党老大地位，向来在煤邑地盘上呼风唤雨，一言九鼎，自不把文雍放在眼里；见立秋天人般雍容华贵，心里只道小女子不知天高地厚，自己找死要跟我打擂台，怎怪得我把你生擒回去做个压寨夫人？兴趣一起，寡白面孔春意盎然，情不自禁连连击掌："好好！小女子快人快语，不愧女中豪杰。"立秋端起酒碗，一气饮尽三碗，又饮三碗，抬手抹抹嘴角，向龚春台亮出空碗，挑眉道："小女子逞能了，请大哥赐教！"

龚春台心下大惊，面子上却不动声色，连忙端起酒碗，一饮再饮三饮。立秋款款站起来，待要饮酒，酒室伙计看得头皮发怵，生怕女客官吃坏，赶忙劝阻道："我家水酒厉害，后劲威猛，女客官快向大哥求个饶……"立秋一瞪眼道："我巴不得要打输擂台，才好做大哥一夜之妾，乐得赚个风流美名流芳后世，还怕你家酒水厉害吗？"龚春台一听这话，脸上乐得开出花来，连声呵斥小伙计："只管给夫人上酒，不许多嘴多舌。"伙计只得又给立秋续满三碗酒水，立秋复又一气饮尽，亮着空碗向龚春台侧目："小女子逞能了，请大哥赐教！"

如此两三个回合，立秋饮酒若饮水。十数碗酒水下肚，两颊艳若桃花，双眼波光潋滟，然而言谈举止并无异常，端庄模样丝毫不改。龚春台吃下十数碗酒，身子渐渐把持不住，虽然强撑着不肯认输，无奈双手不听使唤，渐渐端不起酒碗；不一会儿，身子实在支撑不住，软软瘫倒酒桌上，浑然不知今夕何年，身在何处。

8

待到龚春台酒醒，已是两日之后。当时他打输酒擂台，呕吐得一塌糊涂，被人抬回府去，昏昏沉睡一无知觉。及至睁布满血丝眼睛，只见欧阳满守候床前，仿佛忆起前朝往事，挣扎坐起，环顾满屋，迷离问道："我、我那蔡兄弟安在？"欧阳满听得一愣，笑道："大哥醉糊涂了，明明一个女流之辈，为何称为兄弟？"龚春台一叠声叫道："快请蔡兄弟！快请蔡兄弟！我要跟她拜把子认亲！"眼见一屋人愣愣愕愕，"啐"一口道："你们懂得什么？巾帼英雄胆气见识，胜过多少须眉男子。若以寻常女流待之，不单有亵于她，连自己也被轻薄了。"

眼见火候已到，欧阳满趁机密告龚春台。小邓夫妇可不是什么煤商炭客，人家是南昌"同盟会"党部派来的使者。龚台春方才如梦初醒："我说呢，哪来如此天人一般煤商炭客？"一叠声吩咐用人去客栈把"蔡兄弟"行李搬来家中，打理出一套精致小客房来给贵宾居住。

文雍碍于立秋不是党人，逢着和龚春台议事，故意把她支开。龚春台却不乐意，一旦不见立秋便要叫嚷："快把蔡兄弟请来商议才好。"文雍只得从命，暗中叮嘱立秋向他晓谕革命道理。谁知龚春台最不爱听什么道理，连连摆手道："废话少说，我听着头痛。你们只需告诉我，干这一票惊天动地大买卖，打算破费多少银子？"立秋不惮对牛弹琴，趁机把国族大事、匹夫有责道理极力游说，笑道："在我俚自然破费越少越好，这倒要请哥哥开价，需要多少银子？"

龚春台仿佛难以张口向立秋要钱，羞赧道："阎王好说，小鬼难缠。会党兄弟都是孔方兄的信徒，没有合适价钱，只怕他们不肯提着脑袋卖命呢。"立秋忙道："只要大哥肯帮忙，那些小鬼还能不听大哥之令吗？"龚春台心下犹豫，手掌却"嘣嘣"地拍着胸脯："好好好，我去碰碰钉子看看……"

将息两天，龚春台正式和立秋拜把子结义。两人穿戴一新，骑两匹高头大马，一大帮兄弟敲锣打鼓簇拥着，张张扬扬前往关帝庙行礼，招引得一路好奇男女、大小孩童、叫花乞丐纷纷追逐围观。如此新奇趣事，顷刻轰动煤邑。满城会党头目、富商大户闻讯，一来好奇，忍不住想要刺探到底怎样一个女子与龚大哥结为"兄弟"？二来也要借机巴结龚春台，纷纷备下厚礼前去道贺。一连多日，龚家府第门庭若市。龚春台索性大操大办，摆酒唱戏，大宴宾客，乐得趁机大收钱财贺礼，赚得钵满罐满。

一对"兄弟"趁着摆酒宴客，八面玲珑周旋应酬。觥筹交错之际，把各路会党头目款待恭维得受宠若惊，分别请进密室，由欧阳满和邓文雍当面灌输革命道理，晓以大义，商谈起义事宜。大小头目对革命党人活动早有风闻，听闻龚春台要带领着大家干一票大买卖，谁不心动？龚春台当即许诺兄弟，事成论功行赏，打劫到地盘、财货，一律分润兄弟，并不占为己有。邓文雍趁机讨价还价，讲定按会党大小拨给枪械弹药，按人头数目付给银两工价，相约有钱人聚，无钱人散。

一干草莽英雄，多靠一口蛮力打杀起家。虽在自己党中位高权重，一言九鼎，相对达官贵人、富商巨贾，究竟还是三教九流，低人一等，只能在社会底层螺蛳壳里做做道场；况且起家发迹途中，饱受官府欺压节制，牢狱之中自是常客，身体心灵伤痕累累。忽然听得有人领头造反——"革命"一词去到他们嘴里，无端变成"造反"，早已摩拳擦掌，跃跃欲试。

欧阳满见时机成熟，择日在自家蕉园洞府上为亡友开宴做冥寿。暗中邀约百名会党头目吃酒集会，歃血盟誓，把各路大小会党整合成"六龙山洪江会"。众兄弟一致推举龚春台为"大哥"、廖叔宝为"二哥"，并以"忠孝仁义堂"为最高机关，驻扎萍浏醴边界麻石村内，下设文案、钱库、总管、训练、执法、交通、武库、巡查"内八堂"；又设第一、二、三、四、五、六、七、八路码头官"外八堂"；外加"红旗""跑风"各职，以为辅助。大小头目纷纷率领各自党徒、兄弟入会，摇身一变成为"革命同志"。

排场三日，蕉园洞欧阳满家中冥寿酒宴曲终人散，"六龙山洪江会"神不知鬼不觉聚众十数万。龚春台拟定众徒入会口号为："六龙得水遇中华，合兴仁义四亿家。金相九阵王业地，乌牛白马扫奸邪。"邓文雍"呸"一口，耸鼻笑道："堂堂革命义军，为何还是一派会党气质？"龚春台昂脸道："革命义军该是怎的口号？"文雍发电报请示南昌党部，最后确定同志入会誓词为：誓遵中华民国宗旨，服从大哥命令，同心同德，灭满兴汉，如渝此盟，人神共殛。

一切安插妥当，南昌党部很快汇来巨额银两。文雍依令而行，按人头计数，分发到大小头目手中。先期从四面八方秘密运来的枪械弹药和马匹也陆续交付义军，只苦于僧多粥少，不敷把队伍尽为武装。龚春台一面发号施令，责成各路头目分散把队伍拉出去秘密操整训练，一面邀请蔡绍南、刘道一前来视察，商定起义日期和战斗方略。仲冬时节，蔡绍南则乔装潜回煤邑，筹备起义事宜。龚春台、欧阳满引领考察巡视，蔡绍南见队伍整合成功，直夸邓文雍精明能干。文雍悄声相告："多亏'夫人'内助，我才能建此奇功。"蔡绍南听闻立秋趣事，惊道："怎的一个女子，竟有偌大酒量？"文雍噘嘴道："原是吃下解酒药的缘故，据说吃下此药，千杯不醉。"蔡绍南笑道："将来革命成功，此药功不可没。"

训练两三个月，各项准备陆续到位。各路头目纷纷建言在年前发动起义，龚春台、廖叔宝也指望在春节前旗开得胜打下县衙，好让兄弟们痛快过个大年。蔡绍南通过电报与日本"同盟会"总部往来商榷，总部鉴于军械不足，认为起义时机尚不成熟，电令江西党人暂且按兵不动，等待外援。

十二月三日，蔡绍南召开头目会议，宣读总部电令。龚春台遵从党部指示，发话说服各路兄弟："如今我们都是革命同志，一切行动都要听从党部指挥，要等则等，要待则待……"不料一个身材魁梧、络腮胡子壮汉急切嚷道："左等右等，好不令人焦急！我们义军十万人数，每人咬一口肉，便把那些个瘦骨伶仃清兵生吞活剥……"此人正是当地绿林豪杰，如今"六龙山洪江会"二哥廖叔宝。蔡绍南见他不耐烦，沉脸数落："叔宝二哥，方才龚大哥所言极是。革命同志一切行动要听从指挥，服从命令！"廖叔宝跳起来，一怒之下踢翻脚下板凳，骂骂咧咧道："我是血性男子，不是忸怩婆娘！这般拖拖拉拉指挥命令，谁有耐性等得？"说着，把腰间白巾一勒，扬长而去。

当夜黎明前夕，立秋正在龚春台家中酣睡，忽然一夜未归的邓文雍跑回来，气喘吁吁道："立秋，起义已提前发动，二哥廖叔宝领军高举'大汉'白旗，从麻石村出发，如今已去攻打金刚头了……"立秋正要问话，忽听得屋里大呼小叫，文雍急切道："立秋，这里已不安全，你赶快收拾行李，大哥嘱咐我护送家中老小转移到乡下去呢。"慌乱中立秋只得依令而行。

9

廖叔宝出生于萍乡一户农家，家中兄弟六人，叔宝排行老小，生得人高马大，智勇双全。因他从小不爱读书，又不喜农事商事，爹爹便安排他专习武艺，以收看家护院之功。不想叔宝习武极有天赋，十载光阴，功到艺成，善使双刀，打架斗殴，远近无有对手；且又师从方外高人学得"点穴"软功，精点穴术，二根手指头伸出来，不费吹灰之力便能取人性命。

有一回，一个外来叫花拿一件破棉袄走进城内一家当铺，往柜台上一扔，强行要当四串钱。当铺掌柜不依，一件破棉袄如何值得四串钱？叫花不由分说，一拳打倒掌柜，冲进柜内抢钱。恰好叔宝路过，听得当铺里呼天喊地，扭身冲进去，壮声斥骂叫花无理取闹。叫花一气之下，出手一拳。叔宝早有防备，飘然转身，反手伸出两个指头直取叫花肩胛。叫花仿佛着了雷劈，顷刻立在地上动弹不得。叔宝让他雕塑般站立半天，让远近百姓都来看足热闹，方才解开穴位，驱赶叫花屁滚尿流落慌而逃。自此，江湖上纷纷传说叔宝神功，既然把人打死，也能把人打活。叔宝趁机以绿林豪杰自居，广招门徒。经由二十年打打杀杀，占据一方山头。麾下两三千党徒，个个心悦诚服，人人惟命是从。

此番会党改组整合，龚春台做了"大哥"，叔宝屈居"二哥"，心中未免不悦。当晚愤然从会场扬长而去，回到家中，摔杯掼盏，烦恼不已。麾下党徒一齐鼓动："二哥神勇，四方扬名。与其跟着他们畏首畏尾，难成大事；不如二哥带领我们单干，一旦马到成功，二哥就不是二哥，而是大哥。"廖叔宝听得动心，心想起义暴动，万事俱备，只欠东风，何必屈居人下？寻思片刻，断然下令："分头造饭摆酒，让兄弟们吃饱喝足！"一干兄弟顿时忙碌起来，一番奔走相告，往来穿梭，午夜时分，两三千党徒早已腰缠白巾，脚穿草鞋，背插双刀，手持长枪鸟铳，齐聚山寨门前。灯笼火把熊熊燃烧，把个漆黑长夜照耀得亮如白昼。

火光之中，小兄弟扛一面蓝底白字"大汉"旗帜，高高插上哨台。廖叔宝身披铠甲，脚踏油毡长靴，手握两把明晃晃大刀，健步登上高台，壮声喝问："兄弟们，不怕死的跟我大干一场！事成之后，论功行赏！"党徒一齐举枪应诺："视死如归！视死如归！"廖叔宝振臂大呼："好！兄弟们先给我拿下金刚头防营，明日打到浏阳县城去，把县令杀血祭旗！"一边纵身跳上马背，一马当先冲出山寨，直奔数里之外金刚头村。

金刚头村口驻扎着清兵防营，一队守营兵勇听到飞沙走石响动，只当暴雨来袭。细看门窗缝隙透进火光，急忙出门喝问："来者何人？"不待回应，早被廖叔宝率领黑压压党徒呐喊冲进营房，手起刀落，杀得片甲不留。

义军不费吹灰之力拿下金刚头防营，缴获枪支十八把、战马十八匹，弹药无数。廖叔宝勒马冲出营房，当场论功行赏。众兄弟齐声山呼："万岁！万岁！万岁！"廖叔宝神气昂扬骑跨马上，扬手一挥，勒马掉头，撒腿向浏阳县城狂奔。党徒"呼啦啦"跟随奔跑，"踢踏"步声响彻云霄，一路搅起漫天黄尘。

黎明时分，蔡绍南闻报廖叔宝率先起义。眼见覆水难收，急召龚春台商议。龚春台听得廖叔宝打响起义头炮，已然攻下金刚头，直取浏阳，仿佛让他抢去自己风头，心中懊恼不已。当即冲进"洪江会"营房，一声断喝："兄弟们跟我走！"大小会党头目生怕落伍，赶忙引领各自兄弟，趋之若鹜。

十二月四日一早，蔡绍南和欧阳满、邓文雍三人骑马赶往浏阳"洪江会"驻地。当时龚春台正和属下商议抢攻浏阳县城，主意打定，抬出谭嗣同遗像，杀猪宰羊，肆酒致祭，大摆宴席，大飨兵士。旭日东升时分，兵士酒足饭饱，龚春台起立，举酒呐喊："今日春台率众起义，取民贼，复大仇，兄弟们有何见教？"士兵齐声高呼："惟命是从！惟命是从！"龚春台把杯中黄酒一饮而尽，摔杯拔剑，跳上台案，寡白着脸面，恶狠狠呐喊："春台与兄弟们相约：纵敌者斩！掠夺者斩！退怯者斩！"士兵振臂高呼："斩！斩！斩！"龚春台又道："杀敌者赏，死伤者恤其家！"士兵跳跃高呼："万岁！万岁！万岁！"

呐喊声中，忽然骏马嘶鸣，蔡绍南三人驰马飞奔而来。龚春台举剑喝问："你们商量好了没有？前来护驾，还是搅局？"蔡绍南勒马回道："大哥勿疑，党部赞同起义枪声提前打响！"龚春台这才收剑入鞘，扬眉喝一声："早该如此！"跳下桌案，把三人请进屋去，共商大事。

晌午之前，大事议定。龚春台披挂一新，将士簇拥出屋。蔡绍南当众宣读党部电文：暂推龚春台为"中华民国革命军南军先锋队"都督，蔡绍南为左卫都统领兼文案司，魏宗铨为右卫都统领兼钱库督粮司，廖叔宝为前营统领，沈益古为后营统领……龚春台立马以都督身份号令扬旗，一声令下，护卫举出一面面早已准备就绪的白底黑字大旗，高高插上旗台，迎风飘扬。士兵举头张望，只见上书"革命先锋""后军汉勇""革命左军汉勇""革命右军汉勇"等文字。洒酒祭旗已毕，龚春台跳上案台宣读《中华民国军起义檄文》，愤怒声讨鞑虏异族，游牧贱种，尽述其窃我神器、屠我汉人、奴我同胞等等凶残旱恶之罪。壮声呼吁中华军民，勿要不明大义，罔识种界，认盗作父，呼贼作君；而宜各尽天职，各勉尔力，以速底鞑虏之命，而赞中华民国之成功。台下黑压压将士听到慷慨激昂檄文，国难家仇，浮想联翩，个个义愤填膺，人人热血沸腾，一齐举起枪械，振臂高喊："万岁！万岁！万岁！"

致檄已毕，龚春台调兵遣将，指挥各路军士分头行动，分别攻打浏阳、醴陵县城，务必一战而胜。将士得令，迅速出动。顷刻间，人头攒动，旌旗招展，万马齐喑，一队队将士浩浩荡荡冲出山涧。

10

十二月上旬，刘道一、蔡立春潜入湘赣边界袁州、万载两县联络会党，招兵买马，组建第三路策应军。不料队伍刚刚整合编制，正要分散开展集训，忽然接到蔡绍南电报，告知萍乡廖叔宝提前打响起义枪声，命令第三路策应军立即起义，从驻地袁州、万载出发，一路进攻上高、高安两县。月底务必兵临南昌城下，与萍乡义军会师，合力攻克南昌会城。

两人接到电报，只得下令提前行动。尽管义军准备不足，只因官兵防守不严，措手不及，得以顺利攻克袁州、万载、上高三城。不消半月，一路进发，兵临高安城下。高安乃赣中重镇，地域广宽，人烟稠密，又是南昌会城拱卫，自古为兵家必争之地。一番猛烈炮火较量，官兵居高临下，顽强抵抗，占尽上风。义军进攻三天，不能破城，伤亡惨重，只得退守营寨。

刘道一和标统束手无策，召集将士商议，无有妙计。为难之中，蔡立春建言："眼下情形，敌军兵精粮足，以逸待劳；我军长途跋涉，弹药不足。此城只能巧取，不可强攻。"刘道一忙问："怎的巧取？"立春嘴角浮上一抹坏笑："给我三样物件，一百精兵，保管明日此时，城门告破……"刘道一和标统对望一眼，异口同声问道："哪三样物件？"立春扳着指头："只要一百头山羊，一百封爆竹，二百条棉被足矣。"军中标统勃然大怒，"哗"地拔出腰间佩剑，壮声呵斥："大敌当前，你安敢玩笑取乐，松懈军心？"刘道一深知立春智勇双全，忙

227

打圆场："蔡同志足智多谋，不碍让他说出破城妙计。"

立春"哼"一声，抱着膀子往石凳上一坐，伸出一只大掌："闲话少说，只管把三样物件拿来，我敢下保明日此时城门告破。"标统手指防城方向，瞪一双三角眼道："此城坚固，我用一团兵力火攻三天尚且不能破城，你用一百精兵，三样物件便能建此奇功，莫非是诸葛投胎，孔明再世？"立春挺身而起，抬手比画脖颈："标统放心，在下晓得轻重，大敌当前，安敢玩笑？"一边走近二人，嘀咕半日，一五一十缓缓道出破城之计。

来日一早，标统拿出银子，叫兵士前去附近村庄采买山羊、爆竹和棉被。晌午时分，物件运回营寨。立春从队伍中挑选出一百名精兵，分为左、中、右三路，中路四十人，左、右两路各三十人，每路指定一名队长。编制已毕，每人发给一头山羊、一挂爆竹和两条棉被，手把手教士兵用稻草把长长万响爆竹绑缚在羊尾；又指挥把棉被抱去河里浸透，用绳索绑缚成一副担子，以备晚来战斗之用。

转眼夜幕隆重，四周一团漆黑。立春号令百名精兵分排列队，吩咐道："今夜破城，在此一役。午夜战斗打响，中路队伍携带炸药包裹，负责轰炸城门，左、右两路策应两翼。我随中路队伍指挥战斗，兄弟们听我哨声行事。哨响一声，兄弟们一齐点燃各自羊尾爆竹，驱赶山羊往城墙根下跑窜。哨响二声，兄弟们身披各自棉被，按方才分工和指定路线，迅疾勇猛冲到城墙根下，尽量把身子贴紧城墙，那里是敌军枪械和弓箭射击死角，可以保全性命，减少伤亡。只待中路队伍把炸药包扔到城门口，炸开城门，彼时哨响三声，三路队伍合而为一，冲进城去，登上城墙，扫射敌军，掩护标统率领大队人马杀进城去……"

一切分派妥当，发给每人一支香烟，号令启程。百名精兵顿时牵着山羊，挑起沉甸甸棉被担子出发。午夜时分，队伍到达城外，立春吩咐精兵点燃香烟，忽然"呼——"的一声哨响，士兵得令，立刻点燃羊尾爆竹，"轰隆轰隆"响彻云天。百头山羊受惊，纷纷乱跑乱窜，士兵们全力驱赶往城墙根下跑窜。

守城清兵瞌睡正浓，忽听得轰炸声起，只见黑暗中火光一片，一团团黑影正向城墙奔涌而来。慌乱中，有人呼喊："不好，反军攻城来了——"话音未落，城墙上枪声大作，箭射如雨。此时，精兵远远站在城外，气定神闲，按兵不动。一阵密集枪声响过，立春估摸敌军炮要填药，枪要装弹，火力必将减弱，当机立断"呼呼"吹响两声口哨。百名精兵早把浸湿棉被披在身上，迅速往城墙根下冲去。虽有枪弹、弓箭射来，好在精兵们身披厚重湿被，坚如铠甲，毫发无伤。黑暗中，清兵难辨军情，以为攻城大军已至，慌忙架起大炮狂轰滥炸。枪弹飞矢之中，百名精兵安然抵达城下，身子紧贴城墙，任凭炮弹呼啸飞向远方。中路队员紧贴城墙挪移到城门口，从容点燃一个个炸药包，直往城门投掷。"轰隆轰隆"爆炸声中，硝烟火光直冲云霄，坚固城门灰飞烟灭。立春果断吹响三声口哨，左、中、右三路队伍迅速行动，百名精兵手持毛瑟枪，呐喊着冲进城去，威猛登上城墙，向守城清兵发起近距离射击。

眼见立春妙计破城，全军士气顿时高涨。标统吹响进军号角，大军立刻发起冲锋。猛烈炮火掩护之下，数千名义军洪水一般冲进城去，迅速登上城墙，有枪的使枪，没枪的挥舞大刀与清军肉搏。城门一破，清兵岂是义军对手？况且义军人数众多，守城清兵寡不敌众，伤亡惨重，纷纷弃城逃跑，弃枪投降。待到黎明时分，整座城池已落入义军掌控之中。

义军攻下高安县城，俘虏一批清兵，缴获大量枪支弹药。刘道一和标统指挥收编俘虏，休整两天，立刻向会城南昌挺进。不料大军出发之际，突然接到蔡绍南电报：清廷结集南方各省重兵和地方团练，向湘赣边界发起反扑，疯狂镇压义军。义军各自为战，步调混乱，战事始胜终败。未及一月，已被清军各个击溃，士兵伤亡惨重，将领牺牲数十人。蔡绍南逃往广西，廖叔宝潜入乡间，龚春台辗转逃至长沙……

刘道一痛心疾首，进退无措。忽然前哨又报，清廷反扑重兵正从南昌、九江向高安开来，一场恶战在所难免。刘道一和标统审时度势，顾虑义军兵马疲惫，孤立无援，断然下令大军解散，只留下自己二人带小股兵力与清军周旋，掩护大军逃散。蔡立春请缨留下和清军作战，刘道一道："数千兄弟性命要紧，你赶紧带领兄弟们逃散！"立春只得挥泪与二人道别，心中涌起一腔生离死别之情。

毫无悬念，来日一早，高安城门上高高挂出刘道一和标统两颗人头，淋淋漓漓滴血不止。

11

起义失败，世界复归平静，仿佛什么事都没有发生。一日久雨放晴，冬阳朗照，刘昆泰从外地销纸归来，顺道去县城钱庄关账。时近晌午，公干已毕，去往"轩窗第"探望姨父姨母。拎一个随身携带小包袱走出钱庄大门，顶头遇见钱庄小伙计迎面跑来，大呼小叫："刘少爷，官差正在城墙上张贴告示，听说要抓捕孙文乱党……"昆泰顿住脚，"噢"一声，欲言又止。不料小伙计快步跑到跟前，神色骇然道："刘少爷，我看见那告示上竟印着你的头像和姓名，你说是不是搞错了？"昆泰仿佛着了一个白日响雷，心中默道，事已至此，只怕天宝家中已被查抄得底朝天了。愣怔片刻，把小伙计拉到巷子里，叮嘱道："小兄弟，我遇上大麻烦了。日后遇见我家人，烦你替我传个话，教他俚不要过问我生死凶吉，只当刘家没有我位大少爷……"不待小伙计回话，抬手把帽檐一拉，转身向巷子深处跑去，消失在一片深宅大院之中。

昆泰舍近求远，绕道僻静小路，一气跑进天主堂。站在柿子树下张望，只见斜对面寝舍屋檐下停着一辆马车，一位老车夫正歪在车上抽旱烟，正要向前询问，忽见修女西媛抱着一条被子从廊下屋里走出来，赶忙冲向前去，作揖行礼道："嬷嬷安好——在下天宝乡刘昆泰，'轩窗第'蔡老爷姨侄。当年大少奶素裹亡故，教民闹吃丧饭，多亏二位嬷嬷助力……"西媛一听这话，笑道："原来是知府少爷。"上下打量几眼，心里默道，这般一个风流倜傥公子，怎怪得饱饭姑娘为他寻死觅活？叹息之余，想起前日饱饭曾来哭诉，知府少爷至今拒绝践行婚诺，脸上神色陡然黯淡，话语随之冷却，"你来做什么？饱饭姑娘回'轩窗第'去了。"昆泰忙道："不不，我、我不是来找姑娘的……"西媛纳闷："莫非少爷竟来入会信教吗？"昆泰窘得面皮麻麻辣辣，冒冒失失道："不不，不瞒嬷嬷，我、我遇上大麻烦了……我、我是来求、求嬷嬷们救命的……"

西媛见他惊慌失措，待要请进屋去，碍于西娥积劳成疾，患上血崩之症，本土郎中医治不效，这会儿正雇来马车急要送省医治。昆泰见嬷嬷面色为难，忙道："嬷嬷不方便，那、那我自己另寻活路吧……"不料屋里西娥病中心静，听到窗外动静，心想人家不是走投无路，怎至于贸然找来教堂求助？忙不迭叫喊："西媛，快请少爷进来说话。"

昆泰听到"快请"二字，不待西媛发话，早已闪身进屋。惊慌中抬眼一望，只见西娥和衣拥被半卧在床上，面色蜡黄，两眼呆滞，俨然濒危病人。西娥见昆泰愣头愣脑杵在门内，瘦骨嶙峋大脸上吃力地挤出笑靥："刘少爷遇上什么麻烦？休要惊慌，慢慢说来。"昆泰回过神，躬身作揖道："惊扰嬷嬷养恙，十分该死。"一边直起身来向门外探头探脑，欲言又止。西媛见状，赶忙打发车夫去院门内等候，回头笑道："少爷无须多虑，老车夫是我俚姐妹信得过的教民。"昆泰这才吸着鼻子道："不瞒二位嬷嬷，早年我在日本留学，曾经加入'同盟会'。好在归国之后，再没跟党会有过牵扯瓜连。前时党会筹划在湘赣边界起事，寄来信札劝我捐款助力，也被我婉言谢绝。如今起义失败，朝廷大举清乡，大肆抓捕革命党人；想必是捣毁窝点巢穴，搜寻到党人与我联系蛛丝马迹，查实早年我在东洋加入乱党，故而把告示贴到原籍来，要把我抓捕归案……"

二位嬷嬷听得大惊失色，相互对望一眼道："这可是杀头之祸啊！"昆泰颤抖着身子点头，"危难之中走投无路，无缘无故，脑中突然想起嬷嬷……"西娥抬手划一个十字，念声"阿门"，浅笑道："少爷别说无缘无故，这一定是天父指引你向我俚求助，正如天父指引我俚来

231

到中国传教是一个道理……"说着，转脸吩咐西媛，"你快打发老车夫去'轩窗第'把饱饭姑娘请来，就说我病重，烦她服侍我上省医治。"西媛念声"阿门"，转身出门吩咐车夫。

待到西媛回屋，西娥眼里亮光闪烁道："西媛，此处不是少爷久留之地。你给少爷梳个女子发式，换上我的服饰，叫他假扮做我的模样，打发饱饭姑娘陪侍上省'治病'，远走高飞，才好逃脱杀头之祸。"西媛蹙眉道："倘若少爷假扮姐姐蒙混过关，姐姐自不能二次出城，岂不耽搁治病？"西娥摇头道："我的病不要紧，请个本土郎中来治也是一样。宜丰姐妹也有患血崩之症的，哪能个个上省医治？"昆泰赶忙摆手："不行不行！城禁查察得'嬷嬷'出城治病去了，嬷嬷连人身都要隐匿，哪能再请郎中前来治病？"西媛点头附和："此言极是。"西娥忽然呛起一阵咳嗽，"嗬嗬嗬……"地咳得面红耳赤，抬手指点二人道："你、你俚只管听我吩咐行事，一切我自有主张……"西媛深知西娥脾气，只得把昆泰拉去内室更衣："姐姐打定的主意，九牛拉不回，我俚恭敬不如从命咧。"

两盅茶工夫，饱饭跟着车夫急急来到育婴堂。走到廊下，急切叫喊："嬷嬷、嬷嬷——"懵头懵脑冲进屋去，只见一个女子僵僵坐在窗下红木杌子上，定睛一看，原来却是昆泰绾着高高发髻，身穿女装，涨着红脸站起来施礼。饱饭登时目瞪口呆，一双水波潋滟杏眼愣愣望着病床上西娥。恰逢西媛收拾出衣包出来，一见饱饭，忙道："刘少爷遇上杀身之祸，姑娘可愿救他？"一边把事情原委和西娥妙计说明。可怜饱饭听着这话，却仿佛不是昆泰遭遇劫难，倒像是自己面临灭顶之灾，忽听得昆泰要舍命相救，眼里止不住流下泪来，只差没给昆泰作揖施礼。

西媛赶忙把衣包塞过去，吩咐道："好姑娘，事情紧急，需得你护送少爷出城。倘若城禁盘问，便说护送西娥嬷嬷上省治病。只管让少爷把头依偎在怀里，官差望见车内女子人高马大，纤腰一握，大脚一双，除了嬷嬷还有谁？自不敢认真查验……"饱饭哪顾得上听她唠叨，抢夺一般接过衣包，转身冲出屋去安顿。

昆泰待要出门，忽然从贴身衣兜里掏出一沓银票交给西媛："我到钱庄关账，收得三百多两银子。我这一走，不知有无回转之日，烦嬷嬷替我把银票交付纸号……"西媛猛然把手一甩，瞪一双淡蓝眼珠，喝道："少爷亡命天涯，还嫌身上多带银子吗？"昆泰断然摇头："天下之大，物各有主。我是纸号师爷，账款上绝不能马虎。"西媛鼓着脸道："饱饭姑娘跟你出去，我可舍不得她受罪。你多带些银子在身上，我才放心咧！"昆泰坚辞不受，两人僵持不下，西娥挣扎起床，摇摇晃晃走到昆泰面前，叹道："果真是财上分明大丈夫！中国的真君子、大丈夫无有不是肚肠里能跑马，心尖上可行船的……"说着，一把掠过银票塞进昆泰衣袋，话锋一转，"眼下非常之际，少爷只管把银票带走。人不死，债不亡，只要逃出性命来，还怕还不起几百两欠账？"昆泰终究经不住怂恿，情急中"扑通"跪下，拜别二位嬷嬷，挥泪出门登车去了。

12

　　昆泰假扮西娥嬷嬷出城而去，远走高飞。九岭大山蜿蜒官道上却有一辆马车与他相向而行，奔驰而归。日落时分，马车驶至宜丰城门，车内乘客蔡立春透过车窗望见县人站在城墙根下仰着脖子观看告示，叽叽喳喳议论着什么"乱党""匪徒"之话，心下不由得"扑通扑通"打鼓。

　　马夫跳下车来，牵马过关。守门官差喝一声："车内何人？怎不下车受验？"冲去窗口一望，原来是蔡少爷耷拉着脑袋靠在车板上打盹，大失所望，只得挥手放行。立春乐得心花怒放，已知城门告示与自己无干。马车驶进"轩窗第"院内，看见胡碧玺正在晒衣裳，跳下车来高喊："姆妈，我回来了！"

　　原来起义失败之后，立春带领义军逃散，流窜乡间潜藏躲避。不多日，城乡贴出抓捕乱党告示，打探得自己榜上无名，心下暗暗寻思，只怕是当日加入"同盟会"，恰巧遇上证书短缺，没被登记姓名记录在案，因而玉成自己做了一条漏网之鱼也未可知。避过风头，试探着假扮打短工乡民混进城去，竟然一路通关，畅行无阻；故意进出几回城门，官差问明姓名籍贯，并无纠缠，这才敢雇辆马车大摇大摆归去来兮！

胡碧玺一见儿子，忙问："立秋呢？立秋没跟你回来吗？"立春心里掠过一阵痉挛，恰逢蔡纪高从屋里走出来，赶作请安行礼掩饰窘态，一边叽里呱啦叫嚷："前阵子乱党闹事，万载、上高都过了兵，爹娘没有吓着吗？"蔡纪高愕然道："宜丰又没过兵，怎的吓着？"立春笑道："邻家失火，总难免心惊肉跳。"胡碧玺一心关切女儿，远胜乱党闹事，急问："怎了？立秋没跟你一道回来？"

当日起义枪声打响之时，立春急不可待发电报询问妹妹下落。文雍回电说立秋已去乡下农家潜藏躲避，人身安全，万无一失。及至起义失败，官府贴出追捕乱党告示，邓文雍大名赫然在列。立春庆幸自己漏网之余，赶忙混进城去鸭子塘打探立秋消息。谁知鸭子塘寓所早已人去楼空，大门上交叉张贴着官府封条，连樊小姐也不知去向。

立春不知妹妹下落，听得母亲询问，硬着头皮敷衍："立秋书院里忙得很，要晚些回来咧。"蔡纪高蹙眉道："如今外面乱糟糟的，等她回来过年，断不许再跑出去胡闹！"胡碧玺赶忙附和："是咧是咧，前日冯家老妈子悄悄过来传话，说姑爷把婉芬和茶花两个小妾宠得比正房有过之无不及……"

点灯时分，白银把晚膳打理出来。立春不见饱饭出来吃饭，忍不住向白银问道："怎的不见饱饭妹妹？莫是又回育婴堂去了？"昏暗油灯光影里，白银挑眉望一眼丈夫，脸上淡淡道："西娥嬷嬷患病，我俚本地郎中瞧不好，今日打发人来央求饱饭陪侍上省治病去了。"立春"噢"一声，问道："西娥嬷嬷患的什么病？"白银含糊说声："仿佛听说是血红之症。"立春晓得是妇女之病，自不细问。

一家人正在餐桌上闲话，屋内猛然传来打门声。立春只当妹妹归来，满心欢喜跑去迎接。开门一看，却是家族私塾里老夫子戴一副铜边眼镜杆在槽门外，急切嚷道："二爷回来了？你俚晓得天宝刘家出大事了吗？四城门都贴出告示要抓捕刘少爷，说刘少爷是孙文乱党……"立春蓦然记起当日在鸭子塘寓所，刘道一曾向自己打探过昆泰下落，心里已有三分明白。

老夫子撂下立春走进屋去，把话向蔡纪高禀明。蔡纪高急忙问道："这是什么时候的事咧？"老夫子抬手推推眼镜道："刘家已被抄得底朝天，好在大少爷外出销纸，总算逃脱抓捕，府上老小也没被收监……"立春听得这话，一颗心早已飞去天宝。不待爹爹吩咐，急忙跑去马厩牵出马来。套好车时，胡家族长胡劲松也带着胡翡翠两个娘家兄弟来到"轩窗第"，相约蔡老爷一道前往探望。胡碧玺听闻凶讯，吓得浑身筛糠似打抖。

一阵忙碌，两辆马车驶出城去，趁着月色天光疾驰。个把时辰，到达天宝刘家"宰相第"门前。一干人相继跳下车来，只见巍峨大屋里灯火通明，大门洞开，却不见有人出来迎客。进到大厅，才见胡翡翠红肿着双眼迎出来，身后只跟着一个老仆妇和一个小丫鬟。胡翡翠哽咽喊一声："老爷——"早已泣不成声。立春跨步冲上去，迫不及待嚷道："姨娘快告诉我，这到底是怎回事咧？"

不待胡翡翠开口，那老仆妇早忍不住哭诉起来："老爷、舅爷们哪晓得太太过的什么日子！外人只说做了知府太太，不知怎的安富尊荣，谁知空得一个正房名分，内里早被人作践得奴妾不如！如今人家儿子作出大祸来，可怜太太倒要跟着遭罪受苦……"胡翡翠两位兄弟平日对简玳妮飞扬跋扈早有耳闻，一来碍于姐丈情面，二来也跟昆泰相处和睦，只得含糊着，不好发作。如今昆泰惹出大祸连累自家姐妹，又听得仆妇告状，心头不由得怒火万丈，齐声大喝一声："混账！"愤愤骂起来："早听得这屋里扫帚颠倒竖，没了上下规矩！我俚为顾全亲戚脸面，一向担待着，不想倒越发纵容得贱奴欺主！"

老仆妇趋到简玳妮居住的上房过道门槛外，跺脚大骂："可不是没了规矩吗！你看这急难关头，来了贵客，太太强撑着出来迎客，贱奴罪妇倒没事人一般躲在屋里受用咧！等老爷回来，舅爷们可要为太太做主，这屋里再不整饬整饬，不知还要闹出什么弥天大祸来咧！"胡翡翠当着客人之面，倒不乐意自己仆妇公然落井下石，扭头喝道："你筛了茶赶紧回屋去咧，这里不用你侍候。"

谁知话音未落，简玳妮领着昆泰一妻二妾和四五个男女孩童走出来，齐刷刷跪在地上，"嘣嘣嘣……"地磕头不止。众人一时不明就里，简玳妮抬起头来，喊一声："二位舅爷——"一双红肿成核桃般的眼睛扑簌簌流泪，"奴妾简氏，教子无方，致有今日大祸。哪怕朝廷格外开恩，并未株连亲眷，奴妾却晓得国法可恕，家法难容，日后这屋里断没有贱奴罪妇的活路！不如趁着老爷未归，请二位舅爷和太太发话，把我俚贱奴罪妇和这几个小孽障一齐赐死，也好为这屋里立个上下规矩，我俚贱奴罪妇死后也得超生！"

胡劲松见此情形，豹眼一睁道："姨太太演戏给谁看咧？事到如今，你还不知收敛？"简玳妮一跃而起，一头就要往粗大屋柱上撞去。汪氏见婆母寻死，也从地上爬起来，作势往屋墙上冲撞。好在立春眼明手快，情急中顾不得男女大防，两步冲上去一手拉住一个，左一声"姨太"，右一声"嫂嫂"，好说歹劝。汪氏不敢十分大闹，容易劝住。简玳妮却一个劲地直要撞墙，一边捶胸顿足哭诉："我原不赞成孽障去东洋留学，奈何家里族里都需得大少爷光宗耀祖！一个姨太太娘亲，哪里做得儿子的主？如今孽障闯出祸来，却都是姨太太娘亲的不是……"

闹到半夜，立春好容易把简玳妮劝回房去。胡劲松、蔡纪高才得以和胡翡翠聊话，问知湖南老爷任上已发来电报，老爷正上折朝廷请罪辞官，要等朝廷处分下达方能回籍。眼见时候不早，胡碧玺落泪回明，家中已被查抄好几回，连像样的陶罐碗碟、被褥衣裳都被一茬茬官差、衙役顺手牵羊抄走，不方便留宿客人。二位舅爷只得起身恭请蔡纪高和胡劲松打道回府，说道："好在家中大小平安，不如等姐丈回籍，我俚再来探望。"立春听得心酸，忙道："姨娘横遭大难，膝下没个可用之人，我留下陪侍姨娘吧。"

蔡纪高、胡劲松点头："正该如此。"各自掏出一张十两银票交给胡碧玺，吩咐暂且拿去家用，起身而去。立春搀扶胡翡翠送到门外，侍候二位老爷登上马车，冲着车窗向爹爹喊道："倘若立秋回来了，让她赶紧到姨娘家来，我有要紧话对她说咧。"

13

等候五六天，立春望穿秋水盼不来立秋，心急如焚。时至腊月二十四日，年关已近，胡翡翠见侄甥坐立不安，以为惦记家事，赶忙催促他回家料理过年。立春一脸焦急，摇头道："我倒不用回家料理过年……"待要把心事略说两句，又不知从何谈起。胡翡翠见他期期艾艾，欲言又止，忙道："崽俚，你有什么烦难事跟姨娘说说，不比一个人憋在心里强吗？"立春握拳"嘿"一声，有苦难言，越发困兽般烦躁不堪，只差没有急出泪来。

忽然汪氏进来回道："太太，秋姑娘来了。"立春听得一愣，将信将疑。及至立秋急急走进屋来，躬身向姨娘行礼请安，方才乐得高跳，一腔烦恼烟消云散，满脸绽开笑颜叫嚷："姨娘，这下好了，我的烦恼没了，多亏立秋妹妹把我救出苦海！"立秋挑眉嗔怪道："看你！姨娘正在劫难之中，你咋咋呼呼成何体统！"立春抬眼把妹妹上下打量，只见她长身玉立，长手长脚，黄钟大吕风采依旧，不由得心下略宽。立秋自不理睬哥哥，拉着姨娘问长问短，相拥而泣，无语凝噎。

当晚侍候姨娘安睡，立春悄悄把妹妹叫到书房，细细盘问虎口脱险经过。立秋默然良久，忍不住泣泪："我出去跑一趟江湖，倒像把古往今来世事都历过一遍……"立春迫不及待道："立秋，你先告诉我文雍在哪里？我见朝廷告示上有他大名，不知他被捕没有？"立秋举目凝望西窗，怅然道："哥哥，往后再别提'文雍'二字。可怜我当他是正人君子，只差没要高山仰止。谁知我之所见，不过是一具君子躯壳而已。"立春听得大惊，一把抓拽住妹妹衣袖，急问："怎了？

237

立秋，文雍把、把你怎么了？"立秋摇头："他倒没把我怎样，但我绝没想到他竟是一只金蝉，急难关头，早已脱壳而去……"

当日廖叔宝率性举事，文雍受龚台春指派回府，把家眷转移至乡下潜藏。立秋随同转移，被安置在深山老林之中一户农家。起义失败之后，文雍易装改名潜逃而至，护送立秋返昌。立秋深信不疑，赶忙乔装打扮，与农家道别，依旧与文雍假扮夫妻，联袂而行。

赶路两天，立秋觉察到马车仿佛往南疾驰，行进方向与故地南昌南辕北辙。纳闷之余，惊问其故。文雍笑而不言，从容叫停马车，把立秋带到路旁一个衰草连天山坡，定定凝望立秋一双大目，笑道："立秋，如果我没猜错的话，你在家乡的婚姻并不如意。"立秋噘嘴："你别胡说！"文雍耸耸鼻子道："像你这样的富家女子，倘若婚姻如意，怎会出来求学？既出来求学，也绝不会走到革命路上去呢！"立秋挑眉剜一眼，嘲讽道："依你之言，你在家乡的婚姻一定不如意，不然怎会出来求学？既出来求学，也不会走到革命路上去咧！"

文雍一屁股坐在草地上，身子一倒，摊开手脚，仰天笑道："算你说对了！立秋，实话告诉你，我不但婚姻不如意，连我的生活也不如意！不然我才不会出来求学，更不会跑去闹什么革命。"半日不得回音，猛然翻身坐起，随手扯一根长长枯草，悠悠地扬在手里，一双眸子渐渐漫上迷雾，远远眺望天际。

原来文雍出生在赣南农村，祖宗八代生活贫困，世代靠给村里潘财主家打长工为生。及至文雍童年，潘财主年过五旬，膝下无子，只得一女，与文雍同年同月出生，名唤"美娘"。美娘白取一个好名，却长得歪鼻麻脸，奇丑无比。潘财主见文雍长相清秀，聪明机敏，托人与文雍爹娘说媒，有意把文雍招赘为婿。可怜文雍爹娘只道是祖坟冒烟，天上掉下馅饼来砸到儿子头上，自然乐颠颠一口应允。两家互换庚帖定下童子婚姻，潘财主便把文雍衣裳饮食一应承担，并供他从小上学读书，指望女婿将来顶门壮户，继承家业。

文雍长大成人，越发出落得玉树临风，一表人才；而那美娘除了歪鼻麻脸如故，却还长横不长直，渐渐长成一副矮胖身材，村人暗地里取笑，送她一个"女矮脚虎"绰号。每当夜深人静，文雍想起自己离跟美娘成婚圆房日子越来越近，心里仿佛死期将至，不免暗暗寻觅逃生路径。恰逢那年南昌武备学堂到赣南招生，文雍当即报名，一考即中。潘财主只道自己慧眼识珠，没有看错文雍，喜得摆酒三日，敲锣打鼓，厚备盘缠把女婿送上官道。

文雍来到南昌求学，眼前不见美娘身影，心里顿觉天宽地阔。不料痛快之余，想起求学自有结业之日，将来学成回籍，还得迎娶美娘，心头恐惧依然挥之不去，以致患上一种怪病。每每行走道路，不时惕然回首，仿佛身后跟着一条疯狗，随时可能扑上来撕咬自己。幸亏入学不久，同学邀他加入"易知社"，渐渐结识革命党人，听闻种种革命思想，心下暗暗寻思，没准这倒是一条救国救民之道。犹豫些时日，忽然心一横：管它是否救国救民，好歹这是一条不归之路，就算哪天为此捐躯，也强过回家与美娘成婚圆房！

立秋抱膝坐在草坪上，愕然道："文雍，怎会是这样？记得那天我俩初次见面，我在暗夜里听你说出'国族已到生死存亡关头，正要地不分南北东西、人不分男女老少，一齐铆起劲来救亡图存'之类话来，心里止不住赞叹，只道这才是一个胸怀苍生社稷的大丈夫咧……"文雍一声叹息，抬手打断："立秋，你没看错我。当时我真是这么想的，也真想知行合一，舍生取义，杀身成仁。无奈事到如今，我早已心灰意冷……立秋，我告诉你，这种革命绝不会成功的，我也犯不着为此白白送命！"立秋忙问："为什么革命不会成功？莫非起义没有打垮清廷，倒先打垮你吗！你说世上可有什么事业是一蹴而就的？"文雍摇头叹道："立秋，我算看透了，我们中国民众心智未开，人心不齐。即便大把花钱，也难买大家同心协力，共赴大业！你看这回起义成何体统？简直就是一场闹剧，可怜白白牺牲几十个党人性命！"

立秋心下诧异，警觉问道："那、那你现在打算怎么办？你说护送我返回南昌，为何马车却往南行？"文雍苦着脸道："如今朝廷大举清乡，大肆抓捕革命党人，我们贸然返昌不是自投罗网吗？"机警地扭头望望四周，狡黠笑道，"立秋，实不相瞒，我有一个好去处，想带你远走高飞，你愿意跟我夫唱妇随吗？"立秋心中陡然惊慌，大目圆睁："文雍你胡说什么！你要拐我去哪里？"文雍眼珠骨碌一转，浅笑道："俗话说，狡兔三窟。好在起义之前，我已为自己找好一条退路。我家有个亲戚在南洋做生意，我早已跟他取得联络……"立秋脱口惊叫："天啊！文雍你……"文雍挪过身子，双眸炯炯，动情道，"立秋，如今我算弄明白了，你才是我此生梦寐以求的女性！自从与你做了'夫妻'，我就算是调对了琴瑟，一曲千古绝唱就要从我胸腔里飞出来了……"立秋眼中掠过一丝惊慌，赶忙打断："文雍，你到底要干什么？"文雍吞口气，一把抓住立秋之手："立秋，我要把你带到南洋去，和你做真真正正的夫妻，鸾凤和鸣，生儿育女……"

立秋愣愣听着文雍絮叨，心下"怦怦"乱跳，讷讷道："文雍，你、你有没有发烧？看你说的什么胡话？"文雍急切道："不，立秋，我的行动谋划已久。自从那天和你做了'夫妻'，我心里就开始暗暗筹划今日的南行。"突然解开大衣纽扣，从里衬暗袋里掏出一沓银票，轻轻晃在立秋眼前，"立秋你看，我有钱！我有大把银票，足够我们到南洋去安身立命！"立秋骇了一怔："你哪来这么多银票？"文雍脸上涌起红云，胭脂一般弥漫开来："当时党部汇来人头银子收买会党，还有好些没有花完……"立秋双眼一睁，颤音道："你、你竟想卷款而逃吗？"文雍耸耸鼻子道："这不叫卷逃，这是机缘巧合，天助我也！立秋，你知道吗？当时起义打响，攻城略地，我也在枪林弹雨之中冲锋陷阵！倘若我牺牲了，托体山阿，葬身沟壑，嗯？这钱不也得烟消云散吗？"

事情来得突然，立秋感觉文雍仿佛被人揭开画皮，一时惊诧不已。文雍见立秋凝神屏气，默然无语，以为动心，禁不住内心狂喜，越发卖力游说："立秋，我亲戚已在南洋替我盘下房屋店铺，你跟我买舟而去，我一定叫你华堂安居、锦衣玉食，过一世宠命优渥的日子！"立秋"扑哧"一笑，恹恹道："文雍，你这是孔夫子门前卖《三字经》咧！我要过这种日子，用得着千里迢迢跟你跑到南洋去吗？"文雍点头道："是的，我知道你夫家富有，生活安逸。可是你没有一个可心爱人，再好的日子也过得乏味，是不是？"立秋轻轻摇头："文雍，你大错特错了。倘若要过你憧憬的那种日子，我丈夫一定是世界上最可心的爱人，真不是你可以望其项背的！"文雍不承想话不投机，心中正自为难。立秋早已站起身来，毅然跑向马车，一叠声吩咐车夫："掉头赶路，送我返回南昌……"

立春听闻妹妹讲述，心中惆怅，急问："立秋，文雍到底上哪去了？他有没有和你一道返回南昌？"立秋一声叹息，点头复又摇头，忽从衣袋里掏出一张字条递给哥哥，讪脸道："他倒是勉强和我一道返回了，那天晚上，我俩落歇在归途客栈。不想来日黎明，我起床梳洗，却没听到鼾声，打开套间隔门一看，外面地铺上早已不见酣睡之人，连被褥也被折叠得整整齐齐，桌上只留下这张字纸和十块大洋。"立春赶忙接过字条，打开一看，一眼认出文雍潇洒飘逸手迹：

> 立秋："夫妻"一场，终成劳燕，缘起缘灭，抱恨终天。卷逃赃银，不足为赠，聊作车资，勿以为耻。归期宜速，且弃通途。智取异路，切记切记。

14

除夕前一天，刘家玉从湖南岳州知府任上罢官回籍。朝廷查实昆泰虽在日本加入乱党，归国并未参与反叛作乱，因而格外开恩，接到刘家玉辞官请罪奏折，立传圣旨：着开缺回籍，不另治罪。

车马行至天宝"宰相第"门前，胡翡翠接迎出去，夫妻患难相见，今昔之感，凄怆莫状。简玳妮无颜面对丈夫，亲率昆泰一妻二姜和一干孩童跪在屋里，哭泣请罪。当年昆泰娶妻纳妾、孩子出世，自然都禀报过爹爹的。彼时刘家玉官场得意，寄回家书、发回电报，无有不是一个"好"字，喜悦之情跃然纸上。今日劫后余生，灰溜溜罢官而归，举目环顾，满室萧条，却有这一屋子嗷嗷待哺丁口，胸中不觉恼怒，禁不住愤愤喝骂："可恨的孽障！年纪轻轻，一事无成，倒有本事妻妾成群、儿女堂满，叫我怎不恨他！"

立秋兄妹与姨爹见过，只因刘家族人听闻老爷归家，纷至沓来安抚慰问，屋里人来人往，难以格外说话。胡翡翠见来日便是除夕，吩咐兄妹二人："好歹你俩姨爹回来了，家中有了主心骨，你兄妹放心回去侍候爹娘过年才好。"立春兄妹点头依允，告辞而去。

马车奔驰个把时辰，回到"轩窗第"大院。兄妹跳下车来，大门两侧已贴上春联：天增岁月人增寿，春满乾坤福满门，横批是"迎春接福"四个字。走进屋去，只见大厅里摆出一张方桌，陈列香火，供奉着张天师画像。原来是城外道观里老道士进城来给富裕人家打卦，占卜来年家运年景。老道士嘴里嘟嘟囔囔念着咒语，一回回把手中桃木茭杯扔到桌上，却一回回都没有扔对阴阳。虔诚侍立一旁的胡碧玺一脸焦急，好在老道士反复再三，总算把茭杯扔出理想的一阴一阳状态，胡碧玺方才舒开眉头，赶忙回房去量出一升米来，打发老道士去了。

恰好有位邻家小姑娘进来看热闹，立秋赶忙央求姑娘去冯家把姗姗接来。胡碧玺听得诧异，急问："为何要接姗姗，莫非你不要回冯家去料理过年吗？"立秋噘嘴道："冯家一大堆人，何须我多管闲事？"胡碧玺大惊："大过年的，你身为正房太太，怎能不回夫家主祭祀、主中馈？"立秋置若罔闻，索性进去东横厅打扫自己闺房。胡碧玺惊恐万状叫嚷起来："天啊！你这是要逼世魁休妻吗？怪不得方才老道士占不出好卦象咧！"转身跑回西横厅叫喊丈夫，"你不拿出家法来管管这婆娘，不知要闹出什么大祸来咧！"

蔡纪高刚给前门后屋贴上春联，正在厨房里洗手，听得叫嚷，急急走出来呵斥立秋："还不快回家去，别给我作祸咧！"立春也跑进东横厅去，跟在立秋屁股后絮叨："世魁算不错了，你别得寸进尺，着实把人家惹恼了，看你如何收场？"立秋猛然把手中扫帚一扔，跺脚道："你俩这是串通一气要把我赶出家去吗？好在祖母曾经留下遗言，我的婚姻得由我自己做主！"蔡纪高愕然："可不是你自己做主吗？当初正是你自己胡闹着嫁到冯家去的!"立秋一屁股坐到椅上:"对!当初胡闹着嫁去,如今胡闹着回来,拨乱反正,有何不可?"

一家人正在怄气,忽然那个邻家姑娘领着姗姗来了。立秋冲出去,一把抱起姗姗左亲右吻,心肝宝贝地乱喊乱叫。姗姗跟立秋早已隔膜,一时怕生,拼命扭着身子冲着门外呼喊:"姆妈——姆妈——"立秋答应不迭,笑嗔道:"傻丫头,姆妈抱着你咧,你傻冲着门外叫什么?"谁知话音未落,却见茶花拎着两个大包裹走进屋来,原来姗姗呼唤茶花!

掌灯时分,一家人别别扭扭吃过年夜饭,蔡纪高亲携长孙晖哥去祠堂守岁,陪侍祖宗过年。胡碧玺忧心女儿婚姻破裂,无精打采,早早回房歇息。立秋见母亲对自己脸不是脸、鼻子不是鼻子,索性躲进房里不出来。因而"轩窗第"大厅里燃烧着一盆旺旺炭火,却只有立春夫妻领着茶花和两个孩子守岁,说些闲话。

忽然院里传来一阵"汪汪"犬吠,立春起身出去,只见西媛嬷嬷站在院门口探头探脑。眼见四周无人,西媛把立春叫到院外僻静处,把当日昆泰走投无路,跑去教堂求救之事一五一十告知。立春得知嬷嬷帮助昆泰逃脱罗网,大出意外。又听得饱饭陪伴昆泰双宿双飞,不觉浑身一颤,仿佛苦行僧人遭遇当头棒喝,猛然出离情天欲海,心中却难免悲欣交集。

西媛见立春愣头愣脑,唏嘘而已,只得硬着头皮道:"蔡少爷,不想西娥嬷嬷的病越发重了,经血泉水般汹涌不止,再不送出去治疗,只怕命在旦夕……"立春回过神来,惊道:"这还了得!"西媛拖着哭腔道:"我实在没办法让嬷嬷二回出城,只得冒昧来找府上求助。"立春说声:"嬷嬷稍候。"心想这事用得着立秋,急忙转身回屋,把事情转告妹妹。立秋听得大骇,问知西媛嬷嬷正在院外等候,二话不说冲出屋去。三人移步巷子深处商议,立春嘱咐道:"你俩先去照料西娥嬷嬷,我去找胖打师设法。镖局里时常晚上运货出城,不难把嬷嬷夹带出去。"吩咐已毕,转身往团练局跑去。

西媛领着立秋回到天主堂寝舍,径直进去内室。立秋举目张望,不见西娥，忙问："嬷嬷在哪里？"西媛讪脸道："嬷嬷已由饱饭姑娘陪侍上省治病，岂能堂皇待在屋里？"一边走向西墙根下一顶大橱，拉开橱门，只见西娥嬷嬷侧身屈膝拥被而卧，状若安睡。立秋赶忙冲过去，蹲下身子，轻声叫喊："嬷嬷、嬷嬷。"西娥鼻翼翕动，睁开眼皮，一见立秋，扭头转动眼珠看着西媛，双唇嗫嚅："妹妹，你、你真不晓事……"西媛揉揉眼睛，泣泪道："姐姐不许我去麻烦府上，她说助人不求回报，天父才能悦纳。"立秋凝望西娥寡白脸庞，哽咽道："嬷嬷见外，嬷嬷不把我俚宜丰父老乡亲当作自己亲人，天父也不能悦纳咧！"

两人守候到半夜，城内"噼里啪啦"庆贺除夕的爆竹声渐渐沉寂。忽然屋外廊庑上传来马车响动，两人对望一眼，心照不宣，赶忙关上橱门冲出去。果然是立春领着胖打师驾一辆大马车神不知、鬼不觉驶进大院，一边跳下车来，一边说道："嬷嬷吉人天相！镖局里前日购置一辆大马车，我俚临时在里面加一道夹板，隔出一间小小暗室来，勉强可供一人容身……"

西媛说声："太好了，我去把姐姐背出来。"急忙转身进屋。谁知错眼不见，橱柜门缝里竟有血水源源不断地流到地上，摊成一团。西媛顿时惊恐万状，只差没有惊叫出来。两步冲去拉开橱之门，只见西娥已经双眼紧闭，溘然长逝。

屋外三人听到西媛泣泪之声，已知大事不妙，赶忙冲进屋去。西媛强忍悲痛出来阻拦，哽咽道："蔡姑娘进去看看嬷嬷无妨，二位先生敬请留步，嬷嬷血崩而死，屋里不洁净咧。"立春听得心头一颤，猛然推开西媛迈进屋去，蹙眉道："嬷嬷圣血，恰似观音娘娘净瓶甘露，怎不洁净！"胖打师紧随立春走进内室，只见狭小橱柜之内，人高马大嬷嬷弓腰缩背，屈膝长逝，不由得动容悲戚："二爷，可得赶紧把嬷嬷放平躺下，待会身子僵硬，如何装裹入殓？"立春沉痛点头，两人同时蹲下身去，一个托着双肩，一个抱住下肢把西娥遗体抬出。忙乱之中，自没留意地上一摊血水，脚步来回踩踏，印出一地血迹，宛若一朵朵血色莲花。

安妥西娥遗体，西媛泣道："嬷嬷既已上省治病，如今遗体也该从省城搬运回来，才不招人疑心。"胖打师道："这个不难，我把嬷嬷拉去省城再拉回来。"西媛点头，转身进屋，取出一封信函交给胖打师："姐姐早料到有此一劫，打师把姐姐亲笔书信交给省城教会医院西莲嬷嬷，西莲自会料理一切，替姐姐圆谎。"

胖打师接过信函，蹙眉道："嬷嬷既由饱饭陪侍上省治病，灵柩自然该由饱饭护送回来。可如今我俚上哪去找饱饭姑娘？"西媛已知饱饭亡故，叹道："我倒忘了这一着呢！这可如何是好？"立春嘴角一翘，计上心来："这个不难，只说饱饭长得客气，被省城富家公子看上，留在省城相亲，无非让长舌妇们嚼一回舌头而已。"立秋没好气瞪他一眼："倘若哪天饱饭突然回来，如何是好？"立春"嘿"一声，抬手比画道："那便说饱饭与公子有缘无分，相亲不成，岂不省事？"西媛含泪点头，一边叹道："我俚这般谎话连篇，只怕天父不会悦纳。"立春忙道："不要紧，我俚替嬷嬷圆谎，天父一定不会怪罪。"

15

大年一过，晴雨交替，柳绿桃红，天气日渐温暖。立春无所事事，却因撒下电灯公司任职谎言，等不及与妹妹同行开学，只得先行辞家，茫然上省而去。

立秋在"轩窗第"待到元宵，一直没见冯世魁露面。既不前来拜年，也不前来问罪，仿佛没有这个太太。蔡纪高夫妇暗暗纳罕，不知姑爷葫芦里到底卖的什么药，烦恼之中，不时埋怨女儿。眼见就要上省开学，立秋心下寻思，不如打发茶花去把他叫来，当面锣对面鼓把婚姻做个了断，也省得两厢牵扯，互不爽利。

不料元宵一过，冯世魁却高嚷着"该死该死"，风风火火跑进屋来。跨进大门，一脸笑颜给蔡纪高夫妇作揖行礼："小婿该死，新春正月，瞎忙一气，没抽出工夫来给岳丈岳母大人拜年。"蔡纪高夫妇正疑心女婿前来休妻，忽听得张口请罪，恰如摘去紧箍咒一般，赶忙亲自让座、敬烟、筛茶，仿佛巴结什么贵客。

冯世魁吃茶两盅，起身趸到闺房，见立秋正握着梳子给姗姗梳头，喊一声："新年大安！"笑眯眯道："今天倒舍得打扮打扮闺女？这才像个姆妈咧！"立秋听出话里有话，叫喊茶花把姗姗抱去玩耍，随手关上房门，眸光射向丈夫："世魁，什么话都别说，你把我休了吧！"冯世魁耸鼻笑道："立秋，你是不是在外面有了意中人，急着琵琶别抱？"立秋倒听得一怔，忙道："不！世魁，我只是不想让你为难。摊上个有名无实的太太，不如休了，干脆利落。"冯世魁施然站起来，浅笑道："立秋，自你抛家上省读书，在我心里，你我就都是自由人了。至于那一纸休书，可否暂且由我保管？哪天等你真用得着时，随时可来索要。我倒不为别的，顾忌堂上二老残年晚景，不忍伤其颜面。"立秋听得心头一动，惊道："世魁，这、这岂不让你为难？"冯世双手一摊，爽朗大笑："我有什么为难的？你看我早已妻妾成群，倒不在乎多一个吃空饷的正房太太。"说着，"哦"一声，自去身上掏出一张银票，"你看我差点忘了正事，马上又要开学，理当把养银学费给太太送来……"立秋连忙摆手道："不不，世魁，既然你我已是自由人，我哪能要你的养银学费？"冯世魁道："休书还在我手里攥着，我何妨再养你一年半载？"立秋忙道："真的不需要，我去女校兼课，可以养活自己。"冯世魁见立秋坚辞不受，倒不相强，自把银票揣回衣袋。

延俄到近午，冯世魁在"轩窗第"里吃过汤面荷包蛋，推说家中有客，吩咐茶花收拾回府。蔡纪高夫妇羞愧送到门外，冯世魁不见立秋出来相送，忽然抱起姗姗转身回屋，走去东横厅门外，叫女儿向里喊道："姗姗，跟姆妈道别。"见立秋坐在床沿上哭泣，索性走进房去，抓起姗姗小手替她拭泪："姗姗叫姆妈别哭，待姆妈暑期回家，姗姗再来看望姆妈。"立秋越发泪水长流，冯世魁借姗姗之口，劝慰半日，方才离去。

目送冯世魁主仆出门而去，蔡纪高夫妇忍不住大赞女婿，一边转身进屋大骂女儿不知惜福。立秋听得烦恼，趁家人下厨料理午膳，收拾衣包，不辞而别。

立秋到省上学，自去义务女校兼课。虽说辛苦，倒也安心。忽一日，忙到太阳西斜回到书院寝舍，刚走到校门口，只见饱饭慌里慌张从门房里冲出来，拖着哭腔叫喊："姑娘，可找到你了——"

当日马车拉着由昆泰假扮的西娥嬷嬷上省治病，果然不出所料，守城官差透过车窗望一眼侧身躺在饱饭怀中的大脚女子，不敢多盘问。顺利通过城门关卡，老车夫快马加鞭，一气送到南昌城外。两人不敢贸然进城，趁着夜色溜进附近集市，找家客栈以姐妹身份落歇。昆泰突遭飞来横祸，一时心烦意乱，以致饱饭陪侍左右，几乎熟视无睹。直到夜阑人静，心中一锅沸水渐至冷却，却又感浑身筋疲力尽，不觉伏在桌上打起盹来。黎明醒来，忽听得床榻抽泣之声，惊然记起自己祸及饱饭，赶忙起身走去床前拱手，隔着帐幔赔罪："连累姑娘，罪该万死。"饱饭听到这话，越发哭泣不止。昆泰心中惴惴，寻思道："好在我已虎口脱险，姑娘今日便可打道回府，只说已把嬷嬷安顿妥当……"饱饭"哗"地掀开帐幔，跳下床，红肿着眼睛道："事到如今，你还撵我走！可见你前世跟我有仇！"一边气呼呼穿起外衣，抬脚出门，"好！我这就走！乐得去衙门报官，也好报仇雪恨！"

昆泰赶忙拉住，讪脸道："好姑娘，别生气，你听我说……"饱饭一屁股坐到椅上，把头摇得拨浪鼓一般："我不要听你强词夺理！"一头伏到桌上哭得死去活来。昆泰站在一旁，想要劝慰，却又无词。饱饭见昆泰讷讷无言，抬头怒目而视，"你左一个右一个纳妾，你只跟我有仇！你既跟我有仇，何必当初……"昆泰听得一愣，不觉缓缓坐到椅上，落泪叹道："姑娘哪里懂得我的心？"

两人就此打开话匣，你一言我一语聊起话来，两颗天悬地隔之心仿佛扭着秧歌渐行渐拢。忽然打门之声"嘭嘭"响起，昆泰猛然大惊，不想却是客栈伙计叫喊用膳。饱饮抬手抹把眼泪，嫣然一笑，应声："来了——"翩然起身而去，拿取饮食带回房中。昆泰心中感激，叹道："没来由连累姑娘，受恩深重，何以为报？"饱饭面若桃花，眼朝窗外，脆声回道："少爷别说没来由，这是苍天有眼，让我俚走到一起来咧。"昆泰哽咽道："姑娘大恩大德，没齿难忘！"

当晚饱饭上床安歇，昆泰徘徊在床前窗下，长吁短叹。忽听得帐幔里哭泣之声又起，慌忙剖白心迹："饱饭姑娘，昆泰亡命天涯，死生未卜，岂敢苟且亵渎姑娘？倘若天佑无辜，日后逃出性命，安身下来，定当大礼迎娶姑娘，践行当日红花绿叶美人蕉下诺言。"饱饭悲喜交加，渐止哭泣，拥被回道："从前听秋姑娘说过：草木之物青不久，草木之人情不长；金玉之物色不败，金玉之人心不改。难得少爷金玉之心，饱饭没有看错人咧。"

住宿多日，两人不敢久留。昆泰寻思男扮女装蒙混一时，时日长久，岂能不露破绽？打发饱饭上集市置办男装衣履，又去戏装行买些赝品须眉发冠回来，乔装打扮，摇身一变，俨然须眉大汉，早已不辨清秀本色。两人遂以夫妻相称，佯装游山玩水，一个村庄一个村庄地辗转流浪。大年一过，饱饭进城打探虚实，回说城禁宽松，城关进出男女熙熙攘攘，官差不甚盘查。昆泰闻言大喜，只道朝廷清乡风头已过，抓捕结束。待到过了元宵，估摸立秋或已上省开学，赶忙打发饱饭前往"葆灵"女子书院，寻求表妹相助。

16

立秋跟随饱饭来到客栈，踏着狭窄木梯"吱呱吱呱"上楼，光线陡然黯淡，恍若与世隔绝。推门走进房间，蓦见一个峨冠博带、长髯覆额大汉站起来施礼，瞬时莫名惊愕，目不转睛盯着打量，仿佛自己与这人素昧平生，却无端在江湖上萍水相逢。

昆泰见立秋愣怔，瓮声瓮气喊一声："秋妹妹——"立秋心中五味杂陈，泪腺仿佛煮沸了似的，"咕嘟咕嘟"地冒着气泡，一声"泰哥哥——"喊出来，早已热泪盈眶。两人愣愣站立，昆泰扑簌簌流泪，喟然道："'君自故乡来，应知故乡事？'"立秋点头，哽咽道：

"泰哥哥放心，朝廷并未株连，家中老小平安，不过姨爹已请罪辞官回籍。"昆泰心中大恸，悔恨无极。泣泪良久，又问："西娥嬷嬷病体如何？"立秋见表哥天涯奔命，不忍告以实情，含糊回道："嬷嬷小恙，并无大碍。"昆泰含泪点头，禁不住替嬷嬷念一声："阿门！"

落座下来，立秋双眸泛起光亮："泰哥哥，你当真加入过'同盟会'吗？"昆泰摇头叹道："当年少不更事，热血沸腾，一腔家国天下情怀、苍生社稷理想……"立秋心中暗暗称羡：原来泰哥哥竟是这般天人，可不是有眼无珠吗？忍不住赞叹一声："泰哥哥，你真了不起！"昆泰只当表妹挖苦自己，没好气瞪一眼道："妹妹无心悲悯失路之人罢了，怎的还说风凉话咧？"立秋嫣然一笑："当年我读陆皓东诗：'昂首攀南斗，翻身依北辰。举头天外望，无我这般人！'心里止不住又惊又叹，只道天下之大，上哪去找这般人咧？谁知泰哥哥竟是这般天人！"

昆泰猛然想起一条逃生之路，不觉走神，愣愣望着窗外，倒没听清楚立秋叽里呱啦说着什么。立秋满心兴奋，却未觉察表哥缄默，只顾纠缠问话："泰哥哥归国之后，为何竟与党部失去联系？"昆泰回过神来，叹道："归国后我初涉世事，早知革命不会成功，因而不凑这个热闹。"立秋记想邓文雍也说过类似之话，忙问："为什么革命不会成功咧？"昆泰含糊道："只因人心太坏，把这个世界搅和成一个盘丝洞，革命怎能成功！"立秋待要理论，昆泰抬手制止，急切道，"秋妹妹，我急要进城去设法逃生，你可有办法帮我吗？"

两人密议一回，定下计策，立秋当即起身回城。傍晚时分，带领一大群打扮入时、花枝招展女同学簇拥而来。饱饭早已侍候昆泰换上女装，假扮成女子掺和在一大群莺莺燕燕之中，叽叽喳喳进城而去。平日进出城门之人，大都是灰头土脑男女，守城官差日复一日看得天昏地黑。忽然暗沉沉暮霭之中，一群花团锦簇、光鲜活泼女子说笑而来，岂不叫人眼前一亮？官差们一时眼花缭乱，正看这个，那个猛然晃到眼前，只恨双眼忙不过来。稍稍眨眼，不提防一群莺燕早已行云流水一般飘然而过，如飞而去。

通过城门关卡，立秋雇一辆马车拉着昆泰和饱饭直奔寝舍。安顿下来，已过晚膳钟点。立秋去餐馆叫来两三道菜肴，三人在一张四方小几桌上团团围坐，共进晚餐。寝舍未装电灯，一盏玻璃油灯吊在里外两个房间公共的窗棂之上，把两间简陋小屋照映得半明半暗，若有仙气。当晚立秋和饱饭同床就寝，昆泰自去外间小房打地铺和衣而睡。午夜时分，万籁寂静，天地俨然陷入虚无。里屋传来二位女子熟睡的呼吸，昆泰情不自禁悄然坐起，就着窗外微弱天光，拎起自己跑外销纸时随身携带的一个包袱，窸窸窣窣取出当年耶溪河畔立秋怒殴自己的那一根细长牛鞭。黑暗之中，只见它光芒灿烂，宛若一道七彩长虹降落自己掌中，不由得握在手里轻轻摩挲，直至天明。

　　此后半月，昆泰乔装打扮，昼伏夜出拜会与家乡天宝纸号有过生意往来的客户商家。城中大商户黄老爷怜其人品才干，愿意鼎力相助改名换姓逃往香港。昆泰喜形于色，从身上摸出一块大洋递给饱饭："烦你去铺子里买些熟肉酒菜回来，我俚好好庆贺庆贺。"饱饭揣着钱出门沽酒，立秋挺着身子僵僵坐在椅上，冷冷问道："泰哥哥拂袖而去，一走了之，家中妇孺，何以为生？"昆泰眼中黯然神伤，摇头叹道："我纵蛰留故土，难见天日，于事无补。好在爹爹平安回籍，家中妇孺暂无衣食之虞。日后我在外边做生意赚到银钱，理当汇来赡养老小。"立秋沉吟，又问："家事罢了，国族风雨飘摇，生民倒悬水火，泰哥哥也抛闪得下吗？"昆泰耸耸鼻子，爽朗笑道："国族之事，肉食者谋之。我等匹夫，位卑人贱，有心报国，无力回天。"立秋倒吸一口冷气，待要把天下兴亡、匹夫有责之类大道理辩驳，又仿佛话不投机似的畏难，一时竟无言以对。

　　昆泰抬头凝望表妹，记起当日"轩窗第"里素裹灵前一身素白、衣袂飘飘模样。心头默念一声"除去君身三重雪，天下谁人配白衣"诗句，油然涌起一股难舍难分离愁别恨，仿佛天下之大，骨肉家园，自己最难抛闪的惟有这个表妹。沉吟半日，壮胆探问："前日听饱饭嘀咕，妹妹与世魁婚姻已成破镜？"立秋痛楚点头，昆泰心中春潮涌动，按捺不住起身去包袱里取出那一根细长牛皮，握在手里轻轻摩挲，怯声道："妹妹，当年那根竹节还在吗？不如重新匹配起来，原是一条好鞭。"立秋见他随身携带皮鞭，大出意外，不由得心中怦然乱跳："这、这、这……"慢慢起身踱到窗口，凝望天际一轮血色残阳，无语凝噎。

迟疑片刻，昆泰起身走到立秋身后，硬着头皮道："立秋，或许缘分未了，天可怜见，又让我俚走到一起来了。难得黄老爷乐意助我携眷南下，秋妹妹可愿与我同行吗？"立秋缓缓转过身来："难得泰哥哥多情如此，无奈我早已不是女儿之身……"昆泰听得惊诧，上下打量表妹，愕然道："妹妹开什么玩笑！妹妹云鬟高耸，纤腰盈盈，怎不是女儿之身？"立秋哂然，叹道："印光法师曾作一偈：'极乐世界，尢有女人；女子至此，化童男身。'如今我便来到极乐世界，化为童男身了，不能再嫁人的。泰哥哥莫要枉自多情，空劳牵念。"

延俄半月，黄老替昆泰买到赴港船票。昆泰携带饱饭从府上拜谢出来，撑一把大雨伞掩蔽脸面，急急雇一辆人力车穿城返回立秋寝舍。饱饭眼见昆泰手握两张远走高飞船票，心中竟无端忐忑起来。饱饭满心期望，不过是昆泰践诺娶她做一个小妾。她只要跟他在一起，不在乎名分，不在乎贵贱，甚至也不在乎他对她好歹。忽然他不单要娶她，还要带她远走高飞，而且还只带她一个人远走高飞。不知怎的，她一时竟无所适从，甚至禁不住有些害怕，忍不住央求昆泰："少爷可否设法把汪氏太太带出来，我俚一齐远走高飞？"昆泰愕然："为何要带汪氏？"饱饭讪脸回道："总得有个太太啊。"昆泰蹙眉："为什么非得有个太太？"饱饭咬咬嘴唇："有个太太，我才好做妾咧。"昆泰心中一酸，忍不住俯身在她面颊上轻轻一吻。饱饭猛然一头扑进昆泰怀里，"呜呜"哭泣："少爷对我太好了！"

人力车穿过闹市到达城西，两人下车。步行至一条僻静巷口，忽听得身后一声叫唤："刘昆泰！"昆泰应声回头，只见不远处一个黑衣男子，手拿画像，一双鹰隼般眼睛死死盯着自己。昆泰大喊一声："不好！有暗探！"一把拽起饱饭，夺路而逃。两人跑进长巷中央，一条横巷斜插而来，形成十字路口。饱饭急中生智，猛然把昆泰推进左边巷道："我俚分开跑！"昆泰惊慌摇头："我不能撂下你！"饱饭奋力甩手挣脱，冲进右边巷道，佯装哭喊："少爷等我——"暗探追到十字路口，循声转入右边巷道。及至追上饱饭，抬眼望去，笔直长巷一望见底，方知上当。一把逮住拖至十字路口，端着手枪逼问："快说，乱党往哪里跑了？"饱饭吓得打个寒战，抬手指向前面一条巷道："这、这边……"暗探这回不再中计，咧嘴"哼！"一声，朝着方才昆泰跑入的左边巷道连放两枪，紧追而去。

饱饭见势不妙，发疯一般猛冲上去死死抓住暗探胳膊。暗探胳臂一晃，手枪掉落地上，怒骂一声："臭婊子！"勃然抡起大拳乱打一气。无奈饱饭死命拉扯不放，毫不理会雨点般拳头击打头颅"嘣嘣"作响，仿佛石人一般不知疼痛。暗探恼羞成怒，越发使劲殴打，一边破口大骂："臭婊子！走失乱党拿你是问！"一边狂甩胳膊。饱饭瞥见十字路口走来几个路人，灵机一动，大声呼喊："非礼啊！非礼啊——救命啊！救命啊——"路人一齐围上去壮声呵斥："大胆狂徒！光天化日之下竟敢作奸犯科！"暗探扑下身子腾出一只手去地上捡起手枪，挥扬着叫嚷："谁他妈非礼，老子追捕乱党！"路人见姑娘揪扯不放，举目四望，追问乱党何在？暗探恼怒分辩："都怪这臭婊子……"急怒之下猛然飞起一脚，向饱饭腰间狠狠揣去。只听得"啊——"的一声尖叫，饱饭像个毛球一般飞出丈来远，一头撞向巷道侧面的麻石屋墙，立刻被弹回来，"噗"地摔到地上。顷刻间，红的鲜血、白的脑浆如注喷涌，洒落在地，宛若春归遗物。

当晚夜幕降临，立秋下学归来不见昆泰、饱饭，心下着急。正要出去向门房问讯，昆泰跌跌撞撞走进屋来。立秋问道："怎么了？拿到船票没有？"昆泰双腿一软瘫倒地上，颤音道："立秋，我、我害死饱饭妹妹了——"忽又一跃而起，恍惚笑道："秋妹妹，我别是做了个梦吧？好好的，饱饭妹妹怎能丧命？"立秋见他一脸寡白，眼目变形，一把拉着，哭丧着脸道："泰哥哥，到底是怎么回事咧？你可不要吓我！"昆泰打个寒战，两腮皮肉一动，眼里竟扑簌簌滚落泪来。立秋已知大事不妙，赶忙搀扶昆泰坐到床上。正要出门去看个究竟，不料迎面一股阴风袭来，眼睛一晃，蓦见饱饭笑眯眯走来作揖行礼："姑娘的好姻缘，叫我给闹坏了。好在我到底把少爷送到姑娘跟前来了，这就算是物归原主，日后姑娘和少爷好生过活……"立秋顿时吓得尖声大叫，不料昆泰一跃冲出门叫嚷："饱饭、饱饭妹妹，你上哪去了？你可别吓我啊……"一头冲进无边黑暗。

17

时过三日，蔡立春忽然找上妹妹门来。大年一过，立春谎称上省就事，却无处找寻昔日党人踪迹，只得给京城堂兄蔡立功发去电报，告知自己无枝可栖窘境。蔡立功很快回电，邀请堂弟进京谋职。

立春此去京城，方知江西起义失败，党人流散，革命陷入低潮，然而京城却别有洞天，革命暗流却正自汹涌澎湃，并未因江西事败稍有妨碍。一番谋划妥当，立春被党人安插到新军，奔赴湖北汉口，充任连队教官。赴任之际，立春顾忌撒下"电灯公司任职"谎言，只得告假回家向爹娘禀明去向。

归途转道省城，自去会见妹妹。立秋一见哥哥，赶忙哭诉饱饭遭遇。立春听得一惊一乍，忙问："如今昆泰哪去了？"立秋脸一沉道："别提那个无情无义东西！可怜饱饭舍身换他性命，他却偷渡香港逍遥法外去了！"立春愕然："竟有这等事？"立秋垂泪："他原本预备逃到香港去的。饱饭一死，他便不辞而别，你说他还能去哪里吗？"立春唏嘘叹道："昆泰常恨人心太坏，心里弥漫一股子绝望情绪。可怜西娥嬷嬷和饱饭妹妹舍身救他性命，却救不得他的心咧。"立秋瞪眼道："这种黑心人救他做啥？枉费二位女子性命！"立春寻思半日，蹙眉又道："立秋，你说昆泰便要逃去香港，犯得着不辞而别吗？我看个中或另有隐情也未可知。"立秋倒也觉得事有蹊跷，忙道："只不知那个帮助他的黄老爷住在哪里，不然倒可以去打探。"

不日立春进城，随便问一家大纸号，轻易便打探到黄老爷住处。

隔日携带立秋登门拜访，门房问明姓名，不敢贸然请进。回屋禀告老爷，却又半天不见出来。

原来出事当日晚上，昆泰恍惚中看见饱饭鬼影，大叫大嚷着追出门去。暗黑中磕磕碰碰，一直追到出事巷道十字路口。四周一团漆黑，伸手不见五指，可是昆泰眼里却一片雪亮，宛如置身白昼，巷墙上一条条砖缝、巷道上一块块石板无不清清楚楚，赫然在目。他冲进左边巷道，从巷口跑到巷尾，复从巷尾跑到巷口，嘴里高声呼喊："饱饭，饱饭妹妹——"巷道里居民以为有人收魂，不以为怪。闹到半夜，有位打更老人"嘣、嘣、嘣……"地敲着更鼓走到巷口，想起白天巷子里打死一个女子，心里不觉隐隐害怕。壮着胆子走到半途，忽听得一阵"踢踏踢踏"脚步声，随即传来鬼哭狼嚎不明其意的喊声，不由得打个寒战，吓得撒腿就跑，一边颤音大呼："有鬼！有鬼啊——"丧魂失魄跑回家去，一病半月，从此再不敢打更。

来日黎明，天刚放亮，南昌城内纸商黄老爷府上门房早起小解，蓦见一个鼻青脸肿男人直挺挺倒在门外屋檐下。仔细一看，正是前日来过家中做客的天宝纸号师爷，赶忙回屋禀报主人。黄老爷出门见是昆泰，蹲下身去伸手摸摸脸颊，方才晓得是高烧迷糊，只得吩咐仆佣抬去后院密室调养。

服过药物，昆泰高睁开眼来，看见黄老爷守坐在床榻，惊然忆起夜间之事，一把拉住，泣不成声："我、我的老爷，你、你还记得前日我带来府上拜谢救命大恩的那个姑娘吗？"黄老爷笑道："当然记得。昨日我还跟太太说起，那个姑娘长得天仙一般，刘少爷带去南边做了眷属，真是艳福不浅。"昆泰突然"呜——"的一声，哭道："可怜姑娘已经死了——"

黄老爷听得昆泰哭诉，唏嘘慨叹："这是什么世道！"寻思片刻，又道："人死不能复生，好在船票尚未过期，少爷节哀顺变，忍痛南逃，才是上策。"昆泰一听这话，猛然赤脚跳下床来，披头散发大跳大嚷："不不！我不能走！我这条命是饱饭妹妹舍身换来的，倘若一走了之，成个什么人咧？"黄老爷道："话虽如此，无奈少爷大罪在身，故土家园已无立足之地啊！"昆泰喘着粗气，一个劲地摇头晃脑："不不不！我不能走！大不了去官府自首，拼着杀头腰斩、五马分尸，我也不能走！我不能让饱饭妹妹白白为我断送一条性命！"黄老爷没好气瞪一眼："莫非少爷让官府杀头腰斩，五马分尸，便能报答姑娘救命之恩？你这般胡闹，姑娘九泉有知，才要后悔白白断送一条命呢！"

争辩一回，日上东窗。黄老爷吩咐仆佣好生照看，不得走漏半点风声，一面叮嘱昆泰："少爷病中，便去自首，也得养好身子再去。"将养多日，昆泰病愈，执意把船票奉还黄老爷，急要告辞出去。黄老爷担心昆泰出去危险，苦留家中静养。忽听得仆佣禀报，刘少爷原籍亲戚上门打探下落，赶忙请进后院。

昆泰一见立春，猛扑上去紧紧拥抱，哽咽难言。立春劝慰一番，落座下来聊话，得知昆泰已奉还船票，断绝南逃之念，索性把西娥嬷嬷血崩殒命噩耗告知。昆泰不提防又遭一个白日响雷，愣怔片刻，猛然身子一扭，伏到桌上呜咽："可恨我一个庸常之人，倒让嬷嬷为救我耽搁治病，命丧黄泉，岂不冤枉！"立秋噘嘴道："泰哥哥现在还敢说人心太坏吗？西娥嬷嬷、饱饭妹妹待你之心，是否可表天日？"立春起身踱步："不想世间这个巨大盘丝洞里，倒有这般玉洁冰清之人。"昆泰呜咽之声渐止，落泪沉吟道："立春，还是你看得透彻，人心如铜钱，自有正反两面。如今我才算晓得，这个混沌浊世，自有大情大义之人，怀抱赤子初心支撑乾坤之大，维系日月之长……"话未说完，胸口急喘，仰天长叹，"只可惜二位女子为我送命，不得其所，太可惜咧！"

立春停下脚步走近昆泰，俯身拍拍肩膀："哥哥休要妄自菲薄，你若只做一个庸常纸号师爷，嬷嬷、饱饭救你不值。好在你是个怀抱苍生社稷理想的革命党人，将来做出一番有益国族大事业来，二位女子也算死得其所……"昆泰抬手打断，痛切道："别提别提，羞死我了。我算哪门子革命党人？白白辜负朝廷通缉我咧！"立春仰头凝望窗外："泰哥哥，我深知你远涉重洋、求学海外，不会只为回来做一个纸号师爷！可你既已踏上救国救民道路，为何却要半途而废？"昆

255

泰低头不语，缄默良久，摇头叹道："我的苦楚，一言难尽。"

立秋脸上蓦然蹿起一股红云，羞赧道："泰哥哥，先前造化弄人，叫你龙陷浅滩，虎落平阳。如今你已打出樊篱，赚出一个自由之身，为何还要抛闪家国父母，苟且逃世？泰哥哥，我不相信，几年的平庸日子就能把你一腔热血冷凝成冰。"兄妹一唱一和劝说，昆泰大觉异样，细细打量二人，一脸疑惑："这是怎了？莫非你俩受党盟之托，前来游说我吗？"立春嘴角一咧，笑道："正是。前时我北上京师，偶遇黄兴同志。黄兴同志叮嘱我一定要找到你，说服你重归党盟，为国族尽力。"昆泰愕然："黄兴同志？"两眼直愣愣瞪着，"立春，你、你……"立春双手抱着膀子，笑而不言。立秋赶忙替他回话："泰哥哥有所不知，我家二位哥哥早已是党盟同志了。"昆泰愣愣伸出两个指头，纳闷道："二位哥哥？还有一位是谁？"立秋昂头一笑："是我家立功哥哥。"

昆泰脱口"哟"一声，惊诧万分。立春兄妹一五一十把自己参与湘赣边界起义缘由细细告知，昆泰听得连连惊呼："原来立春弟早已龙归大海，连秋妹妹也已化蛹成蝶，我真是有眼不识泰山咧。"立秋嫣然一笑："哪里，我还没有加入党盟咧。"立春忽从西装内衬口袋里掏出一封书信，嘴角浮上一个浅笑，宛如一团火焰："泰哥哥，这是黄兴同志化名写给你的书信。党盟已在湖北汉口新军中替你安插职位，只要你拿定主意，鱼游大海，鸟归山林，指日可待……"昆泰接过书信，不及打开看阅，周身热血早已涌如泉潮。

18

清明时节，京城皇上颁下圣旨：着江西宜丰籍进士、吏部考功司主事胡思敬外放广东省监察御史。慈禧太后特别恩赐新任御史赴任途中乘八抬绿呢大轿转道江西原籍，归省祖坟，以光宗族。喜讯传来，宜丰全城一派鼎沸。胡家祠堂顿时门庭若市，各色人等纷纷送来贺礼给御史大人接风洗尘。

蔡显忠早已入赘侍剑夫家，把家中祖传弹花铺子废弃，打理出一间米行。那日去往米行开铺，蓦见络绎不绝挑夫、仆佣肩挑手提礼物前往胡家祠堂，观望半天，心里一动，不觉拐进蔡家屋场，直往"轩窗第"去了。

蔡纪高夫妻坐在大厅里八仙桌旁打理清明上坟纸钱，显忠进去作揖问安，眯缝着小眼道："高叔可知胡家御史大人归省祖坟吗？"蔡纪高"嗯"一声，点头而已。显忠眨巴着眼道："高叔，胡大人得意而归，多少人闻风而动，使出浑身解数高攀巴结，怎的高叔倒不寻思替二少爷走走胡大人门路？以二少爷才干，若去胡大人任上做个官亲，就此捐官入场，岂不比屈尊在电灯公司做个襄理强些？"蔡纪高叹道："立春连个秀才都不是，你让我如何向胡大人张口？"蔡显忠道："朝廷早已废除科考，谁还在乎二少爷是不是秀才？"蔡纪高摇头，"算了！难得他前日回来告诉，已去汉口新军担任教官。日后穷通，看他造化。"蔡显忠蹙眉道："行伍出身，不知要熬到哪个猴年马月才能出头。何如找胡大人提携捐官入场，立马便可捞钱来得痛快？"

蔡纪高愕然道："捞钱？捞什么钱？"显忠躬身咧嘴笑道："高叔装憨咧！你看如今官场，层层叠叠大小官爷，哪个不是放出手段拼命贪腐捞钱的？但凡是个人，跻身官场穿上官服，戴上顶戴花翎，他便摇身变成一头凶猛猎豹，日后滚扑撕咬捕获猎物，车装船载运回原籍夯实家业，才不枉出去做官一场。"蔡纪高"哦"一声，哂笑道："如此这般，立春倒不消得捐官入场咧。我俚蔡家历代先考入仕做官，只图为朝廷尽忠，造福苍生，自己落个显亲扬名，光宗耀祖而已，倒没有这般冲着捞钱去的。"显忠一片好心而来，却不料话不投机。心里禁不住埋怨：高叔真是个不中用的腐儒，与他谋事，不啻问道于盲。诺诺两声，告辞出来。愣愣站在大院里枣树下，仿佛得到盈虚消息，预感这"轩窗第"气数已尽。将来这栋大屋不知落入何人之手，便宜谁去。

来日午后，锣声大作，新任广东御史胡思敬由一队浩荡官差仪仗

257

护送进城，直奔胡家祠堂。八抬绿呢大轿抬到堂前，祠堂击鼓鸣爆，震耳欲聋。胡思敬赶忙下轿，器宇轩昂走到祖宗牌位之前，恭行三叩九拜大礼，又给胡劲松等家族长辈一一作揖请安。延俄到日影西斜，方得脱身归去自家府第。

胡思敬此番归省，只在家中打坐两日。来日上午祭扫祖坟归来，胡劲松把各色人等馈送贺礼清单呈上，笑道："县太爷和城内'四家'都有请宴之意，不知尊意如何？"胡思敬道："所有贺礼，一律退回，饮宴也请替我婉谢。此番归省无暇拜客，今天下午去天宝望望刘家玉，明日一早便要启程赶路。"

当日天气晴暖，惠风和畅。刘家玉请罪辞官数月，困守"宰相第"家中，清贫潦倒，无有出路。用过午膳，毫无睡意，望见天井里春光融融，不觉蹀出门去沐浴日光。走到屋场，只见三五成群男女孩童追逐玩耍，拍手唱着童谣：

彗星现，
朝代变；
彗星出，
朝代没。

刘家玉心中一惊，走近前去拉拽一个扎着羊角辫的小姑娘，问道："小妹子，这是谁教你唱的歌谣？"小姑娘昂头道："我家太婆婆教我唱的。"刘家玉道："太婆婆糊涂，好好的，哪来彗星？"小姑娘睁着眼睛答不上话来，忽然一个半大男孩跳过来替她回话："我公公早说彗星要出了，前天我俚一家人守到半夜，果真看见一颗彗星拖着长长尾巴扫过天空……"

恰在这时，昆泰一个小妾急急跑来喊道："爹爹，胡大人来家看望爹爹咧。"刘家玉赶忙转身回家，只见胡思敬已在家中端坐，快步迎上去，躬身作揖行礼："不知大人驾到，有失远迎，该死该死。"胡思敬慌忙拉住，瞪眼嗔道："你我兄弟，这般客气多礼，岂不生分？"

刘家玉方才改口称呼"仁兄",笑道:"前日得到仁兄高升喜讯,正要修书恭贺,不想今日倒晤面了。"

客套已毕,双双落座,叙些家常。胡思敬忽然话锋一转:"玉翁,朝廷已着手筹备在各省开设咨议局。"刘家玉鹘眼一睁:"真的?太好了!朝廷总算迈出这一步,我华夏国族或不致沦亡也未可知。"胡思敬瞪目笑嗔:"玉翁不愧是立宪先锋,看你听得这话,眼睛都放亮咧。"刘家玉舒一口大气,站起来反剪双手踱步:"我暗地里寻思,如今华夏国族危急情势,与北魏时期汉民劫数好有一比。当年中原农耕汉民不敌北方游牧蛮夷,濒于灭种沦亡之祸;多亏孝文帝雄才大略,目光如炬,力排众议促成鲜卑与汉民融合,不单挽我汉民狂澜不倒,还为将来开创唐宋新朝奠定基石。时至今日,我俚农耕、游牧合族,却又遇上西方海洋劲敌,再度濒于灭绝之祸;西洋列强非比当年拓跋,自不能主动屈尊与我华夏水乳交融,惟有我华夏国族自觉审时度势,革故鼎新,于政体、经济、文化、人伦各途,极力图谋师夷长技以制夷,方才可保巢穴不覆,卵种不亡!所以我听闻朝廷迈出立宪步伐,仿佛逆睹华夏国族再度辉煌崛起,怎能不眼放光芒?"

胡思敬听得刘家玉长篇大论,心中只道书生意气,自难契入肺腑,淡淡笑道:"话虽如此,太后却忧心咨议机构创设容易,人选委任为难咧。"刘家玉愕然:"委任?难道咨议局人选不由各省民众推选吗?"胡思敬摇头:"太后断不赞成推选,咨议局长必得由朝廷下旨委任。"刘家玉心中一团旺火瞬间熄灭,心中暗暗嗤之以鼻:这便是假立宪咧,这般挂羊头卖狗肉咨议局开设起来,无非是聋子的耳朵——摆设!当着胡思敬之面,并不把话说破,诺诺而已。

胡思敬眼见刘家玉缄默,忽然起身拱手:"玉翁大喜!上月我蒙太后召见进宫咨政,极力举荐玉翁出任湖南省咨议局局长。太后闻奏,令公子徒有乱党之名,并无革命之实,有意起用玉翁……"刘家玉心中大惊,忙道:"我身为乱党之父,一介罪臣,怎能出任咨议局局长?"胡思敬道:"太后看中你乱党之父身份,才好堵塞天下悠悠之口。只要玉翁忠心报效朝廷,太后自不亏待于你。"刘家玉慌忙摆手:

"多谢仁兄抬举，无奈我已淡出仕途，无意再入樊篱。"胡思敬环顾左右，笑道："玉翁且勿推辞，这个差使自有天大好处。"刘家玉忙问："什么好处？"胡思敬眨眼道："只要玉翁与朝廷同心，老太后便亲口赦免令公子谋逆之罪。"

刘家玉"嘿"一声，痛切道："这么说来，我更不敢去报效朝廷咧。"胡思敬愕然："此话怎讲？"刘家玉恨恨道："世上凡事不可僭越，孽障庶出，却生作长子，卑贱而居尊位，自非家庭之福。不瞒仁兄，我正指望朝廷替我绝了这条祸根，以期丢车保卒，顾全家庭。倘若这回赦免他，日后不知还要惹出什么弥天大祸来咧。"胡思敬听得这话，一声叹息，无言以对。

忽然"呜——"的一声哭喊，简玳妮披头散发从上房冲出来，一头撞向刘家玉："老爷何其歹毒？虎毒不食子！老爷却打着主意要绝我儿子性命，我哪里还有活路？呜呜呜……不如让老爷一并处死，我母子在阴曹地府也好有个依傍照应。"刘家玉顿时大怒："贱妇！胡大人在此，你竟敢放肆！"简玳妮打个趔趄，趁势倒在地上打滚："我母子没了活路，还顾什么脸面？呜呜呜……索性闹给胡大人看看，老爷被人挑唆得对我母子安着什么黑心！"

胡思敬见状，尴尬不已，略劝两句，只得起身向刘家玉拱手告辞："玉翁保重，后会有期。"刘家玉气得脸色铁青，一叠声道："家门不幸，贱妾无礼，仁兄见笑。"一边携手将胡思敬送到屋外。胡思敬见他落得这般下场，满心同情，站在院里好言安慰半日，方才登车而去。

刘家玉目送马车驶出大院，反身回屋，不想屋里却闹出人命来了。简玳妮因儿子闯下大罪，亡命天涯，生死不明，早已萌生寻死念头。方才听到丈夫对胡大人说出那一番狠毒话来，心中越发绝望，索性冲出去大闹一场，出口恶气。嫡庶三位媳妇好容易才劝回房，自去厨房烧水给婆母梳洗。

待到三位媳妇打水进房，只见婆母嘴巴血流如注，却不知是嚼舌自尽。汪氏看着婆母嘴巴大吃大嚼，回过神来，呼喊一声："不好，快来人啊——"刘家玉三步并作两步冲进上房，惊叫一声："天啊！"踩脚叫骂："蠢婆娘啊！我不过演一场戏给胡大人看，值得你这般寻死觅活吗？"简玳妮僵僵坐在床上大嚼舌肉，眼见丈夫走近，拼尽全力"噗"的一声，朝丈夫脸面吐出一口嚼碎的舌肉。刘家玉心疼地搂着姨太，泪如雨下："玳妮，你这是干什么？你安心活着吧，你儿子非同凡俗，日后一定会大有作为，你等着享他的大福咧！"

不料简玳妮听着这话，倒像得着噩耗，脑袋一歪，气绝身亡。屋里顿时大呼小叫，哭成一团。刘家玉眼睁睁望着活生生姨太瞬间变成一具尸体，脑中蓦然一片空白，惟有屋场上听到的童谣回荡在耳畔，绕梁三日，余音不绝。

19

斗转星移，中秋已过。一日黄昏，蔡立春忽然一脸喜气，双目放电回到家来，一蹦三跳进屋，大喊大叫："爹爹——姆妈——"白银听到喊声，急冲出来，一见丈夫癫狂模样，驻足在天井里瞪眼嗔骂："捡到金满斗吗？乐成这样！"立春手里扬一张银票，得意扬扬晃在妻子眼前："白银，果真是捡到金满斗咧！你看，这是什么？"白银见是一张六百两银票，"哟"一声道："哪来这么多银子？"

立春跳进西横厅去，过见爹娘，递上银票，乐呵呵道："电灯公司分派红利，我俚两千两股本，分得六百两！"蔡纪高夫妇正为家中田地收息微薄发愁，况且一向过惯使婢差奴、锦衣玉食日子，这些年家中光景一落千丈，连个只管三餐伙食不付工钱的老妈子都雇用不起，岂不烦恼？忽听得儿子广开一条财路，自然喜出望外。乐呵半日，胡碧玺荡一双瓠瓜眼袋美滋滋道："这可好了！如今有钱，正该给她雇两个使唤丫鬟，才不枉她嫁来'轩窗第'里做了少奶奶。"白银正给丈夫筛茶，回眸浅笑："姆妈享惯大福之人，跟前都没个人使唤，哪里轮到我咧？"立春听得母亲妻子互相谦让，爽气挥手道："从今往后，家中财源滚滚，多雇几个仆佣也不为难，你俚犯不着你推我让咧！"说得一对婆媳笑靥如花。

蔡纪高心里高兴，却不形于色。听得妻儿媳妇满嘴丫鬟仆佣的，不觉想起饱饭："饱饭陪侍嬷嬷上省治病一去不返，大半年音信全无。西媛嬷嬷说是被富家公子看中，嫁给人家做妾。我倒觉得这事有些蹊跷，她便有了人家，也该回来由主家打发出嫁，莫非还怕多有我俚这门亲戚吗？"立春心里一阵绞痛，暗暗吞口气，强颜欢笑道："饱饭之事倒是千真万确，那个富家公子就是给嬷嬷治病的医生。也不知前世怎的缘法，他一见饱饭欢喜得命根子一般，生怕她回来主家便不放她出嫁。"蔡纪高大骂一声："岂有此理！"却又说不出别的话来。

三五天内，"轩窗第"里一口气买进两个小丫鬟，又雇用一个粗使长工和一个女厨子。屋里顿时热闹起来，白银心里春暖花开，整天乐颠颠跑进跑出，把两个小丫鬟支使得团团转。族人看得眼红眼热，纷纷上门刺探底里。电灯公司利润丰厚、花红肥美消息很快传遍屋场。

蔡显忠听到风声，箭一般射进"轩窗第"。立春赶忙掏出一张十五两银票，笑道："我正要去找你。电灯公司分红了。"可怜蔡显忠手握银票，恍若做梦。立春又道："如今电灯公司正在扩股，日后南昌城家家户户都要装上电灯，你说这生意得做到多大？可惜我俚再没银子附股进去。"蔡显忠听得一怔，却道："便有银子，奈何你已不在电灯公司做襄理，只怕没有资格附股。"立春轻描淡写道："有银子还怕没资格附股？公司规定每位襄理可附股一万两，你说哪个襄理这般富有？我俚要有银子，只管附去别个襄理名下也是一样。"显忠两眼熠熠放电，只向立春道谢一声，火急火燎告辞去了。

显忠前脚出门，蔡纪高便嚷起来："立春，公司扩股之事你怎不跟我说？"立春叹气，做个鬼脸："无钱气死英雄汉咧！我俚没有银子拿去附股，何必唠叨这些闲话？嗅着肉香吃不着肉，馋涎欲滴，不是越发难受吗！"蔡纪高掐指道："我俚家中还有田地，不难再兑出几千两银子来。"立春赶忙摇头："家中田地是祖上遗产，子孙基业。我俚已有两千两股份，花红利息足够度日，祖产还是留着好咧。"蔡纪高道："如今荒衰乱世，田地可不是什么好产业。每年春秋两季收租，比抽佃农的筋还难。大把欠账收不上来，都成死账，要这般产业有何用处？不如兑出银子拿去附股，又洒脱又实惠，岂不好吗！"进去账房取出账本，"噼里啪啦"打一通算盘，脸上笑颜哪里收得回去？胡碧玺婆媳一唱一和撺掇，都说电灯公司股份也是子孙安身立命之基，大不了将来举家搬到省城去安居乐业。

当天晚上，三人正在轮番劝说立春，忽然蔡显忠又送来五十两银子，央求立春附股。蔡纪高大惊，忙问："显忠，你去哪里发财来？"显忠耷拉着眼皮，讪脸道："我唆使侍剑把铺子房契拿去钱庄抵押，算上那十五两红利，总算凑齐五十两。"蔡纪高据此又数落立春："你枉费是个少爷，心智竟不如显忠精明。"立春理屈词穷，只得顺从爹娘心愿。一家人商议两天，一张墨汁淋漓的大红售田告示便张贴到柴市场状元坊上去了。

"四家"亲友闻讯，以为蔡家又遭什么祸事，争相前往探问。立春满面春风把兑田附股、坐收红利打算和盘托出。众人一听，争相叫嚷："大家都是连筋带骨宗亲，二少得了发财路径，提携提携我俚。"立春忙道："电灯公司正要招资扩股，你俚手头有闲钱，只管拿来。"一片叫嚷声中，胡家族长胡劲松走进屋来，劈头盖脸问道："前日恍惚听说立春发财回来，怎的又要卖田？"蔡纪高禀明原委，胡劲松环顾满屋男女喜气洋洋，抬手制止："兑田附股之话到此为止，暂勿向外张扬。"众人忙问其故。胡劲松"嘿"一声道："这话传出去，哪个田主东家不要兑田附股？大家一窝蜂把告示张贴出去，田地要贱到何等程度？只怕百两田地卖不出五十两价钱，你俚甘心吗？"大家方才如梦初醒。

胡劲松当即喊人关上院门，吩咐纸笔侍候。问明在场之人需要出售田地亩数，一一记在纸上，按售田亩数多寡标注序号，圆睁一双亮晶晶豹眼道："大家听着，等蔡老爷府上田地售罄，我俚按顺序一家一家张贴告示。上家田地没有售罄，断不许下家贴出告示……"众人听得如此，只恨方才少报卖田亩数，争相央求增加，以便抢占先机。

立春赶忙劝道："差不多就行，别只顾踊跃卖田，钱太多不见得都能附股进去。到时股份附不进去，田地又贱卖了，岂不可惜？"大家方才罢休，争先恐后回家筹款。

十天半月，蔡纪高、胡劲松两家田地顺利售罄。但是当日敲定的卖田顺序却很快就被打乱，排序在后人家，纷纷抢先贴出告示；排序在前人家老实守着规矩倒吃了亏，只得压低价钱上阵竞争。结果不出胡劲松所料，一张张鲜红卖田告示把状元坊张贴得满满当当，映红半个街市。县人为此纳闷不已，一时议论纷纷。有好事者料到事出有因，明里暗里打探，卖田附股秘密不胫而走。等到真相大白，田地早已无人问津。蔡家宗亲和"四家"远近亲戚自不用说，但凡手头有几两银子之人，纷纷削尖脑袋托人找立春附股，只差没把"轩窗第"门槛踏破。

时过月余，立春怀揣万两银票出门而去。"轩窗第"总算恢复了往日的平静，忽然白银却患上疾病，茶饭不思，卧床不起。胡碧玺打发长工请郎中来瞧，郎中瞧了半天，笑眯眯向胡碧玺道喜："恭喜太太，少奶奶有喜了！"胡碧玺听到"有喜"二字，乐得眉开眼笑。虽然她已经有了两个孙子，但是在她来说，家中的人丁，总是越旺越好，何况立春又发了财。封个大红包打发郎中去了，忙不迭叫喊两个新买的丫鬟："小桃、小李，好生侍候少奶奶，动了胎气不是玩的。"

新雇的女厨子张妈采买归来，听说少奶怀胎，也忙向胡碧玺道喜。胡碧玺叹道："这世上之事真说不准咧！当年白银嫁来我家，有人说她生一双'四白眼'太不吉利。我看她嫁来多年，生儿育女，并无妨碍。将来亲戚们都在电灯公司拿到红利，过上滋润日子，自是她丈夫功德，她也算个旺夫之妇了，你说不是吗？"张妈赞不绝口，一边又道："先前我听一个走江湖相师说起过，那种凶光四射的'四白眼'才不吉利。少奶奶眸光清澈柔和，自然是个福寿之人，将来夫荣子贵还用说吗？"胡碧玺把那江湖相师的话追问仔细，心里越发一块石头落了地，从此满心满脑都是家道复兴的盼望。

不料没高兴两三个月，两夫妻坐在横厅里聊话，突然胡劲松铁青

264

着脸闯进屋来，伸出一只大巴掌，喝道："拿钱来！"蔡纪高骇然一怔："拿、拿什么钱？"胡劲松豹眼里寒光凛凛道："七百两银子！你亲手写下收据给我，竟敢抵赖吗！"蔡纪高蹙眉道："那是老爷附股的银子，前月立春来信，已悉数附到电灯公司去了。"胡劲松"呸！"一口，骂道："事到如今，你还拿这种鬼话来骗人！"

原来胡劲松府上少奶也有身孕，娘家打发兄长前来探望。少奶原是南昌人氏，兄长常年四海漂泊，不安家室。少奶一见哥哥，想起家中爹娘烦恼，泣泪道："哥哥不用来看我，好生回家侍候爹娘便好。"兄长回道："妹妹有所不知，如今爹娘已不烦恼。上月我得贵人引荐去电灯公司供职，已能从容养家。"胡劲松只道无巧不成书，赶忙把自家在电灯公司附股之事详细相告，托请舅爷从中照应。不料那兄长大叫："不好！不好！姻伯遇上拐骗了！电灯公司没有蔡立春其人！"胡劲松道："我那姨孙原先在公司任职，如今已转投汉口新军从戎，股份是附在别个襄理名下。"兄长越发把头摇得拨浪鼓一般："电灯公司从未向外扩招股份，也没有襄理附股条例。这事不必说了，一定是个大骗局！"

胡家顿时乱成一团，妻儿老小大呼小叫，仿佛面临灭顶之灾。胡劲松回过神来，一支箭似的直奔"轩窗第"。蔡纪高听他说出"骗人"二字，不啻奇耻大辱，不客气回敬："胡老爷鬈染秋霜之人，无端胡说八道，是何道理？"胡劲松"哼"一声，唾沫横飞把少奶舅爷之话嚷出来。蔡纪高见他遇事大叫大嚷，毫无城府，冷笑道："胡老爷放心，我家也有大笔银子拿去附股。你说立春还能撒谎诓骗自家老爹，卷款外逃吗？"胡劲松一听不无道理，声气不觉大降："贤侄，非是我成心来找府上麻烦，实在是我当不起少奶舅爷那些话。这些年我家寅吃卯粮，银子虽是卖田所得，内里却不跟我姓胡，我在钱庄欠账远不止这个数咧。"

蔡纪高听得这话，心头一颤，顿觉事关重大，不敢掉以轻心，沉吟片刻，脸上僵僵笑道："胡老爷放心，即便孽障真果骗款外逃，好在只过两三月光阴，任他怎的狂嫖滥赌，断不可能把万数银两挥霍一空。"一边扭头吩咐长工套车，一边回身拱手，"请老爷暂且回府，容我火速上省找孽障问罪。若有谎骗，我拼着老命也要把大伙的银两追回来，大不了成全孽障把自家银两花掉了！蔡家'轩窗第'子孙，败家罢了，难道还能害人？"胡劲松听得这话掷地有声，脸上蓦然羞赧，仿佛亲戚乡党们一桩旷世不遇的发财生意被自己无理取闹搅黄了。

20

蔡纪高到达南昌，已是来日黎明。进入城中，车夫问道："老爷，拉去何处？"蔡纪高脱口而出："电灯公司。"不料话一出口，心头一颤，仿佛一夜狂奔便把对儿子的满腔信心丢失殆尽。忐忑之余，想起女儿立秋，不觉改口道："不不，先去'葆灵'女子书院。"

车到"葆灵"书院门前，挣扎下车。恰好门房出来泼倒洗脸水，望见一个长者在门口探头探望，赶忙驻足询问："大清早的，老先生找人吗？"蔡纪高向前拱手笑问："请问老师傅，这书院里可有一个名叫蔡立秋的女学生吗？"门房笑道："你问别人，我未必认得。这蔡姑娘可是书院里学生领袖，大名鼎鼎，我带你找去。"蔡纪高心下稍安，吩咐车夫原地等候，紧跟门房去了。

立秋梳洗已毕，正要出门用膳，忽见晨雾中门房领着爹爹钻出来，心中一跳，急呼一声"爹爹"，赶忙搀扶进屋去。蔡纪高等不得立秋见礼，一把拉住女儿："立秋，你告诉我，立春孽障到底有没有在电灯公司做过襄理？电灯公司有没有向外招资扩股？"立秋自然知晓哥哥所谓襄理职务纯属虚构，去年他诓骗家中三千两银子支援起义，她早有耳闻；当时责怪哥哥不该蒙骗老爹，无奈哥哥嬉皮笑脸，强词夺理说三千两银子不致败家，将来革命成功，我俚只花三千两就做了革命元勋，岂不强过人家花钱买官！但是立秋却丝毫不知哥哥竟又撒出一个弥天大谎，不单再次蒙骗老爹，还把亲戚乡党一网打尽。

蔡纪高见女儿说不出电灯公司招资扩股之事，心里已有八九分明白。愣怔半日，霍地挺身而起，嘴里直嚷：“我去问问，我去电灯公司问问！”立秋见爹爹鼻子里流出两股鼻涕，蜗牛般卧在嘴唇花白胡须之上，心中大恸，“呜——”地哭出声来：“爹爹莫去自寻羞辱，这、这一切都是子虚乌有之事咧。”蔡纪高顿时浑身筛糠，两眼睁成半圆，涕泪泗下：“原来果、果真是这样……”一边颤颤走向门外，“我、我去汉口找、找他，一定要把银子追回来！”立秋深知二哥和昆泰秘密去往汉口，原是冒名顶替别的军官潜入新军之中策反将士，忙道：“爹爹不必奔波，二哥一句话是假的，这两句话自然还是假的。”蔡纪高听得一怔，忽从衣袋里掏出一个信封递给女儿：“他、他倒是写过一封信寄回家去，通篇谎言罢了，难道这信封上地址也是假的？”立秋接过信封，寻思道：“不如照着这个地址发电报过去探问，若有回音，爹爹再去寻子不迟。”蔡纪高一想有理，只得依从。

父女俩合计妥当，立刻出门，直奔电报大厅。蔡纪高气极，咬牙吩咐立秋：“你就说我死了，让他速归奔丧。”立秋噘嘴道：“何苦恐吓哥哥？”蔡纪高坚持道：“你按我说的写！”电报大厅里顾客盈门，人来人往，立秋不便当众和爹爹理论，果真写下“父丧速归”四字电文，签上自己姓名地址，交给服务生发出去。

回到寝舍，静候两三天，电报如泥牛入海。直到第四天午后，汉口传来电文回音，却是“查无此人”四字。可怜蔡纪高捏着电报，仿佛被人掴一个耳光，脸色“唰”地寡白，直愣愣望着女儿，生硬笑道：“立秋，‘轩窗第’败了！”立秋担忧爹爹急怒攻心闹出病来，赶忙劝道：“爹爹莫急，我哥也不是吃喝嫖赌之人，哪里需得一笔巨款挥霍？这些年二哥常和立功哥哥书信往来，仿佛两人合伙做着一桩什么生意。八成是生意遇上麻烦，急需花钱挽回，这才想出馊主意向亲戚乡党暂时挪借。等日后生意赚钱，自然连本带利归还，不叫爹爹丢脸。”

蔡纪高置若罔闻，缩着脖子叹道：“事已至此，你还说这些菩萨话？我得赶紧回去把‘轩窗第’售卖还债，只有这一条路可走了！”立秋大目忽闪，心一横道：“虱多不痒，债多不急。依我主意，爹爹不如在外躲避一年半载，静候二位哥哥生意赚钱再回去不迟。家中几个老弱妇孺，不怕债主子们生吞活剥！"蔡纪高瞪一眼，骂道："亏你说出这种无赖话来！'轩窗第'是祖宗几辈子赚下的书香门第，即便要败，我也要让它败得堂堂正正，体体面面！"立秋深知爹爹脾性，想到娘家从此败落，摘心般难受，泣泪道："爹爹，'卖'字不回头啊！"蔡纪高故作爽快，咧嘴笑道："立秋，没关系咧！世上人事，纵浪大化，兴亡自有定数。落到在劫难逃关口，切勿看重自己身家性命，立定一颗天地不仁之心，以己身为刍狗，临凶如吉，无忧无惧，什么大劫大难皆可等闲度过……"

立秋不放心老爹独自回家面对灭顶之灾，只得自去书院告假，收拾行李，陪同爹爹打道回府。归途中，马车拉载父女二人在官道上疾驰，蔡纪高仿佛人逢喜事，精神格外兴奋，一路眸光融融，言笑晏晏给立秋讲述家史往事："立秋啊，你晓得吗？当年你曾祖父建造'轩窗第'，费时八年，银子花得比淌水还厉害……"立秋一言不发，凝神屏气聆听窗外风声，鞭子一般"呼呼"掠过耳畔。

父女回到宜丰，"轩窗第"已被人围堵得水泄不通。原来镖局里一位打师也有五两银子委托立春附股电灯公司，前日押运货物上省，打听到电灯公司从未向外招资扩股，回到家里，电灯公司股份子虚乌有、蔡二爷骗款外逃消息不胫而走。当时送来银子央求附股之人，忽然摇身一变，一个个都变为"轩窗第"债主，争先恐后前来问罪。等候几天，不见蔡纪高归家，只当逃跑躲债，一窝蜂冲进屋去，见有值钱的瓷器、银器和铜锡家什搬起就走，连衣服、被褥也被一抢而光。

"轩窗第"瞬间一片狼藉，胡碧玺吓得跌坐在地上面如土色，瑟瑟发抖。白银瞪起瞪起一双血红"四白眼"壮声大骂："强盗！你俚这些强盗！我要报官！"一个黑瘦汉子冲进屋去，一番搜寻，并无所得，愤愤冲出来，"嗤"一声冷笑："是该报官咧！柴市场上有人传说，蔡二爷不光骗款卷逃，他还是乱党咧。去年湘赣边界叛军造反，正是蔡二爷做了军师，妙计攻破高安县城。"

白银举目一望，这人正是自己娘家远房表兄。当日他送来五两银子附股，死皮赖脸纠缠立春要拿去附股，不想如今他却跑来造谣生事，不由得勃然大怒，转身跑进厨房，持一把菜刀出来，破口大骂："你敢胡说八道，别怪我一刀劈死！"表兄慌忙分辩："这可不是我说的，表妹自己上柴市场打听去咧！"白银狠狠"呸！"一口："没良心的短命鬼！二爷早对我说了，去年叛军造反，有位名叫'柴立春'之人做了军师，妙计攻破高安县城。你没打听清楚，怎敢在这里满嘴喷粪？"

屋里正吵得不可开交，马车进了"轩窗第"院内。众人一见蔡纪高父女归来，争相跑出去围攻叫嚷："蔡老爷身为一族之长、地方乡绅，不该纵子骗款卷逃！"蔡纪高羞得两颊血红，强颜笑道："大家放心，跑得和尚跑不得庙咧！我和立秋估算了，无论怎的贱卖，这一栋房子足够偿还附股银两……"众人听得这话，不免难堪。手里拎着东西的人，心里掂量，这些东西不值多少钱，争相放回原处。

蔡纪高望见蔡显忠也挤在人群之中，扭头喊道："显忠，烦你替我写一张售房启事张贴出去。"蔡显忠正为自己一百两银子忧心如焚，碍于面子又不好发。忽听得蔡纪高叫喊，愣怔中"唉"一声，一双眯缝小眼暗暗把偌大"轩窗第"扫视，只见黑瓦白墙，屋柱林立，画栋雕梁，颜色如新。不知为何，心里突然越发难受，仿佛售卖这栋房屋给自己造成的损失，远胜那一百两附股银子打了水漂。

21

售房启事张贴出去，看热闹人多，有意问津者却寥寥无几。债主们仿佛溺水中抓住一根救命稻草，不承想这根稻草却是镜花水月，看得见摸不着，复又急得乱跳乱蹿，不时跑去"轩窗第"吵嚷叫骂，威逼蔡纪高降价卖屋。

延俄两月，好容易有位漆姓京官告老还乡，找上门去看房。难得漆大人对"轩窗第"赞不绝口，一百个中意，但他却把价钱压得低到十八层地狱，一口咬定："只出八千两。"蔡纪高估算价款不足清偿债务，涎一张老脸胁肩谄笑："漆大人高升些咧，非是在下不舍得贱卖祖屋，实在是价款不足还债。"漆大人笑道："生意买卖，看货论价而已。岂能以你债务论价？倘或你欠下百十万两债务，莫非这房屋便值百十万两？"蔡纪高一叠声道："是是是……"一边又哈着腰央求，"求漆大人体恤苦楚，高升两千两就够了……"

立秋站在一旁，担心爹爹要给漆大人跪下，心中一酸："爹爹，别让漆大人为难，何必争这两千两银子？"蔡纪高躬着身子歪头瞪一眼："你真不晓事，卖了这栋祖屋，我便赤贫，日后如何还得起剩下的两千两债务？"立秋脸一甩道："爹爹放心，活人还能被尿憋死吗！"漆大人一听这话正中下怀，乐呵呵道："倒是这位女公子说话明理爽快。"

立秋爽快做主，买卖很快成交。蔡纪高正为短款两千两为难，立秋却想出个"先少后多，先疏后亲"的法子，打发人把债主召集到"轩窗第"，吩咐道："附股一百两以下者，不论亲疏，全数退还银两。附股一百两以上者，凡与我爹爹五服以内直系血亲者，七成退还银两，余款后偿……"大多债主听得这话欢天喜地，惟有蔡家五服以内宗亲委屈不甘，内中有个长髯翁正是蔡立功爹爹，附股最多，立秋扭着步子走去依偎伯父座椅上，一把揪着长髯，摩挲笑道："侄女儿有了难处要赖账，大爹让我向谁要赖去？我倒想赖他人之账，又怕大爹丢不起这个人……"未及大爹回话，账房里蔡显忠早已"噼里啪啦"打着算盘把债主开发了。

暂且平息了债务风波，蔡纪高迫不及待跑去祠堂。吩咐一声："替我击鼓。"祠役不敢怠慢，一袋烟工夫，家族里十多位德高望重尊长先后驾临，一齐纳闷："高爷，有何吩咐？"蔡纪高肃立牌位桌前，"叮叮当当"掏出一大串钥匙，恭恭敬敬放去香案上，下跪磕头，泣告祖宗："列祖列宗在上，纪高无德，治家不严，教子无方，致使族门蒙羞，祖姓失色……"一干尊长顿时明白蔡纪高要辞任族长，争相上前劝阻安慰。蔡纪高丝毫不为所动，拱手泣泪："诸位尊长见谅，纪高就此与祖宗道别，只怕日后再无脸踏入祠堂半步……"说着，毅然决然挥泪而去。

耽搁半月，眼见腾挪搬家期限又到。蔡纪高记起先前母亲张氏初嫁，曾给城外广福寺施舍一栋僧房，便去找寺中智輼法师商榷暂借居住。不料跨进寺门，智輼法师早已手持佛珠迎候出来，双手合十念声"阿弥陀佛"，浅笑道："听闻施主家中历劫，贫僧不敢上门打扰，早已修葺五间僧房恭迎大驾。"蔡纪高赶忙施礼，泣不成声道："幸亏先慈做下功德，今日不肖子孙才有栖身之所。"智輼合掌还礼，一面吩咐僧徒去"轩窗第"替老施主搬铺，一面手捻佛珠笑叹："'六道轮回，来往无其数。末法堪堪，各人寻头路，休等临性命全不顾……'"蔡纪高不解机锋，听得云里雾里，待要询问，智輼却已拂袖而去。

打理两三天，一家人总算在广福寺僧房安顿下来，但是家中妇孺一日三餐茶饭饮食之难却又摆在面前。蔡纪高只得日日出门谋事求职，城中私塾、书院怜其学养名望，有意聘请为师，不料蔡纪高却一概婉言谢绝。胡碧玺着急央求丈夫："古话说得好，家有隔夜粮，不当孩子王。可如今我俚落魄到这地步，请老爷看二位孙子薄面吃些委屈。"蔡纪高哭丧着脸道："亏你说出这种不知轻重好歹话来！我连教子育儿德才都没有，岂能寡廉鲜耻为人师表？"

奔波半月，恰逢县衙刑房抄写辞工，蔡纪高托人引荐求得抄写之职。刑房书吏体谅蔡家困顿，提前把半年工禄一担六斗粮米送上门去。蔡纪高担心太太儿媳过不惯穷日子，指点门外络绎不绝上山砍柴樵夫晓谕："你俚看这些人，每天砍柴卖钱，才能籴回一升粮米。逢着下雨落雪天气，借当无门，只得挨。相比之下，我俚还算好的，可要知足。"白银正坐在窗下纳鞋垫，抬头浅笑道："爹爹放心，我原是小门户里女儿，吃苦正是本分。"蔡纪高点头，一声叹息："蔡家败落，难得还有个贤惠儿媳妇。"白银不承想得到公公夸赞，心中欢喜，讪脸笑道："爹爹心头压着两千两银子债务，如何能够爽快？好在我是醋铺子里女儿，从小学得酿醋手艺。昨日小姑和我商议，要去米行籴两斗糯米回来酿醋，拿去柴市场摆摊售卖，没准能赚点银子还债

271

咧。"蔡纪高脸上一热，瞪一双半圆眼睛满屋搜寻立秋，骂道："你别听她胡说八道！女人家的，岂能当垆卖醋？"

立秋见家中横遭莫逆，一家老小衣食无着，不忍撇给老爹独自承当。只得写信寄去书院禀告辍学，留在家中与爹娘共渡难关。此刻正在厨房屋檐下帮母亲择菜，甩手跨进屋来，分辩道："爹爹这话说差了，人家卓文君还当垆卖酒咧，怎的我俚不能当垆卖醋？这些年我在省城极力倡导妇女自谋职业、自食其力，如今自己身体力行，倒是知行合一咧。"蔡纪高生怕女儿胡闹，赶忙吩咐道，"如今家里安顿下来，用不着你照顾。你赶紧回冯家去相夫教子才是正道。"胡碧玺握一把韭菜走进屋来，听得这话，忍不住抱怨："姑爷也忒势利，眼睁睁看着岳丈家遭大难，竟没只脚印过来问候！"白银愤然道："无非是叫那两只狐狸精缠住，把正房太太抛到九霄云外去了！"胡碧玺道："可恨他明知立秋回到来了，却迟迟不来接回家去，岂不是眼里没人吗！"白银哂笑一声："事到如今，姆妈还指望姑爷三顾茅庐？依我主意，姑娘也别端着架子，索性自己回去，谅他不敢撵出来！"立秋凝望门外远山，叹气道："你俚晓得什么？倒是世魁懂得我的心咧！他不来探望，只因他懂得相濡以沫，不如相忘于江湖；他不来接我回家，原是晓得我不会回去，所谓恭敬不如从命……"

隔日蔡纪高上衙做工，立秋和白银当真去米行籴回两斗糯米酿起醋来。胡碧玺见姑嫂二人叫叫喊喊，玩闹般洗洗淘淘，将就用厨房里小锅小甑蒸煮，生气责备："看你俚胡闹，指望着螺蛳壳里做出道场来咧！"立秋噘嘴道："姆妈别小瞧螺蛳壳里做道场，世上什么惊天动地大事，没有不是风起于青萍之末的。"胡碧玺说不过女儿，心中一悲，自家儿女个个无福寿浅，不遂爹娘之愿，真真是六亲同运，祸不单行！寻思一会儿，进房躺倒床上流泪不止。

恰在这时，当年给白银做媒的李干娘一步三摇寻上门来。白银撇下手里活计出去问候："李干娘好，许久不见。"李干娘脸上堆下笑来问好，上下打量白银，舔嘴咋舌道："哎哟哟，我的姑娘哎，你看这般体态相貌，说起再醮，嫁个没婚没娶富家公子绰绰有余！"白银警觉道："干娘说的什么疯话？"李干娘挤眉弄眼招手："来来，姑娘过来……"白银满腹狐疑走近前去，李干娘把一张光溜溜嘴巴附在耳畔窃窃私语："城内传言四起，说你姑爷与天宝刘家少爷都是乱党，早晚便要杀头问斩。可怜你娘家爹妈唬得死去活来，前日找我商议，看有什么法子能把姑娘救出苦海？我寻思着只要姑娘去官府告个自首，请县太爷替你做主判个解除婚姻，放回娘家，你自可再嫁……"白银听得一双"四白眼"越睁越大，骂道："你这个老巫婆！吃了豹子胆敢来这里满嘴喷粪！"捋起衣袖冲上去一把揪扯，"我这就同你见官去，倒要问问县太爷，光天化日之下诬人造反，扰乱民心，该当何罪？"可怜李干娘吓得浑身颤抖，呼天喊地："姑娘饶命，不关我事，原是醋铺子里老掌柜担心姑娘吃苦受罪，央我来解救姑娘……"

立秋正在厨房劈柴烧火，听到屋外吵嚷，心中寻思，城内谣言日盛，正用得着这个老媒婆咧！赶忙冲出去一把揪扯李干娘，高声喝骂："你无凭无据诬蔑我二哥造反，不把你揪去见官，治个谣言惑众之罪，这天下还能太平吗！"李干娘吓得一个劲叫喊："姑娘饶命，我再不敢了、再不敢了……"过往路人纷纷走近前来，询问缘由。立秋姑嫂一唱一和，慷慨激昂把李干娘痛骂半日。此事传扬开去，城内再没人敢提"乱党"二字。

22

白银不愧是醋铺子里女儿，姑嫂两个坑闹般酿下米醋竟然大获成功。姑嫂高兴得欢呼蹦跳，挑选一个赶圩日，等候蔡纪高出门上衙，把醋盛在一个大瓮里，自去广福寺借一辆板车拉到柴市场去摆摊售卖。姑嫂二人收拾得干干净净坐在摊前，鼓起勇气吆喝叫卖："香醋啊，香醋啊，卖香醋——"当日大名鼎鼎"轩窗第"里姑娘少奶当垆卖醋，自然是一桩新鲜事，小小醋摊很快被人看猴戏似的围堵得水泄不通。

蔡纪高下工走出县衙，听到满城传说新闻，气急败坏跑回家去，冲着闺女儿媳破口大骂："你俚不是卖醋，这是卖我蔡家脸面！"立秋横眉怒目，针锋相对："爹爹枉读一辈子圣贤书，怎的不讲道理？我俚姑嫂不偷不抢，靠自己双手酿醋卖钱度日，怎的便丢蔡家脸面？"蔡纪高仰天长叹："拜托你别跟我提'圣贤'二字，你不嫌亵渎，我还羞愧难当咧！自古以来，妇女之道，做得文章不下科场，识得秤戥不入市井！多少人穷死饿杀，从不僭越……"立秋跺脚打断："爹爹再别跟我提什么妇女之道，如今风气大开，非比先前闭塞年代。京师省城，多少有识之士登高望远，大力提倡妇女走出家门，自食其力。我有手有脚，岂能被无理之道束缚，困在家中穷死饿杀！"蔡纪高拿女儿蒸不熟煮不烂，转而迁怒胡碧玺，埋怨她没教好女儿。胡碧玺满腹委屈，有口难辩，无非回房哭泣。

　　立秋索性使个眼色把白银拉出门去，走到广福寺后院围墙根下，笑道："二嫂，家中逼仄，正是姆妈说得对，螺蛳壳里做得出什么道场？趁着我手头还有二两银子，不如雇一两个伙计去团练局开一间酿醋作坊。那边屋宇宽阔，场地空旷，才是做生意地方。"白银正为生计无着烦恼，听得立秋有本钱做生意，心中欢喜，自不打岔。二人嘀咕半日，并肩去团练局找胖打师商议。

　　胖打师正在饮马，看见立秋姑嫂走进门，赶忙撂下手中水桶跑去见礼问安，打趣道："什么风把二位少奶吹到这破落院里来了？"立秋环顾四周，见庭院杂草丛生，笑嗔道："胖打师太懒，院门口张着镖局旗帜，院里一派荒芜。倘若顾客来做生意，不要疑心走错门吗？"胖打师把二人请进屋去让座敬茶，分辩道："自从刘家少爷出事，镖局生意一落千丈。倘若把院里打理得干净整齐，人家误以为生意红火，争相找上门来谋食，我哪里应付得过来？正要这样一派荒芜，落个无人问津才好咧！"立秋望望白银，话锋一转："打师，我俚姑嫂相中局子里屋宇宽阔，炉灶现成，打算来这里开一间酿醋作坊，你看如何？"胖打师深知蔡家败落，衣食艰难，却不承想立秋异想天开，慌忙摆手道："使不得使不得，二位深闺女子，怎能抛头露面开醋坊？"

立秋脸一沉，没好气道："我已打定主意，正要把'不能'之事做成'可能'咧！"胖打师好奇打量二人，摇头道："酿醋是力气活儿，二位抛得开脸面，也拿不出力气来支撑一间醋坊。"立秋笑道："无妨，到时我雇一两个伙计挑水砍柴干粗活儿……"说着，忽然打个喷嚏，白银趁机抢话："打师得空帮我俚搭把手，醋坊就支撑起来了。"

胖打师听得这话触动心事，念声"阿弥陀佛"拱手道："拜托，不劳少奶关照我咧！我再不敢沾染你俚蔡家生意。"立秋听着这话大有深意，蹙眉道："打师何出此言，莫非在镖局生意上立功哥哥亏待打师不成？"胖打师寻思二位女子不是外人，不免倾吐腹中苦水："立功少爷倒没亏待我咧。只因刘家少爷出事，无人关照生意，镖局赚不到利钱。我去函让少爷归来遣散镖师，把生意关张算了。不想少爷却不断汇回银票，嘱咐我只管敦促镖师们演武、练习骑射要紧。姑娘你说，我长年累月替少爷打理这般亏本生意，心中如何过意得去？"

立秋对镖局生意早有怀疑，心里明镜似的，忙道："他有钱给你花，你只管花去，用不着替他心疼。"胖打师神色不安道："不过大半年来，少爷已停汇银票，只怕是亏空得拿不出钱了。可怜镖局还拖欠着米行、油行货款，我只得把镖师们暂且遣散，留下几个走投无路之人，好歹维持着门外那块招牌。"白银听得云里雾里，睁一双"四白眼"道："立功伯伯这是怎么了？为何要做这种倒贴生意，莫非他在京师赚的银子多得没处花吗？"立秋默然，心中越发有数，赶忙把话头挑开："打师放心，我俚姑嫂非比立功哥哥。我俚开醋坊只为赚钱养家糊口，断没有银子拿来倒贴生意！"

胖打师不敢成全二位女子胡闹，却挡不住立秋不管不顾一意孤行。三五日内，姑嫂二人便去局子里清扫出一间大厨房，购置家什，雇佣伙计，拉开酿醋架势。胖打师心想蔡家老爷如何丢得起这个脸，到时生起气来，连我都有不是，只得去县衙寻找老爷，悄悄把话禀告。蔡纪高嘘出一口冷气，心中万念俱灰，摊手道："家门不幸，无力回天。只得由她俚胡闹去咧！横竖脸面丢尽，倒不在乎别人指点笑骂！"胖打师听得这话，再无言语，一声叹气而回。

忙碌月余，香醋酿成，装盛大瓮小瓮。每逢赶集日，姑嫂二人早出晚归上市售卖。昨日新闻，如今成为街头日常景致，县人兴头一过，围观议论者一日少似一日。况且蔡纪高置若罔闻，不来干涉，倒成全一对姑嫂顺顺当当做起生意。

此时蔡家早已选出新任族长，新族长人高马大，相貌堂堂。可是不知为何，走马上任数月，任人用事，裁减增删，却不似蔡纪高当年一言九鼎，不怒而威。新族长苦恼族人对自己阳奉不足，阴违有过，正寻思要处置一两件有违族规祖训僭越之事，以树威望。忽一日，出城拜客回府，骑马路过柴市场，耳畔传来二位女子吆喊卖醋之声，不觉心中一动，双眼放亮，鼻子里轻轻"哼"一声，勒马扬鞭，掉头往祠堂跑去。

新族长打发祠役把几个管事尊长请来，劈头盖脸质问："我俚蔡家女眷跑去柴市场伤风败俗，丢人现眼，你俚可晓得吗？"一干尊长齐声道："满城议论得沸沸扬扬，哪能不晓得咧？"新族长脸一沉道："这就是你俚不对，明知族里闹出丑闻，却装聋作哑不来告诉！可怜我天天坐在井里，陈芝麻烂谷子事情一大堆，哪里生出千手千眼来照管全族丁口？"尊长们硬着头皮分辩："我俚早要来禀告，碍于高爷刚刚倒势走了背运。倘若立刻找他家眷麻烦，倒显得人走茶凉似的。"新族长"嗤"一声冷笑道："我俚这么含糊着，那一对姑嫂岂不无人管教？任凭她俚胡闹，日后只怕要翻天咧！"

一位耄耋尊长点头不迭："可不是吗，那秋姑娘也闹得忒过头咧！一个女人家的，又是上省读书，又是上街卖醋……这么闹下去，日后不要上梁做贼、偷人养汉吗？我俚蔡家全族女子名声都被她玷污了！"新族长猛然在几案上拍一掌："岂容一只毛虫打坏一锅好羹！请出祖传家法，跟我上街执法！"祠役得令，赶忙去内室拿出一根束着红绸的楠木棍棒。新族长接过家法，大喝一声："走！"一干尊长、祠役簇拥着新族长浩荡而去。

恰好那天白银怀孕害喜，留在家中将养。立秋独自出摊卖醋，忙碌之际，蓦见一干人怒冲冲拥到摊前，忙问："你俚要干什么？"新族长把手中棍棒往地上一拄，壮声喝道："自打盘古开天地，谁见过女子抛头露面上街售货？我俚蔡家千年望族，大户门第，岂能任你伤风败俗，丢人现眼！"一边把棍棒递给祠役，发令道："先把这醋摊给我砸碎，再跟她理论不迟！"

千钧一发之际，人群中忽然爆出一声断喝："谁敢！不要命的只管放肆！"众人抬头一看，只见冯世魁一脸俏皮钻出人群，一步一步走向新族长，拱手抱拳道："立秋什么事得罪老爷？为何兴师动众跟她小小醋摊过意不去？"新族长恼怒道："我俚管教家族女眷，没你什么事！"冯世魁睁眼笑道："管教女眷？这倒奇怪，不是说'嫁出去的女泼出去的水'吗？这满宜丰城内，哪个不知立秋嫁到我冯家，已是我冯世魁老婆，为何还要娘家族长来管教她？"新族长"嗤"一声，冷笑道："既然你还认立秋是你婆娘，理当把她禁足在家安富尊荣、宠命优渥养活，为何竟放任她当垆卖醋丢人现眼？"冯世魁摇头晃脑道："孔夫子有言，'惟女子与小人难养……'依我愚见，孔夫子只说对一半。小人难养不假，小女子有何难养？嗯？我俚男人养女子，恰似那伯乐伺马，策之以其道，食之尽其才，鸣之通其意，如此而已。岂不比把她俚禁足在家，安富尊荣、宠命优渥养活强过百倍？"围观县人听得这话，企鹅一般伸长脖子，瞪着眼睛，不解其意。

祠役瞧见冯世魁眉宇藏着一股杀气，心中胆怯，不觉把家法交还新族长。新族长手握棍棒，气得身子战栗却说不出话来，宛若戏台上猛然忘记台词的戏子。冯世魁见状，捋起衣袖大叫大嚷："古话说得好，嫁状元当娘子，嫁屠夫翻肠子。冯家世代吃一碗生意饭，立秋嫁给我，当垆卖醋正是本分。蔡家嫌她丢人现眼，早该拿出名门望族的款来阻止她出阁下嫁！"新族长扬手反驳："即便做生意，也该在自家铺子屋后打理，女人家的，抛头露面上街摆摊成何体统！"冯世魁耸鼻做个鬼脸，俏皮道："冯家小门小户，原本就是不成体统人家，当垆卖醋算什么？没去妓院倚门卖笑，生张熟魏，迎来送往就算不错！"围观县人顿时起哄笑闹，冯世魁越发人来疯似的大呼小叫："冯家自古不成体统，什么事做不出来？立秋嫁鸡随鸡、嫁狗随狗，也算是恪守妇道给娘家门第增光添彩，何错之有？"

围观县人看足热闹，听足笑话，心胸一开，倒觉得冯世魁言之有理。内中明理之人，深知新族长走马上任，望不服众，寻事作伐，自然为立秋抱不平，索性冲着醋摊怪声怪调吆喊："老板娘，给我来半斤香醋！"冯世魁心中得意，挑眉走到立秋面前，轻拂一绺覆额乱发，俏皮笑道："老板娘，好好打理生意咧！谁敢砸你醋摊，别怪我去他家打砸扫荡！"新族长见情势不妙，也怕真闹起来不好收场，硬着头皮把立秋教训一通，领着一干尊长、祠役骂骂咧咧去了。

23

白银怀孕，肚子一天天见长。一日卖醋归家，"哎哟哟"大喊腹痛。胡碧玺赶忙吩咐立秋快请产婆，一边把白银扶进房去卧床待产。一盏茶工夫，产婆来到，摸摸白银肚子，蹙眉道："这都第二胎，怎的又是难产？"胡碧玺哭丧着脸道："这可怎么好，我家已没有陶罐可砸了。"立秋忙道："醋坊里有两只盛醋大罐，我去拿来。"白银躺在床上忍痛叫喊："别别，那、那是吃饭家什……"立秋二话不说，不管不顾跑去团练局，央求胖打师把两只盛醋大罐拉回家中。

胖打师登上高高台石，"吮当吮当"把两只醋瓮砸得粉碎，可是产房里却一点动静都没有。老产婆怒不可遏喝骂："没良心的东西！如今你家非比从前，你姑母把吃饭家什都砸碎了，你还闹着不肯出来？再不出来，别怪我拿尖刀捅你！拿锐斧砍你！"时过半日，产婆越喝越高，白银喊声却越来越小，渐渐变成有一声没一声呻吟。立秋身子一颤，一把拽住胖打师衣袖，哀求道："胖打师，请你去镖局生意上给我挪借点钱，我去买陶罐给二嫂助产。"胖打师蹙眉道："镖局哪里挪得出钱来？"立秋紧紧拽住衣袖不放，泣泪道："我不管，我只问你要钱！"胖打师禁不住立秋纠缠，只得去把箱底几块散碎私银拿出来。

二人匆匆上街，买回几只粗瓷陶罐。胡碧玺冲出去叫嚷："快，快砸快砸！"胖打师撂下板车，速疾抱起大罐登上台石。"咣当咣当"之声迭起，屋里依然毫无动静，胖打师哭丧着脸道："只怕陶罐也帮不上二少奶的忙咧！二少奶怀孕劳累，膳食又极差，身子瘦成一根稻草似的，哪有力气生孩子？"立秋瞪一眼，嗔道："你只管砸罐子，哪来这么多废话！"胖打师依言砸碎最后一只陶罐，屋里如响斯应传来婴儿啼哭。立秋忍不住双手合十朝广福寺念一声："阿弥陀佛！"

　　产婆深知蔡家败落，已经穷得揭不开锅，照例像给穷人家接生一样，倒提着婴儿扭头向太太问一声："恭喜是个胖崽俚，养还是不养？"胡碧玺望着产婆手中玉菩萨般的婴儿，止不住浑身颤抖，哪里说得出话来？产婆见婴儿抓狂着两只小手"呱呱"啼哭，又道："请太太早做决断，这会儿还是剥皮猫狗似的一团白肉，一旦穿上衣服，人模狗样，太太更舍不得了。"胡碧玺猛然心一横，颤音说声："不、不养。"产婆得令，并无叹息，娴熟地走去床后，把"呱呱"啼哭婴儿扔进一只半满的尿桶，一点响音也没荡起。

　　产床上白银奄奄一息地呻吟，忽然"啊——"地尖声大叫。胡碧玺慌忙揭开毯子，只见一股鲜血从正从产妇下体直冲出来，倏忽钻进床上垫着的被褥之中，仿佛一条飞龙奔向大海。老产婆心一沉，大惊失色叫嚷："天啊！血崩血崩！"话音落时，只见白银脑袋一歪，顿时魂归西天。

　　待到胖打师把蔡纪高请回来，胡碧玺已哭得死去活来。眼见蔡纪高摇摇晃晃站立不稳，胖打师只得好言相劝："生死有命，老爷看开些。老爷有年纪，伤心过度闹出病来，一家老小更没活路。"蔡纪高颤抖着身子，摇头呜咽："蔡家气数已尽，没了这个儿媳妇，再不能扳本恢复……"产婆顾不上劝慰，赶忙进言道："眼下容不得悲伤，料理二少奶后事要紧。待会儿遗体僵硬不好穿戴。"蔡纪高含泪点头，央请产婆帮着给白银装裹停床；一边强忍悲痛出门张罗入殓棺材。

　　蔡纪高像个木偶一般，僵僵走去蔡家屋场。进几家近亲府上，告知儿媳难产亡故，无钱发丧，连一口薄棺也无力购买。这些本家近亲都在"电灯公司"附股，却因立秋"先少后多，先疏后亲"偿债条规，多有本金未得收回，心里正怨恨蔡纪高父女亲疏不分，胳膊肘往外拐。听闻噩耗，唏嘘不已，但却无人理会那无钱买棺之话，仿佛都没听见。

蔡纪高暗暗叹气：君子不党，其祸无援。辞别宗亲，走进胡家屋场，昏昏沉沉转悠到胡劲松府第门前，仆役通报进去，胡劲松郑重迎出门来。蔡纪高纳头便拜，泣告噩耗。胡劲松慌忙拉起，安慰道："府上世代兴隆，丁财两旺，正要走一段萧瑟运道，才好杀杀富贵气焰，以防那月满水盈之虞……"蔡纪高泣泪："羞煞人咧！蔡家气数已尽，连一口薄棺都买不起了……"胡劲松睁一双豹眼东张西望，以舌舔嘴道："府上遭难历劫，'四家'有心救济。无奈柴市场上传言四起，都说二爷入了乱党，大家倒怕担着助纣为虐罪名咧。"

蔡纪高听得头皮一紧，身子一怔，眼冒金星。迷糊中，瞬时不知身在何处，今夕何年。待到回过些神来，仿佛已然置身熙熙攘攘人流，忽然脚下被什么东西绊倒，摔个跟头。正要挣扎着爬起来，耳畔恍惚有人叫嚷："老东家，你这是怎么了？怎的满嘴血污躺在地上？"蔡纪高睁眼一看，原来自己摔倒在"轩窗第"门槛外，惊动新主人漆大人出来探问，赶忙挣扎着坐起来，趁势趴在地上磕个响头，哀求道："漆大人，屋里后阁厅楼上藏着两口棺材，原是为我夫妇备下的。老爷可否开恩让我取回一口？可怜儿媳难产亡故……"漆大人赶忙道："老东家可是急糊涂了？买卖契约上写得清清楚楚，这屋里一切东西都随房屋售卖，不然怎值八千两银子？"蔡纪高再拜："老夫实在是走投无路，才敢来求大人开恩。"漆大人苦笑摇头道："老东家说得轻巧！你当我是什么富员外吗？可怜我辛苦为官一辈子，方才赚得这栋房屋，哪能舍出一口棺材来做功德？"

白银停尸三天，蔡纪高不单没替她弄来棺材，连自己也是被人抬回广福寺家中。立秋心有不甘，想起当年替江公募捐情形，一气跑向戏院。谁知戏院里的热闹繁华早已成为前朝往事，院外场地上衰草连天，院门上铁锁锈迹斑驳。立秋站在门前张望半日，回想早年自己初嫁，夫妻双双前来听戏享乐，恍如隔世。

　　情急之下，立秋只得去棺材铺子里碰碰运气。谁知刚跑进北门棺铺一条街，顶头遇见旧仆侍剑从街心走出来。原来前日侍剑听说旧东家少奶亡故，无棺下葬。晚来就寝，半夜无眠，用胳膊碰触丈夫脊背，轻声道："显忠，老爷待我不薄，我想给二少奶施舍一口薄棺。"显忠苦着脸道："侍剑，难得你有这份孝心。只可惜我俚自家并不富裕，哪里做得起这般瘦鸡拉硬屎的善事？"侍剑噘嘴道："人家在'电灯公司'附股都蚀本，好歹我俚结实赚来十五两银子，拿出点钱给二少奶买一口薄棺也不为过。"显忠一声叹息："侍剑你放心，老爷待你我之恩，定当报答，只不过现在还不是时候。"侍剑分辩道："眼下老爷走投无路，正用得着我俚报恩。日后老爷时来运转，我俚想报恩倒没机会了。"显忠"嗤"一声，冷笑道："老爷摊上那么一对活宝儿女，哪能转运翻身？"

　　来日显忠驾车出城收购粮米，侍剑自作主张找出钥匙打开钱柜。不料柜中空空如也，连一块现洋也有留下。侍剑恼羞成怒，心中暗暗抱怨丈夫：你这般防贼似的防着我，我便不为报恩，也要做成这回善事。蓦然想起与前夫定亲时，夫家曾经馈赠一只小小金戒指，赶忙翻箱倒柜找出来，拿着去棺材铺子里估价。不料走到街头，却与立秋不期而遇，一把拉到僻静处，悄声道："姑娘，快把这玩意拿去买口薄棺发送二少奶要紧。"立秋正急得上天入地，听得这话，紧攥侍剑之手，跺脚道："看我急昏了头，倒忘了如今侍剑是个财主婆咧！"侍剑摇头："姑娘快别提'财主'二字，这玩意是我先夫留下的，可别替我张扬。显忠晓得我还有东西瞒着他，日后不时抠挖，倒难缠咧。"二人商议一回，赶忙张罗去了。

　　好容易把白银打发出去，蔡纪高却患上咯血之疾，久治不愈，慢慢露出谢世光景。县衙书吏打发衙役送来一壶米酒、两斤猪肉，就算把他辞退。眼见家中断炊，蔡纪高挣扎起床，跌跌撞撞走去广福寺，"扑通"跪到智輵法师座前："老夫决意把一对孙儿舍入佛门，终身侍奉佛祖，恳请法师看先母薄面，切勿婉拒。"智輵手捻佛珠，叹道：

"老施主可知否极泰来之理？府上历劫消孽，眼见阴极阳生，老施主何必在黎明时分尿床？"蔡纪高摇头泣泪："老夫自知命小福薄，罪孽深重，灭门之祸指日可待，不如趁早替两个孙儿寻一条逃生路径。"

智辗捻珠半日，叹道："老施主饱读诗书，心明眼亮，何必理会柴市场上谣言？"蔡纪高摇头："只怕人家未必造谣！"说着，泪如雨下，"法师可否晓谕老夫，这到底是哪门子的因果？我蔡家'轩窗第'子孙，败家罢了，怎至于祸国殃民？"智辗见蔡纪高跪地不起，轻声叹息："老施主勿要自寻烦恼，世上因果千头万绪，纷繁错综，岂是我等凡夫俗子管中可窥？"忽停捻珠之手，睁开一双夜明珠般光明灿烂佛眼，似笑非笑道："老施主岂有不知罗什吞针故事？当年鸠摩罗什破戒娶妻，佛门震动。罗什召集众僧，把满钵绣针吞入腹中，开示道：'汝等若能如我吞针入腹，便可娶妻蓄室。'由此可知，若能吞针，僧门法师娶妻蓄室无妨，孝子贤孙造反作乱无妨，老施主何必以寻常因果，追究世上非常人事？"

蔡纪高身子一怔，眼前豁然一亮，似有所悟。智辗轻启双唇喊一声："拿来。"早有小和尚一手抱一大卷宣纸，一手拿一锭银子从内室走出来。智辗双手合十，浅笑道："老施主福缘深重，昨日有位香客驾临寒寺，发心请人抄写五百卷《金刚经》散众，老衲替老施主应承这桩功德，暂解断炊之忧。"蔡纪高听得如此，热泪盈眶，再拜而去。

寺中归来，蔡纪高一脸阴霾日渐消散，连咯血之症也日轻一日。自此心静如水，日日伏案抄写经卷。略有疲倦，搁笔伸个懒腰，一面呼喊长孙晖哥："今日诗文都背熟了吗？若有偷懒，我便要打。"晖哥跳跃而至，脆声道："公公放心，孙儿谨记教诲。读书习字乃天字第一号大事，不把功课背得滚瓜烂熟，绝不出门玩耍！"蔡纪高欣慰点头，忽见次孙宝宝又至，不觉抱坐膝上，怜爱道："你也长大了，明日我便教你背诵《三字经》，你若偷懒，我也要打的……"

立秋照旧卖醋营生，每天一早上市摆摊，罢市便去团练局帮着伙计酿醋。晚来归家，潦草用膳，立刻坐去爹爹桌案对面握管抄经，笔走龙蛇，深夜不止。时过三四月，经卷抄成，堆积如山，交付智辗。

将息两日，蔡纪高忽然讪脸笑道："立秋，自明日起，我同你一道上街卖醋。"立秋大喜，拊掌道："爹爹可别小瞧当垆卖醋。如今科考废弃，读书人理当走出书斋，别开新途，另辟新径。我俚父女同尽协力，知行合一，说不定把圣人义理落实到引车卖浆事业之中，开创一段风气之先，也未可知。"蔡纪高心中赞服女儿，嘴上却不肯说出来。

24

时至宣统三年（1911年）夏月，京师蔡立功忽然派人秘密回籍，给镖局胖打师送来一张银票和一箱货物。来人神秘询问胖打师："这些年镖局里发展多少党人同志？"胖打师涨一张皱巴巴大脸，讷讷道："前前后后，歃血盟誓的不下二三十人，不过走的走、散的散，留下几个老弱鳏独，都是走投无路的。"来人切实嘱咐："赶紧把流失的党人同志召集回来，严加操练，日后党盟将要委以重任。"胖打师心想，人家只为谋得镖局饭碗方才加入党盟，指望他俚当得起什么重任？蓦然心中一动，忙问："那、那箱子里是什么货物？"来人郑重道："你暂勿打听，务必当命根子密藏，不许向任何人透露。将来时机成熟，蔡同志自会通知你开箱。"胖打师早已习惯凡事言听计从，不求甚解，点头而已。

时过数月，革命党人武昌起义得胜，不久皇上逊位消息传来。宜丰城内喧嚣两日，并无大碍。铺子开张，农人劳作，百匠干活儿，嫁娶如仪，死生如故。一场惊天变局眼见消解无形，谁知茶馆里忽又有人嚼舌："你俚晓得吗？蔡家兄弟和刘家少爷早已潜入武昌革命军中，做了起义干将咧！"众人听得惊呼："哟哟哟，这还了得！如今起义得胜，他俚便是革命元勋，理当高官任做、骏马任骑！"大家正议论得"啧啧"称羡，不提防有人呷口茶，慢吞吞又道："世事无常，祸福难料。日后皇上复位，朝廷平叛，只怕他俚死无葬身之地咧！"

谁知无多时日，茶馆里接连传来消息。不是这一县打杀县令光复，便是那一省赶跑巡抚独立，及至九江打响江西首义枪声，蔡纪高广福寺家中竟赶集般热闹起来。远近亲戚纷纷登门请安问候，送吃送食，连冯家婉芬和茶花二位姨太太也把姗姗打扮得花枝招展送上门，低眉顺眼道："请太太体谅我俚小妾难处。这些年太太和老爷赌气闹别扭，我俚时时想来劝和，又怕太太气头上发威动怒……"

蔡显忠冷眼瞧着热闹，回想镖局生意做得蹊跷，不禁恍然大悟："我说世上谁做赔本生意，原来是二位少爷培植党翼！可怜我当他俚是败家子，谁承想人家做着大买卖！"思来想去，越发坚信起义革命才是世上最赚钱生意。主意打定，急忙跑去团练局，拽着衣袖把胖打师拉进内室，敛容道："打师，养兵千日，用在一时。如今大清一国到处硝烟弥漫、炮声隆隆，为何我俚镖局还按兵不动？"胖打师听得一头雾水，当日创设镖局，立春深知显忠与爹爹形影不离、忠心耿耿，怕他走漏消息，千叮万嘱不许告知显忠内情，为何如今他竟说出这种直指靶心话来？显忠见胖打师脸上红白不定，心中越发有数，愕然道："怎了？莫非二位少爷竟没跟你交代吗？"胖打师转念一想，如今疮疖烂出浓来，二爷自然不必瞒着显忠；人家同宗兄弟，岂不比我一个外人贴心？况且听他言语亮堂堂的，不是款曲暗通，哪得如此？沉吟片刻，反问一声："莫非二少爷有话给你？"显忠一本正经点头："正是。二爷托人带来口信，教我俚相机行事。"

胖打师赶忙回明，立功少爷派人秘密送来一箱货物，只待时机一到，便叫开箱。显忠小眼闪烁，忙道："前日少爷捎话给我，吩咐时机已到……"胖打师二话不说把显忠领进密室，二人费劲地从地窖中抬起一只铁皮箱，撬开箱锁，扒去一层麦草，蓦见锃亮毛瑟手枪。胖打师"哟"一声，吓得大气不敢呼出。显忠不动声色，一支一支把枪取出来，只见箱底还卧着半箱弹药。

两人点数手枪，正是二十把。显忠挑一支枪，装上子弹，摆弄半天。掌灯时分，吩咐胖打师以发放欠薪为由，把精心挑选的十数名打师召至镖局，扯着嗓子拱手问候："诸位党人同志安好——"一干打师不知显忠何时加入党盟，见他走出来称呼"同志"，面面相觑。显忠径自走向太师椅坐下，壮胆说道："俗话说得好，'养兵千日，用在一时。'这些年党盟倒贴钱开镖局养活大家，如今天到了大家报效党盟时候了……党人武昌起义，大事已成，天下已定；蔡家二位少爷都在革命军中做了高官，大权在握。前日二位少爷派人送来银两和枪弹，密令我领头组建宜丰革命分队，相机起兵，攻打县衙，光复全境……"

一干打师都是辗转各处会党谋食之人，听说有钱有枪，倒不排斥起兵革命。但是，大家眼睁睁看着一个平日与党盟风马牛不相及之人，无端跳出来大刺刺坐到太师椅上去做头领，心中岂甘臣服？忽然一个黑脸打师站起来质问："蔡老板何时加入党盟？也没见你与兄弟们歃血盟誓，如何做得头领？"蔡显忠早有预料，挺身而起，速疾掏出手枪扣动机关，"啪"的一声，黑脸打师应声倒下，血花四溅。一干打师顿时惊得瞠目结舌，魂飞天外。蔡显忠端着手枪，恶狠狠叫嚣："当今大势，惟光复是正！还有不服的，只管站出来！"打师们循声望望黑洞洞枪口，齐声呼喊："惟命是从！惟命是从！"

延俄到午夜，月白风高。一切料理停当，蔡显忠吩咐胖打师把枪弹分发到人，当即拉起一支队伍直奔县衙击鼓。值守官差打开一扇小窗，扯着嗓子问话："半夜三更，何人击鼓？"胖打师依计而行，跳到窗前回话："差爷，南城门外怕是来了反兵咧，黑压压一群人冲着城门拉弓射箭。"团练局常替县衙巡逻，官差深信不疑，急忙探出头来吩咐："你俚快别击鼓扰民，待我去回禀县太爷。"

县令闻报反情，慌忙起床穿衣上衙。一面着人去请标统速到公堂待命，一面吩咐官差开门传胖打师入内问讯。谁知衙门打开一条缝隙，蔡显忠和胖打师当即飞腿踹开，一队荷枪实弹打师以迅雷不及掩耳之势直冲进去。公堂上顿时枪声大作，可怜睡眼惺忪县令和几位官差尚未看清来者何人，早已喋血公堂，命丧黄泉。旋即，标统带一小队兵勇急忙赶到。打师们早已埋伏公堂两侧，严阵以待，只待靴鞋足声响起，十数支手枪一齐射击，不费吹灰之力一一结果性命。

防营兵勇熟睡之中听见枪响，恍然如梦。及至打师们踹开大门冲进房去，冲着窗户"砰、砰"放枪，方才骇然而醒，翻身跃起。蔡显忠瞪一双血红小眼大喝："举起手来，缴枪不杀！"胖打师向来与兵勇相识，赶忙晓谕道："宜丰光复了！兄弟们投降吧，县太爷和标统已被我等革命党人就地正法。"兵勇们听得如此，一个个举起手来。忽然一位小个子、瘦猴脸兵勇跳下床来，"扑通"跪到地上，磕头道："蔡爷明鉴，小人姓卢，贱名一个'何'字，无奈端着清贼饭碗，心中却早有反正志向……"显忠正要立威，不待他说完，忙道："卢何请起，只要你衷心拥护光复，日后蔡某定当重用。"满屋兵勇听得这话，争相跪拜蔡显忠。

25

宜丰光复，蔡显忠经一干打师和反正官差拥戴，当上县令。一番封赏已毕，端着毛瑟枪威逼税课司大使和钱粮老夫子移交钥匙，直奔库房。打开一口口铁箱，望见一箱箱白花花银锭，喜得双眼放亮："天啊！我今天才晓得，原来革命才是最赚钱的生意咧！"一边爽朗挥手，"如今乱世天下，正该无法无天！兄弟们只管放手拿钱，拿走多少算多少。"打师们来不及回话，饿虎扑食般扑向银箱狂抓乱揣，人人把衣袋塞得鼓鼓囊囊，宛若身上蓦然长出一个个毒瘤。

胖打师见兄弟们争抢银子，心中惴惴不安。待要离开，脚下哪里迈得开步子？转念一想，这些雪花银子都是宜丰民脂民膏，凭什么车装船载解押上京，孝敬那三尺孩童挥霍享用？不如我俚宜丰百姓拿去娶妻生子、养家糊口，也算是物归原主。蔡显忠笑容可掬站在一旁，自言自语道："如今到了我报恩之时……"待胖打师把衣服口袋装得满满当当，小眼闪烁道："打师，你去蔡家屋场传个话。当年'轩窗第'里所有欠账，都在新任县令身上，请大家快拿欠条来兑银子。"

一盏茶工夫，当日在"电灯公司"附股尚未全额退回股本的蔡家宗亲将信将疑赶到县衙。显忠招呼进去，满面春风道："诸位宗亲有所不知，当日立春兄弟妙计哄骗乡党，卷逃银子，原是为革命起义筹集费用。多亏立春兄弟立下大功，才有今日革命胜利。如今宜丰光复，蔡某坐享其成，理当代偿本钱银子……"话音未落，早有官差抱出一匣子银票，吩咐众人呈上欠条，一一照单兑付。

日前家族宗亲听说显忠领头革命，当上县令，大家都说他活腻了，拼着过两天官瘾，换个杀头之罪承当！不承想这会儿手捧银票，喜出望外，心中立马翻个跟斗，仿佛显忠正是自己至亲骨肉，倒巴不得他长长远远做官才好。

眼见偿清债务，打发宗亲回府，忍不住咕噜一声："可惜'轩窗第'一栋好屋，无端落入外姓人手中。"卢何已是县令贴身官差，侍候一旁，谄笑道："大人有花不完的银子，还有什么办不到的事？只要大人信得过我，保管'轩窗第'三日易主。"显忠听得这话正中下怀，伸手戳一指卢何眉心，笑道："你要办成这桩差使，本官委任你做税课司大使。"

卢何二话不说，转身出门，直奔"轩窗第"。说明来意，拱手笑道："漆老爷，这'轩窗第'原本姓蔡，如今蔡显忠蔡大人已是一县之主，漆老爷鸠占鹊巢，是否妥当？"漆老爷做过朝廷京官，退隐归家，哪里看得上显忠行径？鼻孔里"哼"一声道："老夫不认得什么蔡大人！"卢何讪脸道："好好好，老爷不认得蔡大人无妨，老爷总该认得银子咧！"漆老爷一口咬定也不认得银子，却挡不住卢何一轮一轮加码溢价。待到卢何说出一个天文数字，漆老爷不由得怦然心动，暗暗寻思：这倒乐得赚他一票银子！

果真三天之内，卢何用一张巨额银票，叫漆老爷乖乖腾挪搬家。蔡显忠如愿以偿，举家搬进"轩窗第"，眯着一双小眼，一寸一寸扫视满屋，仿佛要用眸光把青砖黑瓦、画栋雕梁拂拭干净。屋里屋外徜徉半日，去到后花园美人蕉下，长长叹出一口气来："可惜饱饭妹子不晓得死到哪里去了，不然这辈子可真'赚发'了！"卢何听得这话，满脸堆下笑来向主子耳语："我邻家有个妹子长得绝色，不知大人意下如何？"显忠抬眼道："可是黄花闺女？"卢何愕然道："不是黄花闺

287

女，怎敢说与大人？"

收拾停当，蔡显忠跷腿坐到西横厅黑漆鎏金太师椅上闭目养神。恰逢侍剑筛上茶来，心中一动道："侍剑，如今你要怎的报恩，只管说出来，本官没有办不到的。"侍剑将将鬓发，睁一双如珠如电大眼，喊一声："显忠——"显忠"呸"一口，骂道："狗改不了吃屎！让你喊声'老爷'能为难死你吗？"侍剑瞪眼，自顾说道："'轩窗第'原是蔡老爷祖产，我俚大剌剌住进来，不知怎的招人咒骂。"显忠不耐烦挥手："我跟你说过一百遍，不要在乎别人闲言碎语！你要晓得，这世上最难侍候的，不是皇上太后、高官大宰，却是凡俗男女两片嘴皮！你富贵了，人家眼红你、妒忌你；你若穷困潦倒，人家便要作践你、鄙视你！"

侍剑听得丈夫教训自己，手一甩，气鼓鼓转身而去。显忠起身拉住，笑道："蠢婆娘，你唠叨半天，还没说出要怎的报恩咧！"侍剑一声叹息："依我主意，不如把老爷太太一家接来屋里居住，我情愿做个使唤丫鬟服侍一辈子，落个心安理得才好咧！"显忠伸出大拇指夸赞："你这主意不错，就这么办咧。"

自从在广福寺听智轈法师开示过吞针罗什故事，蔡纪高仿佛得到盈虚消息，料定天下必有大变。忽听得显忠出头革命，光复宜丰，自封县令，细细寻思，忆起当年正是显忠领头起哄送来银子去"电灯公司"附股，只当他与立春沆瀣一气，心中恨恨不已。一日无精打采歪在破躺椅上看书，忽见显忠笑容可掬跨进门请安见礼，淡淡嘲讽一声："当不起，折杀老夫咧。"显忠老着脸道："从今往后，高叔不用烦恼。二少爷的欠账，我已如数偿还；如今把'轩窗第'也购买回来了，还跟我俚姓蔡。今天我特来恭迎叔婶一家回府居住，侍剑还说情愿做个使唤丫鬟服侍老爷太太一辈子咧。"蔡纪高直起身来，冷笑道："县太爷错爱，老夫无功不受禄。县太爷请回罢，寒舍逼仄，有渎尊驾。"

蔡显忠沉吟，躬身道："高叔别说无功受禄咧。显忠明人不做暗事，当年大少奶亡故，二少爷身陷囹圄，高叔打发我经手一百两银子贿赂县令杨国璋，可恨我贪念顿起，壮胆昧下二十两……"蔡纪高听

288

得恍然大悟，无奈时过境迁，心中早已波澜不惊："往事如逝水，县太爷还唠叨这些陈芝麻烂谷子做什么？"蔡显忠不无得意道："高叔别骂我没出息，可怜我就靠那二十两银子起家，好歹给自己闯出一条活路。高叔权当把二十两银子附股在我身上，只管安心跟我回去'轩窗第'居住，我把叔婶当爹娘孝养也不为过。"蔡纪高猛然手指门外，大喝一声："滚！没廉耻的畜生，快给我滚出去！"显忠面子上挂不住，只得转身去了。

　　眼见春节临近，官差卢何办妥得意差事，乐颠颠跑去"轩窗第"给显忠道喜。显忠满脸上堆下笑来："那姑娘答应了？"卢何咧嘴道："大人倒问这话？哪个姑娘不想做县令夫人咧？人家倒怕夜长梦多，一个劲催促大人快快下聘迎娶……"蔡显忠仿佛触动心事，黯然叹道："是啊，女人眼皮子浅似灯盏，只要有钱有势……"侍剑正在房里做针线，隐约听到横厅里主客交谈，急忙冲出去问道："这是谁要娶亲咧？"显忠并不打算瞒着侍剑，忙道："侍剑，我正要和你商量。我相中一个绝色黄花姑娘，打算迎娶做太太，你替我张罗张罗。"侍剑愕然道："迎娶做太太？那我算什么？"显忠讪脸道："侍剑，你要识相咧！如今我做了县令，你一个拖儿带女再醮妇人，浸过的茶叶，滤的酒糟，如何能做县令夫人？少不得你要吃些委屈，低头服小做个侍妾。"

　　侍剑听得这话，如珠如电大眼扑簌簌落泪，咬牙切齿道："蔡显忠，你这叫过河拆桥咧！可怜我嫁你多年，毫无错处，不承想你竟是个狼子野心之人！"卢何见主子脸色不悦，眼珠一转，涎脸道："大人算不错了，换了狠毒之人，一个'休'字说出来，你上哪讲理？"盛怒之下，侍剑扬手搧出一个耳光，"啪"地落在卢何寡白的瘦猴脸上。卢何猝然受辱，"扑通"跪在地上，拖着哭腔呼喊："县太爷替小人做主。"蔡显忠登时大怒，一叠声大喝："反了！反了！这种泼辣贱人，留她何用！"

　　侍剑瞪一双如珠如电大眼，毫无惧色，从容转身走进厨房。恰逢灶台上搁着一把雪亮菜刀，毅然抓起，朝自己脖子上一抹。只因下手不轻，食管半断，一股鲜血喷射出来，宛若一道彩虹划过半空，洒落对面墙根下一口大水缸里，顷刻与满满一缸清水融为一体。

显忠循声而至，骇然一怔，大喊："快拿刀枪药来。"一个老妈子慌忙取来药物，正要蹲身下去敷药，不料侍剑抽搐着嘴巴，两眼一闭，气绝身亡。卢何赶忙爬起来冲进厨房，厌恶地瞪一眼侍剑，一边踮起脚跟附嘴在显忠耳畔，嘀咕道："大人，不要紧，这是好事咧。"显忠勉强止住双腿打抖，颤音道："怎、怎是好事？"卢何面容凛然道："倘若大人停妻再娶，到底有碍名声。如今原配暴亡，理当续娶，哪个敢说闲话？"一面吆喝老妈子快去把前后院门紧紧关闭，一面召集家中仆佣训话，"太太暴亡，与大人无干！你俚想要活命，莫忘'守口如瓶'四字真言，大人短不了赏银！"一干男女仆佣早已吓得面如土色，一齐诺诺。

显忠记起后阁厅楼上藏着棺材，赶忙吩咐男佣取下来盛殓太太。卢何搀扶显忠回到横厅，胁肩谄笑："大人受惊了，快去歇息要紧，一切自有小人处置。"一边扭头冲着一位战战兢兢女佣瞪眼大喝，"愣着等热馍馍吃吗？还不快去打水来清洗地上血污！"女佣点头如捣蒜，慌忙而去。卢何犹不解恨，嘴里骂咧不止："这些下贱男女，心里头没点机变伶俐。凡事都要人吩咐教导，只差晚间被窝里交媾不要人以身垂范。"显忠听得这话，忍不住"扑哧"一笑。

蔡纪高忽听得侍剑暴病身亡，赶忙打发立秋前去问讯。立秋携带奠仪去到"轩窗第"，觑便把个老妈子拉到偏院僻静处，悄声问道："老娘，前日我还看见太太活蹦乱跳，为何突然暴亡？"老妈子仿佛生怕染上瘟疫，一边脚不沾地往外跑，一边嘴里嘟嘟囔囔："这话问得古怪！乱世之人不如狗！我怎晓得太太为何突然暴亡咧？"立秋无可奈何，一声叹息，临风落泪而已。

转眼大年来临，天气寒冻，漫天风雪如期而至。一场绿豆大雪籽"叮当叮当"直下两天，继而朔风紧起，柳絮飘飞，纷纷扬扬，无休无止。除夕前夜，棉球般雪团铺天盖地，滚滚来下。一夜工夫，天地万物仿佛覆盖一条松蓬厚实雪被。

　　除夕之夜，胡碧玺和立秋母女张罗出半桌荤素菜肴。蔡纪高见桌上有半碗红烧肉，忍不住给两位孙儿各搛一块到碗里，哽咽道："好崽俚，吃肉。"立秋见爹爹落泪，赶忙安慰道："如今革命胜利，国民政府成立，我二位哥哥已是革命元勋。据说他俚都在革命军中担任职务，只待全国局面稳定，很快就要回籍省亲！"蔡纪高怒目剜女儿一眼："要他俚回来做什么？你看显忠行径，便知这起胡闹之人，断不是什么吞针罗什！没的回来给家族祖宗丢人现眼！"坐在一旁埋头吃饭的晖哥忽然抬起头，冲着立秋问道："姑姑，什么叫做吞针罗什？"立秋也没明白爹爹话中之意，含糊说声："小人家的，别多话。"

　　来日黎明，城内打响新年迎春接福的开门爆竹。蔡纪高起床如厕，有去无回。胡碧玺急急跑去屋后，举目一望，只见屋外山坡地里雪地上赫然现出一枝腊梅。循着旁边一串脚印往上望去，却见丈夫躺倒在雪地上，一只胳膊高高举过头顶，一股鲜血正从他干枯的手腕滚涌出来，顺流而下，凝结成雪地里冰壳上那一枝灿然怒放的血色红梅。

26

　　蔡显忠惊闻蔡纪高噩耗，一路狂奔，冲进门去，赶忙把立秋拽到屋后檐下，哭丧着脸道："秋妹妹，人死不能复生，眼下大事出来，这屋子狭小逼仄，如何办得丧事？不如把高叔灵柩运回'轩窗第'去，体面风光开丧做醮把老人家发送了，我俚做晚辈的也心安。"立秋猛然忆起爹爹死前说过一句"吞针罗什"的话来，心中隐隐有所觉悟，泣泪道："显忠，我爹虽说闭眼去了，心里哪能放得下我二哥？我想等二哥回来，让他当面锣对面鼓向爹爹禀明这些年浪迹天涯行止作为，才好叫爹爹无羞无怨，瞑目九泉。"

　　蔡显忠听得这话，小双眼闪烁："如此最好。奈何二爷一别数年，音信全无。这会儿一时半刻，不见得二爷便能回来。"立秋大目圆睁，挑眉道："我有主意，不如把爹爹灵柩暂厝到城外破庙里去，一边给立功哥哥发去电函。立功和我二哥向来臭味相投，沆瀣一气，未必不能互通音信。"显忠深知立秋脾性倔强，认准之事，不容他人相左，只得恭维道："多亏妹妹聪慧，我倒忘了这一着。胖打师与立功少爷通讯无碍，赶紧让胖打师给立功发去电函，二爷定会很快回籍奔丧！"

在立秋坚持之下，蔡纪高灵柩暂厝破庙，待后发丧。显忠原想大张旗鼓操办丧事，算是给立春送上一份厚礼，以为日后攀附之阶。不料立秋节外生枝，叫他如意算盘落空，心中未免沮丧，却又无可奈何，只得暂且安分，静候天时。

蔡显忠回到"轩窗第"家中，恰逢卢何守候多时，赶忙吩咐张灯结彩，大办婚事。热闹一番，如愿以偿娶回一个绝色黄花闺女，堂皇做起正房太太，总算了却心头一桩憾事。自此一心专注县令职分，不遗余力。

一日县衙坐堂视事已毕，回去签押房翻阅账簿。不经意间，蓦见一本陈年旧账，罗列历年未缴丁漕粮饷佃农、商户名号，不由得心中一动，忙问卢何："卢大使，这些名录是怎么回事咧？"卢何已做税课司大使，伸头一看："这是历年欠粮欠税户头名册。"显忠眯起一双小眼，浅笑道："卢大使，你有能耐把这些欠粮欠税清征上来吗？"卢何哭丧脸道："这些门户穷得光屁股坐冷板凳，前清历任县令个个不输豺狼虎豹，尚且拿他俚蒸不熟煮不烂。况且如今又没有朝廷下令催收粮税，大人何必把屁股座下搅得人仰马翻，鸡飞狗跳？"

蔡显忠咧嘴"哼"一声，摇头叹道："卢大使，你真不晓事咧。当今天下方乱，群雄逐鹿，你争我夺。堂堂江西省军政府，光复百日，四易都督，我这个县令岂能做得长久？说不定哪天就被强人赶下台也未可知。不如趁着权柄在手，索性恶人做到底，捞足钱财，存入外国洋行，觑便把家眷安置到上海、天津租界里去置产定居。日后有个风吹草动，赶紧金蝉脱壳，望风而逃。"卢何伸出大拇指，赞道："大人真是智多星咧！小人攀上大人高枝，不知是几辈子积来福分。"

一番密谋，两三日内，县府清征历年欠粮欠税公告便张贴到柴市场去了。卢何制定奖罚，分解任务，一声令下，鼓响锣鸣，官差仆役、兵勇、狱卒一齐出动，急风暴雨般"呼啦啦"席卷全县八乡十一都。所到之处，破门入户，翻箱倒柜，赶猪牵羊，无所不为。全县城乡顿时鸡飞狗跳，鬼哭狼嚎，男丁妇孺呼天抢地，流离失所，家破人亡者不计其数。

阳春三月，江西省军政府再度易帅，时任九江都督兼五省联军司令李烈钧荣任省府都督。与此同时，多年来一直改名换姓潜伏汉口新军秘密策反将士的蔡立春和刘昆泰也结束公干，双双凯旋。南京政府委派立春担任江西省都督府参军长，指挥军务，辅佐李烈钧督赣；昆泰则上调南京政府，另有重任。

万水千山踏遍，一身戎装、满脸疲态的革命元勋荣归故省，新任赣督李烈钧率众备下欢迎仪式。蔡立春早得父丧电报，归心似箭，不肯滞留，无心周旋。李烈钧禁不住埋怨："来日方长，回籍省亲也不急在一时，贤弟好歹体谅李某思慕之心……"刘昆泰抢话回禀："都督见谅，可怜立春父死妻亡，只因身份隐秘，未能回籍奔丧……"李烈钧闻言大惊："看我该死！几乎强人所难！"

话音落时，立春早已勒马掉头，飞奔而去。昆泰一路相随，二人策马飞奔，一夜不息。来日黎明，漫天雾霭中故里城郭在望，立春大恸，一声呜呼，滚落马来，紧攥缰绳泣泪难行。昆泰下马抚慰，好言相劝半日，方才止住。二人出示文书，牵马进入城内。谁知一群肩挑手提进城赶集乡民望见二人，不约而同撂担子，甩提篮，争相跪到马前，磕头高喊：青天大老爷——救救我俚水深火热乡民咧！

立春赶忙拉起乡民，纳闷道："乡亲们莫非认错人吗？我乃本县蔡家'轩窗第'人氏，这位是我表弟刘少爷，哪来的青天大老爷咧？"昆泰忍不住笑道："哪有见人就下跪磕头的？"乡民长跪不起，口口声声高呼"青天大老爷！"这一个哭诉："可怜我俚被县令驱到水里、赶到火里，哪里还有活路？"那一个央求："青天大老爷救救我俚，可怜我俚举债无门、逃荒无路，连卖儿卖女都找不着东家买主。"

去年冬日，立春北上京师赴会，堂兄蔡立功早把忠显领头光复宜丰，自任县令情形相告。立春只道显忠是个财迷，歪打正着闯进革命阵营。如今听闻乡民哭诉，顿时恍然大悟，龙睛闪烁道："泰哥哥，不幸被你言中。这个世界果真是个巨大盘丝洞咧！但凡一桩事起，大大小小蜘蛛便从各个角落钻出来，各吐各丝、各结各网、各捕猎物、各享饕餮……"

好说歹说打发乡民去了，二人上马飞奔。立春早知"轩窗第"易主，径直奔向广福寺家中。远远望见一个蓬头垢面老妇从屋里走出来，做梦不想竟是自己朝思暮想娘亲。及至老妇抬起头来，荡一双瓠瓜般眼袋愣愣望着自己，止不住眼前一黑，一头栽下马来，惊天动地号啕大哭："姆妈——姆妈——"立秋闻声冲出屋来，立春一时竟又没认出妹妹，忽听得一声"二哥"叫喊，俨然梦音回荡，不觉伸手一拉，倒把立秋拽到地上哭成一团。昆泰好容易才把两人劝进屋去，立春自与母亲抱头痛哭。立秋强忍呜咽，趁便把家中祖屋易主、钱财散尽、父死嫂亡灾难回明。立春复又跪到母亲膝下，以头抢地："姆妈，儿子不孝至极，罪通于天。姆妈一掌打死，一脚踹死，不敢有怨……"胡碧玺已被三灾八难打击麻木，如今见到儿子，心中倒有苦尽甘来之喜，忍不住收泪劝慰："人生在世，穷通富贵，寿命短长，一切皆有定数。崽俚莫要自责，这一切都是命咧。"

待到一家人哭泣渐止，昆泰方才喊声"姨娘"，躬身作揖行礼。胡碧玺睁一双泪眼婆娑老眼，仿佛不认得这个外甥，狐疑半日，方才伸出一双干枯老手，颤颤拉起，声随泪下："我的崽俚啊，你不该闯出一场大祸，生生把你娘的性命断送！"昆泰忽闻母亲亡故，不啻晴天霹雳，瞬时愣成一个石人。立秋侍候在侧，只得把简玳妮嚼舌殒命凶讯回明。昆泰惊得魂飞天外，猛然转身冲出屋门，纵身上马，长鞭一甩，如飞而去。

27

立春回家见过母亲，听闻爹爹灵柩暂厝破庙，立刻拉起妹妹，打马飞奔出城。来到荒郊破庙，蓦见废弃佛座上停放一口黑漆棺材，快步抢上前去，呼喊一声："爹爹——"跪到地上抚棺痛哭，几近昏厥。立秋觑便把爹爹驱赶显忠，并除夕夜绝命之言回明，哭诉道："爹爹早有死志，寄望儿子是个吞针罗什，强撑到革命胜利。眼见显忠倒行逆施，由此及彼，揣度儿子，羞愧绝望无以复加，方才愤然割脉，以死谢罪……"立春呜咽号呼："不不不！显忠从来就不是革命党人！他跟我俚不是一伙的，他不过只是一个窃贼而已啊，爹爹为何竟以窃贼之心度儿子之腹？呜呜呜……老爹啊，不是说知子莫如父吗？为何爹爹怎般不解自己儿子？呜呜呜……爹爹死得何其太冤！何其不值！"

痛绝两日，立秋提出爹爹葬事不宜拖延。立春回道："妹妹所言极是。"赶忙起服戴孝，强忍悲痛发布讣束，张罗葬事。蔡显忠得知立春归家，带领随从跟班日夜侍候，形影不离，一口一声"大人"，细细回禀："大人当日所欠债务，卑职已替大人偿还……"见立春面无表情，又道："卑职不忍见'轩窗第'落入外姓人手中，重金赎回，情愿孝敬大人，物归原主。"立春点头而已。

蔡纪高丧事一起，显忠格外卖力，呼来喝去，把一群官差、衙役支使得团团转。立春看在眼里，心中有数，拉着脸道："显忠，你枉费官居县令，连个接人待客礼数都不懂咧！差爷们都是外姓人客，上门吊丧，怎能胡乱支使人家干活儿？"显忠不敢违拗，只得硬着头皮应承："是是是，卑职糊涂，卑职糊涂……"一面赶忙换上粗布衣裳，扎起腰带亲去当差打杂，忙里忙外，脚不沾地。

忙碌三五天，葬事已毕。立春总算舒口气，不料胖打师忽又蹿到跟前，一把拽着衣袖："请二爷把我带出去逃命……"立春忙问其故，胖打师竹筒倒豆子一般，把蔡显忠领头革命、自封县令、巧取豪夺种种恶行和盘托出，哭丧着脸道："二爷可知我夹心饼子吃得难受吗？我要不从显忠，怕他一枪毙命；我要助纣为虐，又怕触犯众怒，哪天百姓忍无可忍把我打杀，我去哪里申冤？"立春嘴角浮上一抹坏笑："打师放心，待我办妥一桩大事，一定出头替全县百姓做一回青天大老爷，也不叫你吃夹心饼子了！"胖打师忙问："二爷要办何等大事？我愿拼着老命相助二爷。"立春摇头道："这事你可帮不上忙。"

来日用过早膳，立春打马直奔天宝。到达"宰相第"，进屋坐定，汪氏敬上茶来。立春不见刘家玉夫妇，忙道："姨爹姨娘可在屋里？我还没有见礼请安，怎敢吃茶？"汪氏摇头叹道："二爷不是外人，不敢隐瞒。为着我婆母寻短亡故，昆泰回来和爹爹怄气，言语多有冒犯。太太听着难免多心，赌气回娘家去了。老爷受聘在书院任教，每天都得去授课咧。"立春听得心里难受，待要感慨两句，蓦一转念，清官难断家事，自己于人情世路并不精明练达，莫若闭嘴为好。

默然吃茶半日，连昆泰也不见出来。立春心中越发纳闷："我泰哥哥呢？怎的也不在家吗？"汪氏垂手屈膝，拖着哭腔道："回禀二爷：昆泰回来，不见姆妈，悲痛至极，不免迁怒爹爹。父子相互指责埋怨，闹得脸不是脸、鼻子不是鼻子。前天晚上爹爹气急，盛怒之下搠儿子一记耳光。可怜昆泰披麻戴孝跑去姆妈灵前长跪泣泪，至今粒米未进，口口声声要跪死姆妈灵前……"立春两眼一睁，忙道："快带我去给姨太太灵位行礼。"汪氏正巴不得有人去劝慰丈夫，急忙领去上房。那一对姐妹花侍妾都在房里守候丈夫，以防万一。见立春进房，慌忙躲避不迭。汪氏瞪眼大喝："无礼至极！表叔又不是外人！"二位小妾只得转身出来，羞赧着脸面见礼。立春顾不上应酬二位庶嫂，眼见西墙下姨太太灵前，昆泰一身素白长跪在地一动不动，赶忙向前行礼，强蛮拉起昆泰，抱头泣泪。

一番好说歹劝，昆泰情绪稍平，呜呼道："姆妈身居偏房，以为羞贱，万般不甘。可怜昆泰从小立下誓愿要让姆妈安富尊荣，受人欣羡。谁承想，等不及儿子从容尽孝，姆妈竟与儿子阴阳两隔……"立春重重呼出一口气道："这是家国劫数如此，姨太太当灾殉难，姨爹自然心如刀绞，痛不欲生。怎禁得起儿子戈矛直指，责难横加？"昆泰气极昏头，拿爹爹撒气，心里已有悔意。立春环顾三位嫂嫂，触景生情，想起自己父死妻亡，孽孤满目，泣泪道："多亏姨爹支撑家庭，哥哥劫后余生，尚有齐人之福可享！可怜我家破人亡，一腔悲愤，向谁说去！"相谈半日，昆泰羞愧交加，当即要去书院给爹爹赔罪。立春怜惜他两天粒米未进，笑嗔道："至亲骨肉，赔罪也不急在这一时。"

黄昏时分，刘家玉书院授课归来。昆泰迎到天井，跪地磕头："儿子无理取闹，爹爹恕罪。"刘家玉脸上淡然，心里一时转不过弯来。立春见状，一边给姨爹作揖请安见礼，一边跪地替表哥求情："哥哥知错，姨爹饶恕哥哥要紧。"刘家玉赶忙拉起立春，嘴里斥骂儿子："不成器的东西，跪在这里丢人现眼，赚表弟替你求情！"昆泰道谢不迭，父子心结总算不解而解。

一家人用过晚膳，梳洗已毕，西横厅安坐吃茶，不免聊起家国天下大势。说到南京临时政府移师北上，孙中山隐退，袁世凯继任临时大总统，刘家玉鼻子里"哼"一声道："此公粉墨登场，民国政府已姓'北洋'，只怕日后还要跟他姓'袁'！"立春咧嘴道："戏台上总要有正旦丑角，他唱他的戏，我俚唱我俚的戏，未为不可。"刘家玉正要感慨，扭头瞥见二位后生眉来眼去，坐立不安，忙道："你俚有事，只管自便。"立春赶忙站起来，俏皮做个鬼脸："我俚正有大事要和姨爹商议，可否请姨爹移步书房赐教？"刘家玉只得起身同往。

三人进到书房，昆泰神秘关闭门牖。立春迫不及待掏出一封信函递交刘家玉，一面拱手作揖行礼："贺喜姨爹！副都督大人在上，卑职有礼。"刘家玉自不理会，从容撕开信函，眸光一扫，原来是湖南省军政府都督谭延闿赏悦玉翁居官清廉，深受湘民赞誉，盛邀莅驾湖南，辅佐督湘，讪脸笑道："老夫早已淡出江湖，苟全性命于乱世，不求闻达于诸侯。"立春忙道："天降大任，姨爹为何推辞？"刘家玉捋须道："老夫万幸于狂风恶浪中赚得性命归家，不想再出去历险咧！"

昆泰听得一脸讶异，忙道："当年朝廷尚存，爹爹勇做立宪先锋，不怕得罪皇上。如今朝廷寿终正寝，家国喜迎重建生机，正是仁人志士报效国族大好时机，为何爹爹倒要急流勇退？"刘家玉面带愠色，蹙眉道："你俚初生牛犊晓得什么？你俚以为前清垮台，革命胜利，只要大家甩开膀子，大展宏图，民主共和就能建立起来，是不是？"两位后生一脸茫然，相互对望一眼，待要回话，不料刘家玉意犹未尽，"事到如今，国家乱成一团，不说袁世凯篡政专权，'立宪派'趋利依附，只说你俚'同盟会'也早已四分五裂，各奔东西。举国上下，谁能阻挡袁某人登基上殿，称孤道寡？"立春霍地站起来："姨爹勿虑，正是孙文先生说得好，'世界潮流浩浩荡荡，顺之则昌，逆之则亡。'袁某人胆敢倒行逆施，我俚革命党人决不答应！前时孙文先生和宋教仁先生已在北京整合改组'同盟会'，组建中国国民党，南方各省都督纷纷宣誓入党，谅他袁世凯不敢轻举妄动！"

刘家玉轻轻舒出一口气道："几十年宦海沉浮，我算看透。从古到今，世人出头任事，为一己私利者众，为天下公益者少。所以天下大事，易于办坏，难于办好。看来还是不要卷入其中为妙，倒不是害怕惹祸丧命，只怕惹祸丧命却于事无补，岂不冤枉？"二人听他说出这番话来，深知老爷年事已高，心灰意冷。昆泰心有不甘，据理力争："爹爹，天下大事，总要有人出头担当，记得林则徐林大人有言，'苟利国家生与死，岂因祸福趋避之？'……"刘家玉早猛一甩头，打断道："我不需要受那林大人教训，更不需要受你教训。"

眼见姨爹愠怒，立春起身续一盅茶水，远兜远转说起蔡显忠牧县种种倒行逆施。谁知刘家玉倒听得入港，睁一双鹘眼问道："立春，正要问你，蔡某人也是革命党人吗？怎的轮到他人模狗样做起县令？"立春摇头道："当今天下初定，百废待兴，自有大大小小、形形色色蛛精从各个角落钻出头来，各怀鬼胎，各吐各丝，各结各网，各捕猎物，各享饕餮。显忠得势，可见一斑。立春时常寻思，与其让革命志士抛头颅洒热血换来的江山落入此等蛛精之手，何如请姨爹这般民胞物与至诚赤子挺身而出，居天下之广居，立天下之正位，行天下之大道？"

兄弟轮番上阵，引经据典，慷慨陈词。从华灯初上直说到天将破晓，长幼三人，一夜无眠。忽听得后院雄鸡打鸣，立春灵机一动，一把抓起茶几上书信扬在手中，嘴角浮上一抹坏笑："姨爹，我把书信拿去呈奉刘家族长，只怕全族男女老少都要拥到屋里来跪请姨爹走马上任咧。"刘家玉愕然睁眼，慌忙摆手道："使不得、使不得……个中消息，暂勿外泄。容我外出访亲会友，觑便察看天下大局，审时度势，当为则为，当不为则不为，如何？"立春含笑点头。

转眼旭日东升，潦草用过早膳，昆泰跟随立春进城，同去拜访胡翡翠娘家。见过太太，昆泰负荆请罪，立春撒娇撒痴，总算把胡翡翠劝回天宝家中。安妥家事，刘家玉果真向书院告假，由大少爷昆泰陪同，雇一辆小车出门远游，访亲会友，宛若一条潜龙，人不知、鬼不觉入海而去。

28

当日打理蔡纪高丧事，显忠以县令之尊，着实当了一回苦差。劳累倒在其次，面子上怎的光彩？快快回到县衙坐堂，心腹官差衙役直为主子喊冤叫屈。税课司大使卢何愤愤不平："彼此都是革命同志，蔡立春凭什么羞辱作践县令？依我主意，好便好，不好便一枪毙命。如今乱世天下，县份自治，大不了报个外出失踪，不怕他去找阎王爷告状！"显忠淡然道："官大一级压死人！蔡立春官居省府参军长，指挥一省军务，作践个把县令算什么？蔡立春羞辱作践本官，无非因本官沾他荣光才当上县令……"卢何跺脚道："大人沾他荣光，也没叫他蚀本。不是大人替他清偿债务，他还有脸回来见父老乡亲吗？"蔡显忠道："此中必有缘故。八成是县内奸小之徒眼红本官清征欠粮欠税，以为不知怎的发财，暗中向蔡立春饶舌挑唆也未可知。"卢何着急道："这该如何是好？"蔡显忠无奈摊手："舍不得孩子套不住狼，眼下之计，除了上足他粮税，喂饱他肚皮，别无他法。"

时过两三日，蔡立春从天宝刘家打道回府。显忠忙去请安，恭恭敬敬奉上一串钥匙，小眼闪烁道："'轩窗第'乃大人祖屋，怎能落入外人手中？卑职把祖屋从那漆老爷手中赎回，情愿孝敬高婶和立秋妹妹居住……"立春听得这话正中下怀，伸手接过钥匙，笑逐颜开道："难得县太爷一片孝心，日后断不叫你蚀本吃亏。"显忠如释重负："卑职得大人金玉良言，夜来多困两个时辰。"立春两人不约而同歪头做个鬼脸，哈哈大笑。

说些闲话，打发显忠去了。立春当即打马进城，找到漆老爷府上，昂然递上名刺。漆老爷衣履隆重，亲自出门迎接。请进屋去，见礼坐定。不待立春开口，漆老爷禁不住拱手请罪："老夫昏庸，贱购尊舍，多有得罪。好在如今物归原主，想必参军长大人不致降罪？"立春眼珠一转，哂笑道："当年漆老爷从先父手中贱购寒舍，日后大赚一笔转售他人，何来物归原主之说？"漆老爷收敛笑容，分辩道："房屋早已卖回你俚蔡家，岂不是物归原主？"立春"嗤"一声道："老爷当年居官断案，莫非也是这般糊涂？"

漆老爷勃然变色，不客气道："参军长有话直说，老夫年迈体弱，精力不济，经不起胡搅蛮缠。"立春叮叮当当掏出一串钥匙放落茶几上："当年老爷与先父买卖房屋，一个愿打，一个愿挨，并无不妥。但是日后老爷与显忠交易，无论赚赔，却有过错……"漆老爷忙问："何错之有？"立春摊手道："显忠一介小米贩，哪来成千上万两银子？显见是他窃取县令职位，贪吃民脂民膏方才有钱置产。漆老爷学贯古今，声名远扬，晚辈倒要请教，哪朝哪代律例允许这般赃银交易？"漆老爷顿时大惊失色："这、这、这……参、参军长意欲何为？"立春抱着膀子斜一眼几上钥匙："我俚互相物归原主便好！我把屋宇归还老爷，老爷把原银还我，如何？"漆老爷仰头靠在座椅上，默然半日，暗暗吐出一口大气。

交割契约银票，告辞而去。一鞭打马，直奔县衙。到达门前，招手示意值守门差，吩咐道："烦你把胖打师喊出来，不许声张。"片刻工夫，胖打师急急跳将出来。两人移步到衙前水池旁边，嘀咕半日，昂首阔步，进去衙内。蔡显忠正在签押房查看账簿，忽听得门差来报："省府参军长大人驾到——"赶忙起身迎出去，行礼已毕，携手请进签押房。客套坐定，立春明知故问："显忠，你入主县衙多久？"显忠讪脸："有、有大半年了。"立春又问："显忠，你可知道民国政府是做什么的？"显忠笑回："民国政府自然是为民做主的。"立春点头："你身为县令，可打算为民做主？"显忠点头不迭："当然、当然……"立春轻轻拊掌："那好，请显忠把前清县衙账房里钱粮账簿都交出来，我俚好好整理清楚。那些可都是民脂民膏，自然要物归原主。"显忠身子一怔，眼珠一转道："大人有所不知，去年我和胖打师起兵光复县衙，清兵负隅顽抗，衙内枪声大作，硝烟弥漫，一片狼藉。书吏们好意要保存钱粮账簿，不想搬运挪移，手忙脚乱，倒把账簿弄得乱成一团，哪里还能理出头绪？"立春忙道："乱成一团不要紧，账簿自有日期，钱粮老夫子定有办法理出头绪。"显忠使个眼色屏退官差仆役，起身向立春耳语道："大人，那账簿可整理不得咧。为着给大人还债，为着赎回'轩窗第'，卑职可没有少花银子……"立春蹙眉向外吆喊一声："大家为何出去咧？都进来侍候！"官差仆役听得长官命令，一个个趔进来，垂手站立。

立春掏出一沓银票握在手里，问一声："钱粮老夫子何在？"一个头发花白老者站出来回道："在下便是账房。"立春欠身把银票递上："这是县令挪借替我赎回'轩窗第'银两，你收好了。还有那两千两替我还债银子，暂且算我借用，日后我有工薪，分期偿还。"显忠大惊，忙道："大人这是干什么？"立春正色道："《临时约法》条规，地方县份施行自治，但必须设立议事会。本县凡所钱粮、经费收支，须经议事会决议……"

显忠眨眼，似听非听，耷拉的眼皮切齿道："好好，大人稍候，我、我这就去拿账簿。"一面转身推门进去内房。片刻工夫，"吱呀"一声，房门洞开。顷刻间，猛然"砰""砰"两声枪响，不分先后，没有间歇，仿佛同时从一支枪管发射而出。在场官差衙役顿时目瞪口呆，只见县、省二位官长一个"啊——"的一声惨叫，轰然倒地；一个"哗啦"翻身，连人带椅侧翻在地，滚出一丈有余。原来显忠进去

301

内房，不拿账簿，盛怒之下手持毛瑟枪冲出门来，二话不说扣动扳机。谁知立春早有防备，侧翻之际，迅疾持枪对射。枪声一过，死寂片时，立春翻身跃起，抻抻衣襟，气定神闲。显忠却四仰八叉躺倒地上，胸口鲜血滚涌不息，宛若一条不见首尾的红蛇，众目睽睽之下，迅疾钻进门槛下地缝里，逃之夭夭。

县人听闻枪杀显忠，顿时一片欢腾。男丁妇女无不喜出望外，奔走相告，潮水般涌向县衙，仿佛这才是真正光复之日。立春当仁不让坐堂视事，一面吩咐胖打师召集全县八乡四十一都乡约、秀才和绅民代表开会，商议自治大事；一面勒令官差衙役检讨思过，凡有作奸犯科，一律自首认罪，凡有抢夺府库、吃贪钱财，一律回吐，若有隐瞒，日后查实，公示于众，罪加一等，严惩不贷。

紧锣密鼓筹备半月，喜爆声中，全县绅民选出二十名议员，组成县议会，新任县令也应运而生。县人欢呼雀跃，争相跪拜立春，齐声称呼：“青天大老爷——”立春哈哈大笑：“哪有什么青天大老爷？现在是民国，大家都是国民，人人平等，可不作兴动辄下跪磕头，大家好生记得把自己腰杆膝盖挺直咧！”

第七章　又一次革命

1

花残粉堕季春，立春辞别故里，走马上任江西省军政府参军长职务，协助李烈钧督赣。恰逢其时，北京政府以"节约军饷，恢复地方秩序"为由，发来"消纳各省军队"电令：着江西三师一旅兵力，只允保留一师，余尽裁撤，不得有怠。

都督李烈钧召开军机会议，磋商对策。省府统将齐聚一堂，传阅电文，愤懑顿生。七嘴八舌叫嚷："袁某人篡政功成，私欲膨胀，大肆暗杀革命功臣，剪除异己，眼中哪里还有国会和《临时约法》？最可恨他竟打起裁军主意，背叛革命，称帝野心昭然若揭！"李烈钧频频点头："南方各省素由'同盟会'掌控，将士皆为民主共和拥趸，况且参、众两院席位，南方占据近半，大总统早已视为眼中钉、肉中刺……"话音未落，蔡立春挺身而起："万不可轻易裁军！倘若废除革命武装，一旦袁某人黄袍加身，坐上龙椅，大家就只能俯首称臣、山呼万岁咧！"李烈钧扬眉冷笑："大总统有此狼子野心，烈钧头一个不答应！但是，眼下人家疮疖还没有烂出脓来，我们却不能强硬对抗中央，以免授人以柄，自招谤议。"立春听得点头不迭："裁军何难？我省军中多有羸老伤残士兵，正该解甲归田，休养生息……"李烈钧伸出一个大拇指，赞道："参军长主意，正合我心。"

军令如山，南方各省扛不住袁世凯高压，裁军奏报雪片般飞往京师：湖南五万军队裁撤四万；四川、江苏裁军过半；广东裁军三万；

安徽原有一师一旅，竟被裁剩十人，办理遣散事务……赣军也极力顺从裁军指令，原防军三十六营兵勇全部遣散，辛亥革命后扩编的新军也裁撤过半，其余洪门会组成的团队士兵一律遣散。但是，暗地里李烈钧却将南京留守府警卫团调赣，扩编为一旅，交由蔡立春率领，秘密开赴湖口集训练兵。

未及半月，中央忽又发号施令，抛出"军民分治"方略。责成各省设立"民政长"官职，主管全省政务，旨在分解、削弱都督权力，向地方渗透中央势力和心腹党羽。李烈钧忽然想起自己恩师汪瑞闿，清朝终亡之后，汪师丢失武备学堂总办官职，寓居上海赋闲。思虑一番，心中暗暗盘算：不如主动邀请汪师莅赣任民政长，一来响应中央号召，讨得大总统欢心；二来也算报答汪师知遇之恩，汪师处世温和，是出名的老好人，自然与自己同心同德。主意打定，当即召开军机会议，不无得意把胸中妙计和盘托出。统将们早知汪瑞闿与都督师生情深，齐声附和，诺诺而已。惟有立春听到"汪瑞闿"三个字，心中一怔，忆起当年武备学堂围墙上那一幅小狗穿官衣漫画，忍不住嘴角一翘，浮上一抹坏笑。

吁请汪瑞闿莅赣电文很快从赣府发出，飞往京师。李烈钧心中忐忑，担心大总统顾忌汪师与自己师生关系，未必准如所请。不料仅隔四个小时，京师复电立至，大总统嘉言赞赏赣督顾全大局，心底无私，堪称全国都督楷模。李烈钧心中窃喜，只道天遂人愿，越发把如意算盘打得"噼啪"作响。一面喜气洋洋致电上海，向恩师报喜，约定日期赴赣任职；一面吩咐省府紧急行动，张灯结彩，筹备盛大欢迎仪式，恭迎恩师大驾。

一番雷厉风行忙碌，万事俱备，只欠东风。可是一等再等，却等不来恩师行程踪迹。其实汪瑞闿早已到达九江，下榻客栈，每日早出晚归，从容访亲会友，却不着急入昌。李烈钧越发丈二和尚摸不着头，急忙召请蔡立春，商讨其故。立春寻思道："汪师应都督之召入赣就官，自然得位居都督之下；若能获得国务院委任、大总统亲授，那便是一山二虎，理所当然要与都督分庭抗礼、平起平坐！"

李烈钧眼中掠过一阵慌乱："你、你是说汪师……"立春点头："以汪师墙头草般为人，很可能投靠袁大总统。眼下滞留九江，当为等候大总统一纸任命。汪师心愿，自要手握尚方保剑，方才入赣就官！"见李烈钧一双眼睛越瞪越大，咧嘴又道："都督不信，我俚骑驴看唱本——走着瞧咧。"

果然不出三日，盖有中华民国国务院红朱赤印的委任状速邮入赣。汪瑞闿早得消息，迫不及待亲率一干随从前呼后拥起驾入昌，到达都督府门前，方才派人通报，不待都督出来迎接，早已大摇大摆登堂入室。

李烈钧心中懊悔，紧急召开军机会议，商讨对策。一干统将官员，这一个义愤填膺道："汪瑞闿人格丑陋，官迷心窍，早在前清便是朝廷走狗，百般阻挠革命，无情打击进步学生。如今摇身一变，前来分享革命胜利果实，岂能服众？"那一个冷嘲热讽说："既然汪某人已投靠袁世凯，岂可任由他钻入我省革命阵营！"一番商议，众人纷纷献计献策，一场轰轰烈烈的"驱汪运动"就此拉开序幕。

来日上午，江西军警两界召开"拒汪大会"。两千多名兵士、警察聚集警局操场愤怒声讨汪瑞闿前清时期倒行逆施和种种劣迹，壮声高呼"把汪瑞闿赶出江西！""江西人民勿爱汪瑞闿！"口号。商会、报界、妇女会、学生会也纷纷发表通电，一致痛斥汪瑞闿德不配位、民望未孚，不堪高居"民政长"大位！

无奈北京国务院对雪片般飞去的电文不以为然，斥为无理取闹。汪瑞闿泰然安居馆舍，不时打发差役前往都督府催促收拾办公厅房，备齐桌案座椅，以供民政长就职视事。蔡立春见此情形，献计赣督："老弟略施小计，保管汪师逃之夭夭。"李烈钧紧攥立春之手："拜托老弟，勿伤汪师性命。"立春粲然一笑："汪师也是立春师座。我正巴不得老人家长命百岁，颐养天年，怎舍得伤他性命？"

当天午夜，立春拉一支队伍到汪瑞闿下榻寓所附近，展开剿匪演练。士兵们步声踢踏包抄而去，壮声高喊："抓刺客！抓土匪！"汪瑞闿惕然惊醒，听到枪声大作，急忙呼喊："何事变乱？"随从护卫从床上一跃而起，冲到窗前，望见黑暗中人影奔路穿梭，壮胆回道："大人勿怕，听说是抓刺客。"汪瑞闿骇然："刺客？行刺何人？"话音未落，窗外步声一支箭似的朝屋里射来，情急之中，汪瑞闿滚下床来，一头拱进床下。

蔡立春率一队荷枪实弹士兵破门而入，"砰砰"朝窗户连放两枪，一面高喊："抓刺客！哪里跑！"汪瑞闿心下稍安，颤抖着从床下钻出来，瞢见一身戎装威武军官，愕然道："蔡、蔡……原来是你？"立春赶忙作揖行礼："汪师在上，门生有礼。"汪瑞闿脑中掠过当年武备学堂开除立春情形，心中忐忑，手指窗下一地狼藉："这、这……这是怎么回事？"立春回道："江西地界匪患猖獗，暗杀抢掠屡禁不止。门生奉都督之命日夜巡逻，方才眼见蒙面刺客撬门入室……"汪瑞闿端起架子往床上一坐，昂然道："我奉大总统委任，入赣就任民政长。你既负责巡防，理当加派警卫，确保我人身安全无虞。"

立春把玩着手枪，笑道："江西匪患猖獗，门生只怕力不从心。汪师想要活命，惟有速速离赣。"汪瑞闿恍然大悟，"哼"一声站起来，骂道："姓蔡的，你这个公报私仇小人！我乃大总统委任一省之长，你竟敢破门而入，持枪逼宫？"立春"哈哈"大笑："汪师勿要理论，速离赣地，打道回府，颐养天年，方为上策。"延俄到黎明，汪瑞闿愤然离赣北上京师，找袁大总统告状诉苦。

袁世凯当即致电李烈钧，勒令批准汪瑞闿病假二十天，从速筹备军民分治事宜，恭迎汪长入赣视事。李烈钧毫不客气回电：眼下各省议会成立，国会选举在即。李某不惮勉为其难，于军民政要方面担负完全责任，不劳大总统操心。袁世凯恼羞成怒，却又无可奈何，骂咧一通，只得不了了之。

2

了结一段公案，李烈钧设酒作食，召集统将把盏相庆。此时蔡立春已兼任九江水巡总监，酒至半酣，起身走到李烈钧座前，讪笑道："都督，所为诚快，只怕打击报复立等可至，不可不防。"李烈钧点头道："老弟勿虑，本督早有防备。"起身把立春拉到僻静处，耳语道，"眼下对策，莫过于夯实赣军实力。上月我已派人去日本订购军械，已有七千支枪和大批弹药运抵上海……"立春攥拳道："正要做好兵戎相见打算，袁某人疮疖快要烂出脓来了。"

十天半月之间，日本枪弹经由上海运抵九江。不料消息泄露，赣府私运枪弹情报被京师捕获，袁世凯一面密令九江镇守使戈克安扣留枪弹，一面部署水陆兵力向赣府施压。戈克安经不起大总统威胁利诱，倒戈背叛赣督。袁世凯获得戈克安支持，当即调遣军舰"楚谦"号前往九江没收军械。

李烈钧闻讯大惊，急忙吩咐立春，"九江、湖口是水巡总监管辖之地。本督令你想个两全之策，既要把枪弹取回来，又要叫大总统吃个哑巴亏，有苦说不出……"立春受命，急去火药库领取十支炸药，立刻乘船飞驰湖口。

午后时分，船到码头，一溜小跑冲进水军团部，一叠声叫嚷："李团长——"李团长原是当地鄱阳湖渔家子弟，自幼在渔船上长大，极谙水性，上岸是个人，下水是条鱼，博得个"浪里白条"绰号远近闻名。听到参军长叫喊，急忙迎到门口，待要行个军礼，谁知立春早已抢先，二话不说，躬身作揖。李团长大惊，慌忙拜倒地上："卑职该死！不知何事开罪参军长？"立春赶忙拉起，携手进屋，笑道："李团长，我有天大差事要办，你愿与我共赴龙潭虎穴，出生入死吗？"李团长"啪"地双脚立正，抬手行个军礼："但凭参军长吩咐，惟命是从！"立春击掌叫一声："好！"把嘴附在李团长耳畔，密语道："速去预备一张渔网、两支手电筒和一叶小舟，晚来我自有吩咐……"李团长听得频频点头，并无多话。

时至黄昏，鄱阳湖日落，水天苍茫如黛。立春召李团长入室，打开行李箱，取出十支炸药，不装雷管，却把火索直接插入其中。摆弄妥当，取一根细绳，把炸药绑结成一串，解开衣扣，束在腰间。夜幕之中，二人走出营房，做闲逛状，一路指点谈笑，渐行渐远，慢慢踱到湖湾码头。转眼拐入一片蓑草枯茅掩映小径，惊飞一行水鸟，行至湖岸，早有一叶小舟泊在水洼。二人警觉环顾四野，相视点头，迅速跳上小舟，划起双桨，仿佛离弦之箭射入湖心深处。

二人各摇一支船桨，划行半日，远远望见一座黑黝黝小山。李团长放眼张望，隐约可见"小山"上人影幢幢，穿梭往来，压低嗓门指点道："参军长，那就是'楚谦舰'，水兵们仿佛正在搬运枪弹。"立春点头，吩咐道："注意隐蔽，把船摇到舰尾。"二人奋力划桨，一盏茶工夫，小舟神不知、鬼不觉地划到舰尾。李团长依计而行，迅速穿上油毡衣裤，抓起船上渔网，悄无声息下到水中，鲨鱼般靠近船舰。一阵摸索，轻易把渔网缠绕到螺旋桨上，迅速反身上船。

不出李团长所料，舰上水兵果真正在搬运枪弹上舰。一番忙碌已毕，舰长下令起航，机师立刻发动机器。不料船舰一抖，打个哆嗦，纹丝不动。舰长下令再三，船舰哆嗦再三，寸步难行。机师出舱报告："船舰不能起航，螺旋桨上似有异物缠绕，待我下去看看。"舰长点头依允，机师穿上水衣，放下软梯，下水而去。谁知刚刚游到舰尾，早被小舟上守株待兔的李团长一把抓住水衣帽檐扯上船去。舰长待要张嘴呼叫，却被立春以迅雷不及掩耳之势把洋巾塞住嘴巴。

一切依计而行。立春换上从机师身上剥下的水衣，扮作机师模样朝李团长扮个鬼脸，摸摸腰间炸药，咕噜一声："还是这洋水衣好，滴水不漏咧！"一边俯身下船钻入水中，登上软梯，摸索上舰。李团长奋力摇起船桨，逃之夭夭。

立春上到船舰，低头猫腰钻入驾驶舱。舰长以为机师排除故障返回，自无多话。等待半日，不见船舰发动，走到舱口喝问："怎的还不起航？"立春"哼哼"两声，并不回话。舰长愠怒，推门而入。立春纵身而起，一把拽入舱内，关上舱门，迅速拔出手枪直指舰长脑门，低声道："舰长大人，多有得罪！"一手从容解开衣扣，亮出腰间一排炸药，挑眉冷笑，"好叫舰长知道，我是赣军参军长、鄱阳湖水巡总监蔡立春，舰长敢不听令，我便与此舰同归于尽！"舰长顿时吓得双腿打抖，战战兢兢道："不不不……参军长有话好商量……"

立春斜一眼机师操作台上纸笔，吩咐道："麻烦舰长写张字据，我便放你一条生路。"舰长点头哈腰："写、写什么字据？"立春晃晃手枪："过去！"舰长赶忙蹓到案前，握起水笔。立春转身把枪口对准舰长脊背，轻声道："照我念的写，签上尊姓大名：因船舰发生重大故障，短时不能修复起航，顾忌鄱阳湖水盗猖獗，抢劫成风，所扣枪弹久置舰上，难保无虞。经请示赣军水巡总监蔡立春同意，将此枪弹暂存九江水军防营。立此字据，以备日后交涉。"舰长依言写罢字条，待要签名，握笔凝神道："参军长，这、这、这……上峰怪罪下来，我丢饭碗事小，只、只怕性命难保啊。"立春轻轻活动扣在手枪扳机上食指，睁眼道："少废话！快签名！"舰长已成俎上鱼肉，无可奈何，只得在字条上签下姓名。立春一把抓过字条，收进怀里，赞道："舰长深明大义，在下钦佩。"一边移步到门边，拉开舱门，又道，"有请舰长送我登岸，监督赣军水兵上舰搬运枪械……"

舰长诺诺，躬身走出驾驶舱。立春紧跟其后，取出手电，打开光束朝湖岸照射，明暗闪烁。湖岸立刻有手电光束回应过来，也是明暗闪烁。对上暗号，只听得"呜——"的一声，便有赣军舰船鸣笛驶来。

3

来年三月，国民党领袖宋教仁在上海车站遇刺。四月，袁世凯北洋政府向英、法、德、日、俄五国银行签订"善后借款"合同，筹措两千五百万英镑充实内战军费。消息公布，海内震惊，举国哗然，南方国民党阵营与袁世凯北洋政府矛盾迅速激化。孙中山当即从日本回国，组织讨袁力量。江西都督李烈钧带头响应，通电南方各省：空谈共和，无裨于桑梓！壮声呼吁武力讨袁。

袁世凯立刻调遣北洋军第六师李纯部移师九江上游，将进攻矛头直指江西。一面致电李烈钧，严厉指责湖口练兵、南昌拒汪、九江夺枪种种行径。一面通电全国，痛斥李烈钧生性好乱，破坏统一，不服中央。李烈钧回电驳斥，号召赣军统将部署练军，做好兵戎相见准备。

忽一日，蔡立春巡视军训归来，卫兵呈上一张名刺，回禀道："参军长兄长驾到，已等候半日。"立春接过一看，只见名刺上赫然书写"中华民国国会议员蔡立功"一行隶书，三步并作两步冲进屋去。兄弟相见，立春只当堂兄功成名就，回籍省亲，假道南昌，顺便相见，忙道："哥哥荣任国会议员，日理万机，难得忙里偷闲回籍省亲……"立功眸光四顾，拉长一个楔子般下巴，吊诡笑道："立功此番赴赣，专程会见老弟，不为回籍省亲。"立春愕然："哥哥何事专程来见老弟？"立功苦笑："此事神秘，晚来同床共榻，再说不迟。"

当晚兄弟抵足而眠，立功长吁短叹："立春，此事腌臜，我竟不知如何对你开口！"立春纳闷，翻身坐起："哥哥向来心直口快，什么腌臜事叫你如此为难？"立功抬眼问道："老弟可知赣督与袁氏不和？"立春笑道："这是秃头上虱子——明摆着咧！"立功叹道："老弟文武双全、足智多谋，袁氏顾忌老弟在赣督麾下出谋划策、为虎作伥。前日召我密谈，令我赴赣劝说老弟弃暗投明，归顺中央。袁氏许诺以八十万现洋赏赐，日后辅主功成，还要晋封你我兄弟为'文臣武将'咧！"立春听得"扑哧"一笑："哥哥，原来你冲着做那'文臣武将'而来？"立功摇头："我倒不稀罕做什么'文臣武将'咧！老弟不知袁氏手段，他既动了这般心思，我若不顺水推舟，哪里还能在北京立足？"

立春"哦？"一声道："这般说来，倘若哥哥劝降无效，有辱使命，袁氏就要拿哥哥问罪吗？"立功蹙眉："老弟只管自作主张，不必为哥哥委曲求全。不瞒老弟，我离京之时，便没打算再回去了。"立春忙道："这如何使得？哥哥年轻议员，前途无量，怎能不回去咧？"立功心灰意冷，痛楚摇头道："我算什么？连宋教仁先生都被三颗子弹结果性命，你说这个国家还有希望吗？多一个少一个议员，有什么要紧？"立春劝慰道："眼下风云际会，鹿死谁手尚无定论，哥哥为何如此悲观？"立功悔恨道："立春，我真不该拉你走来革命道上，害你家破人亡！"立春忙道："哥哥何出此言？老弟自愿出头为国族效命，与哥哥何干！"立功洒泪长叹："老弟啊，当年我俩一腔热血，踌躇满志，一心只要推翻专制、建立共和！好容易天佑中华，满清灭亡、专制结束，共和似乎也建立起来了，但是国族新生却遥不可及。"

兄弟私语半夜，黑暗之中，立功一个劲儿长吁短叹："事到如今，哥哥迷茫至极。徒有明亮双眸，却看不见国族前途安在，遑论个人闻达？"立春听得动容，叹道："老弟何尝不是迷茫？但是总要有人在黑暗中探出一条路来，国族前途才有指望。"立功凝噎，摇头道："老弟追随赣督讨袁，其志可嘉。哥哥却晓得赣督所为断难成功；即便侥幸成功，将来胜利果实也不知又要落入何人之手……袁氏重金收买老弟，并非真用得着老弟效力，只求老弟忺离赣督足矣。依哥哥主意，老弟不如顺从袁氏之意，好歹赚下八十万现洋，带回原籍成家立业，也不枉出来革命一场。"立春一声叹息，把爹爹临终之言一五一十和盘托出，泪光闪闪道："骨肉至亲，哥哥才对老弟口吐真言，无奈老弟断难从命。哥哥啊，开弓没有回头箭咧！如今不为这个那个，只为告慰爹爹在天之灵，我也要硬着头皮去做一个吞针罗什！不然日后命赴九泉，我拿什么脸面去见爹爹？"

立功见老弟心意已定，道一声人各有志，自不勉强。黎明时分，索性把赣督麾下统将多有被袁氏收买、袁氏早已着手部署剿灭赣军种种机密详尽相告。用过早膳，立功告辞，启程归家："哥哥此去，安守乡间，奉晨昏至父母百年。老弟驰骋疆场，大有作为，来日光宗耀祖，显亲扬名，自在意中！"立春紧攥兄长之手，苦苦相劝："哥哥壮志未酬，即便京师已无去路，何不留在赣督麾下建功立业？"无奈立功心灰意冷，去意已决。立春只得骑马相送，长亭短亭，依依不舍。仿佛冥冥之中两人都已了然于心，今日兄弟分手，正是生离死别。

时至六月，艳阳如炽。袁世凯颁布临时大总统令，悍然罢免江西、广东、安徽三位国民党籍都督，同时大举派兵进驻湖口。李烈钧迫于国民党阵营意见分歧，内部统将步调不一压力，审时度势，采取不抵抗政策，自愿解除职务，远走上海，并将驻守前线将士悉数撤回南昌守营，以求息事宁人。然而李烈钧的隐忍退让并未换来江西安宁，袁世凯依然下令按原计划进攻江西。李纯第六师长驱直入，迅速开赴九江。国民党阵营和平幻想终告破灭，孙中山急忙召开会议，指示李烈钧立刻返赣，武力讨袁。江西军民各界纷纷谴责李烈钧不抵抗政策，呼吁赣督回籍守土；南昌城内讲武堂师生、退役官兵争相拥入省府，主动请缨参战；外省各路主战人士也纷至沓来，一时云集江西，喧嚣不息。情急之下，蔡立春心潮澎湃，愤然致电李烈钧：袁氏猖獗，党国危急，江西危急，大丈夫理当挺身而出，效命家国。都督若不莅赣执事，立春不惮舍身成仁，独力抗袁，报效国族！李烈钧接到电文，热血滚涌，趁着当晚月明星稀，独乘小轮返赣，直抵湖口。

七月流火，湖口起兵，"讨袁军司令部"义旗高高飘扬。李烈钧自任讨袁总司令，宣告江西独立。枪炮四起，炮声隆隆之中，发表檄文，通电全国，痛斥袁世凯："乘时窃柄，帝制自为，灭绝人道，暗杀元勋，弁髦约法，擅借外债……"种种祸国殃民罪状。袁世凯当即委任李纯为九江镇守使，平叛剿匪，格杀勿论。李烈钧、蔡立春调兵遣将，军号骤响，火炮齐鸣，水、陆两军分头出击迎敌。

4

《江西讨袁军总司令檄文》发布，举国传诵，讨袁士气顿时高涨，南方各省纷纷宣布独立。然而各省"独立"积极，"讨袁"犹豫，孙中山等主战派期望中振臂一呼，应者云集，同仇敌忾的讨袁局面未能如愿形成，致使江西孤军奋战，独木难支。

激战半月，赣军力有不逮，疲于迎战。陆军各路伤亡惨重，部分统将经不起袁世凯重金诱惑，消极抵抗，积极奔命，以致士兵溃散流窜，络绎于路。惟有蔡立春亲率水师，尚能坚守湖口。眼见战情不利，李烈钧忧心如焚，宿夜忧叹："倘若水路失守，如之奈何？"蔡立春只得宽慰："都督放心，湖口地势险要，易守难攻。我俚外有石钟山、马当要塞扼守鄱阳湖瓶口，内有坚船利炮巡守湖面，严阵以待，以逸待劳。袁军战舰胆敢来袭，哪能抵挡我军岸炮与舰炮一同开火，合力轰击？袁军陆地部队距离我军路远迢迢，绝无可能进攻我军炮台……"

果然不出蔡立春所料，李纯陆军屯驻九江，迟迟不敢进攻湖口。袁世凯急于求成，一面派人加紧火线策反赣军统将，重金诱惑，现票交割；一面增派北洋海军司令汤芗铭亲率战舰，赴赣参战。汤芗铭踌躇满志，建功心切，率舰南下，浩荡而来。驶至离湖口数里水域，一声号令，停舰待命，侦察敌情。副官乔装渔民，夜乘小舟，偷窥巡查，回禀司令："湖口地势险要，布防严密，毫无破绽。"汤芗铭问："赣军水师主将何人？"副官回道："打听得主将姓蔡，名唤'立春'二字。"汤芗铭嘘出一口气："可是去年那个湖口练兵、南昌拒汪、九江夺枪之人？"副官回道："正是。"汤芗铭断然下令全军休整："此人只能智取，不可强攻。"

延俄两日，正当袁军束手无策、一筹莫展之际，李烈钧忽然收到孙中山发来密电。电文声称袁军海军司令汤芗铭原是"同盟会"元勋，此次开赴九江，实属率部起义，倒戈讨袁，望赣军明察，勿生误会。李烈钧大喜过望，高扬电文欢呼："天助我也！"当即下令马当炮台放行，并鸣号欢迎致敬。谁知汤芗铭却是个叛徒，以"同盟会"老友身份，奸计诈骗孙中山得逞，率领舰队，不费一枪一弹大摇大摆闯过要塞，从容驶近湖口。不待迎宾号声停息，断然下令舰船开炮，"轰隆隆、轰隆隆……"直射赣军炮台。

李烈钧大呼上当，仓促下令赣军炮火还击。不料军令发出，却久久不闻炮声响起。立春手持双枪，冲上炮台察看，原来炮台守将已被袁世凯重金收买，关键时刻，破坏大炮，使之哑然。立春迅速回营，拼死杀出一条血路，护卫都督冲出重围。眼见大势已去，李烈钧只得传令各路残部统将，遣散士兵逃命要紧，勿做无谓牺牲。转眼湖口、吴城相继沦陷，袁军扫荡江西，如入无人之境。

赣军兵败，全国讨袁武力随之土崩瓦解。当年十月，国会召开，选举袁世凯为中华民国首任正式大总统。袁世凯当即以"叛乱"罪名，下令解散中国国民党，驱逐国会所有国民党籍议员，以致国会人数不足，被迫解散。

半年之内，孙中山、黄兴、李烈钧、蔡立春等一大批革命党人流亡日本。为探讨国内革命形势，总结"二次革命"失败教训，孙中山召集同仁没日没夜开会。认为"二次革命"失败，只因国民党内部分裂，部分元勋对袁世凯心存幻想，造成对讨袁革命领导不力，不能步调一致，协同作战。为重新结集革命力量，策划讨袁"三次革命"，提议把"中国国民党"改组为"中华革命党"，甄别吸纳党人，去芜存精，去伪存真，重操讨袁大业。但是黄兴、李烈钧和部分赣军将领却认为中国民智未开，变乱之中，人心思安，不问是非，不辨贤愚，再次武力讨袁时机并不成熟。双方剧烈争辩，互相指责，互不臣服。黄兴、李烈钧等反对派坚决拒绝加入"中华革命党"，毅然决然与孙中山分道扬镳。

蔡立春一时陷入矛盾，在他内心，自然极力赞成孙中山主张，革命尚未成功，岂有半途而废之理？但是，黄兴、李烈钧一派的决然仳离、扬长而去，却让他莫名其妙，百思不得其解。纠结苦闷，旷日持久，直至来年开春。异国春天繁花似锦，空气中氤氲着一股子撩人而又让人不安的气息。懒恹恹踟蹰异国他乡海岸滩头，立春心里涌起一股莫名羞愧，仿佛置身妓寮忆起家中糠糟。驻足沉思良久，海涛声中，凭栏眺望，恰逢片片船帆驶向远方，立春方才明白自己思亲怀国。可怜父死妻亡，然而大海对面遥远祖国，汩汩流淌耶溪河畔，暮鼓晨钟广福寺旁，还有自己温良和善姆妈、特立独行妹妹和一双嗷嗷待哺子侄。

好容易忍住泪水，却按捺不住内心冲动。立春猛然转身，箭一般射向李烈钧寓所。重重敲开门庭，旧仆相识，殷勤领进后院，只见李烈钧正歪在一张藤条大椅上目不转睛看阅报纸，赶忙向前躬身行礼，叫喊一声："先生！"李烈钧抬头斜一眼对面藤椅，捋须浅笑："立春来了？坐吧。"立春施然落座，敛容正色道："我有话要和先生理论，今日务必辨明是非，拨云见日。"李烈钧相视苦笑："菩提无树，明镜非台，何来是非可供辨明？"伸手递过报纸，一声长叹，"你看看国内同胞如何口诛笔伐革命党人，保管你不想说话，只欲长歌当哭！"

原来报纸连篇累牍，图文并茂，有说宋教仁案大可法律解决，孙中山不顾党内意见分歧，贸然发动武力讨袁，应负摧毁政府、葬送共和之责；有说武力讨袁实属军阀干政，粗暴至极，无理至极，理当唾弃；有说"善后借款"只为解济眉急，非为违宪，南方诸省不当据此发难，无理取闹；还有说大总统真心赞襄共和，保民有方，北洋军荡平江西之日，所到之处商民列帜欢迎，观者塞路……

立春看得心头窒息，两眼漆黑，仿佛身陷泥淖，坠入阴司，果真无话可说。抬眼凝望，当年威风凛凛赣督，身穿睡衣，神情缱绻。无语凝噎半日，立春一把揉碎报纸，哽咽道："好好好……一切都是革命党人不是！好在党人失败，落荒而逃，抱头鼠窜。袁大总统权柄在握，大行无碍，理当大刀阔斧重建共和，谋划宪政……"说着，抬手抹把眼泪，握拳高嚷，"可是、可是为何大总统却要解散国会，排除异己，寡头独裁？"

李烈钧正欲自嘲，忽然"嘤嗡"一声，眼前掠过一只蜜蜂。不觉撂下话头，一双眸光却被蜜蜂牵引，远远挂到对面院墙下一棵柚树之上。柚树青葱，繁花洁白，树冠高耸一根粗枝，灯笼般挂着一枚蜂窝，蜂群团绕，挤挤搡搡，嘤嗡不息。凝神良久，扭头面向立春，抚须沉吟："你看这些生灵，嘈嘈杂杂，纷乱不堪。然则出入进退，朝生暮死，自有其道，无容外力干焉。蜂事如此，人事何异？可怜我等哀民生痛楚多艰，舍生取义，揭竿而起，一心只要拔民水火、解民倒悬，殊不知民生有其自道，善恶生死，父子不能有所劻助！"立春不解其意，忙问："倒要请教，何为民生自道？"李烈钧剑眉紧蹙，痛切道："可恨民生愚顽短视、自私狭隘、苟且偷安，理当顺受其咎，为畜为奴、倒悬水火、永无再生！我等何必狗捉老鼠，多管闲事？"

立春咀嚼赣督之言，自有一番切肤之痛涌上心来。寻思半日，拱手相问："先生，事到如今，立春只有一话。倘若袁氏不日登基，孤寡自称，我等革命党人情何以堪？"李烈钧"扑哧"笑道："意中之事，面北长跪，山呼万岁而已！"立春点头，不复多言，转身而去。

5

孟秋时节，历尽千难万难，"中华革命党"宣告成立。蔡立春终与李烈钧分道扬镳，毅然追随孙中山，宣誓入党。一番决策落地，党部移师国内，驻扎上海。三百名党人潜藏归国，分散南方各省重建革命阵营。立春受党部委派，改名换姓，乔装打扮，密居上海法国租界，担负联络党人、筹集经费、购买枪弹重任。

都会上海，花柳繁华，五方杂处。跑马街头，红男绿女丛中，不乏帽檐遮眼、低头疾行革命党人；羊肠里弄，熙熙攘攘人流，自有眼观六路、耳听八方缉匪暗探。来年初春，立春外出化缘，奔波一日，悻悻回府。忽闻身后足音跫跫，亦步亦趋，感知有人跟踪，回头一望，只见一个矮胖男子摘下礼帽，露出一张蜡黄八字脸，哈腰喊道："参军长好。"立春咕噜一声日语："你找谁？我不认识你！"男子愕然道："你不是江西参军长蔡大人吗？怎的成了日本人呢？"立春听他说出自己姓名籍贯，改用国语问道："你是什么人？为何跟踪至此？"男子作个大揖："卑职原是湖口知县，当年参军长湖口练兵，卑职参见过呢。"立春方才记起这张八字脸似曾相识，赶忙请进屋去。

原来讨袁起兵前夕，袁世凯亲信企图收买湖口知县。县令坚拒不从，亲信切齿撂下一句话来："将来有你好果子吃！"转眼湖口兵败，李纯升任赣督，禁不住亲信谗言离间，把个不识抬举知县撤职查办，逐出赣地。知县丢官失职，背井离乡，辗转来到上海租界投亲。前时从报纸上看到"中华革命党"讨袁檄文，又风闻李烈钧潜藏归国策划"三次革命"，因而四处转悠，暗中访查，只为寻觅旧主踪迹，以为良禽择木之计。立春听得心中暗暗诧异，知县消息何其精准。当时商讨国民党改组，李烈钧与孙中山意见分歧，争吵激烈，以致分道扬镳；待到新党成立，着手筹划讨袁大计，李烈钧却以老友身份出谋划策，贡献良多。党人多有举荐李烈钧潜归上海,担当联络枢纽。只因孙中山顾忌李烈钧尚未正式投身新党,不允网开一面,苟且行事,方才作罢。

一番言来语去,立春探知知县家资富饶,怀揣千两银票意欲赞襄革命,不禁喜上眉梢。知县察言观色,心中有数,不待立春亮明身份,赶忙掏出银票奉上:"卑职早已弃暗,只恨投明无路。请大人不弃鄙陋,为卑职穿针引线。"立春警觉顿松,讪笑道:"同是天涯失路人,理当'兄弟'相称,哪来什么卑职大人?"知县道一声:"不敢!"笑逐颜开。

来日晌午,立春乔装打扮,外出联络。走到大街,忽听得一声断喝:"捉拿山东响马!"侧耳一听,正是知县口音,不觉循声张望。谁知一伙便衣应声呐喊,包抄而来,不由分说捉拿立春。立春壮声呵斥:"光天化日之下,安敢绑架良民?"便衣置若罔闻,径直扭送租界巡捕房。立春恍然大悟,大声高呼:"湖口知县卖我——湖口知县卖我——"

立春被捕消息顷刻传出,迅速上达京师。当时刘昆泰正在中央政府供职,其父刘家玉曾去安徽都督谭延闿麾下辅佐督皖,待到谭延闿讨袁兵败,丢官开缺,刘家玉随之封金挂印,翩然而去,如今正随长子客居京师赋闲。闻知立春凶讯,昆泰当即飞奔回寓所禀报爹爹。刘家玉镇定道:"莫急,租界巡捕房非比上海警署,袁氏鞭长莫及,大有回旋余地……"父子立刻收拾出门,一面赶往电报局给回籍归养的蔡立功发去加急电文,相约速往沪地救人;一面搭乘小火轮,直奔上海。一日工夫,船到码头,昆泰马不停蹄联络沪地革命党人,刘家玉赶忙拜会故人旧友。孙中山在日本闻讯,也电令上海党部不惜一切代价,全力营救。两厢合力,好容易疏通巡捕房关节,谈妥五万两赎金,一手交钱,一手交人。

紧急筹措两日,款项凑手,刘家玉父子以原籍亲戚身份出面赎人。上班时分,两人从前门进入巡捕房,禀明来意,早有巡捕官送来表单,昆泰如实填写,附上银票呈交。巡捕官收取表单、银票进去上房,吩咐二人等候。不料左等右等,等到晌午下班,却有人出来把银票交还，淡然道："捕房查实，蔡立春乃乱党主谋，非比寻常盗贼响马。依据贵国法律，不宜赎罪。"原来二人从前门进入巡捕房时，中央政府使者恰好抵达后门。一番狼狈勾结，巡捕房以白银十万两价码把立春转售袁世凯，移交上海警署。

三日后，蔡立功携堂妹蔡立秋八百里加急，奔来沪地。一番辗转打探，总算与刘家玉父子在一家革命党人开办的旅馆接头。立秋一见姨父，不及请安见礼，一把拉扯着哭跳："姨爹，我二哥还能活命吗？"刘家玉好言劝慰："秋姑娘放心，革命党部比你更舍不得立春牺牲！昨天接到日本电报，孙文先生已下令全力营救……"蔡立功问知湖口知县告密，拉长一个楔子般下巴，握拳骂道："这条恶犬！我不把他剁成肉酱，誓不为人！"昆泰忙道："眼下救人要紧，哪有工夫理会恶犬！"立功点头，着急要去警署打点安插，以免立春受苦。昆泰赶忙拉住："哥哥少安毋躁，党部已托请外国朋友进京斡旋，立春暂无性命之虞。警署我已疏通妥当，立春不致吃苦。"立功兄妹听得如此，方才作罢。

安顿下来，草草用过晚膳，刘家玉父子和蔡立功分头出门拜客，打探北京消息。立秋独去栈房歇息，一会儿想起二哥身陷囹圄，生死未卜；一会儿想起父死嫂亡，老母幼侄无依无靠，哪里忍得住泣泪？昆泰外出归来，听见表妹房中哭泣之声，驻足敲门道："秋妹妹还在伤心吗？"立秋开门，一见表哥，越发泪如雨下，呜咽道："泰哥哥，有什么消息没有？"昆泰慢慢踱进房去，站在窗前，面朝一帘夜色，轻轻摇头。立秋心急如焚，忍不住"呜——"地哭出声来。昆泰赶忙转身苦劝："妹妹莫急，眼下情形，没有消息才是最好消息咧！"

两人各自归座，立秋咀嚼这话大有道理，方才止住啼哭。昆泰抬头瞥一眼表妹，只见两颊滂沱泪水中红光点点，宛然桃花带露。立秋吞一口气，凝神问道："自从湖口兵败，二哥萍踪浪迹，不知漂泊何处，谁想竟在上海落入魔掌？"昆泰忙道："湖口兵败，立春流亡日本，直到年前方才潜藏归国，隐居沪地……"立秋抬手打断道："不！我晓得二哥多半躲藏在京城咧！去冬今春，我不时收到二哥从京城钱庄汇回的银票。"昆泰脸上掠过一丝羞怯，低头不语。立秋心有灵犀，惊诧道："莫非银子全是泰哥哥所赐？"昆泰赶忙扭头望向窗外，蓦见一轮圆月不知何时冲破云层，高挂穹顶，洒下漫天银光。

恰在这里，刘家玉和蔡立功外出归来，推门而入。立秋弹跳而起，连珠炮似急问："姨爹，打听到什么消息？外国朋友斡旋成功没有？"蔡立功摘下礼帽，没好气道："姨爹奔波半日，你让老人家坐下歇会儿，再问不迟！"刘家玉一屁坐去椅上，鹘眼一睁，淡淡道："难得袁世凯给外国朋友面子，爽快答应只要立春弃暗投明，立马赦免罪行，放回家中！"立秋眼珠一转，拍手跳蹦，破涕为笑："这可好了！我二哥一定没事了！"说着，得意扬扬摇晃身子，"说不定明天二哥就回来了，大摇大摆带我逛上海！"蔡立功一脸狐疑："秋妹妹，你断定你二哥一定会做叛徒吗？"立秋耸耸鼻子，狡黠一笑："我才不断定二哥一定会做叛徒，但我断定二哥一定不会吃眼前亏。我二哥可不是那种迂腐不知变通之人，不过向袁大总统认个错嘛，嗯？有什么要紧的？"话音未落，翩然转身，拱手作个大揖，紧着嗓子油腔滑调道："大总统在上，卑职错了，卑职大错特错！从今往后，卑职弃暗投明，忠心耿耿替大总统做牛做马！"

三个男人都被立秋闹得一愣一愣。刘家玉歪在座椅上，嗔骂道："你以为袁大总统像你一样傻？什么叫弃暗投明？不把讨袁计划和盘托出，不把党部巢穴指认明确，不把乱党同伙悉数招供，以供警署斩草除根、一网打尽，那叫什么弃暗投明？人家袁大总统像你一样容易上当吗！"立秋身子打个寒战，一脸灿烂笑容瞬时冷冻。忽然嘴巴一鼓，"哇——"地喷出一口鲜血来。

第八章　血沃春秋

1

一夜风雨，天地狼藉。黎明时分，残雨未了，"淅沥、淅沥、淅沥……"敲打窗外芭蕉。立秋一夜无眠，拥被而坐，血红双眼直愣愣瞪着对面黑窗，耳畔狂风怒吼，如诉如泣。时过多日，事与愿违，立春终究没能灵机一动，耍个心眼，一个跟斗翻出警署牢笼，翩然归来，大摇大摆携手妹妹逛上海！

袁世凯三令五申上海警署，不惜一切代价收买蔡犯弃暗投明。上海警长遵命，大笔一挥，开出一张十万银票，恭恭敬敬送到监牢。立春鼻子里"哼"一声，哂笑道："你俚袁大总统何其小气！些小银钱，岂能购得泱泱大国龙椅？"警长一听有戏，点燃一支香烟，讨价还价："侬你要多少钱呢？你可不要狮子大开口，袁大总统银钱勿是随便好拿的！"立春怯怯伸出三个指头，歪头道："三千万两，可乎？"警长"嘣"的一声，拍案而起："姓蔡的，你不过孙文帐下一介走卒，别以为自己是什么金身活佛！"立春嘴角浮上一抹坏笑，"嘿！"一声道："省得革命党人前赴后继，流血牺牲。要不我出六千万两，为天下民生购得共和！烦你替我问问袁大总统，可否一手得钱，一手逊位？"警长双眼一愣，拂袖而去。

时隔一日，警长再至。不复恭敬，一脸倨傲，腆着肚子大喝："蔡犯听着！袁大总统有令，务必从你口中掏出三百乱党名录！你若不识时务，别怪本官大刑侍候！"立春双眸如剑逼视警长，从容解开

320

衣扣，露出血肉胸脯，以手戳指："来吧！心在这里，肝在这里。钢刀锐斧，只管使来，有死而已！"警长"哼"一声冷笑："你以为本官不敢？"立春摇头："没有，屠者捕得猎物，还有什么不敢！"警长一声断喝："大刑伺候！"踢踏脚步骤然响起，一队刑差鱼贯而至。监牢里顿时传出撕心裂肺呼喊怒号，宛然虎死豹残。

一番电文往来，袁世凯恼羞成怒，终至痛下杀手。为震慑革命党人和江西反袁力量，公开发布大总统令，痛斥蔡立春结党营私、图谋不轨、兴兵乱国罪行。下令上海警署重兵押送囚犯，解往江西南昌公审治罪，依法行刑。

得闻噩耗，立秋哭得死去活来。好在党人来报，党部正在紧急部署行动，挑选武功高强、枪法精准党人乔装跟踪囚车，并在九江至南昌必经之路埋伏重兵，只待囚车驶出九江，驶上官道某处，便要兵戎相见，拼死劫囚。立秋听得如此，当即嚷道："我也去！我也去救二哥！我在团练局学过武艺，个把男人不是对手！"昆泰没好气瞪一眼："这会儿用不着你的花拳绣腿！"一边转眼望着蔡立功，"要不我俚去吧？去把立春救出来！"立功握拳道："好！我俚去！"两人当即收拾行装，跟随报信党人而去。

不多日，囚车如期押至九江。袁世凯似乎有所警觉，忽然改变主意，下令九江镇守使：蔡犯送达九江，就地枪决，无须解往南昌公审治罪。镇守使当即回电："惟大总统之命是从！"不料刚刚料理行刑法场，大总统旨意又至：如能招降，最是上策，望镇守使建大功于国。镇守使如堕云雾，无所适从。待要发电请示明白：到底是枪决，还是劝降？谁知未及拟就电文，大总统旨意再至：倘若囚犯执迷不悟，格杀勿论！镇守使揣度电文出尔反尔，已知上意左右摇摆，举棋不定。寻思片刻，眉头一皱，计上心来。

一番安排料理妥当，镇守使衣履隆重，亲去官道口迎接囚车。凝神注目，只见囚徒披头散发，遍体鳞伤，蹙眉下令："放出人来！"扭头使个眼色，押送警兵取出钥匙，打开囚车。镇守使满脸堆下笑来，弓腰搀扶出来，说道："蔡先生受苦了，本官已备下宴席，为先生接风洗尘。"立春拖着沉重脚铐"稀里哗啦"走出囚车，拱手笑道："难得镇守使多情如此，蔡某乐得受用。"

镇守使引领立春进入衙门，去到餐厅，入席饮宴。酒过三巡、菜过五味，宾主相谈甚欢。酒至半酣，镇守使瞧见立春脸上桃红李白，忽又把盏相敬："蔡先生为民请命，本官敬服。惟有一话，倒要请教。"立春飞扬手中镣铐，"叮当"作响："镇守使有话，但说无妨。"镇守使端起一盅酒，一饮而尽，问道："据本官所知，革命党兵力不足、枪弹短缺、经费尤欠，以此寡弱之势，对抗当局浩荡军师、坚船利炮、举国财帑，岂有胜算？"

立春仰头哈哈大笑："镇守使可知当年法兰西大革命，百姓无有一枪一弹，只用棍棒取得革命胜利？"镇守使摇头："法兰西革命，八十载始成。遥想当年执棍者，早已荒冢一堆草没了！"立春大快朵颐，谈笑风生："前人栽树，后人乘凉，理所当然！"镇守使摆手："栽树举手之劳，革命生死攸关，二者岂可相提并论？"立春沉吟，笑道："母亲分娩，生死攸关，可否与革命相提并论？古往今来，难产亡故者众，胎儿得生者众，何曾见过母亲有悔？"镇守使低头呷酒，舔嘴道："此又不同！母亲分娩，为自己孩儿赴死；革命起义，为天下民生亡命，私公有别。"立春忙道："天下民生之中，也有自家子侄。"镇守使又道："民生有子侄，也有仇家。先生不闻宋教仁被杀？杀宋教仁凶手，岂有不是天下民生？革命者为民生赴死，反被民生所杀，如此事业，价值几何？"立春摇头摆手，镣铐"叮当"作响："不不！杀宋教仁凶手，只为邀功请赏，得钱肥私，非是民生，而是民生之贼、民生之敌。正因民生有贼有敌，宋教仁之死，可谓重于泰山。"

一番唇枪舌剑辩论，镇守使不能劝降立春，反被立春说得哑口无言。转眼酒足饭饱，镇守使起身离席，进进出出，往来再三，一脸笑容黯然凋落，躬身邀请："衙署有后花园，春花烂漫，韶华胜极，本官愿陪先生赏花。"立春大笑："蔡某酒足饭饱，正该上路。大人奉命结果蔡某性命，爽快动手，未为不可，何必多此一举？"镇守使打个寒战，忙道："不不不，先生勿要误会，本官诚心邀请先生赏花……"

立春眸光炯炯，晃晃双腕手铐："请问大人，天下可有戴着镣铐赏花的么？况且镇守使未必有兴趣陪一个须眉大汉赏花咧！"说着，猛一甩头，壮声喝问："莫非后花园正是屠场吗？"镇守使一时语塞，讷讷道："先生休、休要误会，只是赏花、赏花……"立春瞪目骂道："我早料到你俚不敢公审我咧！只没料到你俚杀个乱党都要偷偷摸摸、躲躲闪闪！你俚不是拥有浩荡军师、坚船利炮、举国财帑吗？你俚还怕什么咧！明公正道的，敢作敢当，让我堂堂正正死于光天化日之下、众目睽睽之中，有何不可！"说着，猛一抬手，"哗啦"掀翻宴席。

镇守使额头大汗涔涔，心一横，颤音喊道："来、来人！来人啊——"五六个官差应声而至，揪扯立春。立春一边挣脱，一边高呼："镇守使杀我——九江镇守使杀我——"官差立刻把毛巾堵塞嘴巴，不由分说扭送后花园。随着"砰、砰、砰"三声枪响，三颗子弹同时射出，立春轰然倒地，血流如注。左右衙役一拥而上，迅速把遗体抬上门板，自去隐藏。

镇守使随即转身而去，不料打理花园的衙役慌里慌张跑出来，瞪目结舌呼喊："不得了！见鬼了！见鬼了！地上还躺着一个人呢！"镇守使顿时吓得魂不附体，筛糠打抖，壮着胆子吆喝官差进去看看。一干如狼似虎官差端着枪冲进后花园，果真望见万绿掩映土地上，赫然躺着一个红彤彤血人。走近一看，四肢健全，脖颈修长，身躯伟岸，头脸堂皇，呼之欲起！

2

立春遇难噩耗传到上海，出乎意料，立秋并未啼哭。仿佛一夜之间，摇身变成铁石硬汉。一连多日，起居有度，饮食无废，举手投足从容淡定。众人都暗暗纳罕，只道不要患病才好。

蔡立功和刘昆泰多方奔走斡旋，总算从九江镇守使衙门取回遗体，拉回沪地，暂厝城外寄尸亭。蓦见活蹦乱跳亲人变成一具血肉模糊、金刚怒目尸体，立秋脸上并无戚容，只伸手轻轻抚摸，把二哥一双怒睁龙睛合上，宛若溘然长睡。昆泰心中诧异，抬眼望望立秋，"啊——"的一声惊叫。蔡立功循声望去，喊声："立秋！"只见堂妹俨然变成一尊冰像，浑身僵硬，寒气袭人。

刘家玉急切呼喊："秋姑娘，你这是怎么了？不如放声哭出来，可不要憋出病来。"昆泰赶忙附和："是咧是咧，妹妹不要吓着我俚，号啕大哭未为不可。"立秋脸上寞然一笑，躬身作揖道："姨爹、二位哥哥，劳烦你俚替我把灵柩送回原籍，拜托了。"立功忙道："你这是什么话？莫非妹妹不要一道回去吗？"立秋毅然摇头："我跟沪地缘分未了，暂不离开。"昆泰忙问："妹妹为何留下？"立秋大目圆睁，咬牙道："我要替二哥报仇，我要杀了那个湖口县令！"刘家玉拍拍立秋肩膀，劝道："女人家的，手无缚鸡之力。杀人放火的话，可别挂在嘴上。"立秋一甩头道："女人自有杀人放火之法，行动出来，好叫男人震惊。"

蔡立功听得这话，沉吟道："妹妹放心，此仇由哥哥来报。我早说过，不把那条恶犬剁成肉酱，誓不为人！"立秋一把抓住立功，摇头道："可怜立秋死光了亲哥，通共只剩一个堂哥，哪里舍得哥哥再入龙潭虎穴？"说着，跺脚哭喊，"横竖立秋是个女娘，即便丧命，也比男子不值钱些！"立功舒口气道："我俚蔡家男子尚未死绝，怎轮到穆桂英上阵？"兄妹相争一番，眼见日已西斜，刘家玉劝道："报仇之事，非比争抢酥糖，不必立见分晓，莫若回去从长计议。"兄妹方才停止争辩。立功、昆泰自去办妥灵柩寄存手续，与立春遗体挥泪作别。

回到旅馆，立功兄妹经日商议报仇之事。昆泰看在眼里，急在心头，忍不住质问二人："你俚打算向谁寻仇？湖口县令告密，固然可耻！倘若没有袁世凯下令、九江镇守使执屠，立春安得遇难？你俚只向湖口县令寻仇，不有欺软怕硬之嫌吗？"蔡立功道："我俚正商议把宜丰团练局打师、武士们招来，先把湖口县令杀了，再找九江镇守使索命，日后自不见得放过袁世凯咧！"昆泰没好气瞪一眼，骂道："立秋妹妹罢了，亏你还是大名鼎鼎'同盟会'元勋、中华民国国会议员！如此痛快杀伐，莫非是水泊梁山好汉投胎转世？"

立秋挑眉，昂然道："梁山好汉怎么了？替天行道，快意恩仇，强过苟且偷生，任人宰割！"昆泰举起双手做投降状："我不跟你理论。"身子一转，一双犀利眸光直射立功脸上，"我只请教议员先生，可曾见过梁山好汉把家国天下引入正途、指向光明？可曾见过梁山好汉把苍生百姓拯于水火、适彼乐土？"蔡立功拉长一个楔子般下巴，愕然道："那你说怎么办咧？难不成白白放过恶犬屠夫？"昆泰以手叉腰，面朝窗外，重重呼出一口气来："与其这么报仇，不如索性放手一搏！"立秋忙问："怎的放手一搏！"昆泰回道："踏着立春足迹，追随孙文先生，坚决反袁到底，促成国家真正共和！"二人听得一怔，立秋当即举手，不假思索道："我赞同！"一边扭头望着立功。

忽然敲门之声响起。立功起身开门。只见旅馆掌柜领着一位帽檐遮脸党人站在门外，悄声道："蔡先生，党部派人来慰问烈士亲属……"前些日子，为着营救立春，立功与这位党人频繁联络，虽不知名字，却晓得姓张，忙道："张先生，请进屋。"张先生进到屋内，双眼望望立秋和昆泰："这两位是……"立功抢步向前，回道："这位是立春嫡妹，这位是立春表兄。张先生放心，屋里都是自己人，骨肉至亲。"客套已毕，落座下来，张先生掏出一张银票放落几上，转脸向立秋道："蔡女士，令兄为革命捐躯，党人同悲，义愤填膺。孙文先生在日本密切关注事态，得知烈士家有老母、幼子、孤侄，哀怜尤甚，特地汇来二百两恤银，以慰烈士在天之灵……"立秋站起来鞠躬道："敬请转告孙文先生，蔡家不需要恤银。孙文先生哀怜，莫若给故兄报仇，蔡家老小感激涕零，连亡父在天之灵也得安息。"立功趁机把兄妹意欲暗杀湖口县令报仇打算和盘托出。张先生忙道："这个何劳亲属动手？党部已查实好几个暗探身份，正在部署锄奸行动，设法把租界内袁氏鹰犬诱骗到一处，大开一回杀戒，不能再让他们把告密买卖做得顺风顺水。那个湖口县令，正是锄奸头号目标，无论如何都要干掉他！"

立秋睁一双大目，急问："这是真的吗？"张先生点头："当然。

因他告密出卖，我党好几位同志落入敌手。这条鹰犬不除，革命断难成功！"立秋扭头剜一眼昆泰，没好气道："你听听，人家堂堂革命党部都不怕做梁山好汉咧！"张先生不明就里，蹙眉道："蔡女士，莫非你们嘲笑革命党人是梁山好汉吗？"立功赶忙摆手："不不不，张先生休要误会。原是我俚兄妹意见分歧，攻讦之言。"一边把昆泰不赞同个人报仇主张回明。

张先生凝神向昆泰道："刘先生高见，非同寻常。个人杀伐报仇，自不可取。但是，党部锄奸却是革命行动的一部分，绝非梁山好汉替天行道、快意恩仇可比！"昆泰鸡啄米似点头："张先生所言极是。"立功兄妹按捺不住请缨参战："党部锄奸可否叫上我俚？我俚是党人亲属，愿为革命出力，死而无憾。"张先生一听这话，猛然叫道："这真是瞌睡遇上枕头，得来全不费功夫！"

原来湖口县令因屡次告密有功，获得袁世凯和上海警局不菲赏金。党部查实他已在租界购置寓所，四处托媒，意欲聘娶一房小妾填充巢穴。为确保干掉这条恶犬，党部部署锄奸计划，正要找寻一位青春女子，以为诱饵，钓他上钩。无奈党内三百同志，清一色男子汉，无有妥当人选。此刻立秋主动请缨参战，张先生禁不住喜形于色，忙把锄奸策划详细告知，问道："蔡女士，色诱鹰犬不是等闲之事，你可能要受些委屈呢。"立秋毅然点头："放心，我岂能受那恶犬委屈！"

3

车水马龙、华灯高照上海街头。立秋穿一件红花小袄，烫一头卷曲短发，擦一脸厚厚脂粉行走在熙熙攘攘、珠光宝气人流之中。身傍一个半老媒婆，亦步亦趋，紧紧相随，宛若赶猪牵羊上市交易。行至一家酒馆门前，立秋面露怯色，徘徊不前。媒婆跨前两步，埋怨道："到上海滩来讨生活，缩头缩脑可不成事！"立秋点头"唉"一声，壮着胆子走进门去。门内西崽鞠躬，道一声："欢迎光临！"立秋忙不迭折腰回礼："谢谢！谢谢！"媒婆恼怒训斥："上不得台盘！让人一看就晓得是乡下土包子！"

进到内厅，只见灯火辉煌，座无虚席，乐声、人声混沌一片，震耳欲聋。

媒婆紧拽立秋之手，穿过舞池中翩翩起舞男女，径直走向墙角一处灯光昏暗坐席。早有一个八字脸面中年男子站起来，眸光越过媒婆，直直射在立秋脸上。媒婆快步迎上去，笑道："万老爷早来了？外甥女梳妆打扮，让老爷久等了。"一边扭头吩咐立秋，"老爷姓万，'黄金万两'的'万'、'万贯家财'的'万'，还不快见礼！"立秋垂手屈膝，羞赧道一声："万老爷安好！"万老爷双眼蹿起火焰，跳跃如烛，照亮一张蜡黄脸面，笑容可掬道："请坐请坐，喝点什么？"

二人并肩坐下，早有西崽端着托盘送上咖啡。立秋望望媒婆，不敢道谢。万老爷身躯前倾，殷勤相问："小姐贵姓，何方人氏？"立秋怯怯回道："免贵姓花，'花木兰'的'花'，江西萍乡人氏。"万老爷点头，转脸向媒婆问道："花小姐家中还有何人？可有婚配？"媒婆一声叹息："我这外甥女命苦，自小无有爹娘兄弟，多亏教会育婴堂养大。十五岁嫁人，小两口倒是和气，谁知两年光景，姑爷得病亡故，竟没留下一男半女。可怜苦守多年，吃公婆打骂虐待不过，只得逃来上海投奔我……"话未说完，万老爷早已轻轻击掌，情不自禁叫好。

媒婆见状，站起身来，笑道："万老爷陪姑娘坐坐吧，我还有些琐事要去张罗，待会儿再来接姑娘回家……"一边抬手在立秋肩胛上捏一把，吩咐道，"遇上万老爷是你的福气，可别大刺刺坐着，万老爷吃香得很呢。你要让他从眼前溜走，满上海滩哪里去找第二个？"不待立秋回话，万老爷早已站起来，点头哈腰道："好好好……姨娘自去忙乎要紧。"

目送媒婆脚不沾地去了，万老爷赶忙绕过茶桌，一屁股坐到立秋身边，笑眯眯道："花女士可会跳舞？"立秋低头道："姨娘打骂着学了几天，勉强学会几支曲子。"万老爷越发欢喜，频频点头道："来上海滩讨生活，不会跳舞可不行。"一边拉起立秋之手摩挲，柔声道：

"老爷教你跳舞，好吗？"立秋任由万老爷牵进舞池，搂着腰肢转来转去。两人一边跳舞，一边嘤嘤喁喁叙话。立秋索性放下身段，左一声"老爷"，右一声"大哥"，一个劲唠叨自己是乡下人，无依无靠，求老爷格外恩宠，把个万老爷巴结得晕头转向，如堕云雾。

一曲终了，媒婆不知从何处冒出来，一脸笑容走到两人身边。万老爷赶忙放开立秋，吩咐自去歇息。一边携起媒婆之手，翩翩起舞。媒婆瞟一眼万老爷，挤眉弄眼道："怎么样？"万老爷眉开眼笑："果真是个美人坯子！姨娘调教调教，添些风情，可真是个尤物呢！"媒婆叹道："人是不错，无奈她那乡下婆家，还得打赏几两银子才好！万一捕到风声找上门来，谁有脸面跟那些个臭乡下人对嘴对舌？"万老爷一叠声道："好好好，一切但凭姨娘做主。"一支曲子跳下来，二人讲妥价钱。约定三日之内登门下聘，一手交钱，一手交货。

转眼曲终人散，万老爷美滋滋哼着小曲打道回府。不料刚到寓所，忽然墙角转出一个帽檐遮脸人来。定睛一看，正是自己安插在革命党中"线人"，赶忙开门引进屋去，急问："晚来造访，可有信报？""线人"哈腰密语："三日之内，党部将在'夜来香'酒楼秘密召会，商讨党首孙文莅沪安保事宜。"万老爷听得一怔："你说党首孙文即将归国来沪？""线人"回道："千真万确，如有虚假，敢以颈上人头担保。"万老爷又问："党部到底哪天召会？""线人"苦着脸道："这回党人学奸了，只说三日之内召会，并未明确具体时间。"万老爷点头，掏出一锭银子，打发"线人"去了。

事关重大，万老爷不敢怠慢，赶忙转身出门，直奔警局告密。警局闻讯，当即商定"放长线，钓大鱼"计策。连夜紧急召集一干暗探，部署行动，发号施令：三日之内，食宿"夜来香"酒楼，密切监视党人一举一动，不许离开半步。万老爷一听傻眼，自己花血本挖来的绝密情报，原想吃个独食，谁知却成为全体暗探的饕餮盛宴？眼睁睁看着一干同党闻风而动，争先恐后奔赴"夜来香"酒楼埋伏，容不得犹豫，当即奋起直追，勇往直前。

一连三日，暗探们分散潜伏在"夜来香"附近，远兜近转，食宿不离。一双双鹰隼般眼睛藏在暗处，目不转睛直射门首进出男女。万老爷记挂与媒婆约定，心驰神往，却又不敢离开半步，生怕重大情报被同党探去，岂不连一杯羹都难得分吃？延俄到第三日，可疑人物一个接着一个，鱼贯入彀。暗探们兴奋不已，不约而同尾随进入，不动声色混迹于宵夜享乐人群之中。万老爷心急火燎，自比别个抢先进入。眼见可疑人物入座的入座、跳舞的跳舞，赶忙闪身到墙角，眼角微光贪婪地把一张张面孔摄入瞳仁，印上心扉。

谁知乐曲声中，对面舞池边缘突然闯入一个艳丽身影，万老爷一支箭似的射过去，惊呼："花小姐！你、你怎么……"立秋转身，忸怩屈膝，便要开溜。万老爷摊手拦住，愕然道："花小姐，你怎么到这里来了？谁陪你来的？"立秋涨着脸回道："姨娘说万老爷看不上我，打骂着撵我来这里碰碰机会……"万老爷忙道："谁说我看不上花小姐？不是说好三日之内下聘吗？"立秋埋怨地瞪一眼，噘嘴道："万老爷哄得人家好苦，眼巴巴等候三天，哪见老爷人影！可怜姨娘拿我出气，大耳光打得脸颊发烧，连夜饭都不给吃咧！"万老爷瞠目结舌："竟有这样的事？"一跺脚道，"都怪我！都怪我这几天生意太忙，分不开身来……"立秋斜眼瞄瞄舞池，哂笑道："万老爷哄死人不赔棺材！嘴说上生意忙得分不开身，身子却到歌舞场找乐来了。"说着，抿嘴一笑，翩然转身钻入人群。

眼见一个西装男人乐呵呵走向立秋，万老爷急忙冲过去拦截，一把拉到僻静处，悄声道："花小姐，你听我说……"立秋一边挣脱，不耐烦道："万老爷别闹了，人家还没吃晚饭咧，容我赚碗米粥果果肚子。"万老爷忙道："花小姐想吃什么？我请、我请……"恰在这时，另一个暗探转悠过来，吊诡笑道："哟，万兄有了相好，怎不请我喝杯喜酒？"万老爷待要分辩不是相好，又怕立秋甩手去而；倘若扑向别人怀抱，只怕很难抠出来，心里一急，胡乱道："还、还没娶呢，到时一定请你。"那人拱手说声："恭喜！"自不打扰，知趣而去。

立秋听到万老爷公然许诺聘娶，两脸一红，乖乖低头不语。万老爷见她娇羞模样，越发喜不自胜，赶忙拉去坐席，老远招手叫喊西崽送来饮食。立秋止不住狼吞虎咽，万老爷忙道："慢慢吃，日后不叫你挨饿。"立秋含情脉脉注视万老爷，娇声软语道："老爷陪我跳舞。"万老爷抬眼一望，只见舞池内正有几位同伙紧紧搂着女人翩翩起舞。转念一想，今日跟踪盯梢，大家集体行动，只要人在现场，打下雁子，自有杯羹；不如趁机把婚事敲定，也算一举两得。

两人踏着曲子，一支接一支跳舞，不觉夜尽，不知更深。眼见万老爷身子越挨越近，立秋蹙眉"哎哟"一声，满脸笑颜翳然不见。万老爷殷勤相问："怎么了？宝贝？"立秋以手捧腹，东张西望："我、我肚子痛，哪、哪里有茅厕？"万老爷关切道："别是吃坏了东西吧？我带你如厕。"

两人快步走出舞池，穿过酒馆后门，步入长长巷道。一盏电灯挂上屋墙，敷衍塞责地亮出一圈昏暗光晕，把一条长巷渲染成阴曹地府一般。万老爷倒是如鱼得水，心中猛然涌起一阵狂喜，一把揽住立秋纤腰紧紧抱在怀里。折过一道墙角，走到茅厕门前，忍不住把嘴凑到立秋脸上，呢喃道："妙人，想死我了……"不提防肚皮上"砰"的一声枪响，来不及发出一声叫喊，瞬间倒地身亡。

原来枪声即是号令！屋内党人立即行动，分头突击，稳准揪住几个暗探，大喊："抓刺客！抓刺客！"如响斯应，酒楼灯光熄灭，音乐戛然而止，满屋男女尖声大叫，乱成一团。革命党人趁机把暗探拽至屋后巷道，一枪一个，精准结果性命，迅速消失在巷道深处。

依计安排，立秋枪杀万老爷得手，迅速跑出巷口，闪进巷道人家虚掩后门。昆泰、立功早已守候在屋内，以为接应。不料立秋如期跑到一扇虚掩后门口，却被身后巷道里传来的枪声震住脚步。巷道里革命党人为掩护立秋逃生，径直拐向斜对面一条胡同，如飞而去。不出所料，骤然而起的枪声惊动四周巡捕、暗探，一齐包抄过来，循着党人逃逸步声奋起直追；呐喊叫骂声中，一梭梭子弹呼啸着射向胡同深处。

立秋听到枪声，仿佛自己兄长正在子弹前面奔路。瞬时发疯一般转身飞跑，一支箭似的射入胡同，双手握枪，直朝前面灯影中黑压压巡捕疯狂射击，两三个巡捕应声倒下。混乱中，一个黑衣巡捕猛然回头，疾速射出一梭子弹，立秋手枪立马掉落，跟跄两步靠在胡同墙壁上，慢慢软瘫。巡捕迟疑片刻，眼见再没枪声接应，复又转身朝着胡同尽头直追而去。

昆泰、立功分明看见立秋闪身进屋，正要冲上去闭门，不提防立秋复又转身跑出去。两人异口同声大呼："不好！"当即冲出门外。恰逢胡同内枪声大作，火光四射，闪在墙角躲避片刻。待到枪声止息，奋不顾身扑进去，只见立秋早已躺倒在血泊之中。

昆泰抢步向前抱起立秋，紧紧贴在胸前，飞跑回屋。立秋的鲜血带着体温滚滚而出，浸透昆泰衣衫，汩汩流进胸膛，顺着他的躯体淋漓而下。胡同里光洁的石板路面上印出一串鲜红足印，分不清是昆泰踏着立秋的鲜血，足迹赫然；还是立秋的一腔热血追逐着昆泰的脚步，奔跑如飞。

4

潇潇春雨之中，一对兄妹化作两具灵柩，魂归故里。满城男女奔走相告，争先恐后拥向城门口。家族妇女们"哎呀咧——哎呀咧——"的哭声此起彼伏，一路蜿蜒，直至耶溪河畔，融入广福寺悲怆的暮鼓声中。

灵柩运回广福寺家中，胡碧玺披头散发扑上去，大放悲声："哎呀咧——我的冤家债主咧，可怜我鲜红的血水、雪白的乳汁生养你俚，不知你俚到底跟我有什么血海深仇，为什么不给我养老送终咧？哎呀咧——我的冤家债主咧，可怜我喷香的米饭、鲜美的鱼肉喂果你俚肚肠，不知你俚到底跟我有什么前世冤孽，为什么不给我服丧守孝咧？哎呀咧——哎呀咧——我的冤家债主咧——可怜我白昼替你俚浆洗，晚来替你俚缝补，不知你俚到底跟我有什么不解过节儿，为什么要我白发人送黑发人咧？哎呀咧——哎呀咧——"

一片混乱之中，忽然有人高喊："西嬷嬷嬷嬷来了。"早年西娥血崩而死之后，西嬷患上一种日夜无眠怪病，遍访中西郎中，久治不愈。幸亏广福寺智䎱法师踏遍九岭大山腹地，采来仙草治愈。不料三天三夜酣睡醒来，两眼翳然不见光明。西嬷急问智䎱："如此是何道理？"智䎱一声叹息："嬷嬷前世修来缘分如此，老衲无力改变因果。"西嬷听得爽朗大笑："也好也好！我有双手能握，双腿能行，饥来饮食，困来酣睡，此生足矣！"自此睁一双深凹瞎眼，迈一双观音大脚，摸索着双手探路，穿梭在城内大街小巷，健步如飞，大行无碍。

西嬷摸索着两手挤进屋去，扯着嗓子高喊："不许吃丧饭！教民一律不许吃丧饭，上帝不会悦纳！"蔡立功听得心中大恸，哽咽道："嬷嬷有所不知，只有富贵之家才怕人吃丧饭咧！穷苦人家，贫无夜粮，鼠过无犯，还怕人吃丧饭吗？"西嬷抬手拍拍脑袋，"噢"一声道："看我糊涂！"话音落时，胡碧玺哭声又起："哎呀咧——哎呀咧——"仿佛一根根银针，穿透心肺。哭声之中，西嬷嬷摸索着走到两具棺材中间，抬手划个"十"字，动情地唱起圣歌：

亲爱的朋友：
　　天主使你生活在我们中，现在收回你的灵魂。盼你早安息，恳求圣父无限仁慈，赐你永远欣悦，在精神上我们依旧与你时时不离。
　　绝非永别，只是暂别，再会天父膝前。再见朋友，我的朋友，我们定要再见。你已离开痛苦人间及早到达天乡，弃绝世俗，远离凶恶，永生泉水安尝。
　　……

圣歌嘹亮，响彻云霄，迅疾覆盖"哎呀咧——哎呀咧——"哭声。不料歌声停歇间隙，尖锐哭声忽又冒出来，仿佛一根根银针刺破厚厚布帛，拖着长长丝线横空出世。

蔡纪高夫妇长孙晖哥早已长成半大小伙，《五经》《四书》烂熟于胸。此刻挤搡在人群之中，耳畔如雷轰响，忆起先前祖父教训：无论什么时候，都要记住我俚是“轩窗第”子孙！抬眼望望祖母，一副披头散发、捶胸顿足、涕泪横流模样，心中无比羞愧难受，蓦然觉着她不配做“轩窗第”祖母。寻思片刻，转身拉起堂弟宝宝之手，泥鳅一般钻出人群。

晖哥拉着弟弟，直奔屋前广福寺内。这座千年古寺越发破落，香火衰微，只剩智辗法师领着几个老弱僧人日日提空布袋化善缘，天天坐冷山门待香客。晖哥鼓着脸走进大雄宝殿，见智辗正给佛前一只灯盏添油，忽然“扑通”跪到膝下。智辗赶忙放下油瓶，双手合十道：“晖哥为何行此大礼？”晖哥磕头道：“法师教我，什么叫做吞针罗什咧？”智辗“啊”一声，沉吟道：“先前西域有位法师，名叫鸠摩罗什，只因他把一钵银针吞入腹中，而能安然无恙，故而娶妻生子都不算违法犯戒……”晖哥听得似懂非懂，睁一双小小半圆眼睛，回想祖父临终之言，蹙眉问道：“法师，你说我家叔叔、姑姑是不是吞针罗什？”

智辗不提防半大小伙有此一问，轻启一蓬白须之中两片血色朱唇，浅笑道：“好教晖哥知道，出家人不打诳语。老衲不曾日夜跟随在你家叔叔、姑姑身边，也不曾亲眼看见你家叔叔、姑姑吞下银针，安敢妄言他俚是否吞针罗什？”晖哥愣愣跪在地上，一脸茫然。智辗看着可怜，暗暗吞口气，抬眼凝望宝殿门首一只结网蜘蛛，叹道，“晖哥，你看那只蜘蛛，它竟敢在堂堂佛门罗织丝网，捕猎自肥，老衲倒敢断言，它一定不是吞针罗什咧！”晖哥身子一怔，仿佛受到当头一棒，霍地弹跳而起，直挺站立，噘嘴道：“法师，我晓得了，我家叔叔、姑姑一定就是吞针罗什！”智辗两眼半开：“晖哥何出此言？”晖哥昂然道：“当此国乱民变关口，我叔叔、姑姑毁家纾难，舍生取义，落得上无片瓦，下无寸地，举家食粥，贫无夜粮境地，可见他俚并未罗织丝网，捕猎自肥。”智辗止住手中捻珠，輾然一笑，双手合十念一声：“阿弥陀佛。”

晖哥牵手弟弟，一脸轻松，蹦跳而去。回到屋里，长跪祖母膝下，朗声道："婆婆莫哭！太史公说过，'人固有一死，或重于泰山，或轻于鸿毛……'如今叔叔、姑姑之死，并不为自家罗织丝网，捕猎自肥，正是死重泰山。我想祖父在天之灵，一定悲欣交集，为何婆婆却只管痛哭咒骂？莫非婆婆倒愿意自己儿女庸碌一生，死轻鸿毛吗？"一番童言无忌，招引得众人唏嘘不止。胡碧玺自不理会，只顾扯着嗓子哭得奄奄一息，几近气绝。晖哥见自己进谏不效，气鼓鼓站起来，跺脚道："婆婆不讲道理，不分青红皂白，只管痛哭咒骂，我哪能在这屋里待得下去？不如离家出去流浪，哪怕死在外头，也不要把灵柩送回家来！"

众人听着这话，面面相觑，骇然无语。胡碧玺仿佛受到震慑，不觉把哭声和泪吞回，抽搐着一张干瘦老脸，拉扯得两只瓠瓜般眼袋颤动不止。不料人群中忽又钻出一个人来，大家抬头一看，原来是冯世魁，一脸玩世不恭神色霎然不见，仿佛一日之间摇身变成一个老成持重须眉大汉。冯世魁走向前去，抬手摸摸晖哥脑袋，落泪道："好晖哥，不愧是'轩窗第'子孙！小小年纪，行止见识，强过多少耄耋长者！"说着，转身面向岳母，躬身道："请岳母大人节哀顺变，岳母晚年丧亡子女，固可哀痛。然而还有女婿、孙子、外孙女承欢膝下，将来还会有曾孙子、曾孙女、曾外孙子、曾外孙女……正是君子之泽，五世而斩。岳母放心，舅哥和立秋牺牲，世魁便是岳母铜壁之靠，二位姻侄，理当由世魁抚养成人……"

蔡立功和刘昆泰赶忙拉起冯世魁。众人"啧啧"有声，一齐称道冯世魁："难得姑爷多情如此。"胡碧玺讷讷道："这、这如何使得？我、我闺女没在你家做好贤妻良母……"冯世魁收泪摇头道："岳母大人再别说这话，世魁听着难受。"

一番忙碌，众人相帮着把两具灵柩埋葬入土。料理妥当，冯世魁立刻要把一家老小接到家中去安顿赡养。蔡立功回想堂妹生前特立独行，抛家出走，最终死在昆泰怀抱，不觉面有愧色，忙道："冯姑爷有这份心意就够了，伯母和幼侄理当由我赡养抚育，哪有依附外姓之理？"冯世魁赶忙抬手止住："舅哥别跟我相争，世魁不久当出远门，正用得着岳母大人替我执掌门户，照料姗姗。"立功、昆泰忙问："你要去哪里？啥时出门？"冯世魁脸上玩世不恭神色又起，猛一甩头，咧嘴道："难道我竟任凭太太白白受死？总有一天我要替她出头报仇咧！"

5

民国五年（1915年）冬季，春节像一只花花绿绿候鸟，飞去复来，盘旋半空。此时宜丰城内柴市场上再无北方煎胶客赶着驴群前来煎胶，一派清冷寥落，早已不复当年熙熙攘攘、人声鼎沸气象。谁知有一天，大街小巷忽又骤然响起锣声，"当、当、当……"地敲得人莫名其妙，争相跑出去探问，才知状元坊上贴出大红布告：

> 北京及各省国民代表一致恭戴今大总统袁世凯为中华帝国皇帝，并以国家最上完全主权奉之于皇帝，承天建极，传之万世……

识字乡绅念出声来，原来是袁大总统登基，做了中华帝国皇帝；只待来年开春，便要改国号为"洪宪"。县人听得如此，一齐瞪大眼睛。有人立马激动得浑身颤抖，双手合掌，念佛不止：阿弥陀佛、阿弥陀佛，总算又有皇帝，我俚子民不再一盘散沙，群龙无首；有人"哼"一声冷笑：何必多此一举，大总统难道不跟皇帝一样吗；有人赶忙抬手抱头鼠窜，大喊大叫：我的辫子、我的辫子，都怪乱党剪掉我的辫子，这可怎么办咧；还有人索性面北朝拜，长跪呼喊：吾皇万岁、万岁、万万岁……

不料喧嚷之中，忽然"噗"的一声，大红布告上结实着了一团狗屎。众人扭头一看，扔出狗屎之人，正是花花公子冯世魁。自从立秋遇难，冯世魁仿佛换了一个人，整天板着脸待在家中，一坐一上午，一坐一下午，常常招引婉芬、茶花笑话：莫非什么人欠你干的，还你

335

湿的？逢着旧友前来邀约游山玩水，或是送来精美吃食、新奇玩意，他一概提不起兴趣，总是无精打采摇头晃脑："没意思、没意思……"婉芬和茶花生怕丈夫闹出病来，争相劝慰：长天白日的，老爷也该出去想法子找些快乐才好，这么闷在家里，可别憋出病来。不料冯世魁长吁短叹，忽然蹦出一句话来："事到如今，我要想法子给太太报仇，才能称心快乐！"婉芬和茶花只当这话说给老太太胡碧玺听，为着宽慰老人之心，自不在意。

不料冯世魁一门心思琢磨报仇，有事没事便去蔡立功府上钻进钻出，要好得像穿一条裤子。婉芬看得纳闷，忍不住揶揄丈夫："那些年，太太当垆卖醋，自做自吃，惨不忍睹，也没见老爷当她是太太。如今太太死了，老爷倒要出头去做荆轲聂政，这戏演给谁看咧？"冯世魁重重叹口气，瞪眼道："你晓得什么？当年太太执意拒绝我赡养、援助，我怎能违拗她心意？如今太太遭人枪杀而死，我身为夫君，自要替她做主报仇。"茶花"扑哧"一笑："老爷只管叫嚷报仇，可你知道何人枪杀太太吗？连仇家姓甚名谁尚且不知，如何报仇？"冯世魁现一脸夏虫不可语冰神色，鄙夷道："你又晓得什么？我告诉你吧，枪杀太太的真凶，可不是上海租界内那个不知姓甚名谁的走卒巡捕，而是世人心里称王称霸、凌驾他人、鱼肉百姓的疯狂野心！所以我倒不必找那个开枪巡捕寻仇，只要把世人心里这种野心遏制了，或者消灭这等疯狂着魔之人，就算给太太报仇雪恨！"

婉芬、茶花一齐分辩："老爷常说，人活世上不过一场虚无。无论什么事情，归根结底都是毫无意思，不值得我俚劳心费力，白白耗费光阴。为何如今却一心只要寻仇，莫非寻仇便不是虚无，便值得劳心费力，耗费光阴吗？"不料冯世魁打个响指，粲然笑道："这话倒被你俚说对了！人生一世，草木一春，原本毫无意思。大家理当感时知势，安守本分，各活其命才是正道。无奈世上总有那等野心疯狂之人，偏生不甘顺天承运，各活其命，却一心只想称王称霸、凌驾万人、作威作福，把个清平世界、朗朗乾坤搅和得飞沙走石、鬼哭狼嚎，直叫万万人都不能安守本分，各活其命。因而消灭这等狂人，还天地正道，清世界本源，倒是一桩不得不为之事，正值得我俚劳心费力，耗费光阴咧！"一番长篇大论，婉芬、茶花早已听得一愣一愣。况且顺从丈夫已成习惯，"哦哦"两声，不懂装懂，东拉西扯说些闲话，各自去了。

一日冯世魁偶感风寒，上街就诊，远远望见状元坊上贴出布告。打听得原来是袁大总统登基称帝，心中勃然大怒。恰逢一只黑狗婆蹿到脚下，撅起屁股拉出一坨新鲜狗屎，忍不住俯身下去一把抓起，一溜小跑冲到状元坊前，"噗"的一声狠狠砸去。布告着了狗屎，臭不可闻，有人惊恐万状叫嚷："不得了！不得了！欺君之罪！快把他捉去县衙领赏咧！"立马有人附和："是哦是哦，欺君之罪！快捉去请赏！"然而大家说归说，却无人动手。恰好两个巡逻官差走过来，有人赶忙趸近前去告状："差爷，这人把狗屎砸了布告，欺君之罪，不容放过，你俚快把他捉去请赏咧。"两个官差循声望望冯世魁，不知为何却不予理会，一声不吭去了。

冯世魁翻个白眼，冲那告状之人骂一声："操你娘！"二话不说，扬长而去。一气跑进蔡家屋场，直奔蔡立功府上，大叫大嚷："舅哥，袁世凯登基做了皇帝，你晓得吗？"蔡立功正歪在躺椅上看一封密信，随手递过去道："你自己看咧，李烈钧都督正式加入中华革命党，归国讨袁。"冯世魁接过信笺，低头一看，得知云南前都督蔡锷和现任将军唐继尧、归国党人李烈钧三人联名通电全国，宣布云南独立，讨袁护国。

冯世魁脸上顿时风起云涌，睁眼道："舅哥，要不我俚去投奔李烈钧如何？"蔡立功点头："我已打发胖打师去天宝给刘少爷送信，待会儿昆泰来了，大家一齐商量。"刘家玉父子随同蔡立功一道护送立春兄妹灵柩回籍之后，再没出去就职做官。刘家玉复去书院任教，刘昆泰重回纸号，再任师爷，重操旧业。

不一会儿，胖打师领着昆泰疾驰而来，蔡立功赶忙把密信递给昆泰。大家商议一回，冷却多时热血复又沸腾，身在曹营，心已向汉。三人定下出门日期，却决意把胖打师留在原籍，继续打理镖局生意。

胖打师眼前浮现蔡显忠面容，叫嚷起来："少爷们可别把我留在家中，倘若再来一个蔡显忠，横竖我这命早晚活不成的，不如跟着少爷们出去碰碰运气。"蔡立功劝道："打师还得留在原籍，倘若我俚有个三长两短，镖局里总能赚出几两银子来料理家中老小衣食！"昆泰和世魁一齐向胖打师作揖不止。

延俄三五日，一切料理妥当。那是一个冬日早晨，天气阴沉寒冻，欲雨未雨。蔡立功、刘昆泰、冯世魁三人各背一个包袱，结伴出门，逢人便说进京谋职。走到蔡家屋场宽阔得令人炫目的麻石场地上，蔡立功蓦然记起当年蔡纪高手举一个蛋壳，步履踉跄，念读书文情形。耳畔油然响起高叔抑扬顿挫嗓音："早在太古之初，天地混沌如鸡子，盘古生其中。万八千岁，天地开辟，阳清为天，阴浊为地。盘古在其中，一日九变，神于天，圣于地……"

踏着书声走出屋场，早有马车静候。三人登车，渐行渐远，一盅茶工夫，驶出鸡蛋大小县城。蔡立功拉开车窗，眺望一片苍茫禾田，恍惚之中，蓦见立春兄妹言笑晏晏走入眼帘，不觉潸然泪下，轻声念道：

　　首生盘古，垂死化身。气成风云，声为雷霆，左眼为日，右眼为月，四肢五体为四极五岳，血液为江河，筋脉为地理，肌肤为田土，发髭为星辰，皮毛为草木，齿骨为金石，精髓为珠玉，汗流为雨泽，身之诸虫，因风所感，化为黎。

全文完
二〇一六年十一月二稿

图书在版编目（CIP）数据

立春秋 / 刘建华 著. -- 北京：作家出版社，2017.2
（中国作家·江西原创）
ISBN 978-7-5063-9321-8

Ⅰ.①立… Ⅱ.①刘… Ⅲ.①长篇小说 – 中国 – 当代
Ⅳ.① I247.5

中国版本图书馆CIP数据核字（2017）第015391号

中国作家出版集团·江西作协长篇小说重点扶持工程

立 春 秋

作　　者：刘建华
责任编辑：桑良勇
装帧设计：MORE 创意·设计
出版发行：作家出版社
社　　址：北京农展馆南里 10 号　　　　邮　　编：100125
电话传真：86-10-65930756（出版发行部）
　　　　　86-10-65004079（总编室）
　　　　　86-10-65015116（邮购部）
E-mail:zuojia@zuojia.net.cn
http://www.haozuojia.com（作家在线）
印　　刷：北京玺诚印务有限公司
成品尺寸：152×230
字　　数：300 千
印　　张：21.5
版　　次：2017 年 2 月第 1 版
印　　次：2017 年 6 月第 2 次印刷
ISBN 978-7-5063-9321-8
定　　价：42.00 元